하울의 움직이는 성 1

마법사 하울의 비밀

❶ 마법사 하울의 비밀

다이애나 윈 존스 지음 | 김진준 옮김

문학수첩

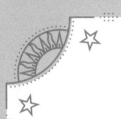

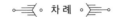

차 례

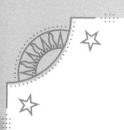

모자들과의 대화

마법의 장화나 투명 망토 같은 것들이 정말 존재하는 잉거리 나라에서 딸 셋 중의 맏이로 태어난다는 것은 여간 불행한 일이 아니다. 누구나 알다시피, 자식들이 자신의 운명을 찾아 나선다면 맏이가 제일 먼저, 그리고 제일 비참하게 실패하기 때문이다.

소피 해터가 바로 세 자매 중의 맏이였다. 차라리 가난한 나무꾼의 딸이었다면 성공할 가능성도 조금은 있었을 텐데 그것마저 아니었다. 소피의 부모는 잘사는 편이었고 마켓치핑이라는 번창한 도시에서 여성용 모자 가게를 열고 있었다. 다만 친어머니는 소피가 두 살, 여동생 레티가 한 살이었을 때 세상을 떠났고, 아버지는 가장 젊은 점원이었던 이름이 패니인 금발의 아름다운 아가씨와 재혼했다. 패니는 곧 셋째 마사를 낳았다. 그렇다면 소피와 레티는 당연히 '못생긴 언니들'이 되어야겠지만 사실은 세 자매가 모두 대단히 예뻤다. 사람들은 그중에서도 레티가 제일 아름답다고 입을 모아 말했다. 패니는 세 자매에게 똑같이 다정다감했고 마사만 편애하는 일은 조금도 없었다.

해터 씨는 세 딸을 자랑스러워했고 모두 시내에서 제일 좋은 학교에 보냈다. 공부는 소피가 제일 잘했다. 그녀는 책을 많이 읽었고, 그래서 곧 자신의 미래가 흥미진진할 가능성은 별로 없다는 것을 깨달았다. 물론 실망스러운 일이었다. 그러나 동생들을 보살피면서, 그리고 언젠가 때가 왔을 때 운명을 찾아 떠날 수 있도록 마사를 가르치면서 소피는 나름대로 충분히 행복했다. 패니는 가게 일로 언제나 바빴으므로 동생들을 돌보는 일은 소피의 몫이었다. 동생들은 걸핏하면 서로 빽빽거리며 머리카락을 잡아당기기 일쑤였다.

하지만 둘째 레티는 첫째 다음으로 별 볼 일 없는 삶을 살게 될 운명을 순순히 받아들이려고 하지 않았다. 레티는 이렇게 소리치곤 했다. "이건 너무해! 어째서 막내로 태어났다는 이유만으로 마사가 제일 잘살아야 돼? 나도 왕자님과 결혼할 테니까 두고 봐!" 그러면 마사는 자기라면 굳이 누구와 결혼하지 않더라도 역겨울 정도로 큰 부자가 될 거라고 응수했다.

그때쯤에는 소피가 나서서 두 사람을 억지로 떼어 놓고 그들의 옷을 꿰매 줘야 했다. 소피는 바느질 솜씨가 아주 좋았다. 시간이 흐르면서 나중에는 동생들의 옷을 직접 만들기까지 했다. 이 이야기가 본격적으로 시작되기 전인 오월제 때는 레티에게 진한 장밋빛 드레스를 만들어 주기도 했는데, 패니는 그 옷이 킹스베리에서 가장 값비싼 의상실에서 만든 것처럼 보인다고 말했다.

그 무렵부터 사람들은 또다시 '황야의 마녀'에 대해 이야기하기 시작했다. 그 마녀가 공주님의 목숨을 위협했고, 그래서 임금님이 왕실 마법사 설리먼에게 황야로 들어가 마녀와 싸우라고 명령했다는 것이다. 그런데 마법사 설리먼은 마녀를 처치하지 못했을 뿐만 아니라 오히려 마녀의 손에 목숨을 잃은 것 같았다.

그 일 때문이었다. 몇 달 후 마켓치핑이 내려다보이는 언덕 위에 높고 시꺼먼 성 하나가 불쑥 나타나서 높고 가느다란 탑 네 개로 시꺼먼 연기를 뿜어내기 시작했을 때, 사람들은 그 마녀가 황야를 떠나 다시 돌아왔고 이제 50년 전에 그랬던 것처럼 온 나라를 공포의 도가니로 몰아넣을 거라고 굳게 믿었다. 모두들 겁에 질려 있었다. 혼자서는 아무도 밖에 나가지 않았고, 특히 밤에는 더욱 그랬다. 게다가 더 무서운 것은 그 성이 한자리에 가만히 있는 것이 아니라는 사실이었다. 때로는 북서쪽 황무지에 높고 시꺼먼 얼룩처럼 내려앉았고, 때로는 동쪽 바위산 위로 솟아올랐고, 또 때로는 언덕을 내려와 북쪽 마지막 농장 바로 너머에 있는 히스 덤불 속에 자리 잡았다. 가끔은 그 성이 네 개의 탑에서 더러운 잿빛 연기를 마구 쏟아내며 움직이는 장면을 보게 될 때도 있었다. 한동안은 모두들 그 성이 머지않아 골짜기까지 곧장 내려올 것이라고 믿었다. 시장님도 임금님

모자들과의 대화

께 도움을 청해야겠다고 말했다.

그러나 성은 언제나 언덕 주위를 떠돌아다닐 뿐이었고, 머지않아 그것이 마녀의 성이 아니라 마법사 하울의 성이라는 사실이 밝혀졌다. 그러나 하울도 못된 마법사였다. 언덕을 떠날 마음은 없는 듯했지만 재미 삼아 젊은 아가씨들을 잡아다가 영혼을 빼앗는다는 소문이 자자했다. 어떤 사람들은 마법사 하울이 여자들의 심장을 뜯어먹는다고 말하기도 했다. 그는 철저하게 냉혹하고 무자비한 마법사였다. 젊은 여자가 혼자 있다가 하울과 마주치게 되면 결코 무사할 수가 없었다. 소피와 레티와 마사도 마켓치핑의 다른 아가씨들처럼 절대로 혼자 외출하지 말라는 경고의 말을 들었다. 여간 성가신 일이 아니었다. 그들은 마법사 하울이 그렇게 많은 영혼들을 모아서 도대체 어디에 쓰려는 것인지 궁금해했다.

그러나 그들은 곧 다른 일에 정신을 쏟게 되었다. 소피가 막 학교를 졸업할 나이가 되었을 때 해터 씨가 갑자기 숨을 거두었기 때문이다. 그러면서 해터 씨가 자기 딸들을 끔찍이 생각했다는 사실이 드러났다. 세 딸의 학비를 대느라고 가게가 빚더미에 올라앉아 있었던 것이다. 장례식이 끝났을 때 패니는 가게 옆에 붙어 있는 그들의 집 거실에서 이렇게 상황을 설명했다.

"안됐지만 모두들 학교를 그만둬야겠다. 이리저리 계산을 해봤는데, 가게를 계속 유지하면서 너희 셋까지 건사하려면 아무래도 셋 다 어디든 유망한 곳의 견습생 자리로 들여보내는 수밖에 없어. 모두 우리 가게에서 일하는 것도 무리니까. 그래서 이런 결정을 내렸다. 우선 레티는……."

그러자 레티가 고개를 들었다. 검은 상복을 입고 슬픔에 젖었지만 여전히 건강하고 아름다운 모습이었다.

"난 계속 공부하고 싶어요."

패니는 이렇게 대답했다.

"공부하게 될 테니까 걱정 마라. 너는 마켓 광장의 빵장수 체자리 씨네 가게에 견습생으로 들어가게 해 놨어. 거기서는 제자들을 무슨 왕이나 여왕처럼 대우해 준다니까 너도 아주 행복할 거다. 게다가 유용한 기술도 배울 수 있고. 체자리 부인은 우리 가게 단골이고 좋은 친구라서 어떻게든 너를 받아 주겠다고 하셨단다."

그러자 레티는 전혀 기뻐하는 기색도 없이 웃었다.

"네, 고마워요. 내가 요리를 좋아하는 게 다행이죠?"

패니는 그제야 안도하는 듯했다. 레티는 종종 고집을 부려 곤란할 때가 많았기 때문이다.

"자, 이번엔 마사. 넌 아직 전혀 모르는 사람의 가게에서 일하기 엔 좀 어리니까, 오랫동안 조용히 견습생으로 있다가 나중에 네가 어떤 일을 하겠다고 마음먹더라도 꼭 쓸모가 있을 만한 것으로 뭐가 있을까 궁리해 봤다. 내 옛날 동창생 애너벨 페어팩스는 너도 알지?"

날씬한 금발 미녀 마사는 그 커다란 회색 눈으로 패니를 뚫어지게 응시했다. 레티 못지않게 고집스러운 표정이었다.

"그 수다쟁이 아줌마 말이죠? 그 아줌마는 마녀 아니었어요?"

그러자 패니는 얼른 이렇게 대답했다.

"맞아. 예쁜 집도 있고, 고객들도 폴딩밸리 전역에 널렸단다. 애너벨은 좋은 여자야, 마사. 너한테 자기가 아는 것들을 전부 가르쳐 줄 테고, 킹스베리에 있는 귀한 분들을 많이 아니까 너에게도 소개해 줄 거다. 그렇게 되면 네 인생은 탄탄대로야."

마사도 수긍했다.

"좋은 분이죠. 알았어요."

거기까지 이야기를 들으면서 소피는 패니가 모든 일을 바람직하게 처리했다고 생각했다. 레티는 둘째 딸이라서 어차피 대단한 여자가 될 가능성은 전혀 없었고, 따라서 패니는 그녀가 언젠가 잘생긴 젊은 견습생을 만나서 행복하게 살 수 있는 곳으로 보내기로 한 것이었다. 그리고 셋째 마사는 반드시 큰 행운을 만날 운명이니까 그녀에게 도움이 될 만한 부자 친구들과 마법을 얻게 해 주려는 것이었다. 소피 자신에 대해서는 어떤 말이 나올는지 안 들어 봐도 뻔했다. 그래서 패니의 말을 들으면서도 전혀 놀라지 않았다.

"자, 이젠 소피, 너는 맏딸이니까 내가 은퇴할 때 모자 가게를 물려받는 게 당연할 것 같구나. 그래서 너를 내 제자로 삼아서 일을 가르쳐 주기로 결심했다. 어떻게 생각하니?"

소피는 자기가 어쩔 수 없이 모자 장사를 하는 수밖에 없다고 생각한다는 말을 차마 입 밖에 낼 수가 없었다. 그래서 그냥 고맙다고 말했다.

그러자 패니가 말했다.

"그럼 다 정해졌네!"

이튿날 소피는 마사를 도와서 상자 속에 옷들을 챙겨 넣었고, 그 다음 날 아침에는 우편 마차를 타고 떠나는 마사를 배웅했다. 마사는 아주 작아 보였고 불안한 듯 뻣뻣하게 앉아 있었다. 페어팩스 부인이 사는 어퍼폴딩으로 가려면 마법사 하울의 움직이는 성을 지나서 언덕을 넘어가야 하기 때문이었다. 마사는 당연히 무서워하고 있었다.

그때 레티가 말했다.

"마사는 괜찮을 거야."

레티는 짐을 꾸리면서 모든 도움을 거절했다. 이윽고 우편 마차가 보이지 않게 되었을 때 레티는 자기 물건들을 모조리 베갯잇 하나에 쑤셔 넣더니, 이웃집 구두닦이 소년에게 6펜스를 주면서 그 짐을 외바퀴 손수레에 실어 마켓 광장에 있는 체자리 빵집으로 옮겨 달라고 부탁했다. 레티는 소피가 예상했던 것보다 훨씬 명랑한 표정으로 외바퀴 손수레를 따라 씩씩하게 걸어갔다. 오히려 모자 가게를 벗어나게 되어 속이 다 후련하다는 태도였다.

구두닦이 소년은 레티가 휘갈겨 쓴 쪽지 한 장을 들고 돌아왔다. 짐은 여자들 방에 갖다 놓았고 체자리 빵집도 아주 재미있을 것 같다는 내용이었다. 그리고 1주일 뒤에는 우체부가 마사의 편지를 가지고 돌아왔다. 마사는 무사히 도착했다면서 페어팩스 부인에 대해 이렇게 썼다. "아주 친절한데, 모든 음식에 꿀을 넣어요. 꿀벌도 키운다니까요." 그 이후로 소피는 꽤 오랫동안 동생들의 소식을 듣지 못했다. 마사와 레티가 떠난 날부터 그녀도 견습생 생활을 시작했기 때문이다.

물론 소피는 이미 모자 장사에 대해 잘 알고 있었다. 어렸을 때부터 마당 건너편에 있는 넓은 작업장을 숱하게 들락거렸는데, 그곳은 물에 적신 재료를 모자골에 끼워 모자를 만들고 밀랍과 비단으로 꽃이나 과일 같은 장식물을 제작하는 곳이었다. 그녀는 그곳에서 일하는 사람들도 모두 알았다. 대부분은 소피의 아버지가 어렸을 때부터 일꾼이었던 사람들이었다. 소피는 가게 점원들 중에서 유일하게 남아 있는 베시도 알았고, 모자를 사러 오는 손님들도 알았고, 나중에 모자골에 끼워 다시 모양을 잡아야 하는 밀짚모자들을 시골에서 그곳까지 실어다 주는 짐마차의 마부도 알았다. 그 밖에도 다른 재료를 공급하는 사람들도 알았고, 겨울용 모자 만들 때 쓰는 천인 펠트를 만드는 방법까지 알고 있었다. 사실상 패니에게서 새로 배울 것은 별로 없었다. 기껏해야 손님이 모자를 사게 만드는 최선의 방법 정도라면 또 모를까.

패니는 이렇게 말했다.

"우선 어울리는 모자를 찾아야 돼. 그리고 먼저 잘 안 어울리는 모자부터 보여 주는 거야. 그래야 어울리는 모자를 쓰자마자 그 차이를 금방 알거든."

그러나 소피가 모자를 파는 일은 별로 없었다. 하루는 작업장을 구경하고 또 하루는 패니와 함께 옷감 가게와 비단 가게들을 돌아본 후 소피는 모자를 장식하는 일을 맡게 되었다. 그녀는 가게 안쪽의 작은 골방에 앉아 보닛(여자나 어린아이들이 쓰는 모자의 하나로 턱

밑에 끈을 맬 수 있다—옮긴이)에 장미를 수놓거나 벨루어 모자에 베일을 붙였고, 모든 모자에 비단 안감을 대고 바깥쪽에는 밀랍 꽃과 리본을 달았다. 일솜씨도 좋았다. 그런 일이 꽤 마음에 들기도 했다. 그러나 혼자라서 외로웠고 좀 따분했다. 작업장 사람들은 너무 늙어 별로 재미가 없었다. 더구나 그들은 그녀가 언젠가는 가게를 물려받게 될 거라고 여겨 자기들과는 다른 사람으로 대우했다. 베시가 소피를 대하는 태도도 똑같았다. 그리고 어차피 베시가 하는 말이라고는 오월제 다음 주에 결혼하게 될 농부에 대한 이야기뿐이었다. 소피는 언제든지 마음이 내킬 때마다 비단 장수와 흥정을 하러 나갈 수 있는 패니를 부러워했다.

그래도 제일 흥미로운 것은 손님들로부터 듣게 되는 이야기들이었다. 모자를 사면서 잡담을 하지 않는 사람은 아무도 없었다. 소피는 골방에 앉아 바느질을 하면서 귀를 기울였다. 시장님은 녹색 채소를 절대로 안 먹는데, 마법사 하울의 성이 또 낭떠러지 쪽으로 옮겼다는데, 그 사람은 정말, 소곤소곤, 수군수군, 속닥속닥…… 마법사 하울에 대해 이야기할 때는 언제나 목소리가 작아졌지만, 소피는 그가 지난달에 골짜기 아래쪽에서 어떤 여자를 잡아갔다는 소문도 들을 수 있었다.

"유괴범이야!"

다들 그렇게 속삭이더니 곧 원래의 목소리로 돌아가서, 제인 패리어의 머리 모양은 정말 한심하기 짝이 없다고 말했다. 그런 여자라면 점잖은 남자는 고사하고 마법사 하울조차도 거들떠보지 않을 거라고 했다. 그러다가 이번에는 황야의 마녀에 대해서 겁에 질린 목소리로 잠시 속삭이기도 했다. 머지않아 소피는 마법사 하울과 황야의 마녀가 결혼해야 한다고 생각하게 되었다.

"두 사람은 정말 천생연분이야. 누군가 나서서 중매를 서야 된다니까."

소피는 때마침 장식하고 있던 모자를 향해 그렇게 말했다.

그런데 월말이 다가오면서부터 가게 안에는 갑자기 레티에 대한 소문만 무성해졌다. 들리는 소문으로는 체자리 빵집이 아침부터 밤까지 수많은 남자 손님들로 북적거리는데, 모두 한결같이 레티에게 몰려들어 케이크를 잔뜩 사 간다는 것이었다. 레티는 지금까지 열 번이나 청혼을 받았는데, 그중에는 시장의 아들과 길거리 청소부 등 다양한 지위의 사람들이 있었지만 레티는 아직 어려서 마음을 정할 수 없다면서 모두 거절했다고 한다.

"잘 생각했지 뭐."

소피는 때마침 비단 주름을 달고 있던 보닛을 향해 그렇게 말했다.

그러나 패니는 그 소식을 듣고 즐거워했다.

"레티가 잘 지낼 줄 알았지!"

행복한 목소리였다. 소피는 패니가 어쩐지 레티가 곁에 없어서 기뻐하는 것 같다고 생각했다. 그리고 버섯 모양 비단에 주름을 잡으면서 보닛에게 말했다.

"사실 레티는 장사하는 데 방해물이었어. 너처럼 촌스럽게 생긴 모자도 레티가 쓰기만 하면 화려해 보이니까. 다른 여자들은 레티를

　　　　　　　　　　　　　　　I. 마법사 하울의 비밀

보면서 절망에 빠지거든."

소피는 날이 갈수록 모자들에게 말하는 일이 점점 많아졌다. 달리 말상대가 없었기 때문이다. 패니는 하루 종일 흥정을 하거나 손님들을 끌어모았고, 베시는 손님들을 상대하면서 모든 사람들에게 결혼 계획을 이야기하느라고 바빴다. 그래서 소피는 모자 하나를 완성할 때마다 모자걸이에 걸어 놓고(그렇게 해 두면 마치 몸뚱이가 없는 머리처럼 보였다) 잠시 동안 그 모자에게 어울릴 만한 몸에 대해서 이야기하는 버릇을 들였다. 그녀는 모자들을 조금씩 치켜세우곤 했다. 손님들에게도 아부가 필요하니까.

온통 베일로 뒤덮이고 은은히 반짝거리는 모자에게는 이렇게 말했다.

"너는 신비로운 매력이 있구나."

테두리 밑에 장미꽃이 여럿 달린 널찍한 크림색 모자에게는 이렇게 말했다.

"너는 부잣집으로 가게 될 거야!"

그리고 풀쐐기 같은 초록색 바탕에 구불구불한 초록색 깃털이 달린 밀짚모자에게는 이렇게 말했다.

"너는 봄날의 새순처럼 젊구나."

분홍색 보닛들에게는 보조개가 매력적이라고 했고, 벨벳으로 장식한 산뜻한 모자들에게는 재치가 있다고 했다. 그리고 버섯 모양 주름 장식이 달린 보닛에게는 이렇게 말했다.

"너는 마음씨가 참 아름답구나. 누군가 높은 사람이 그걸 알고 너를 사랑하게 될 거야."

그것은 그 보닛에게 미안함을 느꼈기 때문이었다. 그 모자는 너무 요란하기만 하고 예쁘지 않았다.

이튿날 제인 패리어가 와서 그 보닛을 사 갔다. 골방에서 가게 안을 엿보던 소피는 아닌 게 아니라 그녀의 머리 모양이 좀 이상하다고 생각했다. 마치 부지깽이에 둘둘 감아서 만든 머리 같았다. 하필이면 그 보닛을 고른 것도 애석한 일이었다. 그러나 이 무렵에는 너나없이 모자와 보닛을 사려고 몰려드는 것 같았다. 패니의 말솜씨 때문인지 봄이 다가오기 때문인지는 몰라도 확실히 모자 장사가 점점 활기를 띠고 있었다. 패니는 마음이 좀 꺼림칙한 듯이 이렇게 말하기 시작했다.

"마사와 레티를 그렇게 서둘러 내보내지 않는 건데 그랬구나. 이렇게 잘 팔리면 그럭저럭 버틸 수 있었을 텐데."

4월도 다 지나고 오월제가 가까워지면서는 손님이 너무 많아져 소피도 얌전한 회색 드레스로 갈아입고 가게 일을 도와야 했다. 그러나 수요가 너무 많아서 틈틈이 모자를 장식하는 일도 부지런히 해야 했고, 저녁마다 가게 옆에 있는 집으로 모자를 가져가서 등불을 밝혀 놓고 밤이 깊도록 일하지 않으면 다음 날 판매할 모자들을 충분히 준비할 수가 없었다. 시장님 부인이 사 갔던 풀쐐기 같은 초록색 모자도 주문량이 많아졌고, 분홍색 보닛도 잘 팔렸다. 그러다가 오월제를 1주일 앞두고 누군가 들어오더니 제인 패리어가 캐터랙 백작과 함께 야반도주를 하는 날 쓰고 있던 것처럼 버섯 모양 주름

1. 마법사 하울의 비밀

장식이 달린 보닛을 달라고 했다.

그날 밤에 바느질을 하면서 소피는 자신의 삶이 좀 따분하다는 것을 스스로 인정했다. 그래서 모자들에게 말을 거는 대신에 하나하나 완성될 때마다 머리에 쓰고 거울을 보았다. 그것은 실수였다.

우선 그 차분한 회색 드레스부터가 소피에게는 어울리지 않았는데, 더구나 바느질을 하느라고 눈이 빨개져 더욱 안 어울렸고, 그녀의 머리는 불그스름한 밀짚 색의 금발이라서 풀쐐기 같은 초록색도 분홍색도 어울리지 않았다. 버섯 주름 장식이 달린 보닛은 그녀를 처량해 보이게 만들 뿐이었다.

"늙어빠진 노처녀 같잖아!"

제인 패리어처럼 백작과 함께 도망치고 싶은 것도 아니었고, 레티처럼 도시 안의 남자들이 모두 몰려와 청혼해 주기를 바라는 것도 아니었다. 그러나 이렇게 모자나 장식하는 일보다는 좀 더 흥미로운 일을―그게 뭔지는 몰라도―하고 싶었다. 내일이라도 시간을 내서 레티를 만나 의논해 봐야겠다고 생각했다.

그러나 소피는 외출하지 않았다. 시간이 없어서였는지, 힘이 달려서였는지, 마켓 광장이 너무 멀게 느껴져서였는지, 아니면 혼자 나갔다가 마법사 하울에게 당할지도 모른다고 생각해서였는지, 아무튼 날이 갈수록 동생을 찾아 나서기가 점점 힘들어지는 것 같았다. 참 이상한 일이었다. 소피는 언제나 자기도 레티 못지않게 의지가 강하다고 생각하고 있었다. 그런데 지금은 달리 핑곗거리가 없어서 어쩔 수 없이 하게 되는 일들이 하나둘씩 늘어나는 것이었다.

"이건 말도 안 돼! 마켓 광장은 겨우 두 블록 너머에 있다고. 여기서 뛰어가면……."

결국 그녀는 가게 문을 닫는 오월제날에 반드시 체자리 빵집을 찾아가겠다고 굳게 다짐했다.

한편 가게 안에는 새로운 소문 한 가지가 전해졌다. 임금님과 동생 저스틴 왕자가 싸움을 벌여, 왕자가 추방을 당했다는 것이었다. 싸움의 원인을 아는 사람은 아무도 없었지만, 두 달쯤 전에 왕자가 아무도 모르게 변장을 하고 마켓치핑을 지나갔던 것만은 엄연한 사실이었다. 캐터랙 백작은 임금님이 왕자를 찾아오라고 보냈던 사람인데, 그때 우연히 제인 패리어를 만난 것이었다. 소피는 그런 소문을 들으면서 우울해졌다. 세상에는 분명히 흥미진진한 일들이 벌어지고 있건만 주인공은 언제나 딴 사람들이었다. 그래도 레티를 만나 보면 즐거울 것 같았다.

오월제 날이 되었다. 거리는 새벽부터 흥청대기 시작했다. 패니도 일찌감치 외출했지만 소피는 모자 두 개를 마저 완성해야 했다. 그녀는 일하면서 노래를 불렀다. 어차피 레티도 일하는 중이었다. 체자리 빵집은 휴일마다 자정까지 문을 열었으니까. 소피는 이렇게 마음먹었다. '거기서 크림 케이크를 하나 사야지. 오랫동안 못 먹어 봤어.' 그녀는 창밖 너머로 화려한 옷차림을 하고 몰려다니는 사람들, 기념품을 파는 사람들, 죽마를 타고 돌아다니는 사람들을 구경하면서 자기도 정말 마음이 들뜨는 것을 느꼈다.

그러나 정작 그녀가 회색 드레스에 회색 숄을 두르고 드디어 거리로 나섰을 때는 오히려 흥분이 가라앉고 말았다. 압도당하는 느낌이었다. 너무 많은 사람들이 웃고 떠들면서 이리저리 몰려다녀 자주 부딪혔고 너무 시끄러웠다. 지난 몇 달 동안 한자리에 앉아 바느질만 하다 보니 졸지에 할머니나 환자가 되어 버린 기분이었다. 소피는 숄을 단단히 여미고 벽에 바싹 붙어 걸었다. 저마다 제일 아끼는 신발을 신고 나온 사람들에게 발을 밟히거나 치렁치렁한 비단 옷소매 속에 감춰진 팔꿈치에 옆구리를 찔리지 않으려고 조심했다. 머리 위의 어딘가에서 갑자기 퍼퍼펑 하는 소리가 터져 나왔을 때 소피는 하마터면 기절하는 줄 알았다. 고개를 들어 보니 마법사 하울의 성이 이 도시 바로 위의 언덕 비탈까지 내려와 있었다. 어찌나 가까운지 마치 도시의 굴뚝들 위에 올라앉은 듯했다. 네 개의 탑이 일제히 파란 불꽃을 뿜어냈고, 그와 동시에 시퍼런 불덩어리들이 하늘 높이 날아올라 폭발하는 광경이 정말 무시무시했다.

마법사 하울이 오월제 때문에 화가 난 모양이었다. 그게 아니라면 자기 방식대로 축제에 동참하려는 것일 수도 있었다. 소피는 너무 겁이 나서 어느 쪽이든 관심조차 없었다. 그냥 집으로 돌아가고 싶었지만 그때는 벌써 체자리 빵집까지 절반이나 와 있었다. 그래서 뛰기 시작했다.

뛰면서 이렇게 생각했다. '내가 무슨 바람이 들어서 인생이 흥미진진해지길 바랐을까? 세상엔 이렇게 무서운 것들이 많은데. 그것도 다 내가 맏이로 태어났기 때문이야.'

그러나 마켓 광장에 이르렀을 때는 상황이 더욱 나빠졌다. 광장

주변에는 대부분의 술집들이 몰려 있는 까닭에 맥주에 취한 젊은이들이 이리저리 어슬렁거리고 있었다. 그들은 저마다 긴 소매의 옷에 치렁치렁한 망토를 걸치고 버클 장식이 달린 부츠를 신고 있었다. 도대체 평일이었다면 엄두도 못 냈을 차림새로 소란스럽게 떠들면서 아가씨들에게 다가왔다. 한껏 멋을 부린 아가씨들도 두세 명씩 짝지어 다니면서 남자들이 말을 걸어 주기를 기다렸다. 해마다 오월제가 되면 늘 있는 일이었지만 소피는 그것조차도 무섭기만 했다. 그런데 그때, 파란색과 은색의 환상적인 옷차림을 한 젊은이가 소피를 발견하고 다가왔다. 소피는 재빨리 어느 가게의 출입구 쪽으로 몸을 피했다.

그 젊은이는 오히려 자기가 더 놀란 얼굴로 소피를 쳐다보았다.

그리고 안쓰럽다는 듯이 웃으면서 이렇게 말했다.

"괜찮아요, 조그마한 회색 생쥐 아가씨. 술 한 잔 사 주려고 했을 뿐이니까. 그렇게 겁먹지 말아요."

그 안쓰러운 표정 때문에 소피는 몹시 부끄러웠다. 더구나 그는 아주 잘생긴 남자였다. 스물을 훌쩍 넘긴 듯 나이가 좀 많아 보이기는 했지만 마르고 세련된 얼굴이었고 머리는 정성껏 매만진 금발이었다. 옷소매는 광장 안에 있는 어떤 사람의 것보다도 길었는데, 온통 은색 장식 천을 붙여 놓았고 소맷단에는 부채꼴 연속 무늬가 들어 있었다.

소피는 더듬더듬 이렇게 대답했다.

"아뇨, 됐어요, 웬만하면 사양할게요. 저는, 저는 동생을 만나러 가

I. 마법사 하울의 비밀

는 길이거든요."

그러자 그 세련된 젊은이는 껄껄 웃었다.

"정 그렇다면 어서 가 보세요. 예쁜 아가씨가 동생을 만나러 가신다는데 어떻게 막겠습니까? 그럼 제가 모셔다 드릴까요? 너무 무서워하시는 것 같은데."

친절한 마음에서 나오는 말이었다. 그래서 소피는 더욱 부끄러웠다.

"아니에요, 괜찮아요!"

그녀는 간신히 그렇게 말하고 허둥지둥 그의 곁을 지나쳤다. 그는 향수를 뿌렸는지, 히아신스 향기가 달려가는 그녀를 따라왔다. '정말 기품 있는 사람이야!' 그렇게 생각하면서 소피는 체자리 빵집 바깥의 작은 탁자들 사이로 비집고 들어갔다.

탁자마다 사람들로 가득했다. 빵집 안도 광장 못지않게 시끄러웠다. 소피는 판매대 앞에 줄지어 서 있는 점원들 틈에서 레티를 발견했다. 농부의 아들로 보이는 남자들이 저마다 판매대에 팔꿈치를 얹고 레티에게 뭐라고 소리치고 있었다. 조금 여원 듯했지만 전보다 더욱더 예뻐진 레티는 최대한 신속하게 케이크를 봉지에 담고, 능숙한 솜씨로 봉지마다 한 번씩 비틀어 주고, 그렇게 잘 여민 봉지를 건넬 때마다 자신의 팔꿈치 아래로 웃음을 던지면서 뭐라고 대답해 주느라고 정신이 없었다. 걸핏하면 웃음소리가 터져 나왔다. 소피는 판매대 앞으로 가기 위해 싸우다시피 해야 했다.

그때 레티가 그녀를 보았다. 처음에는 조금 당황하는 것 같았다. 그러더니 곧 눈도 커지고 웃음도 더욱 커지면서 이렇게 외쳤다.

"소피 언니!"

소피도 소리를 질렀다.

"얘기 좀 할 수 있겠니?"

소피는 잘 차려입은 사람이 굵직한 팔꿈치로 카운터에서 밀치는 바람에 밀려나가면서 다시 소리쳤다.

"어디서든."

그러자 레티가 큰 소리로 대답했다.

"잠깐만 기다려!"

레티는 옆에 있는 소녀를 돌아보며 뭐라고 속삭였다. 소녀는 고개를 끄덕이고 빙긋 웃으면서 레티가 있던 자리로 들어갔다. 그리고 손님들에게 말했다.

"제가 대신 왔어요. 다음은 누구시죠?"

그러자 농부의 아들 하나가 고함을 질렀다.

"난 당신하고 얘기하고 싶다고요, 레티!"

레티가 대답했다.

"캐리한테 말씀하세요. 저는 언니하고 얘기하고 싶어요."

그러나 정말 언짢아하는 사람은 아무도 없는 것 같았다. 그들은 소피를 판매대 끝 쪽으로 밀어 보내면서 부디 레티를 너무 오래 붙잡고 있지 말라고 부탁했다. 그곳에서는 레티가 판매대 날개판을 들어 올리고 소피를 손짓해 부르고 있었다. 이윽고 소피가 날개판 너머로 들어가자 레티는 다짜고짜 소피의 손목을 움켜쥐고 빵집 안쪽으로 들어가서 사방에 나무 선반들이 층층이 늘어서 있는 방으로 끌

I. 마법사 하울의 비밀

고 갔다. 선반마다 케이크들이 가득했다. 레티가 걸상 두 개를 잡아당겨 꺼냈다.

"앉아."

그러더니 제일 가까운 선반을 그저 건성으로 들여다보고 크림 케이크 한 개를 꺼내어 소피에게 건네주었다.

"언니에겐 이게 필요할 거야."

소피는 걸상에 걸터앉아 향긋한 케이크 냄새를 맡으면서 조금은 눈물이 날 듯한 기분이었다.

"아, 레티! 널 만나니까 정말 기쁘구나."

그러자 레티가 말했다.

"그래, 나도 언니와 앉아 있어서 기뻐. 있잖아, 사실 난 레티가 아니야. 마사야."

운명을 찾아서

"뭐야?"

소피는 맞은편 걸상에 앉아 있는 소녀를 눈이 휘둥그레져서 보았다. 그 소녀의 얼굴은 레티와 똑같았다. 레티가 두 번째로 아끼는 파란 드레스도 입고 있었다. 그녀에게 완벽하게 어울리는 멋진 파란색이었다. 레티처럼 머리도 까맣고 눈도 파랬다.

소피의 동생이 말했다.

"난 마사라니까. 레티 언니의 비단 속옷을 조각조각 자르다가 언니한테 들킨 사람이 누구였지? 레티 언니한테는 말하지 않았어. 언니가 말했어?"

"나도 안 했어."

소피는 놀라서 정신이 쏙 빠졌다. 이젠 소피도 그녀가 정말 마사라는 것을 알 수 있었다. 맞은편에 있는 레티는 마사처럼 고개를 갸우뚱했고 역시 마사처럼 양손을 무릎 위에 깍지 끼고 엄지손가락을 빙빙 돌리고 있었다.

"어떻게 된 거야?"

그러자 마사가 대답했다.

"언니가 찾아올까 봐 걱정하고 있었어. 언니한테는 말해 줘야 할 테니까. 이제 다 털어놓고 나니까 마음이 놓인다. 아무한테도 말하지 않겠다고 약속해 줘. 언니는 한 번 약속하면 절대로 말하지 않으니까."

"약속할게. 그런데 왜? 어쩌다가?"

마사는 엄지손가락을 빙빙 돌리며 이렇게 대답했다.

"레티 언니하고 내가 짰어. 그 언니는 마법을 배우고 싶어 했고 난 그게 싫었거든. 레티 언니는 머리가 좋으니까 그걸 써먹을 만한 미래를 원하는 거야. 하지만 엄마한테 그렇게 말할 수는 없었어! 엄마는 레티 언니를 시샘해서 그 언니가 똑똑하다는 사실조차 인정하지 않으니까!"

소피는 패니가 정말 그렇다고는 믿지 않았지만 그 문제는 그냥 넘어가기로 했다.

"그럼 너는?"

"케이크 먹어 봐. 맛있어. 아, 그래, 나도 마음만 먹으면 똑똑해질 수 있지. 페어팩스 부인 댁에서 지금 우리가 쓰고 있는 이 마법의 주문을 알아내는 데 겨우 2주일밖에 안 걸렸거든. 밤중에 일어나서 몰래 부인의 책들을 읽어 봤는데, 알고 보니까 쉽더라고. 그런 다음에 식구들을 만나러 가도 되느냐고 물었더니 페어팩스 부인이 선뜻 허락해 주더라. 아주 친절한 분이야. 내가 향수병에 걸렸다고 생각하셨지. 그래서 나는 그 주문을 걸어 이리로 왔고, 레티는 나로 가장해서 페어팩스 부인에게 돌아간 거야. 첫 주엔 조금 힘들었어. 내가 당연히 알고 있어야 하는 것들을 전혀 몰랐으니까. 정말 끔찍했지. 그런데 나중에 보니까 사람들이 나를 좋아하더라고. 내 쪽에서 먼저 좋아해 주면 남들도 나를 좋아하게 되잖아. 그때부터는 모든 게 순조로웠어. 그리고 페어팩스 부인이 아직 쫓아내지 않은 걸 보면 레티 언니도 잘하고 있는 모양이고.”

소피는 무슨 맛인지도 모르고 케이크를 우적우적 씹어 먹었다.

“그런데 무엇 때문에 그런 일을 벌인 거야?”

레티의 얼굴을 하고 환하게 웃고 있는 마사는 걸상에 앉아 몸을 흔들면서 행복한 듯이 엄지손가락으로 동그라미를 그렸다.

“난 결혼해서 아이들을 열 명쯤 낳고 싶어.”

“아직 그럴 나이가 아니잖아!”

“그건 그래. 하지만 열 명을 낳으려면 일찌감치 시작해야 된다는 것쯤은 언니도 알잖아. 그리고 이 방법을 쓰면 내가 원하는 남자가 과연 있는 그대로의 나를 좋아하는지 천천히 살펴볼 수 있거든. 이 마법은 서서히 효력이 줄어드니까 난 조금씩 원래의 내 모습으로 돌아가는 거야.”

소피는 너무 놀라서 케이크가 어떤 종류였는지도 모르는 채로 다 먹어 버렸다.

"왜 하필 열 명이야?"

"내가 그만큼 낳고 싶으니까."

"난 꿈에도 몰랐는데!"

"글쎄, 내가 행운을 찾을 거라는 엄마 생각을 철석같이 믿고 있는 언니에게는 차마 그런 얘기를 꺼낼 수가 없었어. 언니는 엄마가 진심으로 그걸 바란다고 믿었지. 나도 그랬어. 그러다가 아빠가 돌아가신 뒤에 엄마가 정말 원하는 것은 우리를 빨리 치워 버리는 일이라는 걸 알게 된 거야. 레티 언니는 많은 남자들을 만나다가 후딱 결혼할 수 있는 곳으로 보내 버리고, 나는 최대한 먼 곳으로. 너무 화가 나서 이렇게 생각했지. 그래, 까짓 거! 그래서 레티 언니한테 얘기했더니 그 언니도 나만큼 화를 내고 있길래 둘이서 이런 일을 계획한 거야. 지금은 둘 다 잘 지내고 있어. 우리는 언니가 더 걱정이야. 그 가게에서 평생을 썩기엔 너무 똑똑하고 착하단 말야. 둘이서 의논해 보긴 했지만 도무지 방법을 찾을 수가 없더라고."

그래서 소피는 이렇게 항변했다.

"난 괜찮아. 조금 따분할 뿐이지."

그러자 마사가 버럭 소리쳤다.

"괜찮다고? 그래, 괜찮겠지. 그래서 몇 달 동안이나 이 근처엔 얼씬도 못 한 거고, 그러다가 그 끔찍한 회색 드레스에 숄을 걸치고 마치 나까지 무서워하는 것 같은 얼굴로 나타난 거겠지! 도대체 엄마가 언니한테 무슨 짓을 한 거야?"

소피는 거북스러워하면서 대답했다.

"아무 짓도 안 했어. 우린 요즘 좀 바빴어. 엄마에 대해 그런 식으로 말하면 안 돼. 엄마는 엄마잖아."

"그래, 나도 엄마를 많이 닮아서 엄마 마음을 잘 알아. 그래서 엄마가 나를 그렇게 멀리 보냈던 거야. 아니, 보내려고 했던 거지. 아무튼 엄마는 전혀 몰인정해 보이지 않으면서도 남을 이용하는 방법을 알고 있거든. 언니가 얼마나 성실한지도 잘 알고 말야. 그리고 언니가 맏딸이라는 이유만으로 결국 패배자가 될 수밖에 없다고 믿는다는 것도 알고 있어. 그래서 언니를 완벽하게 조종해서 노예 노릇을 하게 만드는 거야. 아마 월급도 안 주고 부려먹겠지."

"난 아직 견습생이잖아."

"나도 마찬가지지만 난 월급 받아. 체자리 씨 부부도 나한테 그만한 가치가 있다는 걸 아니까. 요즘 그 모자 가게는 한창 떼돈을 벌고 있는데, 그게 다 언니 덕분이라고! 시장님 부인을 근사한 여학생처럼 보이게 하는 그 초록색 모자도 언니가 만들었지?"

"풀쐐기 같은 초록색. 내가 장식했어."

그러자 마사는 거침없이 말을 이었다.

"그리고 제인 패리어가 그 귀족을 만날 때 썼던 보닛도. 언니는 모자와 옷에 대해서는 가히 천재적이야. 엄마도 그걸 안다고! 언니가 작년 오월제 때 레티 언니에게 그 드레스를 만들어 주면서부터 운명은 정해져 버린 거야. 이제 언니는 부지런히 돈을 벌어들이고, 엄마

　　　　　　　　　　　　1. 마법사 하울의 비밀

는 흥청망청 놀러 다니고……."

"엄마는 재료를 사려고 나가는 거야."

"재료를 산다고?"

마사가 소리쳤다. 그녀의 엄지손가락들이 빙빙 돌았다.

"그건 반나절이면 다 끝나. 소피 언니, 난 엄마를 직접 보기도 했고 소문도 들었어. 요즘 엄마는 언니가 벌어들이는 돈으로 새 옷을 차려입고 마차까지 빌려 타고 골짜기 아래쪽에 있는 저택들을 모조리 찾아다닌단 말야! 들리는 말로는 베일엔드에 있는 그 큰 저택을 사서 호화롭게 꾸밀 거래. 그런데 언니 꼴은 뭐지?"

"글쎄, 우리를 키우느라 힘들었으니 엄마도 좀 즐겨야지. 그리고 가게는 내가 물려받잖아."

그러자 마사가 소리쳤다.

"참 대단한 운명이네! 이봐, 언니……."

그러나 그 순간, 맞은편에 있던 빈 케이크 선반 두 개가 쑥 뽑히더니 남자 견습생 하나가 머리를 쑥 들이밀었다. 그리고 빙그레 웃으면서 아주 다정하고 은근한 말투로 말했다.

"레티, 어디서 네 목소리가 들린다 했지. 새로 구운 빵들이 방금 나왔어. 사람들한테 말해 줘."

밀가루가 조금 묻어 있는 그 곱슬곱슬한 머리는 곧 다시 사라졌다. 소피는 제법 괜찮은 남자인 것 같다고 생각했다.

마사가 정말 좋아하는 남자가 그 사람이냐고 묻고 싶었지만 그럴 기회가 없었다. 마사가 말을 계속하면서 발딱 일어났기 때문이다.

"다른 여자애들을 데려다가 이것들을 전부 매장으로 옮겨 놔야 돼. 이 끝을 잡고 좀 도와줘."

그녀는 제일 가까운 선반을 끄집어냈고, 소피도 그녀를 도와서 허둥지둥 방문을 지나 와자지껄하고 분주한 매장 쪽으로 들어 날랐다. 마사는 숨을 헐떡이며 걸어가면서도 계속 말을 이었다.

"소피 언니, 정말 뭔가 대책을 세워야 돼. 레티 언니도 우리가 옆에서 조금이라도 자신감을 북돋아 주지 않으면 언니가 어떻게 될지 모르겠다고 하더라. 그 언니가 걱정하는 것도 당연하지 뭐야."

매장 안에 들어서자 체자리 부인이 거대한 두 팔로 그들이 가져온 선반을 혼자 번쩍 받아들면서 큰 소리로 명령을 내렸다. 그러자 여러 명의 사람들이 더 많은 선반을 가져오려고 마사 곁을 지나 우르르 몰려갔다.

소피는 얼른 잘 있으라고 소리치면서 복잡한 사람들 속으로 파고들었다. 마사의 시간을 더 이상 빼앗으면 안 될 것 같아서였다. 사실 혼자서 생각을 좀 하고 싶기도 했다. 그녀는 집으로 달려갔다. 불꽃놀이가 벌어지고 있었다. 마치 하울의 성에서 솟구치는 파란 불덩어리와 경쟁이라도 하듯이 장터가 있는 강변 둔치에서 폭죽을 쏘아 올리는 중이었다. 소피는 더욱더 노약자가 되어 버린 기분이었다.

그날부터 거의 1주일 동안이나 생각을 거듭했지만 그럴수록 더 혼란스럽고 불만스러울 뿐이었다. 모든 일이 그녀가 생각했던 것과는 아주 딴판인 것 같았다. 특히 레티와 마사에 대해서는 놀라지 않을 수 없었다. 소피는 오랫동안 그들을 잘못 알고 있었던 것이다. 그러나

1. 마법사 하울의 비밀

마사의 말처럼 패니가 그런 여자라고는 도저히 믿을 수가 없었다.

생각할 시간은 많았다. 베시가 결혼을 위해 그만두면서부터 소피 혼자서 가게를 지킬 때가 많았기 때문이다. 게다가 놀러 다니는지 어쩐지는 모르겠지만 패니는 정말 외출 시간이 길었고, 오월제가 지난 뒤로는 손님도 한결 뜸했다. 사흘이 지났을 때 소피는 용기를 내어 패니에게 이렇게 말해 보았다.

"나도 월급을 받아야 되지 않을까요?"

그러자 패니는 가게 안의 거울 앞에서 장미꽃으로 장식한 모자를 쓰면서 상냥하게 대답했다.

"그야 물론이지, 네가 얼마나 열심히 일하는데! 오늘 저녁에 계산 좀 뽑아보고 나서 의논해 보자."

그러고는 밖으로 나가더니, 소피가 가게 문을 닫고 그날 장식할 모자들을 집으로 가져갈 때까지도 돌아오지 않았다. 처음에는 마사의 말에 솔깃했던 것을 부끄럽게 생각했다. 하지만 패니가 그날 저녁은 물론이고 꼬박 1주일이 다 가도록 월급에 대해서는 입도 뻥긋하지 않는 것을 보면서 차츰 마사의 판단이 옳았다고 믿게 되었다.

그녀는 때마침 빨간 비단과 밀랍 버찌 한 묶음으로 장식하고 있던 모자에게 이렇게 말했다.

"난 정말 이용당하고 있는 건지도 몰라. 그렇지만 누군가 이 일을 하지 않으면 모자가 없어서 못 팔게 되잖아."

그 모자를 완성한 다음에는 최신 유행의 단순한 흑백 모자를 손보기 시작했는데, 그때 문득 새로운 생각이 떠올랐다.

"팔 모자가 없다고 문제가 될까?"

그녀는 모자걸이에 걸려 있거나 산더미처럼 쌓인 채 장식해 주길 기다리고 있는 각양각색의 모자들을 둘러보았다. 그리고 그들에게 물었다.

"너희들이 다 무슨 소용이니? 나한테는 아무짝에도 쓸모가 없어."

그 순간 그녀는 당장이라도 집을 떠나 자기 운명을 찾아 나서려고 했다. 그런데 그때, 자신은 어차피 맏딸이니까 그래 봤자 헛일이라는 생각이 다시 떠올랐다. 그녀는 한숨을 지으면서 모자를 집어 들었다.

이튿날 아침, 그녀가 여전히 불만스러운 마음으로 가게 안에 혼자 있을 때였다. 아주 못생긴 젊은 여자가 버섯 주름 장식이 달린 보닛의 리본을 쥐고 휙휙 돌리면서 난폭하게 쳐들어왔다. 그 여자는 이렇게 빽빽거렸다.

"이것 좀 봐! 넌 이게 제인 패리어가 백작을 만날 때 썼던 것과 똑같은 모자라고 했잖아. 그건 거짓말이었어. 나에겐 아무 일도 일어나지 않았단 말야!"

소피는 미처 생각해 보기도 전에 불쑥 이렇게 말해 버렸다.

"놀랄 일도 아니네요. 그런 얼굴에 그 모자를 쓸 정도로 멍청하다면 임금님이 찾아와 애원해도 몰라볼 테니까. 물론 임금님은 댁을 보자마자 돌로 변해 버리겠지만 말예요."

손님은 소피를 사납게 노려보았다. 그러더니 그녀에게 보닛을 집어던지고 가게를 뛰쳐나갔다. 소피는 약간 숨을 몰아쉬면서 조심스

　　　　　　　　　　　　　　　1. 마법사 하울의 비밀

럽게 그 보닛을 쓰레기통에 쑤셔 넣었다. 장사의 법칙, 냉정을 잃으면 손님도 잃는다. 그녀는 방금 그 법칙을 증명했다. 그러면서 얼마나 즐거웠는지를 깨닫게 되자 마음이 어지러웠다.

그러나 미처 정신을 가다듬을 겨를도 없었다. 밖에서 바퀴 소리와 말발굽 소리가 들리더니 마차 한 대가 나타나 유리창을 가렸다. 이윽고 가게 종이 딸랑 울리더니 지금껏 소피가 만나 본 손님들 중에서도 가장 화려한 여자 손님이 천천히 들어섰다. 양쪽 팔꿈치께에는 검은담비 목도리가 걸려 있었고, 새까만 드레스에는 온통 번쩍거리는 다이아몬드가 주렁주렁 달려 있었다. 소피의 눈길은 제일 먼저 귀부인의 챙 넓은 모자로 쏠렸다. 진짜 타조 깃털을 염색하여 다이아몬드에서 반짝거리는 분홍과 초록과 파랑을 반사하게 만들었지만 깃털은 여전히 까만색이었다. 정말 고급스러운 모자였다.

귀부인의 얼굴은 정성껏 가꿔 아름다웠다. 밤색 머리 때문에 귀부인은 젊어 보였다. 하지만 소피는 귀부인을 따라 들어온 젊은 남자를 눈여겨보았다. 불그스름한 머리에 얼굴 모양이 좀 확실치 않은 사람이었는데, 옷은 잘 입었으면서도 얼굴이 창백했고 당황스러워 보였다. 그는 애원과 공포가 깃든 눈으로 소피를 보았다. 남자 쪽이 분명히 귀부인보다 젊었다. 소피는 어리둥절했다.

"해터 양?"

마치 노래를 부르는 듯했지만 위세 당당한 목소리였다.

"네."

소피가 대답했다. 남자는 아까보다 더 당황한 것 같았다. 어쩌면 귀부인이 그의 어머니일 수도 있었다.

"이 가게에서 훌륭한 모자를 판다고 들었어. 보여 줘."

지금 기분으로는 대답을 제대로 할 자신이 없었다. 그래서 소피는 곧장 모자를 꺼내 왔다. 귀부인의 수준에 맞을 만한 모자는 하나도 없었지만, 남자의 시선이 계속 따라붙는 것이 느껴져 마음이 불편했다. 귀부인이 자신에게 어울리는 모자가 없다는 것을 빨리 알아차릴수록 이 이상한 남녀는 빨리 나가 버릴 것 같았다. 소피는 패니의 조언에 따라 제일 안 어울리는 모자부터 내놓았다.

귀부인은 모자들을 보자마자 퇴짜를 놓기 시작했다. 먼저 분홍색 보닛을 보더니 대뜸 이렇게 말했다.

"보조개."

풀쐐기 같은 초록색 모자는,

"젊음."

그리고 베일이 달린 반짝거리는 모자를 보면서는 이렇게 말했다.

"신비로운 매력. 이건 너무 뻔하군. 다른 건 없어?"

소피는 최신 유행의 흑백 모자를 꺼냈다. 그나마 조금이라도 귀부인의 관심을 끌 만한 모자는 그것뿐이었다.

그러나 귀부인은 경멸하는 눈으로 그 모자를 바라보는 것이었다.

"이 모자는 아무것도 해 주는 게 없네. 이건 시간 낭비야, 해터 양."

소피는 이렇게 대꾸했다.

"그거야 손님이 들어와서 모자를 보여 달라고 하셨기 때문이죠. 여긴 작은 도시의 조그마한 가게일 뿐이에요, 부인. 도대체 어인 일로……."

그때 부인의 등 뒤에서 남자가 헉 숨을 들이마시면서 뭔가 경고의 신호를 보내는 것 같았다.

"……이 누추한 곳까지 행차하셨나이까?"

소피는 무슨 일인지 어리둥절해하면서 그렇게 말을 끝맺었다. 그러자 귀부인이 말했다.

"누구라도 황야의 마녀에게 대항하려고 하면 언제나 내가 나타나니까. 아가씨에 대한 소문을 들었어, 해터 양. 그런데 난 아가씨가 경쟁자로 나서는 것도 싫고 그 건방진 태도도 마음에 안 들어. 그래서 아가씨를 막으려고 온 거야, 자."

그녀는 소피의 얼굴을 향해 뭔가를 던지는 동작으로 손바닥을 쫙 펼쳤다.

소피는 떨리는 소리로 이렇게 물었다.

"부인이 황야의 마녀라는 말씀인가요?"

두려움과 놀라움 때문에 목소리도 이상해진 것 같았다.

"그래, 이건 아가씨가 감히 내 일을 방해했기 때문에 내리는 벌이야."

소피는 쉰 목소리로 이렇게 말했다.

"제가 뭘 방해했다는 건지 모르겠네요. 뭔가 잘못 아신 거예요."

무슨 까닭인지는 모르겠지만 남자는 이젠 완전히 공포에 질린 얼굴로 소피를 쳐다보고 있었다.

"잘못 안 게 아니야, 해터 양. 가자, 개스턴."

마녀는 휙 돌아서서 가게 문 쪽으로 걸어갔다. 남자가 그녀를 위해 공손히 문을 열어 주고 있을 때 마녀가 다시 소피를 돌아보았다.

"그건 그렇고, 아가씨가 마법에 걸렸다는 사실을 아무에게도 말할 수 없을 거야."

그녀가 떠나갈 때 가게 문에서 장례식의 종소리가 울려 퍼지는 것 같았다.

소피는 그 남자가 왜 그렇게 쳐다보았을까 생각하면서 두 손을 얼굴로 가져갔다. 말랑말랑한 가죽 같은 주름살들이 만져졌다. 그녀는 두 손을 내려다보았다. 손에도 주름살이 있었고, 온통 뼈와 가죽만 남아서 손등엔 굵은 핏줄이 드러났고, 손마디는 나무옹이 같았다. 회색 치마를 다리 위로 걷어 올리자 깡마르고 늙어빠진 두 발과 발목이 나타났다. 신발 속이 울퉁불퉁해진 듯한 느낌이었다. 다리는 아흔 살쯤 먹은 사람의 것 같았다.

소피는 거울 앞으로 다가가면서 자기가 절뚝거리며 걸어야 한다는 것을 깨달았다. 거울 속의 얼굴은 꽤 차분했는데, 그것은 이미 예상했던 모습이기 때문이었다. 야위고 마른 노파의 얼굴이었다. 갈색으로 시들어 버린 얼굴, 가늘고 새하얀 머리카락. 그녀의 누렇고 진물이 흐르는 눈이 소피를 뚫어져라 보고 있었다. 몹시 슬퍼 보였다.

소피는 그 얼굴을 향해 이렇게 말했다.

"걱정하지 마, 할멈. 그래도 꽤 건강해 보이는걸. 더구나 너한테는 이 모습이 훨씬 잘 어울려."

그녀는 상당히 침착하게 자신의 상황에 대해 생각했다. 모든 것에

덤덤했고 남의 일처럼 여겨졌다. 황야의 마녀에게도 별로 화가 나지 않았다.

"물론 기회가 온다면 그 여자에게 앙갚음을 해야겠지. 하지만 지금 당장은 이런 모습으로도 견딜 수 있어. 레티와 마사도 서로 바뀐 모습으로 잘 견디고 있잖아. 그렇지만 여기 있을 수는 없겠어. 엄마가 놀라서 기절하실 거야. 어디 보자. 이 회색 드레스는 그냥 입어도 되겠지만 숄과 음식이 좀 필요하겠군."

그녀는 절뚝거리며 가게 문 쪽으로 걸어가서 조심스럽게 팻말을 '닫혔음'으로 바꿔 놓았다. 움직일 때마다 관절들이 삐걱거렸다. 그러나 자기가 꽤 정정한 할머니라는 것을 알게 되자 마음이 좀 놓였다. 몸이 약하거나 병들었다는 느낌은 없었고 다만 좀 뻣뻣할 뿐이었다.

그녀는 절뚝거리며 숄을 꺼내 와서 할머니들이 하는 것처럼 머리와 어깨에 둘렀다. 그리고 발을 질질 끌면서 집으로 들어가 동전 몇 개가 들어 있는 지갑을 챙기고 빵과 치즈 한 꾸러미를 준비했다. 이윽고 집을 나와서 열쇠를 늘 두던 곳에 잘 숨겨 놓고 절뚝거리며 길을 떠났다. 여전히 차분한 기분인 것이 오히려 놀라울 정도였다.

그래도 마사에게는 작별 인사를 해야 한다는 생각을 안 해 본 것은 아니었다. 그러나 마사가 자기를 알아보지 못할 것이 싫었다. 차라리 그냥 가는 편이 나을 것 같았다. 그녀는 목적지에 도착하게 되면 두 동생에게 편지를 쓰기로 마음먹고, 발을 질질 끌면서 장이 열렸던 둔치를 지나 다리를 건너 시골길로 접어들었다.

따뜻한 봄날이었다. 소피는 비록 할머니가 되었어도 산울타리에서 5월의 풍경과 냄새를 즐기는 데는 별로 지장이 없다는 것을 알았다. 눈이 좀 침침한 게 문제였다. 이윽고 등이 쑤시기 시작했다. 절뚝거리면서도 힘차게 걸을 수 있었지만 아무래도 지팡이가 필요했다. 그녀는 산울타리 속에 혹시 막대기 같은 것이 떨어져 있는지 살펴보면서 걸어갔다.

확실히 시력이 전보다 나빠진 모양이었다. 1킬로미터 훨씬 멀리 떨어진 곳에 막대기 하나가 보인다고 생각했는데, 막상 가서 끄집어내자 누군가 울타리 속에 던져 놓은 오래된 허수아비 다리였다. 소피는 허수아비를 똑바로 세워 보았다. 얼굴은 말라비틀어진 순무였다. 소피는 그 허수아비에게 약간의 친근감을 느꼈다. 그래서 그것을 조각조각 잡아 뜯어 막대기를 가져가지 않고 산울타리의 두 나뭇가지 사이에 꽂아 주었다. 허수아비는 막대기 팔에 걸치고 있는 누더기 옷소매를 울타리 위로 신나게 펄럭이면서 활짝 핀 산사나무 꽃 속에 우뚝 서 있었다.

"됐다." 그렇게 말하던 소피는 자신의 늙고 목쉰 음성에 놀라서 다시 늙고 쉰 목소리로 낄낄 웃었다.

"너도 나도 별로 대단한 꼬락서니는 못 되는구나. 안 그래, 친구? 그래도 이렇게 눈에 띄는 곳에 놓아 두면 다시 네가 있던 밭으로 돌아갈 수 있을지 몰라."

그녀는 다시 길을 따라 걷다가 문득 한 가지 생각이 떠올라 되돌아왔다. 그리고 허수아비에게 말했다.

"있잖아, 혹시 맏딸이라서 실패할 운명만 아니라면 성공할 수 있도록 네가 살아나서 날 좀 도와줬으면 좋겠어. 어쨌든 행운을 빌어줄게."

그리고 다시 낄낄거리면서 걸음을 재촉했다. '어쩌면 내가 살짝 돌았는지도 몰라. 하지만 할머니들에겐 흔한 일이지.'

그녀는 한 시간쯤 지나서 지팡이 하나를 얻게 되었다. 강둑에 앉아 쉬면서 빵과 치즈를 먹고 있을 때였다. 등 뒤의 산울타리 속에서 어떤 소리가 들려왔다. 목이 졸려 낑낑거리는 소리 그리고 마구 들썩거리는 소리가 나면서 산울타리의 산사나무 꽃잎들이 우수수 떨어졌다. 소피는 앙상한 무릎으로 엉금엉금 기어가서 나뭇잎과 꽃과 가시들 틈으로 울타리 속을 들여다보았다. 그 속에는 깡마른 회색 개 한 마리가 있었다. 그 개는 목을 묶은 밧줄이 어쩌다가 튼튼한 막대기에 뒤엉키는 바람에 오도 가도 못하고 갇혀 있었다. 그 막대기가 산울타리의 두 나뭇가지 사이에 단단히 박혀 있어서 개는 거의 움직이지도 못했다. 녀석은 자신을 들여다보는 소피의 얼굴을 향해 사납게 눈알을 부라렸다.

소녀였을 때 소피는 모든 개를 무서워했다. 이젠 할머니가 되었지만 그 짐승의 쩍 벌린 아가리 속에 두 줄로 늘어선 날카로운 이빨들은 무척이나 무서웠다. 그러나 그녀는 이렇게 자신을 타일렀다.

"내 꼴이 이렇게 됐는데 걱정할 게 뭐가 있겠어."

그러면서 바느질 주머니를 더듬어 가위를 찾았다. 그리고 울타리 속으로 가위를 들이밀고 개의 목에 묶인 밧줄을 자르기 시작했다.

개는 몹시 사나웠다. 녀석은 움찔 그녀를 피하면서 으르렁거렸다. 그러나 소피는 용감하게 계속 밧줄을 자르면서 늙고 쉰 목소리로 개에게 말했다.

"내가 풀어 줄 때까지 얌전히 있지 않으면 굶어 죽거나 목 졸려 죽을 거야, 친구. 내가 보기엔 벌써 누군가 자네를 목 졸라 죽이려고 했던 것 같은데 말야. 어쩌면 그래서 이렇게 사나워졌는지도 모르겠군."

밧줄은 개의 목에 단단히 감겨 있었고 막대기도 그 속에 심하게 엉켜 있었다. 한참 동안 잘라 낸 뒤에야 비로소 밧줄이 끊어지면서 개가 막대기에서 벗어날 수 있게 되었다.

그때 소피가 물었다.

"빵하고 치즈 좀 먹어 볼래?"

그러나 개는 그녀에게 으르렁거리더니 울타리 반대편으로 비집고 나가 도망쳐 버렸다.

"그게 고맙다는 뜻이냐!"

그렇게 말하면서 소피는 가시에 찔린 팔을 문질렀다.

"그래도 자네 덕분에 좋은 걸 얻었어."

그녀는 개를 꼼짝 못 하게 했던 막대기를 울타리에서 끄집어냈다. 이제 보니 잘 다듬고 끝부분에 쇠붙이까지 달아서 제대로 만든 지팡이였다. 소피는 빵과 치즈를 마저 먹어치우고 다시 걷기 시작했다. 길은 점점 가팔라져서 지팡이가 큰 도움이 되었다. 그것은 말동무도 되어 주었다. 소피는 힘주어 걸음을 옮기면서 지팡이에게 주절주절 이야기를 늘어놓았다. 어차피 노인들은 혼잣말을 할 때가 많으니까.

"지금까지 두 번 만났지만 어느 쪽에서도 근사한 감사의 말은 못 들어봤어. 그래도 넌 참 좋은 지팡이야. 난 투덜거리는 게 아니라고. 하지만 틀림없이 세 번째 만남이 있을 거야. 아니, 근사하거나 말거나 꼭 만나 봐야겠어. 어떤 만남이 될지 궁금하네."

세 번째 만남은 저녁이 가까워질 무렵에 찾아왔다. 소피가 언덕 위의 꽤 높은 곳까지 올라갔을 때였다. 시골 남자 하나가 휘파람을 불면서 소피 쪽으로 내려오고 있었다. 소피는 양 떼를 돌보다가 집으로 돌아가는 양치기라고 짐작했다. 남자는 마흔 살쯤 되어 보이는 건장한 젊은이였다. 소피는 이렇게 중얼거렸다.

"맙소사! 오늘 아침에 저 남자를 봤다면 늙었다고 생각했을 텐데. 사람의 관점이라는 게 이렇게 달라지는구나!" 그때 소피가 혼자 중얼거리는 것을 본 양치기는 조심스럽게 길 건너편으로 피하면서 아주 곰살궂게 소리쳤다.

"안녕하세요, 어머님! 어디 가시는 길이세요?"

"어머님? 난 자네 어머님이 아니야, 젊은이!"

소피가 그렇게 대꾸하자 양치기는 건너편 산울타리에 딱 붙어 조금씩 움직이면서 이렇게 말했다.

"그거야 그냥 하는 소리죠. 날도 저물어 가는데 언덕 위로 올라가시는 걸 보고 예의상 여쭤 봤을 뿐이에요. 해 지기 전엔 어퍼폴딩까지 내려가시기 힘들 것 같은데요."

소피는 미처 그 생각을 못 했었다. 그래서 길을 멈추고 잠시 생각해 보았다. 그러면서 반쯤 혼잣말로 말했다.

"그렇다고 문제될 건 없지. 내 운명을 찾겠다고 나선 마당에 이것 저것 가릴 게 뭐람."

그러자 양치기가 말했다.

"그러세요, 어머님?"

그는 이제 소피보다 아래쪽으로 내려가 있어서 조금 마음이 놓이는 모양이었다.

"그럼 행운을 빌어요, 어머님. 그 행운이라는 것이 마법으로 남의 가축을 꾀어내는 게 아니라면 말입니다."

그러더니 성큼성큼 길을 내려갔다. 뛰지는 않았지만 거의 뛰다시피 했다.

소피는 화가 나서 양치기의 뒷모습을 노려보았다. 그러면서 지팡이에게 말했다.

"저 사람은 내가 마녀라고 생각한 거야!"

그에게 험악한 말을 던져 겁을 주고 싶다는 생각도 들었지만 너무 짓궂은 짓인 것 같았다. 그녀는 중얼중얼하면서 다시 부지런히 언덕길을 올라갔다. 머지않아 산울타리가 끊어지면서 헐벗은 땅이 드러났다. 그 너머는 히스(철쭉과의 관목―옮긴이)가 무성한 고지대였고, 다시 그 너머는 바스락거리는 누런 풀로 뒤덮인 가파른 비탈이었다. 소피는 굴하지 않고 계속 걸었다. 그때쯤에는 늙고 울퉁불퉁한 발도 아팠고, 등허리도 아팠고, 무릎도 아팠다. 너무 지쳐 중얼거리지도 못하고 그저 헐떡거리면서 부지런히 걸음을 옮길 뿐이었다. 이윽고 해가 아주 낮게 가라앉았다. 소피는 문득 더 이상은 한 걸음도 걸을 수 없다는 것을 깨달았다.

그녀는 이젠 어떻게 해야 하나 생각하면서 길가에 있는 바위 위에 무너지듯 주저앉아 숨을 몰아쉬었다.

"지금 생각나는 행운이라고는 오직 편안한 의자뿐이야!"

그 바위가 있는 곳은 바깥쪽으로 불룩 튀어나온 땅이라서 지금까지 소피가 지나온 길이 훤히 내려다보였다. 저물어가는 햇살 속에서 거의 골짜기 전체가 그녀의 발아래 펼쳐져 있었다. 모든 들판과 벽과 산울타리는 물론이고, 구불구불한 강물, 여기저기 작은 숲속에서 빛나고 있는 부자들의 멋진 저택들 그리고 저 멀리 푸르스름한 산까지 볼 수 있었다. 그녀의 바로 밑에는 마켓치핑이 있었다. 마켓 광장도 보였고 체자리 빵집도 보였다. 여기서 돌을 던진다면 모자 가게 옆에 있는 그녀의 집 굴뚝 위에 떨어질 것 같았다.

소피는 그만 실망해서 지팡이에게 말했다.

"아직도 이렇게 가깝다니! 그렇게 열심히 걸었는데 겨우 우리 집 지붕 위잖아!"

해가 지면서 바위가 싸늘하게 식어 버렸다. 어느 쪽으로 고개를 돌려도 피할 수 없는 기분 나쁜 바람이 불어왔다. 이젠 밤새도록 언덕 위에 있어야 한다는 사실이 더 이상 하찮은 일로 여겨지지 않았다. 편안한 의자와 따뜻한 난롯가가 자꾸 떠올랐다. 캄캄한 어둠과 사나운 짐승들도 생각났다. 그러나 마켓치핑으로 돌아가더라도 한밤중이 되어야 겨우 도착할 수 있었다. 차라리 앞으로 나아가는 편이 나을 것 같았다. 그녀는 한숨을 푹 쉬고 우두둑 소리를 내면서 일어났다. 끔찍했다. 온몸에 안 아픈 구석이 하나도 없었다.

그녀는 헉헉거리며 비탈길을 올라갔다.

"노인들이 어떤 고통을 참아야 하는지 예전엔 미처 몰랐어! 그래도 늑대들이 나를 잡아먹지는 않을 거야. 너무 말라비틀어져 질길 테니까. 그나마 위안이 되는구나."

이제 어둠이 빠르게 찾아오고 있어서 히스가 우거진 고지대는 푸르스름한 잿빛으로 변해 있었다. 바람도 더욱 날카로웠다. 소피가 숨을 헐떡이는 소리와 팔다리가 우두둑거리는 소리가 어찌나 요란했는지, 그렇게 훅훅 우두둑 하는 소리 중에서 일부는 자기가 내는 소리가 아니었다는 사실을 깨닫기까지는 조금 시간이 걸렸다. 그녀는 흐릿한 눈을 들어 앞쪽을 쳐다보았다.

마법사 하울의 성이 우르릉 쿵쿵 소리를 내며 황무지를 가로질러 그녀 쪽으로 다가오고 있었다. 시꺼먼 성벽 뒤쪽에서 검은 연기가 구름처럼 솟아올랐다. 성은 높고 뾰족한 데다가 무겁고 꼴사나워 정말 못되게 보였다. 소피는 지팡이에 기대어 그것을 쳐다보았다. 그다지 무섭지는 않았다. 저런 것이 어떻게 움직이는지 궁금하기도 했다. 그러나 지금 그녀의 마음을 사로잡은 것은 저렇게 엄청난 연기로 미루어 저 높고 시꺼먼 성벽 안에는 틀림없이 커다란 난롯불이 활활 타오르고 있을 거라는 생각이었다.

소피는 지팡이에게 이렇게 말했다.

"그래, 안 될 것도 없겠지? 마법사 하울도 내 영혼을 빼앗으려고 하진 않을 거야. 젊은 아가씨들만 잡아간다니까."

그녀는 지팡이를 치켜들고 성을 향해 위세 좋게 휘둘렀다.

그리고 카랑카랑하게 외쳤다.

"멈춰라!"

성은 우르릉 드르릉 소리를 내면서 그녀에게서 15미터쯤 되는 거리에 얌전히 멈춰 섰다. 소피는 몹시 기뻐하면서 그쪽으로 절뚝절뚝 걸어갔다.

위험한 거래

소피가 있는 쪽의 시꺼먼 성벽에는 검은색 성문이 있었다. 소피는 절뚝거리면서 그 성문을 향해 바삐 걸어갔다. 가까이에서 보니 성은 더욱더 흉측한 모습이었다. 쓸데없이 높기만 했고 별로 규칙적인 모양도 아니었다. 점점 깊어가는 어둠 속에서 소피가 확인할 수 있었던 것은 이 성이 석탄처럼 시꺼멓고 커다란 돌덩어리들로 지어졌다는 사실 그리고 그 돌덩어리들 역시 석탄처럼 모양도 크기도 제각각이라는 사실이었다. 가까이 다가가자 그 돌덩어리들에서 싸늘한 냉기가 훅 끼쳐 왔다. 그러나 소피는 조금도 무서워하지 않았다. 그녀는 오직 의자와 난롯불만 생각하면서 얼른 성문 쪽으로 손을 뻗었다.

그러나 그 손은 성문까지 이르지 못했다. 성문으로부터 30센티미터쯤 되는 곳에서 보이지 않는 벽이 그녀의 손을 가로막았기 때문이었다. 소피는 짜증을 내면서 그 벽을 손가락으로 찔러 보았다. 아무런 일도 일어나지 않자 이번에는 지팡이로 쿡쿡 찔렀다. 그 벽은 위쪽으로는 지팡이가 닿는 높이까지, 그리고 아래로는 현관 계단 밑으로 비어져 나온 히스 덤불까지 성문 전체를 가리고 있는 듯했다.

소피는 째지는 소리로 외쳤다.

"문 열어!"

그러나 여전히 아무런 일도 일어나지 않았다.

"좋아. 그렇다면 뒷문을 찾아보지."

그녀는 절뚝거리며 성의 왼쪽 모퉁이 쪽으로 걸어갔다. 그쪽이 가깝기도 했고 약간 내리막길이었기 때문이다. 그러나 그녀는 그 모퉁이를 돌지 못했다. 불규칙하게 생긴 시꺼먼 주춧돌 앞에 이르자마자 다시 보이지 않는 벽이 가로막았다. 그래서 소피는 마사에게서 배우긴 했지만 할머니도 젊은 아가씨도 알아서는 안 되는 어떤 낱말을 불쑥 내뱉고 나서 시계 반대 방향, 즉 성의 오른쪽 모퉁이가 있는 쪽으로 터벅터벅 오르막길을 올라갔다. 그곳에는 장애물이 없었다. 그녀는 모퉁이를 돌아서 그쪽 성벽의 한복판에 있는 또 하나의 커다랗고 검은 성문을 향해 열심히 절뚝거리며 걸어갔다.

그런데 그 문에도 장애물이 있었다.

소피는 성문을 매섭게 노려보았다.

"이거야 정말 푸대접도 이만저만이 아니네!"

바로 그때 성벽 쪽에서 시꺼먼 연기가 구름처럼 왈칵 쏟아졌다. 소피는 기침을 했다. 이번엔 화가 났다. 그녀는 늙었고 허약한 데다 추웠고 온몸이 아팠다. 밤은 다가오는데 이 성은 멀쩡히 버티고 앉아 그녀에게 연기만 뿜어대고 있었다.

"하울에게 꼭 따져야겠어!"

그렇게 말하면서 소피는 다음 모퉁이 쪽으로 힘차게 걸어갔다. 그 모퉁이에도 장애물은 없었고—이 성은 시계 반대 방향으로만 돌 수 있는 모양이었다—세 번째 문은 다음 성벽에서 약간 옆으로 치우쳐 있었다. 이번 문은 훨씬 작고 허름했다.

"드디어 뒷문이군!"

소피가 뒷문 가까이 다가가자 성이 다시 움직이기 시작했다. 땅이 흔들렸다. 성벽이 덜덜 떨고 삐걱거리면서 문도 옆으로 밀려가고 있었다.

소피가 소리쳤다.

"아니, 그건 안 돼!"

그녀는 문을 쫓아 달리면서 지팡이로 마구 두들겼다.

"문 열어!"

그러자 문이 계속 옆으로 움직이면서도 안으로 활짝 열렸다. 소피는 절뚝거리며 맹렬히 달려 한쪽 발을 계단 위에 올려놓는 데 성공했다. 그리고 한 발로 깡충깡충 뛰면서 기어올랐다가 다시 깡충깡충 뛰었다. 그러는 동안에 성은 차츰 속력을 높여 울퉁불퉁한 언덕 비탈을 지나갔고, 문 주위의 커다랗고 시꺼먼 돌덩어리들이 덜컥덜컥

우지끈하고 비명을 질렀다. 소피는 성이 기우뚱해 보이는 것도 당연한 일이라고 생각했다. 그 자리에서 산산이 무너져 버리지 않는 것만 해도 놀라울 따름이었다.

"멀쩡한 건물을 이런 식으로 다루다니!"

그녀는 헐떡이면서 성안으로 몸을 던졌다. 그리고 다시 밖으로 튕겨 나가지 않도록 얼른 지팡이를 떨어뜨리고 열린 문짝에 매달려야 했다.

간신히 가쁜 숨이 가라앉기 시작했을 때 소피는 바로 앞에 어떤 사람이 서서 역시 문짝을 붙잡고 있다는 것을 깨달았다. 소피보다 머리 하나만큼 컸지만, 그래도 어린아이에 불과하다는 것을 알 수 있었다. 마사보다 조금 더 나이가 들어 보이는 정도였다. 그런데 그는 소피를 다시 어둠 속으로 몰아내고 문을 닫으려는 것 같았다. 그의 등 뒤에는 등불을 밝혀 놓은 나지막한 대들보의 따뜻한 방이 있는데 말이다.

"꼬마야, 네가 건방지게 나를 내쫓고 문을 닫으려고 들어?"

그러자 소년은 이렇게 말했다.

"그게 아니에요. 할머니가 문을 못 닫게 막고 계셨잖아요. 무슨 일로 오셨어요?"

소피는 소년의 등 뒤로 보이는 것들을 둘러보았다. 대들보에는 끈으로 묶은 양파 몇 개, 약초 몇 다발, 이상하게 생긴 뿌리 몇 묶음 등 아마도 마법에 쓰는 듯한 여러 가지 물건들이 주렁주렁 매달려 있었다. 그리고 마법에 쓰는 것이 분명한 물건들도 있었다. 가죽 표지가 달린 책 몇 권, 꼬불꼬불한 병 몇 개 그리고 씩 웃고 있는 갈색의 오래된 해골 따위였다. 소년의 반대편에는 삼발이처럼 생긴 쇠모형 위에서 작은 불이 타오르는 벽난로가 있었다. 바깥에서 보았던 그 많은 연기에 비하면 너무 작은 불이었지만 어차피 이곳은 분명 성안의 작은 방에 지나지 않았다. 소피에게는 이 난롯불이 장미꽃처럼 이글이글 타고 있다는 것이 훨씬 더 중요했다. 작고 파란 불꽃들이 장작 위에서 춤을 추었고, 게다가 그 옆의 가장 따뜻한 자리엔 쿠션이 놓인 나지막한 의자 하나가 있었다.

소피는 소년을 옆으로 밀어내고 의자 위로 몸을 던졌다. 그리고 그 속에 편안히 몸을 묻으면서 말했다.

"아! 나의 행운!"

행복감이 밀려왔다. 난롯불은 온몸의 통증을 따뜻하게 녹여 주었고, 의자는 그녀의 등을 편안히 받쳐 주었다. 만약 지금 이 순간 누군가 그녀를 쫓아내려 한다면 아주 강력하고 난폭한 마법을 써야 할 터였다.

소년이 문을 닫았다. 그리고 소피의 지팡이를 집어 들어 공손히 의자에 기대어 놓았다. 소피는 이제 이 성이 언덕 비탈에서 이리저리 움직이지 않는다는 것을 깨달았다. 우르릉거리는 소음도 들리지 않았고 전혀 흔들리지도 않았다. 참 희한하네! 그녀는 소년에게 이렇게 말했다.

"마법사 하울에게 말해 줘. 이 성이 계속 이렇게 돌아다닌다면 조만간 무너져 버릴 거라고 말야."

그러자 소년이 대답했다.

"이 성이 무너지지 않도록 마법을 걸어 놨어요. 어쨌든 하울 님은 지금 안 계시는데요."

소피에게는 반가운 소식이었다. 그녀는 조금 초조하게 물었다.

"언제 돌아오는데?"

"아마 내일쯤은 돼야 오실 거예요. 무슨 일인데요? 제가 대신 도와드리면 안 될까요? 저는 하울 님의 제자 마이클이에요."

그렇다면 더욱 반가운 소식이었다. 소피는 재빠르고도 단호하게 말했다.

"미안하지만 이건 마법사만이 도와줄 수 있는 거야."

어쩌면 그 말이 사실일 수도 있었다.

"너만 괜찮다면 여기서 기다려야겠어."

그러나 마이클은 전혀 괜찮지 않다는 기색이 역력했다. 그는 조금 난감한 듯이 소피 곁에서 서성거렸다. 소피는 별 볼 일 없는 견습생 따위에게 내쫓길 생각은 전혀 없다는 것을 확실히 알려 주기 위해 눈을 꾹 감고 잠을 청하는 체했다. 그러면서 이렇게 중얼거렸다.

"하울이 돌아오면 소피가 왔다고 전해 줘."

그리고 좀 더 확실히 못을 박으려고 한마디 더 덧붙였다.

"소피 할머니 말이야."

그러자 마이클이 대답했다.

"밤새도록 기다리셔야 할 텐데요."

그거야말로 소피가 바라는 일이었다. 그래서 못 들은 척했다. 아닌게 아니라 그녀는 정말 금세 잠들어 버렸다. 너무 오래 걸어서 피곤한 탓이었다. 잠시 후 마이클은 그녀를 포기하고 등불이 있는 작업대로 돌아가서 하던 일을 계속했다.

소피는 꾸벅꾸벅 졸면서, 조금 거짓말을 하긴 했지만 아무튼 하룻밤을 보낼 곳은 마련했다고 생각했다. 하울은 아주 나쁜 사람이니까 이렇게 이용당해도 괜찮을 것 같았다. 그러나 하울이 돌아와 뭐라고 말할 때쯤에는 여기서 멀리 도망칠 생각이었다. 그녀는 졸린 눈을 억지로 뜨고 몰래 견습생 쪽을 훔쳐보았다. 하울의 제자가 그렇게 착하고 예절 바른 소년이라는 것은 조금 놀라운 일이었다. 어쨌든 그녀가 몹시 무례하게 밀고 들어온 것이 사실인데도 마이클은 전혀 불평하지 않으니까. 어쩌면 하울이 그를 노예처럼 비참하게 부려먹고 있는지도 모를 일이었다. 그러나 마이클은 노예 같은 모습이 아니었다. 키가 크고 가무잡잡한 이 소년은 상냥하고 솔직한 얼굴이었고 옷차림도 아주 반듯했다. 그 순간 그가 구부러진 유리병 속에 들어 있는 검은색 가루에다가 꼬불꼬불한 플라스크에 있던 초록색 액체를 조심스럽게 붓는 장면을 보지 못했다면 소피는 그를 부잣집 농부의 아들쯤으로 여겼을 것이다. 참 희한하네!

그러나 마법사들에 대한 일이라면 으레 희한할 수밖에 없다는 것이 소피의 생각이었다. 부엌인지 작업장인지 몰라도 이곳은 대단히 아늑하고 평화로웠다. 소피는 곧 깊이 잠들어 코를 골기 시작했다. 머지않아 작업대 쪽에서 눈부신 섬광과 함께 작은 폭발음이 터져 나오고 곧이어 마이클이 욕설을 내뱉다가 황급히 입을 다물었을 때도 소피는 잠에서 깨지 않았다. 그리고 마이클이 불에 덴 손가락을 빨면서 오늘밤은 여기서 마법을 중단하기로 결심하고 나서 찬장에 있는 빵과 치즈를 꺼내 올 때도 깨지 않았다. 마이클이 난롯불에 집어넣을 장작을 집으려고 그녀의 몸 위로 팔을 뻗다가 지팡이를 쓰러뜨려 덜커덕 소리가 났을 때도, 그리고 마이클이 그녀의 벌어진 입속을 들여다보고 벽난로를 향해 말했을 때도 소피는 전혀 움직이지 않았다.

"이 할머니는 이빨이 다 있어. 황야의 마녀는 아니겠지?"

그러자 벽난로가 이렇게 대꾸했다.

"그랬다면 내가 그 여자를 들여놓지도 않았을 거야."

마이클은 어깨를 으쓱거리고 다시 공손하게 소피의 지팡이를 세워 놓았다. 그러고는 역시 공손하게 장작 한 개비를 난롯불 위에 놓고 위층 어딘가로 자러 갔다.

소피는 누군가 코를 고는 소리를 듣고 한밤중에 깨어났다. 깜짝 놀라 벌떡 일어났지만 코를 골던 사람이 바로 자기였다는 것을 깨닫게 되자 공연히 짜증이 났다. 겨우 1, 2초쯤 졸았던 것 같은데 그 사이에 마이클이 홀연히 사라져 버렸고, 그러면서 등불도 가져간 모양이었다. 마법사의 제자들은 첫 주부터 그런 일을 배우는 것이 분명했다. 마이클은 난롯불도 아주 조그맣게 줄여 놓았다. 불 속에서 쉬이익 따닥따닥하는 성가신 소리가 나고 있었다. 싸늘한 외풍이 소피의 등을 훑고 지나갔다. 소피는 자기가 마법사의 성안에 있다는 것을 기억했다. 그리고 등 뒤 어딘가의 작업대 위에 해골 하나가 있다는 것도 기분 나쁘도록 또렷하게 생각났다.

소피는 부르르 몸서리를 치면서 늙고 뻣뻣한 목을 억지로 돌려 보았지만 뒤쪽은 캄캄한 어둠뿐이었다. 그녀는 이렇게 말해 보았다.

"좀 더 밝게 해 주면 안 될까?"

그녀의 작고 쉰 목소리는 난롯불이 따닥거리는 소리만큼 조그맣게 들렸다. 소피에게는 뜻밖이었다. 성안의 둥근 천장 위로 이리저리 울려 퍼질 거라고 예상했기 때문이다. 어쨌든 그녀 곁에는 장작바구니가 있었다. 소피는 삐걱거리는 팔을 뻗어 장작 한 개비를 불위에 올려놓았다. 그러자 초록색과 파란색의 불꽃들이 굴뚝 속으로 후르르 날아올랐다. 그녀는 두 번째 장작을 놓고 다시 의자에 몸을 묻고는 불안한 시선으로 등 뒤를 돌아다보았는데, 난롯불에서 나오는 파란색과 초록색의 불빛이 갈색의 매끈매끈한 해골 위에서 춤추듯 일렁이고 있었다. 이 방은 아주 작았다. 그리고 그 안에는 소피와 해골 말고는 아무도 없었다.

그녀는 이렇게 자신을 위로했다.

"저 사람은 두 발이 모두 무덤 속에 있지만 난 겨우 한 발만 들여놨을 뿐이야."

소피는 다시 불 쪽으로 돌아앉았다. 난롯불은 이제 파란색과 초록색의 불길로 활활 타오르고 있었다. 소피가 중얼거렸다.

"장작에 소금기가 있었나 봐."

그녀는 울퉁불퉁한 발을 벽난로 불똥막이 위에 올려놓고 머리를 의자 한구석으로 밀어 넣어 좀 더 편안한 자세를 취하고 색색의 불꽃을 들여다보면서 아침에 해야 할 일을 멍하니 생각하기 시작했다. 그러다가 잠시 생각이 곁길로 빠지면서 불길 속에 어떤 얼굴이 보인다고 상상하기도 했다. 그녀는 이렇게 중얼거렸다.

"마르고 파란 얼굴일 거야. 아주 길고 깡마른 얼굴, 파랗고 뾰족한 코. 맨 위에 있는 저 구불구불한 초록색 불길은 틀림없이 네 머리카락이겠지. 하울이 돌아오기 전에 나가지 않으면 어떻게 될까? 마법사들은 마법을 풀어 줄 수도 있을 거야. 그리고 바닥 쪽에 있는 저 보라색 불길은 입이겠구나. 이빨이 아주 무시무시하네, 친구. 두 눈썹은 텁수룩한 초록색 불길이고……."

신기한 일이었다. 난롯불 속에서 주황색 불꽃은 바로 그 초록색 눈썹 밑에만 있어서 정말 눈인 것 같았는데, 그 눈은 각각 한복판이 보라색으로 반짝거려 마치 두 개의 눈동자처럼 그녀를 물끄러미 바라보고 있는 듯했다. 소피는 그 주황색 불꽃들을 들여다보며 이렇게 말을 이었다.

"그렇지만 마법이 풀리면 미처 돌아서기도 전에 심장을 뜯어 먹히고 말겠지."

그때 난롯불이 물었다.

"심장을 뜯어 먹히는 게 싫어서 그래?"

말을 한 것은 분명히 난롯불이었다. 소피는 그 말이 들려올 때 난롯불의 보라색 입이 움직이고 있는 것을 보았다. 장작이 지글지글 치익치익 타는 소리와 함께 들려오는 그 음성은 거의 소피의 음성만큼이나 쉰 목소리였다. 소피는 이렇게 대답했다.

"그야 당연히 싫을 수밖에. 그런데 넌 뭐니?"

보라색 입이 대답했다.

"불꽃 마귀."

그리고 지글지글하는 소리보다 칭얼거리듯 치익치익 하는 소리가 더 커지면서 이렇게 말을 이었다.

"난 계약 때문에 이 벽난로에 묶여 있는 거야. 이 자리에서 움직일 수가 없지."

그러더니 이내 씩씩하게 따닥거리는 목소리로 바뀌었다.

"그런데 넌 뭐야? 마법에 걸린 모양인데."

꿈꾸듯 몽롱하던 소피는 그 말에 정신을 바싹 차렸다. 그리고 소리쳤다.

"아는구나! 그럼 마법을 풀어 줄 수도 있어?"

그러자 물결치듯 이글거리는 침묵이 흘렀다. 불꽃 마귀의 일렁이는 파란 얼굴 속에서 그 주황색 눈들이 소피를 위아래로 훑어보고 있었다. 이윽고 마귀가 말했다.

"강력한 마법이군. 내가 보기엔 황야의 마녀가 걸어 놓은 것 같은데."

"맞았어."

그러자 마귀가 따닥거리며 말했다.

"그런데 그뿐만이 아니야. 이건 두 겹으로 된 마법이야. 물론 상대방이 벌써 알고 있지 않다면 너는 이 마법에 대해 말할 수도 없을 거야."

마귀는 소피를 잠시 쳐다보았다.

"좀 더 연구해 봐야겠어."

소피가 물었다.

"그게 얼마나 걸릴까?"

"꽤 걸릴 거야."

그렇게 대답하더니 마귀는 은근히 권유하듯 부드럽게 너울거리며 이렇게 덧붙였다.

"나하고 거래 하나 할까? 네가 내 계약을 깨 준다고 약속하면 나도 네 마법을 풀어 줄게."

소피는 경계하는 시선으로 마귀의 비쩍 마른 파란색 얼굴을 들여다보았다. 그 제안을 할 때 마귀는 분명히 교활한 표정을 짓고 있었다. 그녀가 책에서 읽어 본 이야기들은 모두 마귀와의 거래가 지극히 위험하다는 것을 말해 주고 있었다. 게다가 이 마귀는 특별히 더 사악해 보인다는 것도 의심의 여지가 없었다. 저 길쭉한 보라색 이빨들.

"너 정말 진실만을 말하고 있는 거야?"

그러자 마귀가 대답했다.

"완전한 진실은 아냐. 하지만 네가 죽을 때까지 그런 꼴로 지내고 싶어? 내가 보기엔 그 마법이 네 수명을 60년쯤 줄여 놨는데 말야."

생각만 해도 끔찍한 일이었다. 그리고 소피가 지금까지 애써 생각하지 않으려고 노력하던 일이기도 했다. 그게 사실이라면 상황이 달라진 셈이었다.

"네가 지켜야 한다는 그 계약 말인데, 그건 마법사 하울과 맺은 계약이겠지?"

"당연하지."

마귀의 목소리는 다시 조금 칭얼거리는 소리로 변했다.

"난 이 벽난로에 꽁꽁 묶여 여기서 한 걸음 밖으로도 나가지 못해. 그리고 이 성에서 대부분의 마법을 걸어야 하는 것도 바로 나라고. 성을 유지하는 일, 움직이는 일, 온갖 무서운 특수 효과로 사람들을 쫓아 버리는 일, 그 밖에도 하울이 원하는 일이라면 뭐든지 해 줘야 한단 말야. 하울은 정말 심장도 없는 놈이거든."

하울이 그렇게 무자비하다는 것쯤은 소피도 이미 알고 있었다. 그러나 이 마귀도 하울에 못지않게 나쁜 것 같았다.

"그럼 넌 그 계약에서 얻는 게 아무것도 없다는 거야?"

그러자 마귀는 애처롭게 너울거리며 이렇게 대답했다.

"얻는 게 없었다면 애당초 계약을 맺지도 않았겠지. 하지만 이게 어떤 일인지 미리 알았더라면 절대로 하지 않았을 거야. 난 이용당하고 있다고."

소피는 경계심을 품고 있으면서도 마귀를 조금은 불쌍하게 여겼다. 패니가 흥청망청 놀러 다니는 동안에 소피 자신은 모자를 만들고 있던 일도 생각났다.

"좋아. 네 계약의 조건은 뭐지? 어떻게 깨뜨리는 거야?"

그러자 마귀의 파란 얼굴에 열띤 보라색 웃음이 번져 갔다.

"거래를 하겠다는 거야?"

"네가 내 마법을 풀어 주겠다고 약속한다면."

그 순간 마귀의 길쭉한 얼굴이 굴뚝을 향해 신나게 솟아올랐다.

"그러지! 네가 내 계약을 깨뜨려 주면 그 즉시 나도 네 마법을 풀어 줄게!"

"그럼 네 계약을 어떻게 깨뜨려야 하는지 말해 봐."

그러자 주황색 눈이 그녀를 힐끔 쳐다보더니 이내 눈길을 돌렸다.

"그건 말할 수 없어. 마법사도 나도 계약 조건을 말할 수 없다는 단서가 붙어 있었거든."

소피는 그제야 속았다는 것을 깨달았다. 그래서 마귀에게 심판의 날이 올 때까지 벽난로 속에서 푹 썩으라고 말하기 위해 입을 열었다.

마귀도 그 사실을 알아차리고 얼른 이렇게 따닥거렸다.

"서두르지 마! 잘 보고 들으면 그게 뭔지 알아낼 수 있을 테니까. 장기적으로 봤을 때 이 계약은 서로에게 좋을 게 하나도 없어. 그리고 나도 약속은 꼭 지킨다고. 내가 여기서 떠나지 않는 것만 봐도 알잖아!"

마귀는 자못 진지했다. 그는 안절부절못하고 장작 위에서 이리 저리 날뛰고 있었다. 소피는 또다시 마귀가 불쌍해졌다.

"하지만 잘 보고 들으려면 내가 하울의 성에 머물러야 되잖아."

"한 달 정도면 충분해. 그리고 나도 네 마법을 연구해야 되고."

"그렇지만 무슨 핑계로 붙어 있으란 말이야?"

"생각해 내면 돼. 하울은 대부분의 일에 전혀 쓸모가 없는 놈이야."

마귀는 원한이 가득한 소리로 쉭쉭거리며 이렇게 말을 이었다.

"자신에게만 몰두하느라고 자기 코앞에 있는 것도 못 볼 때가 많다고. 그러니까 얼마든지 속일 수 있어. 네가 남아 있기로 한다면 말이야."

"좋아. 남아 있을게. 그럼 이젠 핑곗거리를 찾아봐."

마귀가 생각을 하는 동안 소피는 의자에 편안하게 몸을 묻었다. 마귀는 생각에 잠겨 너울거리며 따닥따닥 중얼거렸다. 그 소리를 듣고 소피는 이리로 걸어오면서 지팡이에게 말을 걸던 일을 떠올리기도 했다. 그러나 생각에 잠긴 마귀가 무척이나 즐거운 듯 활활 타오르는 바람에 소피는 다시 꾸벅꾸벅 졸기 시작했다. 마귀가 정말 몇 가지 제안을 했던 것 같기는 했다. 오랫동안 연락이 끊겼던 하울의 이모할머니로 행세하라는 말에 고개를 내저었던 것도 생각났고, 그 밖에도 더욱 황당한 제안이 한두 개쯤 더 있었지만 별로 뚜렷이 기억나지는 않았다.

이윽고 마귀는 조용히 너울거리며 노래를 부르기 시작했다. 노랫말은 소피가 모르는 언어였고―어쨌든 소피는 그렇게 생각했지만 그중에 '국 냄비'라는 말이 몇 번 나오는 것은 분명히 들었다―몹시 졸리는 노래였다. 소피는 깊은 잠에 빠져들었다. 속기만 한 것이 아니라 이젠 홀리기까지 하는 게 아닌가 하는 의심도 어렴풋이 들었지만 그다지 걱정스럽지는 않았다. 머지않아 마법에서 풀려날 테니까…….

I. 마법사 하울의 비밀

4

신기한 일들

소피가 깨어났을 때는 벌써 햇살이 그녀의 몸 위로 가득 쏟아지고 있었다. 성에 창문이 있는 것을 본 기억이 없었던 소피는 자기가 아마 모자를 장식하다가 깜박 잠들어 집을 떠나는 꿈을 꾼 모양이라고 생각했다. 더구나 앞에 있는 난롯불엔 장밋빛 숯덩이와 하얀 재만 남아 있어서 불꽃 마귀에 대한 것도 꿈이었다고 여기게 되었다. 그러나 몸을 움직이는 순간, 어떤 일들은 결코 꿈이 아니었음을 알 수 있었다. 온몸에서 우두둑하고 날카로운 소리가 났기 때문이다.

소피는 비명을 질렀다.

"아야야! 온몸이 다 쑤시네!"

힘없고 쉰 목소리였다. 그녀는 울퉁불퉁한 손을 얼굴로 가져가 주름살을 만져 보았다. 그러면서 어제는 자기가 하루 종일 충격 상태에 있었다는 것을 깨달았다. 자신에게 이런 짓을 해 놓은 황야의 마녀에게 분노가 솟구쳤다. 정말 괘씸해서 참을 수가 없었다. 소피는 이렇게 소리쳤다.

"남의 가게에 쳐들어와서 사람을 늙은이로 만들어 놓다니 말이야! 아으, 그 마녀를 어떻게 해야 속이 후련할까!"

그녀는 그 분노의 힘으로 우두둑 삐걱삐걱하고 한바탕 요란한 소리를 내며 벌떡 일어나서 예상도 못 했던 창문 쪽으로 절뚝절뚝 걸어갔다. 창문은 작업대 위쪽에 있었다. 그런데 놀랍게도 그곳에서 내다보이는 풍경은 어느 부둣가 마을이었다. 포장되지 않은 비탈길, 그 좌우로 늘어선 작고 초라한 집들 그리고 지붕들 너머로 우뚝 솟아오른 돛대들이 보였다. 돛대 너머로 바다도 보였는데, 그녀가 바다를 본 것은 이번이 처음이었다.

소피는 작업대 위에 놓인 해골에게 물었다.

"도대체 여기가 어디야?"

그러다가 이곳이 마법사의 성이라는 사실을 떠올리고 황급히 덧붙였다.

"너한테 대답을 기대하는 건 아니야, 친구."

그리고 돌아서서 방 안을 둘러보았다.

검고 묵직한 대들보가 있는 조그마한 방이었다. 햇빛 속에서 보니 터무니없을 정도로 지저분했다. 돌바닥엔 얼룩과 기름때가 잔뜩 끼어 있었고, 불똥막이 너머엔 재가 산더미처럼 쌓여 있었으며, 대들보엔 먼지투성이가 되어 축 늘어진 거미줄이 즐비했다. 해골도 먼지를 한 겹 뒤집어쓰고 있었다. 소피는 멍하니 그 먼지를 닦아 내고 작업대 옆에 있는 개수대를 보았다. 그 속에 담겨 있는 분홍색과 회색의 끈적끈적한 액체와 그 위의 펌프에서 뚝뚝 떨어지는 허연 액체를 보고 부르르 몸서리쳤다. 하울은 아랫것들이 비참하게 살든 말든 관심도 없는 것이 분명했다.

성안의 다른 곳으로 가려면 방 안 곳곳에 있는 나지막한 네 개의 검은 문을 통해야 할 것 같았다. 소피는 제일 가까운 문, 즉 작업대 끝 쪽에 있는 문을 열어 보았다. 문 뒤는 넓은 화장실이었다. 어떤 면에서는 대개 왕궁에서나 볼 수 있는 화장실이었다. 실내용 변기와 샤워실과 발이 달린 거대한 욕조처럼 사치스러운 물건들이 가득했고 벽마다 거울이 붙어 있었다. 그러나 그곳은 방보다도 더욱 더러웠다. 소피는 변기를 보고 움찔 놀랐고, 욕조의 색깔을 보고 주춤했으며, 샤워실에 돋아난 푸른 잡초를 보고 뒷걸음질 쳤다. 그리고 거울엔 정체를 알 수 없는 물질들이 덕지덕지 달라붙어 있거나 줄줄 흘러내리고 있어서 자신의 주름진 얼굴을 안 보고 넘어갈 수 있었다. 욕조 위쪽에 있는 아주 커다란 선반 위에도 그 정체 모를 물질들이 잔뜩 놓여 있었다. 그것들은 각종 항아리, 상자, 튜브, 수백 개의 너덜너덜한 갈색 꾸러미와 종이 봉지 속에 들어 있었다. 제일 큰 항아리엔 이름표가 붙어 있었다. 삐딱한 글씨로 '물기 말림'이라고 쓰여 있었다. 그러나 '물'인지 '불'인지는 확신할 수 없었다. 그녀는 아무렇게나 꾸러미 하나를 집어 들었다. 거기엔 '살갗'이라고 적혀 있었다. 그녀는 황급히 도로 내려놓았다. 또 다른 항아리에는 역시 똑같은 글씨로 '눈'이라고 적혀 있었다. 어떤 튜브는 '썩힘'이었다.

"정말 썩게 만드는 효과가 있나 봐."

소피는 세면대를 보고 부르르 떨면서 그렇게 중얼거렸다. 원래 황동인 듯한 푸르퉁퉁한 손잡이를 돌리자 세면대로 물이 쏟아져 썩은 것들을 조금 씻어 냈다. 그녀는 세면대를 건드리지 않으면서 그 물로 얼굴과 손을 씻었다. 그러나 '물기 말림'을 사용할 용기는 없었다. 그녀는 치맛자락으로 물기를 닦고 두 번째 검은 문 쪽으로 향했다.

그 문을 열었더니 금방이라도 무너질 듯한 나무 계단이 나타났다. 소피는 그 위쪽에서 누군가 움직이는 소리를 듣고 서둘러 문을 닫아 버렸다. 어차피 다락방 같은 곳으로 올라가는 계단인 듯했다. 소피는 다음 문 쪽으로 절뚝절뚝 걸어갔다. 이젠 움직이기가 한결 쉬웠다. 어제도 느꼈지만 역시 그녀는 정정한 할머니였다.

세 번째 문 너머에는 드높은 벽돌담으로 둘러싸인 갑갑한 뒷마당이 있었다. 그곳에는 커다란 장작더미가 있었고, 그 밖에도 고철 조각, 바퀴, 양동이, 금속판, 철사 따위가 거의 담장 높이까지 뒤죽박죽 쌓여 있었다. 소피는 그 문도 금방 닫았다. 그녀는 좀 어리둥절했다. 도무지 앞뒤가 안 맞는 것 같았다. 벽돌담 위로 성이 보이지 않았다. 담장 위는 그냥 탁 트인 하늘이었다. 소피는 이 부분이 간밤에 그녀를 막아섰던 그 보이지 않는 벽이 있는 모퉁이 너머라고 짐작할 수밖에 없었다.

그녀는 네 번째 문도 열어 보았지만 빗자루가 있는 벽장일 뿐이었다. 좋은 물건이긴 하지만 먼지가 잔뜩 묻은 망토 두 벌이 빗자루에 걸려 있었다. 소피는 천천히 문을 닫았다. 이제 남은 문이라고는 창을 낸 벽에 있는 것, 즉 간밤에 그녀가 들어왔던 그 문밖에 없었다. 소피는 절뚝절뚝 그쪽으로 걸어가서 조심스럽게 열어 보았다.

그녀는 잠시 그 자리에 서서 천천히 움직이고 있는 언덕 위의 풍경을 바라보았다. 문 아래로 미끄러져 지나가는 히스 덤불도 보였고, 가느다란 머리카락이 바람결에 흩날리는 것도 느껴졌다. 성의 움직임에 따라 크고 시꺼먼 돌덩어리들이 덜컥덜컥 우지끈하고 흔들리는 소리도 들렸다. 그러다가 문을 닫고 창가로 다가갔다. 바깥 풍경은 역시 항구 마을이었다. 그림은 아니었다. 건너편에서 한 여자가 문을 열고 길거리로 먼지를 쓸어 내고 있었다. 그 집 너머에서는 돛대 위로 잿빛 범포 돛이 주룩주룩 힘차게 올라가는 중이었고, 그 바람에 놀란 갈매기 떼가 후드득 날아올라 가물거리는 바다를 배경으로 빙글빙글 맴돌고 있었다.

"그것 참 모를 일이네."

소피는 해골에게 그렇게 말했다. 그리고 불이 다 꺼져 가는 것 같아서 장작 두 개비를 얹어 놓고 재를 조금 긁어냈다.

장작들 사이로 작고 구불구불한 초록색 불길들이 기어오르더니 이내 화르르 솟구치면서 초록색 머리카락을 가진 파랗고 길쭉한 얼굴이 나타났다. 불꽃 마귀가 말했다.

"잘 잤어? 우리 거래를 잊지 말라고."

역시 어느 것도 꿈이 아니었다. 소피는 잘 우는 편이 아니었지만 흐릿하게 일렁이는 불꽃 마귀를 바라보면서 오래도록 의자에 앉아 있었다. 이윽고 마이클이 잠자리에서 일어나는 소리가 들렸지만 별반 관심을 갖지도 않았다. 그러다가 문득 그가 자기 옆에 서 있는 것을 보게 되었다. 난처해하면서도 조금은 화가 난 표정이었다.

"아직도 계셨네요. 무슨 일이라도 생겼어요?"

소피는 훌쩍거리며 이렇게 말문을 열었다.

"난 늙어 버렸어."

그러나 마녀가 미리 말하고 불꽃 마귀가 짐작했던 그대로였다. 이윽고 마이클이 명랑하게 말했다.

"그거야 때가 되면 누구나 겪는 일이잖아요. 아침 드실래요?"

소피는 자신이 정말 대단히 정정한 할머니라는 것을 새삼 깨닫게 되었다. 어제 점심때 빵과 치즈를 먹었던 것이 전부라서 몹시 배가 고팠다.

"그래!"

그녀가 대답하자 마이클은 벽에 뚫어 놓은 찬장 쪽으로 걸어갔고, 소피도 벌떡 일어나서 그의 어깨 너머로 어떤 음식들이 있는지 살펴보았다.

그러자 마이클이 좀 뻣뻣하게 말했다.

"죄송하지만 빵과 치즈밖에 없네요."

"그 안에 달걀이 한 바구니 가득 있잖니! 그리고 저건 베이컨 아니야? 따끈한 것도 좀 마셔야 되잖아? 주전자는 어디 있지?"

"없어요. 요리는 하울만 할 수 있고요."

"요리라면 나도 할 수있어. 저 프라이팬 좀 내려줘. 내 솜씨를 보여 줄 테니까."

마이클이 말리려고 했지만 소피는 아랑곳하지 않고 찬장 벽에 걸린 크고 시꺼먼 프라이팬 쪽으로 팔을 뻗었다. 그러자 마이클이 말했다.

"이해를 못 하시는군요. 이건 불꽃 마귀 캘시퍼 때문이에요. 요리를 할 수 있도록 캘시퍼가 머리를 숙여 주는 사람은 오로지 하울 님뿐이라고요."

소피는 휙 돌아서서 불꽃 마귀를 보았다. 그는 심술궂게 너울거리며 그녀를 마주 쳐다보았다.

"난 이용당하기 싫다고."

소피는 마이클에게 이렇게 물었다.

"그럼 하울이 없을 때는 뜨거운 것도 마실 수 없다는 거야?"

마이클은 난처한 듯이 고개를 끄덕였다.

"그렇다면 이용당하고 있는 건 바로 너야! 그거 이리 내."

소피는 저항하는 마이클의 손에서 프라이팬을 억지로 빼앗은 다음 그 속에 베이컨을 탁 던져 넣고 가까이 있는 나무 주걱을 달걀 바구니에 집어넣었다. 그러고는 그것들을 모두 들고 당당하게 벽난로 앞으로 걸어갔다. 소피는 이렇게 말했다.

"자, 캘시퍼, 바보 같은 짓은 그만둬. 고개를 숙이란 말야."

그러자 불꽃 마귀가 딱딱거렸다.

"그렇게는 못 해!"

소피도 맞서서 딱딱거렸다.

"못 하긴 왜 못 해!"

예전에 종종 동생들의 싸움을 뚝 그치게 만들었던 매서운 말투였다.

"말 안 들으면 물을 확 부어 버릴 거야. 아니면 이 집게로 장작을 다 치워 버리거나."

그렇게 말하면서 소피는 우두둑 소리를 내면서 벽난로 앞에 무릎을 꿇었다. 그리고 이렇게 속삭였다.

"아니면 우리 거래를 취소할 수도 있고, 그것도 아니면 하울에게 일러바칠 수도 있겠지?"

그러자 캘시퍼는 이렇게 내뱉었다.

"이런 젠장! 마이클, 어쩌자고 저 여자를 집 안에 들여놨어?"

그러면서 그는 부루퉁한 표정으로 파란 얼굴을 앞으로 기울였다. 이제 보이는 것이라고는 장작 위에서 동그랗게 타오르는 구불구불한 초록색 불꽃뿐이었다.

"고마워."

소피는 캘시퍼가 다시 불쑥 고개를 들지 못하도록 무거운 프라이팬을 털썩 내려놓았다. 프라이팬 밑에서 캘시퍼가 짓눌린 목소리로 투덜거렸다.

"그놈의 베이컨, 홀랑 타 버려라."

소피는 프라이팬 위에 베이컨 조각들을 펼쳐 놓았다. 프라이팬이 적당히 달아올랐다. 베이컨이 지글지글 익기 시작했고, 소피는 손잡

1. 마법사 하울의 비밀

이를 치맛자락으로 감싸 쥐어야 했다. 그때 문이 열렸지만 소피는 지글거리는 소리 때문에 알아차리지 못했다. 그녀는 캘시퍼에게 이렇게 말했다.

"바보처럼 굴지 마. 달걀을 깨뜨려 넣을 테니까 움직이지 말고."

그때 마이클이 쩔쩔매면서 말했다.

"아, 안녕하세요, 하울 님."

그 소리에 소피는 약간 허둥대면서 고개를 돌렸다. 그리고 멍하니 쳐다보았다. 파란색과 은색이 섞인 현란한 옷차림의 훤칠한 젊은이가 막 들어와서 구석에 기타를 기대어 세우다가 동작을 딱 멈추고 있었다. 그는 유리 같은 초록색의 다소 기묘한 눈에서 금발을 쓸어 올리고 소피를 마주 보았다. 길고 각진 얼굴에 얼떨떨한 표정이 떠올랐다.

"도대체 누구십니까? 전에 어디서 뵈었죠?"

소피는 단호하게 거짓말을 했다.

"만난 적은 없었지."

어차피 두 사람이 만난 것은 하울이 그녀를 생쥐 아가씨라고 불렀던 잠깐 동안의 일이었으니 그것도 진실에 가까운 대답이었다. 소피는 그때 무사히 도망친 것이 천만다행이었다고 생각했다. 그러나 지금 그녀의 머릿속을 사로잡고 있는 생각은 그게 아니었다. 맙소사! 그렇게 온갖 못된 짓을 다 한다는 마법사 하울이 겨우 스무 살 남짓한 어린애라니! 늙으면 이렇게 보는 눈이 달라지는구나 하고 생각하면서 소피는 프라이팬 속의 베이컨을 뒤집었다. 그리고 그렇게 요란한 몸치장을 한 어린애가 오월제 날에 자신을 불쌍히 여겼다는 사실을 알게 하느니 차라리 죽는 편이 낫다고 생각했다. 심장이나 영혼은 걱정하지 않아도 좋았다. 하울은 끝내 알아차리지 못할 테니까.

그때 마이클이 말했다.

"소피 할머니라고 하셨어요. 어젯밤에 오셨죠."

하울이 물었다.

"이 할머니가 어떻게 했길래 캘시퍼가 고개를 숙였지?"

그러자 지글거리는 프라이팬 밑에서 캘시퍼가 짓눌린 듯 애처로운 목소리로 대답했다.

"나를 협박했다고!"

하울은 생각에 잠겨 이렇게 중얼거렸다.

"그럴 수 있는 사람은 별로 없을 텐데."

그는 기타를 구석에 세워 놓고 벽난로 쪽으로 다가갔다. 그가 단호하게 소피를 밀어낼 때 히아신스의 향긋한 내음이 베이컨 냄새와 뒤섞였다.

"캘시퍼는 나 말고 다른 사람이 자기 불로 요리하는 걸 싫어해요."

그렇게 말하면서 하울은 무릎을 꿇고 늘어진 옷소매로 프라이팬 손잡이를 감싸 쥐었다.

"베이컨 두 장 더 그리고 달걀 여섯 개만 건네주세요. 그리고 왜 오셨는지 말씀해 보세요."

소피는 하울의 귀에 매달린 파란 보석을 쳐다보면서 그에게 달걀을 하나씩 건네주었다.

"내가 왜 왔느냐고, 젊은이?"

이미 성안을 둘러보았으니 대답할 말은 뻔했다.

"그야 내가 새로 들어온 청소부니까 온 거지."

"아, 그러세요?"

하울은 한 손으로 달걀을 깨뜨리고 껍질을 장작불 속으로 던져 넣었다. 그러자 캘시퍼가 으르렁대면서 허겁지겁 먹어치우는 것 같았다.

"누가 그래요?"

"내가."

그렇게 대답하고 소피는 경건한 태도로 덧붙였다.

"젊은이의 못된 성깔을 청소할 수는 없겠지만 이 성에서 쓰레기를 청소할 수는 있다우."

그러자 마이클이 말했다.

"하울 님은 나쁜 사람이 아니에요."

그러나 하울이 그 말을 부인하고 나섰다.

"나쁜 놈 맞아. 난 지금도 못되게 굴고 있잖아, 마이클."

그러더니 소피에게 턱짓을 했다.

"그렇게 도와주고 싶으시면요, 할머니, 가서 나이프와 포크 좀 찾아보시고 작업대도 치워 주세요."

작업대 밑에는 높직한 걸상들이 있었다. 마이클은 사람들이 앉을 수 있도록 걸상을 끄집어내고, 작업대 옆면의 서랍 속에서 꺼낸 나이프와 포크를 놓을 자리를 만들기 위해 작업대 위의 물건들을 모두 한쪽으로 치웠다. 소피도 거들어 주려고 그쪽으로 갔다.

애당초 하울이 환영해 주기를 기대한 것은 아니었지만, 그는 아침 식사가 끝날 때까지 소피를 머물게 할 것인지에 대해 확답을 주지 않고 있었다. 마이클에게는 별로 도움이 필요한 것 같지 않았으므로 소피는 발을 질질 끌면서 지팡이 쪽으로 다가갔다. 그리고 여봐란 듯이 천천히 그것을 벽장 속에 집어넣었다. 그래도 하울의 주의를 끌지 못하는 것 같아서 이렇게 말했다.

"원한다면 시험 삼아 한 달 동안만 나를 써 보는 것도 괜찮아."

그러나 마법사 하울은 대꾸도 하지 않았다.

"접시 좀 줘, 마이클."

그러더니 연기가 풀풀 나는 프라이팬을 들고 일어섰다. 그러자 캘시퍼가 안도의 한숨을 내쉬면서 고개를 번쩍 들고 굴뚝을 향해 화르르 솟구쳤다.

소피는 마법사 하울에게서 확답을 얻어 내려고 다른 방법을 써 보았다.

"내가 앞으로 한 달 동안 여길 청소하려면 우선 이 성의 나머지 부분이 어디 있는지 알아야겠어. 지금까지 이 방 하나와 화장실밖엔 못 찾았거든."

마이클과 하울이 갑자기 웃음을 터뜨리는 바람에 소피는 깜짝 놀랐다.

아침 식사를 거의 끝마칠 때쯤 되어서야 비로소 소피는 그들이 웃

　　　　　　　　　　　　　　　1. 마법사 하울의 비밀

었던 이유를 알아낼 수 있었다. 하울에게서 확답을 듣는 것도 힘들었지만 그뿐만이 아니었다. 그는 어떤 질문에 대해서도 대답하기를 싫어하는 것 같았다. 소피는 그에게 묻는 것을 그만두고 대신 마이클에게 물어보았다.

그러자 하울이 말했다.

"말씀드려라. 그래야 귀찮게 굴지 않으실 테니까."

마이클은 이렇게 대답했다.

"다른 부분은 없어요. 할머니가 보신 곳 말고는 위층 침실 두 개가 전부예요."

소피가 소리쳤다.

"뭐야?"

그러자 하울과 마이클이 다시 웃어 댔다. 마이클은 이렇게 설명했다.

"이 성은 하울 님과 캘시퍼가 고안했고, 캘시퍼가 유지하고 있어요. 성의 내부는 사실은 포트헤이븐에 있는 하울 님의 낡은 집이고, 실제로 존재하는 부분은 그것뿐이죠."

"하지만 포트헤이븐은 여기서 몇십 킬로미터나 떨어진 바닷가에 있잖아! 정말 못된 짓이야! 이 거대하고 꼴사나운 성을 언덕 위에서 이리저리 돌아다니게 만들어 마켓치핑 사람들을 잔뜩 겁주다니, 도대체 그게 무슨 짓이야?"

그러자 하울은 어깨를 으쓱거렸다.

"할머니는 참 말도 많네요! 난 힘과 심술을 과시해서 사람들한테 깊은 인상을 심어 줄 필요가 있었다고요. 왕이 나를 좋게 평가하면 곤란하니까요. 그리고 작년에 아주 막강한 누군가를 화나게 했으니까 당분간 피하는 게 좋을 것 같고."

누군가를 피하는 방법치고는 엉뚱해 보였지만 소피는 마법사들의 사고방식이 보통 사람과는 좀 다르겠거니 생각했다. 얼마 안 있어 소피는 이 성에 그 밖에도 신기한 점이 많다는 사실을 알게 되었다. 그들이 식사를 끝낸 후 마이클이 접시들을 작업대 옆의 끈적끈적한 개수대 속에 쌓아 올리고 있을 때였다. 밖에서 요란하게 문을 두드리는 소리가 텅텅 울렸다.

캘시퍼가 화르르 타올랐다.

"킹스베리 문이야!"

화장실로 향하던 하울이 문 쪽으로 방향을 바꾸었다. 그 문짝 위의 문틀에는 사각형 나무 손잡이가 달려 있었고 손잡이의 네 면에는 각각 약간의 물감이 묻어 있었다. 지금 아래쪽에 있는 면에는 초록색 물감이 묻어 있었는데, 하울은 손잡이를 돌려 빨간색 물감이 아래로 가도록 해 놓고 비로소 문을 열었다.

밖에는 뻣뻣한 흰색 가발에 챙 넓은 모자를 쓴 사람이 서 있었다. 그는 주홍색과 보라색과 황금색으로 된 옷을 입고 손에는 작은 오월제 기둥처럼 리본으로 알록달록 장식된 짤막한 막대기를 치켜들고 있었다. 그 남자가 정중히 절을 하자 정향과 오렌지꽃 향기가 방 안으로 흘러들었다.

"국왕 전하께서 치하의 말씀과 더불어 마법 장화 2천 켤레의 대금을 보내셨습니다."

소피는 그의 등 뒤로 길가에 멈춰 서서 기다리고 있는 사두마차 한 대를 보았다. 거리에는 색칠한 조각품들로 뒤덮인 호화로운 집들이 즐비했고, 그 너머에는 망루와 뾰족탑과 둥근 지붕들이 있었다. 그녀가 일찍이 상상조차 못했을 만큼 휘황찬란한 광경이었다. 문밖에 서 있는 사람은 짤랑거리는 길쭉한 비단 지갑을 건넸고 하울은 그 지갑을 받아들고 마주 절하면서 문을 닫았는데, 소피는 그 시간이 너무 짧았던 것이 아쉬웠다. 하울은 다시 초록색 얼룩이 아래로 가도록 사각형 손잡이를 돌려놓고 길쭉한 지갑을 자기 호주머니에 잘 넣어 두었다. 소피는 마이클의 시선이 자못 절박하고 걱정스럽게 지갑을 따라 움직이는 것을 보았다.

하울은 곧장 화장실로 들어가면서 소리쳤다.

"여기 뜨거운 물 좀 보내줘, 캘시퍼!"

그리고 아주아주 오랫동안 나오지 않았다.

소피는 궁금증을 참을 수 없어 마이클에게 물었다.

"방금 찾아온 사람은 누구야? 아니, 거기가 어디냐고 물어야 되나?"

"임금님이 계시는 킹스베리로 통하는 문이에요. 그 남자는 아마 재무장관의 사무관이었을 거예요."

그러더니 걱정스러운 듯이 캘시퍼에게 말했다.

"그 사람이 하울 님한테 그 돈을 몽땅 넘겨주지 않았으면 좋았을 텐데."

소피는 이렇게 물어보았다.

"하울이 나를 여기 있게 해 줄까?"

그러자 마이클이 대답했다.

"그럴지도 모르지만 확실한 대답은 못 들으실 거예요. 하울 님은 무슨 일이든 분명하게 정하는 걸 싫어하기든요."

5

대청소

그렇다면 그녀가 할 일은 자신이 얼마나 훌륭한 청소부인지 하울에게 보여 주는 것뿐이었다. 그녀는 가느다란 백발을 낡은 천 조각으로 질끈 동여맸다. 그러고는 옷소매를 걷어 올려 늙고 앙상한 팔을 드러내 놓고 벽장에서 낡은 식탁보를 꺼내 앞치마처럼 몸에 둘렀다. 생각해 보니 거대한 성 전체가 아니라 달랑 방 네 개만 청소하면 된다는 것이 퍽이나 다행이었다. 그녀는 양동이와 마당비를 집어 들고 일을 시작했다.

그 순간 마이클과 캘시퍼가 깜짝 놀라 합창하듯 소리쳤다.

"뭘 하시는 거예요?"

소피는 단호하게 대꾸했다.

"청소. 이 집은 엉망진창이야."

캘시퍼가 말했다.

"청소 따위는 안 해도 돼."

마이클도 툴툴거렸다.

"하울 님이 당장 쫓아낼 거라고요!"

그러나 소피는 둘 다 싹 무시해 버렸다. 먼지가 구름처럼 피어올랐다.

그 와중에 문 쪽에서 다시 텅텅 소리가 들려왔다. 캘시퍼가 화르르 타오르면서 소리쳤다.

"포트헤이븐 문이야!"

그러더니 요란하게 지글거리면서 엄청난 재채기를 터뜨렸다. 먼지 구름 속으로 보라색 불꽃들이 파르르 날아올랐다.

마이클이 작업대를 떠나 문 쪽으로 갔다. 소피는 눈을 가늘게 뜨고 자기가 피워 올린 먼지 너머로 마이클이 파란색 얼룩이 아래로 가도록 사각형 손잡이를 돌리는 것을 보았다. 이윽고 그가 문을 열자 창밖으로 보이던 거리가 나타났다.

그곳에는 작은 소녀가 서 있었다.

"피셔 씨, 엄마가 부탁하신 마법을 가지러 왔어요."

마이클이 대답했다.

"네 아빠 배에 쓸 안전 마법이었지? 잠깐만 기다려."

그는 작업대로 돌아가더니 선반에서 가져온 항아리 속의 가루를 필요한 양만큼 네모난 종이 위에 덜어 놓았다. 그가 그 일을 하는 동안 소피는 신기한 듯이 소녀를 내다보았고, 소녀도 소피를 그렇게 쳐다보고 있었다. 마이클은 가루를 싼 종이를 한번 비틀어 문 쪽으로 가져가면서 이렇게 말했다.

"엄마한테 이걸 배 안에 골고루 뿌리라고 말씀드려. 나갔다가 돌아올 때까지는 효력이 유지될 거야. 폭풍이 몰아치더라도."

소녀는 종이를 받아들고 동전 하나를 건넸다.

"마법사님이 일을 도와줄 마녀님을 구하셨나요?"

마이클이 대답했다.

"아냐."

소피가 소리쳤다.

"나 말이니? 아, 그렇단다, 꼬마야. 난 잉거리에서 제일 뛰어나고 제일 깨끗한 마녀거든."

그러자 마이클이 문을 닫았다. 화가 난 얼굴이었다.

"이제 포트헤이븐 전체에 소문이 퍼질 거예요. 하울 님이 좋아하지 않으실걸요."

그는 초록색이 아래로 가도록 다시 손잡이를 돌려놓았다.

소피는 전혀 뉘우치는 기색도 없이 혼자 낄낄거렸다. 어쩌면 마당비 때문에 짓궂은 생각이 떠올랐는지도 모를 일이었다. 그러나 모두들 그녀가 하울을 위해 일한다고 믿게 된다면 하울이 그녀를 성안에 머물게 해 줄 수도 있었다. 참 희한한 일이었다. 소피가 아직도 소녀였다면 자신의 행동이 부끄러워 잔뜩 움츠러들었을 것이다. 그러나 이렇게 할머니가 되고 보니 말이든 행동이든 도무지 거리낌이 없었다. 그래서 마음도 편안했다.

소피는 소란스럽게 일을 계속했다. 마이클은 벽난로 속에서 돌 하나를 들어 올리고 그 속에 어린 소녀가 준 동전을 감추고 있었다.

"뭐 하니?"

그렇게 묻자 마이클은 조금 꺼림칙한 듯이 이렇게 대답했다.

"캘시퍼와 제가 돈을 좀 모아 두려고요. 이렇게라도 하지 않으면 하울 님이 다 써 버리거든요."

그러자 캘시퍼가 딱딱거렸다.

"못 말리는 낭비벽이지! 내가 장작 한 개비 태우는 속도보다 그 녀석이 국왕에게서 받은 돈을 써 버리는 속도가 더 빠를 거야. 도무지 분별이 없다니까."

소피는 먼지를 가라앉히려고 개수대에서 물을 받아다가 바닥에 뿌렸다. 그러자 캘시퍼는 얼른 물러나 굴뚝 안쪽에 바싹 붙었다. 소피는 바닥 전체를 다시 쓸었다. 그러면서 문 위에 달린 사각형 손잡이를 자세히 보기 위해 그쪽으로 다가갔다. 그녀가 지금까지 사용하는 것을 보지 못한 네 번째 문에는 검은 물감이 묻어 있었다. 그 문은 또 어디로 통하게 될까 궁금해하면서 소피는 대들보에 매달린 거미줄을 활기차게 털어 냈다. 마이클이 신음 소리를 냈고 캘시퍼가 다시 재채기를 했다.

바로 그때 하울이 화장실에서 나왔다. 향수가 수증기처럼 모락모락 피어오르고 있었다. 그는 놀라울 정도로 말쑥해 보였다. 옷에 붙인 은색 장식천이나 자수마저도 아까보다 더욱 화려해진 것 같았다.

　　　　　　　　　　　I. 마법사 하울의 비밀

그는 방 안을 보자마자 파란색과 은색의 옷소매로 머리를 가리면서
다시 화장실 안으로 뒷걸음질 쳤다.

"그만둬요, 할머니! 불쌍한 거미들을 그냥 내버려 두라고요!"

그러나 소피는 거미줄을 무더기로 걷어 내면서 당당히 대꾸했다.

"거미줄이라니, 창피한 노릇이라고!"

"그럼 거미줄만 걷어 내고 거미들은 그냥 놔둬요."

소피는 하울이 거미들과 친하게 지내면서 나쁜 짓을 하는 모양이
라고 생각했다.

"그냥 두면 또 거미줄을 치잖아."

"그리고 파리를 잡아 주잖아요. 아주 쓸모 있는 일이라고요. 내가
내 집 안에서 돌아다니는 동안엔 제발 그 빗자루 좀 움직이지 마세
요. 부탁이에요."

소피는 빗자루에 기대고 서서 하울이 방 안을 가로질러 걸어가 기
타를 집어 드는 것을 지켜보았다. 하울이 빗장에 손을 대자 이렇게
물었다.

"빨간색은 킹스베리, 파란색은 포트헤이븐, 그럼 까만색은 어디로
통하는 거야?"

"정말 오지랖도 넓으시네! 그건 내 피난처로 통하지만 거기가 어
딘지는 알려드릴 수가 없네요."

그가 문을 열자 움직이고 있는 드넓은 황무지와 언덕이 나타났다.
마이클이 조금 체념한 듯한 목소리로 물었다.

"언제쯤 돌아오세요, 하울 님?"

그러나 하울은 못 들은 체하면서 소피에게 말했다.

"내가 없는 동안에 거미를 한 마리도 죽이면 안 돼요."

그리고는 나가서 문을 쾅 닫아 버렸다. 마이클은 캘시퍼와 의미심장한 시선을 주고받으며 한숨을 푹 내쉬었다. 캘시퍼는 따닥따닥 심술궂게 웃었다.

하울이 어디로 간 것인지 아무도 설명해 주지 않았다. 소피는 또 젊은 아가씨들을 사냥하러 나갔다는 결론을 내리고 정의감에 불타서 더욱 힘차게 일하기 시작했다. 하울이 그렇게 못을 박았으니 이젠 감히 거미들에게 해를 끼칠 수도 없었다. 그래서 빗자루로 대들보를 마구 두드리며 고함을 질렀다.

"비켜라, 거미들아! 내 앞에서 썩 꺼져 버려!"

거미들은 목숨을 건지겠다고 사방으로 도망쳤고, 거미줄은 우수수 떨어져 내렸다. 그런 뒤에는 당연히 바닥을 다시 쓸어야 했다.

그 일을 마친 소피는 곧 무릎을 꿇고 바닥을 벅벅 문질러 닦기 시작했다.

그녀를 피해서 계단 위에 앉아 있던 마이클이 말했다.

"제발 그만하세요!"

그러자 삼발이 안쪽에 깊숙이 웅크리고 있던 캘시퍼도 툴툴거렸다.

"너하고 거래를 하지 말 걸 그랬어."

그래도 소피는 부지런히 걸레질을 계속했다.

"집 안이 깨끗해지면 기분도 훨씬 좋아질 거야."

그러자 마이클이 항의했다.

"지금도 비참하단 말예요!"

하울이 돌아온 것은 이미 밤이 깊은 뒤였다. 그때쯤 소피는 너무 열심히 쓸고 닦느라고 손가락 하나도 까딱하지 못할 지경이었다. 그래서 의자 위에 축 늘어져 있었다. 온몸이 다 쿡쿡 쑤셨다. 마이클이 하울의 늘어진 옷소매를 붙잡고 화장실로 끌고 갔다. 마구 불평을 쏟아 내는 성난 목소리가 들려왔다. '무서운 할머니'라느니, '뭐라고 해도 들은 척도 안 해요!'라는 말들은 뚜렷하게 알아들을 수 있을 정도였다. 한편에서는 캘시퍼가 으르렁대고 있었는데도 말이다.

"하울, 저 여자 좀 말려 줘! 이러다간 우리 둘 다 죽고 말겠어!"

그러나 마이클에게서 풀려난 하울은 그저 이렇게 물었을 뿐이다.

"거미 죽였어요?"

소피는 톡 쏘아붙였다.

"당연히 안 죽였지!"

몸이 아프니 울컥 짜증이 났던 것이다.

"나를 보더니 죽자사자 도망치더군. 그것들이 다 뭐야? 자네가 심장을 뜯어 먹었다는 그 아가씨들?"

그러자 하울은 껄껄 웃었다.

"아뇨, 그냥 거미들이에요."

그러고는 졸린 듯 위층으로 올라가 버렸다.

마이클이 한숨을 쉬었다. 그는 벽장 안으로 들어가서 이리저리 뒤지더니 낡은 야전침대와 지푸라기 매트리스 한 장 그리고 깔개 몇 장을 꺼내다가 계단 밑의 아치형 공간으로 옮겨 놓고 소피에게 말했다.

"오늘밤은 여기서 주무시는 게 좋겠어요."

소피가 물었다.

"그럼 하울이 나를 받아준다는 뜻이냐?"

그러자 마이클은 짜증스러운 듯 이렇게 대꾸했다.

"저도 몰라요! 하울 님은 어떤 일에도 태도를 분명히 하는 법이 없다고요. 저도 여기서 여섯 달이나 지낸 뒤에야 겨우 제자로 삼아 줬단 말예요. 마치 그제야 내가 여기 산다는 걸 알아차렸다는 듯이. 저는 그냥 의자보다는 침대가 낫겠다 싶었을 뿐이에요."

"그렇다면 정말 고맙구나."

소피는 진심으로 고마워했다. 확실히 의자보다 침대가 편했다. 캘시퍼가 한밤중에 배가 고프다고 투덜거렸을 때 삐걱거리며 침대를 빠져나와 장작을 더 넣어 주는 것도 별로 어려운 일이 아니었다.

다음 날부터 소피는 성안을 구석구석 샅샅이 청소했다. 그녀는 그런 생활을 정말 즐기고 있었다. 자신에게는 단서를 찾는 중이라고 핑계를 대면서 창문도 닦았고, 질척거리는 개수대도 깨끗이 씻어 냈고, 마이클을 시켜 작업대와 선반 위에서 모든 물건을 치우게 하고 역시 박박 문질렀다. 벽장 속이나 대들보도 말끔히 비우게 하고 뽀득뽀득 닦았다. 소피는 해골이 마이클 못지않게 참을성이 많아 보인다고 생각했다. 이리저리 옮겨 다니는 일이 너무 잦았기 때문이다. 그다음엔 벽난로 근처의 대들보에 낡은 침대보를 고정시킨 후, 캘시퍼를 억지로 고개 숙이게 한 뒤 굴뚝 청소도 했다. 캘시퍼는 아주 질색을 했다. 그러다가 방 안이 온통 검댕투성이가 되어 소피가 처음

1. 마법사 하울의 비밀

부터 다시 청소해야 한다는 것을 깨달았을 때 캘시퍼는 따닥거리며 심술궂게 웃었다.

소피는 그게 문제였다. 의욕은 좋았지만 요령이 모자랐다. 그러나 그녀가 이처럼 무지막지하게 일을 밀어붙이는 데는 나름대로 이유가 있었다. 이렇게 철저하게 청소를 하다 보면 조만간 하울이 숨겨 놓은 여자들의 영혼이나 먹다 남긴 심장들 아니면 캘시퍼의 계약에 대한 어떤 단서를 발견할 수 있을 거라는 계산이었다. 캘시퍼가 지키고 있는 굴뚝 위쪽도 좋은 은닉처인 것 같았다. 그러나 그곳에 감춰진 것은 엄청난 양의 검댕뿐이었다. 소피는 검댕을 여러 자루에 담아 마당에 쌓아 두었다. 마당은 그녀가 애용하는 은닉처였다.

마이클과 캘시퍼는 하울이 들어올 때마다 소피에 대해 큰 소리로 불평을 늘어놓았다. 그러나 하울은 관심도 없는 것 같았다. 집 안이 깨끗해진 것도 눈치채지 못하는 듯했다. 그리고 찬장 속에 케이크와 잼이 그득하고 이따금씩 양상추도 보인다는 사실도 알아차리지 못했다.

그것은 마이클의 예상대로 포트헤이븐에 소문이 쫙 퍼진 덕분이었다. 소피를 보려고 사람들이 몰려들었다. 포트헤이븐 사람들은 그녀를 마녀 할미라고 불렀고, 킹스베리 사람들은 마법 할머니라고 불렀다. 벌써 왕도에까지 소문이 퍼졌던 것이다. 킹스베리 문으로 찾아오는 사람들은 포트헤이븐 사람들보다 옷차림이 더 세련된 편이었지만, 어느 쪽 사람이든 소피처럼 막강한 인물을 아무 구실도 없이 찾아오지는 않았다. 그래서 소피는 일을 하다가도 걸핏하면 고개를 끄덕이고 웃어 주면서 선물을 받아야 했고, 효과 빠른 마법이 필요하다는 사람을 위해 마이클을 불러 줘야 했다.

선물 중에는 예쁜 것들도 많았다. 이를테면 그림, 실에 꿴 조개껍데기, 요긴하게 쓸 수 있는 앞치마 따위였다. 소피는 날마다 앞치마들을 사용했고, 조개껍데기와 그림들은 자기가 사는 계단 밑 좁은 방에 걸어 놓았다. 얼마 지나지 않아 그곳도 제법 아늑한 느낌을 주게 되었다.

소피는 언젠가 하울에게서 쫓겨나게 되면 이 생활이 그리워질 것을 알고 있었다. 그래서 날이 갈수록 그 순간이 두려워졌다. 그러나 하울이 언제까지나 그녀를 모르는 체할 리는 없었다.

소피가 다음으로 청소한 곳은 화장실이었다. 그 일에는 여러 날이 걸렸다. 하울이 날마다 외출 전에 화장실에서 많은 시간을 보내기 때문이었다. 그가 화장실 안에 수증기와 향기로운 마법을 자욱하게 남겨 놓고 집을 나서면 곧바로 소피가 그곳을 차지했다.

그녀는 욕조 앞에서 이렇게 말했다.

"이제 그 계약에 대해 알아보자!"

그러나 그녀의 주된 목표물은 물론 각종 꾸러미와 항아리와 튜브들이 있는 선반이었다. 소피는 선반을 닦는다는 핑계로 물건들을 모조리 내려놓고 샅샅이 살펴보면서 꼬박 하루를 보냈다. '살갗', '눈', '머리카락'이라고 적힌 것들이 실제로 여자들의 몸에서 나온 것은 아닌지 확인하기 위해서였다. 하지만 그녀가 보기엔 모두 크림이나 파우더 따위의 화장품에 불과했다. 만약 그것들이 여자 몸의 일부분이었다면 아마 하울이 '썩힘' 튜브를 사용하여 세면대 안에서 푹 썩혀 도저히 알아볼 수 없게 만든 모양이었다. 그러나 소피는 그 꾸러미들이 그냥 평범한 화장품이기를 바랐다.

그녀는 물건들을 도로 선반 위에 올려놓고 걸레질을 했다. 그날밤, 소피가 의자에 앉아 끙끙 앓고 있을 때 캘시퍼가 그녀 때문에 온천 하나를 완전히 말려 버렸다고 투덜거렸다.

소피가 물었다.

"그 온천들은 다 어디 있는 건데?"

요즘은 그저 모든 것이 다 궁금했다.

캘시퍼는 이렇게 대답했다.

"주로 포트헤이븐 늪지대 지하에 있시. 하시만 이대로 나가면 나중엔 황야에서 뜨거운 물을 끌어와야 될 판이라고. 도대체 언제쯤 청소를 그만두고 내 계약을 깰 방법을 찾아낼 거야?"

"때가 되면. 하울이 좀처럼 집 안에 붙어 있지 않는데 어떻게 계약 조건을 알아낼 수 있겠어? 하울은 언제나 이렇게 많이 돌아다녀?"

"아가씨를 쫓아다닐 때만 그래."

화장실이 반짝거릴 정도로 깨끗해지자 소피는 계단과 위층 층계참을 걸레질했다. 그리고 마이클의 작은 방으로 넘어갔다. 그때쯤 마이클은 소피를 일종의 자연 재해쯤으로 생각하고 어쩔 수 없이 감수하는 듯했는데, 그날만은 놀라 고함을 지르면서 귀중한 소지품들을 구하기 위해 허둥지둥 위층으로 뛰어올라 갔다. 그 물건들은 낡아빠진 침대 밑의 오래된 상자 속에 들어 있었다. 마이클이 황급히 그 상자를 감싸 안고 다른 곳으로 치울 때 소피는 그 속에서 파란 리본 한 개와 솜사탕으로 만든 장미 한 송이 그리고 그 밑에 편지로 보이는 것들을 얼핏 볼 수 있었다.

"그래, 마이클에게 애인이 있었구나!"

그렇게 중얼거리면서 소피는 창문을 활짝 열어젖히고—거기서도 포트헤이븐이 보였다—마이클의 침대보를 창턱에 널어 말렸다. 최근 그녀는 모든 일에 참견하길 좋아했는데, 웬일로 마이클에게 애인이 누구냐, 어떻게 하울한테 빼앗기지 않았느냐고 꼬치꼬치 캐묻지 않았는지 소피 자신이 생각해도 신기한 일이었다.

그녀는 마이클의 방에서 엄청난 양의 먼지와 쓰레기를 쓸어냈고, 그것들을 한꺼번에 태우려다가 하마터면 캘시퍼를 질식시킬 뻔했다.

캘시퍼가 캑캑거리며 소리쳤다.

"너 때문에 제명에 못 죽겠어! 너도 하울처럼 심장이 없는 여자라고!"

그의 초록색 머리카락과 길고 파란 이마의 일부분만 간신히 보일 뿐이었다. 마이클은 그 소중한 상자를 작업대 서랍에 집어넣고 서랍을 잠가 버렸다.

"하울 님이 우리 얘기를 좀 들어 주면 좋겠는데! 이번 여자는 왜 이렇게 오래 걸리는 거야?"

이튿날 소피는 뒷마당 청소를 시작하려고 했다. 그러나 그날은 포트헤이븐에 비가 내리고 있었다. 빗줄기가 창문에 휘몰아치고 굴뚝 속으로도 후둑후둑 떨어지는 바람에 캘시퍼는 기분 나쁘다는 듯 쉭

I. 마법사 하울의 비밀

쉭거렸다. 마당도 포트헤이븐에 있는 집의 일부였고, 그래서 소피가 문을 열었을 때 바깥에는 비가 억수같이 퍼붓고 있었다. 소피는 앞치마를 머리에 뒤집어쓰고 잠시 마당 안을 뒤적거렸고, 다행히 온몸이 모두 젖기 전에 회반죽 한 통과 커다란 솔을 찾아낼 수 있었다. 그녀는 그것들을 집 안으로 들여와 벽을 칠하기 시작했다. 그리고 벽장에서 낡은 발판 사다리를 꺼내다가 대들보 사이사이의 천장에도 회칠을 했다. 포트헤이븐에는 꼬박 이틀 동안 비가 내렸다. 그러나 하울이 초록색을 아래로 가게 해놓고 문밖의 언덕 위로 내려섰을 때 그곳은 화창한 날씨였다. 커다란 구름 그림자들이 성보다 더 빠른 속도로 히스 덤불 위를 스쳐 지나가고 있었다. 소피는 자신의 좁은 방, 계단, 층계참, 마이클의 방을 차례로 칠했다.

사흘째 되던 날, 집으로 돌아온 하울이 물었다.

"여기가 어떻게 된 거야? 전보다 훨씬 밝아진 것 같은데."

마이클이 우울한 목소리로 대답했다.

"소피 할머니요."

하울은 화장실로 들어가면서 중얼거렸다.

"그렇겠지."

그러자 마이클이 캘시퍼에게 속삭였다.

"하울 님이 알아차렸어! 여자가 드디어 넘어오려고 하나 봐!"

다음 날도 포트헤이븐에는 가랑비가 내리고 있었다. 소피는 머릿수건을 동여매고 옷소매를 걷어 올리고 앞치마를 둘렀다. 마당비와 양동이와 비누도 챙겼다. 그리고 하울이 문을 나서자마자 그의 방을 청소하려고 늙은 복수의 여신처럼 덤벼들었다.

그녀가 그 방을 마지막까지 미뤄 둔 까닭은 그곳에서 무엇을 발견하게 될지 몰라 두려웠기 때문이었다. 지금까지는 감히 방 안을 훔쳐보지도 못했다. 그러나 그건 어리석은 일이었다고 생각하면서 소피는 절뚝절뚝 계단을 올라갔다. 이젠 모든 상황이 분명했다. 이 성에서 강력한 마법을 사용하는 일은 모두 캘시퍼의 몫이었으며, 고된 일은 모두 마이클 차지였다. 그동안 하울은 예전에 패니가 소피를 이용했던 것처럼 캘시퍼와 마이클을 부리면서 여자들 꽁무니나 쫓아다닐 뿐이었다. 소피는 원래부터 하울을 특별히 무서워하지 않았다. 이제 그녀가 하울에 대해 느끼는 것이라고는 경멸뿐이었다.

그런데 그녀가 층계참에 도착해 보니 하울이 자기 방 문간에 서 있었다. 그는 한 손을 짚고 느긋하게 서서 소피가 갈 길을 완전히 가로막고 있었다.

하울은 사뭇 쾌활하게 입을 열었다.

"아뇨, 안 되죠. 고맙긴 하지만 난 더러운 게 좋아요."

소피는 입을 딱 벌리고 그를 쳐다보았다.

"어디서 나타난 거야? 밖으로 나가는 걸 봤는데."

하울이 대답했다.

"나가는 것처럼 보이려고 했던 거죠. 할머니 때문에 캘시퍼와 불쌍한 마이클이 큰 고생을 했잖아요. 그러니 오늘쯤 내 뒤통수를 칠 게 뻔하지요. 그리고 캘시퍼가 뭐라고 말씀드렸는지 모르겠지만, 아시다시피 난 마법사라고요. 마법을 못 쓰는 줄 아셨어요?"

I. 마법사 하울의 비밀

그것은 소피의 생각을 완전히 뒤엎는 일이었다. 그러나 소피로서는 죽어도 인정할 수 없었다. 그래서 엄숙하게 말했다.

"젊은이, 자네가 마법사라는 건 모르는 사람이 없어. 그래도 이 성처럼 지저분한 곳은 내 평생 한 번도 본 적이 없다는 사실이 달라지진 않는다고."

그러면서 소피는 파란색과 은색의 치렁치렁한 옷소매 너머로 방 안을 들여다보았다. 바닥의 양탄자 위에는 새둥지처럼 온갖 잡동사니가 널려 있었다. 소피는 칠이 벗겨져 너덜너덜한 벽과 책장에 가득한 책들을 흘끗 보았다. 아주 이상하게 생긴 책들도 있었다. 먹다 남긴 심장들이 쌓여 있지는 않았지만, 어쩌면 네 개의 기둥이 있는 거대한 침대 밑이나 그 뒤쪽에 감춰 놓았을지도 모를 일이었다. 침대 커튼이 먼지로 뿌옇게 흐려져 있어서 창밖의 풍경이 어떤지는 전혀 알 수가 없었다.

하울이 옷소매를 휘둘러 소피의 얼굴을 가렸다.

"어허. 훔쳐보지 마세요."

소피는 얼른 항변했다.

"훔쳐보는 게 아니야! 저 방은……!"

"훔쳐보고 있잖아요. 할머니는 끔찍이도 참견 잘하고, 겁나게 으스대고, 게다가 깨끗한 걸 너무 좋아해서 탈이라고요. 좀 그만하세요. 할머니 때문에 모두들 피해가 커요."

"하지만 이 방은 돼지우리야. 그리고 내가 이렇게 생겨 먹은 건 나도 어쩔 수가 없다고!"

"없긴 왜 없어요. 그리고 난 지금 이대로의 내 방이 좋아요. 내가 원한다면 돼지우리에서 살 권리도 있잖아요. 자, 이제 아래층으로 내려가서 다른 일을 찾아보세요. 부탁해요. 난 사람들과 말다툼하는 게 싫다고요."

그래서 소피는 양동이를 덜그럭거리며 절뚝절뚝 물러날 수밖에 없었다. 그녀는 조금 긴장한 상태였고, 하울이 그 자리에서 당장 자신을 성 밖으로 내쫓지 않은 데 대해 몹시 놀라워하고 있었다. 어쨌든 내쫓기지는 않았으니 다음 순서로 해야 할 일은 무엇일까 생각했다. 계단 옆에 있는 문을 열어 보자 가랑비가 거의 그쳐 가고 있었다. 소피는 마당으로 달려 나가서 빗물이 뚝뚝 떨어지는 잡동사니 더미들을 열심히 정리하기 시작했다.

그때였다. '철커덩!' 하고 쇳소리가 나더니 하울이 다시 나타났다. 그는 소피가 막 옮겨 놓으려 하던 커다란 녹슨 철판 한복판에 서서 약간 비틀거리고 있었다.

"여기도 안 돼요. 할머니는 정말 골칫거리군요. 이 마당도 그냥 두세요. 난 지금 이 안에 있는 물건들의 위치를 다 알고 있는데, 할머니가 여길 정돈해 버리면 이동 마법에 필요한 물건들을 못 찾게 되니까요."

그렇다면 영혼이 담긴 꾸러미나 먹다 남은 심장을 모아 둔 상자도 이 마당 어딘가에 있을 거라고 소피는 생각했다. 그녀는 깊은 좌절감을 느꼈다. 그래서 하울에게 소리쳤다.

"내가 이 성에 있는 이유가 바로 여길 깨끗이 정돈하기 위해서잖아!"

하울은 이렇게 대답했다.

"그렇다면 인생의 의미를 다시 찾으셔야겠네요."

그 순간에는 하울도 곧 화를 낼 것처럼 보였다. 그 흐릿하고 이상한 눈동자가 소피를 노려보다시피 하고 있었다. 그러나 그는 곧 마음을 가라앉히고 이렇게 말했다.

"자, 빨리 안으로 들어가세요, 혼자 설치기 좋아하는 할머니. 내가 화내기 전에 얼른 가서 다른 장난감을 찾아보세요. 난 화내는 것도 싫어한다고요."

소피는 앙상한 두 팔로 팔짱을 끼었다. 유리구슬 같은 눈동자가 노려보고 있는 것이 기분 나빴다. 그래서 이렇게 쏘아붙였다.

"물론 화내는 것도 싫어하겠지! 즐거운 일이 아니라면 뭐든지 싫어하지? 자넨 정말 뺀질뺀질한 사람이야! 마음에 안 드는 일들은 요리조리 피하기만 하잖아!"

하울은 억지웃음을 지어 보였다.

"그래요. 이젠 둘 다 서로의 결점을 잘 알게 됐군요. 이제 집 안으로 들어가세요. 어서요. 들어가요."

그는 소피를 향해 다가오면서 문 쪽을 손짓했다. 그 순간 그가 흔들고 있던 옷소매가 녹슨 쇳조각에 걸리면서 북 찢어지고 말았다.

"빌어먹을!"

하울은 파란색과 은색의 치렁치렁한 옷소매를 치켜들었다.

"할머니 때문에 이 꼴이 됐잖아요!"

"내가 고쳐 줄게."

그러나 하울은 그녀에게 다시 유리알 같은 눈길을 던질 뿐이었다.

"또 그러시네. 하인 노릇이 그렇게 좋으세요?"

그는 찢어진 옷소매를 오른손으로 가볍게 쥐고 스르르 잡아당겼다. 이윽고 그 파랗고 하얀 옷감이 그의 손가락 사이를 빠져나왔을 때는 찢어졌던 곳이 감쪽같이 붙어 있었다.

"보세요. 이젠 아시겠어요?"

소피는 잔뜩 풀이 죽어 절뚝거리며 집 안으로 들어갔다. 역시 마법사들은 평범한 방법으로 일할 필요가 없었다. 하울은 자기가 만만찮은 마법사라는 사실을 증명해 보인 셈이었다. 소피는 반쯤은 마이클에게 그리고 반쯤은 자신에게 이렇게 물었다.

"왜 나를 쫓아내지 않는 걸까?"

그러자 마이클이 대답했다.

"그러게 말예요. 제 생각엔 하울 님이 캘시퍼를 판단 기준으로 삼은 것 같아요. 여기 들어오는 사람들은 대부분 캘시퍼를 알아차리지 못하거나 아니면 무서워서 어쩔 줄 모르거든요."

6

하울의 감정 표현

그날 하울은 외출하지 않았고, 다음 며칠 동안도 마찬가지였다. 소피는 하울과 마주치지 않도록 난롯가 의자에 조용히 앉아 생각에 잠겼다. 물론 하울은 좀 당해도 되는 사람이었다. 그러나 소피는 자기가 실은 황야의 마녀에게 화가 났으면서도 애꿎은 성에 화풀이를 하고 있다는 것을 깨달았다. 그리고 엉터리 구실을 붙여 이곳에 머물고 있다는 사실도 조금 꺼림칙했다. 하울의 입장에서야 캘시퍼가 그녀를 좋아한다고 생각할 수도 있겠지만 소피는 캘시퍼가 단지 자신과 거래를 하려 했을 뿐이라는 것을 알고 있었다. 차라리 캘시퍼의 제안을 거절했더라면 좋았을 거였다.

그러나 그런 기분은 별로 오래가지 않았다. 소피는 마이클의 옷

중에서 수선해야 할 것들을 잔뜩 찾아냈다. 그녀는 반짇고리에서 골무와 가위와 실을 꺼내 들고 일을 시작했고, 그날 저녁 무렵에는 다시 명랑해져 국 냄비에 대한 캘시퍼의 실없는 노래를 따라 부르기도 했다.

그러자 하울이 빈정거렸다.

"일하는 게 그렇게 즐거운가요?"

"할 일이 더 많았으면 좋겠어."

"그렇게 바쁜 게 좋으시다면 내 낡은 옷도 좀 수선하지 그래요."

이젠 화가 풀린 모양이었다. 소피는 마음이 놓였다. 그날 아침엔 덜컥 겁이 났기 때문이었다.

하울은 쫓아다니던 여자를 아직 사로잡지 못한 게 분명했다. 소피는 마이클이 그 문제에 대해 상당히 속 보이는 질문들을 던지는 것을 들었는데, 하울은 대답하지 않고 교묘하게 빠져나갔다. 소피는 마이클의 양말을 보며 그에게 얘기하듯 이렇게 중얼거렸다.

"하울은 정말 뺀질뺀질해. 자기 잘못을 차마 똑바로 보지 못하는 거지."

그녀는 하울이 불만을 감추기 위해 정신없이 바쁘게 움직이는 것을 지켜보았다. 그런 심정은 소피도 잘 알고 있었다.

작업대에서 하울은 마이클보다 훨씬 더 부지런하고 신속하게 일했다. 얼렁뚱땅하는 것 같으면서도 능숙한 솜씨로 여러 가지 마법을 사용하고 있었다. 마이클의 표정으로 판단하자면 대부분이 특이하고 어려운 마법인 듯싶었다. 그러나 하울은 이따금씩 마법을 중

1. 마법사 하울의 비밀

단하고 자기 방으로 급히 달려 올라갔다. 그는 그곳에서 남몰래 진행 중인―보나마나 나쁜 일이 분명한―무엇인가를 확인하고 다시 마당으로 뛰쳐나가서 뭔가 큼직한 마법의 물건을 뚝딱뚝딱 손질하곤 했다.

소피는 문을 살짝 열고 훔쳐보다가 조금 놀랐다. 그 고상한 마법사가 진흙탕 속에 무릎을 꿇고 있었기 때문이다. 그는 긴 옷소매를 목덜미 뒤로 묶어 걸리적거리지 않게 해놓고 잔뜩 뒤엉킨 기름투성이 금속 덩어리를 조심스럽게 들어 올려 어떤 특별한 틀 속에 집어넣는 중이었다.

그 마법은 임금님을 위한 것이었다. 역시 옷차림이 화려하고 향수를 잔뜩 뿌린 또 한 명의 칙사가 찾아와 편지 한 통을 전하며 아주아주 긴 말을 늘어놓았다. 그 내용은 하울이 시간을 좀 내줄 수 있겠느냐, 이런저런 일로 바쁘신 줄은 잘 알지만 그 막강하고 천재적인 머리로 국왕 전하의 작은 골칫거리 하나를 해결해 줄 수 없겠느냐는 것이었다. 간단히 말하자면 군대가 무거운 마차들을 끌고 늪지대와 험한 땅을 통과할 수 있는 방법을 찾아 달라는 부탁이었다. 하울의 답변도 놀랍도록 정중했고 하염없이 길게 늘어졌다. 결국 싫다는 소리였다. 그러나 칙사는 그때부터 반 시간 동안이나 더 이야기했고, 그 말이 끝나자 칙사와 하울은 서로 정중히 절한 후, 하울은 그 마법을 만들어 주겠다고 약속했다.

칙사가 떠난 뒤에 하울이 마이클에게 말했다.

"이건 좀 불길해. 도대체 설리먼은 어쩌자고 황야에서 사라진 거야? 국왕은 설리먼 대신에 나를 쓰려고 생각하는 것 같아."

마이클이 대답했다.

"누가 보더라도 설리먼 님은 하울 님만큼 창의력이 풍부하지 않으니까요."

그러자 하울은 우울한 듯이 말했다.

"난 너무 참을성이 많고 너무 정중해서 탈이야. 좀 더 바가지를 씌웠어야 했는데 말야."

하울은 포트헤이븐에서 찾아오는 손님들도 똑같이 참을성 있고 정중하게 대했다. 그러나 마이클이 걱정스럽게 지적했듯이 문제는 오히려 하울이 그 손님들에게 충분한 대가를 요구하지 않는다는 사실이었다. 어떤 뱃사람의 아내가 아직 한 푼도 줄 수 없는 사정을 설명하자 하울이 한 시간 동안이나 들어 주었으며, 어떤 선장에게는 거의 공짜나 다름없는 값으로 바람 마법을 주겠다고 약속했기 때문이다. 그래서 마이클이 한바탕 따졌지만 하울은 그에게 마법을 가르치고는 어물쩍 넘어갔다.

소피는 마이클의 셔츠에 단추를 달면서 하울이 마이클에게 마법에 대해 설명하는 소리를 들었다. 그는 이렇게 말하고 있었다.

"내가 얼렁뚱땅 일한다는 건 나도 알지만, 너까지 나를 흉내 낼 필요는 없어. 먼저 처음부터 끝까지 주문을 잘 읽어 봐. 주문의 형태를 보면 많은 것을 알 수 있어. 그게 스스로 이루어지는 마법인지, 스스로 길을 찾아가는 마법인지, 간단한 주문만으로 충분한지, 아니면 동작과 말을 함께 사용해야 하는지 말이야. 그런 것들을 판단한 뒤

I. 마법사 하울의 비밀

에는 한 번 더 꼼꼼히 읽어 보고 어떤 부분이 문자 그대로의 의미인지, 또 어떤 부분이 일부러 집어넣은 수수께끼인지 판단해야 돼. 이젠 너도 좀 더 강력한 마법으로 넘어가는 단계에 있어. 곧 알게 되겠지만 사고를 예방하기 위해서라도 강력한 마법에는 반드시 고의적으로 비밀을 숨겨 두게 마련이지. 그걸 찾아내야 돼. 자, 이 주문의 경우에는……."

하울의 질문에 대해 마이클이 더듬더듬 대답하는 소리를 들으면서, 그리고 하울이 끝없이 쓸 수 있는 신기한 깃털 펜으로 종이 위에 주의점들을 휘갈겨 쓰는 모습을 지켜보면서 소피는 자기도 많은 것을 배울 수 있다는 사실을 깨달았다. 마사가 페어팩스 부인 댁에서 자신과 레티의 모습을 맞바꾸는 마법을 알아낼 수 있었듯이 소피도 여기서 똑같은 일을 할 수 있었다. 운이 좋으면 캘시퍼에게 의존할 필요가 없을지도 몰랐다.

마이클이 포트헤이븐 사람들에게서 받은 대가가 많으냐 적으냐 하는 문제에 대해서 깡그리 잊어버렸다고 확신하자, 하울은 그를 마당으로 데리고 나가서 국왕에게 줄 마법을 거들게 했다. 소피는 삐걱거리며 일어나서 작업대 쪽으로 절뚝절뚝 걸어갔다. 주문의 내용은 충분히 알아들을 만했지만 오히려 하울이 휘갈겨 쓴 주의점들이 더 알쏭달쏭했다. 소피는 해골에게 이렇게 투덜거렸다.

"이런 글씨는 난생 처음이야! 도대체 이게 펜으로 쓴 거야, 부지깽이로 쓴 거야?"

그녀는 작업대 위의 종이들을 하나하나 열심히 훑어보고 구부러진 항아리 속의 액체나 가루들도 샅샅이 살펴보았다. 그리고 해골에게 말했다.

"그래, 인정할 건 인정해야지. 난 몰래 훔쳐보는 중이야. 그리고 제법 성과도 있었어. 닭의 전염병을 고치는 방법, 백일해 기침을 가라앉히는 방법, 바람을 일으키는 방법 그리고 얼굴에서 털을 제거하는 방법도 알아낼 수 있었으니까. 마사가 이런 것들만 발견했다면 아직도 페어팩스 부인 댁에 남아 있었을 텐데."

마당에서 다시 들어온 하울은 소피가 건드렸던 물건들을 모조리 살펴보는 것 같았다. 그러나 그냥 초조해서 그러는 것 같기도 했다. 이제부터 무엇을 해야 좋을지 몰라서 안절부절못하는 것 같았다. 소피는 그가 밤새도록 오르락내리락하는 소리를 들었다. 이튿날 아침에 그가 화장실을 사용한 것은 겨우 한 시간 동안이었다. 마이클이 제일 좋은 진보라색 벨벳 정장을 입고 킹스베리의 왕궁으로 갈 준비를 하는 동안에도 하울은 어쩔 줄 모르고 쩔쩔매는 것 같았다. 이윽고 그들은 그 커다란 마법의 물건을 금색 종이로 포장했다. 크기에 비하면 놀랍도록 가벼운 모양이었다. 비록 두 팔로 감싸 안아야 했지만 마이클 혼자서도 손쉽게 운반할 수 있었다. 하울은 문짝 위쪽의 손잡이를 빨간색이 아래로 가도록 돌려놓고 울긋불긋한 집들이 있는 거리로 마이클을 내보냈다.

하울이 말했다.

"그쪽에서도 이걸 기다리고 있어. 그러니까 넌 아침 나절 동안만 기다리면 될 거야. 이건 어린애도 얼마든지 다룰 수 있다고 말해 줘.

직접 보여 주기도 하고. 네가 돌아올 때쯤엔 새로 공부할 강력한 마법을 하나 준비해 두마. 다녀와라."

그는 문을 닫고 다시 방 안을 이리저리 돌아다녔다. 그러다가 불쑥 이렇게 말했다.

"발이 근질거리네요. 언덕에서 산책이나 좀 해야겠어요. 마이클에게 내가 약속한 마법 주문은 작업대 위에 있다고 말해 주세요. 그리고 할머니는 이걸로 바쁘게 지내 보세요."

소피의 무릎 위에는 난데없이 회색과 주홍색의 옷 한 벌이 떨어져 있었다. 그것은 파란색과 은색의 옷에 뒤지지 않을 만큼 화려했다. 한편 하울은 방구석에서 기타를 집어 들더니 초록색이 아래로 가도록 손잡이를 돌려놓고 마켓치핑이 굽어보이는 언덕 위에서 휙휙 시나가는 히스 덤불 사이로 발을 내디뎠다.

캘시퍼가 툴툴거렸다.

"자기 발이 근질거리면서!"

포트헤이븐에는 안개가 끼어 있었다. 캘시퍼는 장작개비들 사이에 납작 엎드려 안절부절못하며 굴뚝 속으로 똑똑 떨어지는 물방울들을 이리저리 피하고 있었다.

"이렇게 축축한 벽난로 속에 갇혀 지내는 내 기분이 어떤지 생각이나 해 봤을까?"

"그렇다면 네 계약을 어떻게 깨뜨려야 하는지 힌트라도 좀 줘야지."

그렇게 대꾸하면서 소피는 회색과 주홍색의 옷을 툭툭 털었다.

"세상에, 좀 낡긴 했지만 넌 정말 좋은 옷이구나! 여자들을 유혹하려고 만든 옷이야!"

그때 캘시퍼가 치잇 소리를 내면서 외쳤다.

"난 벌써 힌트를 줬단 말야!"

"그럼 다시 줘야겠는데. 내가 알아차리지 못했으니까."

소피는 옷을 내려놓고 문 쪽으로 걸어갔다.

캘시퍼가 말했다.

"힌트를 주면서 이게 힌트라고 말해 주면 그건 힌트가 아니라 정보 잖아. 난 어떤 정보도 말할 수 없다고. 그런데 어디 가는 거야?"

"두 사람이 다 나가기 전에는 엄두도 못 냈던 일을 해 보려고."

소피는 문짝 위쪽의 사각형 손잡이를 검은색이 아래로 가도록 돌려놓았다. 그리고 문을 열었다.

밖에는 아무것도 없었다. 바깥은 깜깜하지도 않았고, 잿빛도 아니었고, 그렇다고 흰색도 아니었다. 불투명지도 않았고 투명하지도 않았다. 움직이지도 않았다. 냄새나 느낌도 전혀 없었다. 소피가 아주 조심스럽게 손가락을 내밀어 보았지만 뜨겁지도 차갑지도 않았다. 아무것도 만져지지 않았다. 전혀 아무것도 없는 것 같았다.

그녀는 캘시퍼에게 물어보았다.

"도대체 이게 뭐야?"

캘시퍼도 소피만큼이나 흥미로워했다. 그는 문 쪽을 보기 위해 삼발이 밖으로 파란 얼굴을 내밀고 있었다. 안개마저도 까맣게 잊어버린 모양이었다. 그는 이렇게 속삭였다.

"나도 몰라. 난 그냥 그걸 유지할 뿐이야. 내가 아는 것이라고는 그게 아무도 걸어서 지나갈 수 없는 이 성의 한쪽 면에 있다는 사실 뿐이지. 어쨌든 꽤 멀다는 느낌이 들어."

"달나라보다도 먼 것 같아!"

그렇게 말하면서 소피는 문을 닫고 손잡이를 다시 초록색이 아래로 가게 돌려놓았다. 그리고 잠시 망설이다가 계단 쪽으로 걸음을 옮기기 시작했다.

캘시퍼가 말했다.

"그 방은 하울이 잠가 놨어. 네가 또 기웃거리면 그렇게 말해 주라고 하더군."

"아. 도대체 그 속엔 뭐가 있는데?"

"나도 모르지. 위층에 대해서는 아무것도 아는 게 없어. 그게 얼마나 답답한 일인지 넌 짐작도 못할 거야! 난 이 성의 바깥도 제대로 볼 수가 없단 말이야. 겨우 어느 방향으로 가고 있는지 알 수 있는 정도가 고작이라고."

똑같은 좌절감을 느끼면서 소피는 자리에 앉아 회색과 주홍색 옷을 수선하기 시작했다. 얼마 지나지 않아서 마이클이 들어왔다.

"국왕 전하께서 곧바로 만나 주셨어요. 전하는……."

마이클은 방 안을 둘러보았다. 그의 시선이 기타가 놓여 있던 빈 구석으로 움직였다.

"아, 이런! 또 그 여자친구! 난 이제 그 여자가 하울 님을 사랑하게 돼서 며칠 전에 다 끝난 일이라고 생각했는데. 도대체 그 여자는 뭣 때문에 이렇게 뜸을 들이지?"

그러자 캘시퍼가 능글맞게 칙칙거렸다.

"네가 착각한 거야. 심장도 없는 하울은 이 아가씨가 그리 호락호락하지 않다는 걸 알아차렸어. 그래서 며칠 동안 혼자 내버려 두면 좀 달라지지 않을까 싶었겠지. 그뿐이라고."

"젠장! 그렇다면 말썽이 생길 게 뻔하잖아. 난 하울 님이 거의 정신을 차렸다고 생각했는데 말야!"

소피는 옷을 무릎 위에 탁 내려놓았다.

"이거야 원! 도대체 너희들은 그렇게 못된 짓에 대해서 어떻게 그런 식으로 말할 수가 있어! 캘시퍼야 어차피 나쁜 마귀니까 나무랄 수도 없겠지. 하지만 마이클, 너까지……!"

그러자 캘시퍼가 항의했다.

"난 별로 나쁜 놈이 아니라고 생각하는데."

마이클도 이렇게 따졌다.

"저도 그 일에 대해 입을 다물고 있는 건 아니니까 오해하지 마시라고요! 하울 님이 이렇게 자꾸 사랑에 빠지는 바람에 우리가 얼마나 고생했는지 할머니는 몰라요! 소송도 몇 번이나 치러 봤고, 칼을 품은 애인들, 반죽 방망이를 가져온 엄마들, 몽둥이를 들고 오는 아버지나 삼촌들까지 골고루 겪어 봤다고요. 그리고 고모나 이모들……. 그 아줌마들은 정말 끔찍해요. 모자 핀을 뽑아들고 덤비거든요. 하지만 뭐니 뭐니 해도 제일 무서운 건 바로 당사자인 그 여자가 하울 님이 사는 곳을 알아내서는 문 앞에 나타나 울고불고 난리치는 일이죠. 그때마다 하울 님은 뒷문으로 빠져나가고 결국 캘시퍼와 제가 다 상대해야 한단 말예요."

캘시퍼도 한마디 거들었다.

"난 슬퍼하는 여자들이 싫어. 나한테 눈물을 떨어뜨리니까. 차라리 화내는 사람들이 낫다고."

소피는 빨간 옷을 움켜쥐고 손마디가 불거지도록 두 주먹을 불끈 쥐면서 이렇게 말했다.

"한 가지만 분명히 말해 봐. 도대체 하울은 그 불쌍한 여자들한테 무슨 짓을 하고 있는 거야? 내가 듣기론 여자들의 심장을 뜯어 먹고 영혼을 빼앗는다고 하던데."

그러자 마이클이 거북스럽게 웃었다.

"그렇다면 할머니는 마켓치핑에서 오셨군요. 우리가 이 성을 처음 만들 때 하울 님이 저를 그리로 보내서 나쁜 소문을 퍼뜨리게 했거든요. 제가……, 음…… 제가 그런 말을 퍼뜨렸어요. 아줌마들이 흔히 쓰는 말이잖아요. 어떤 면에서는 옳은 말이지만 사실은 아니에요."

캘시퍼는 이렇게 말했다.

"하울은 몹시 변덕스러운 녀석이야. 어떤 여자든지 그 여자가 자기를 사랑하게 될 때까지만 관심을 갖는다고. 그 뒤로는 거들떠보지도 않아."

그러자 마이클도 열심히 거들었다.

"하지만 그 여자가 사랑에 빠지기 전에는 한시도 편히 쉬지 못해요. 그때까지는 도무지 제정신이 아니라고요. 그래서 저는 언제나 여자가 하울 님에게 푹 빠지기를 간절히 기다리죠. 그래야 상황이 좋아지니까."

캘시퍼가 한마디 덧붙였다.

"여자들이 하울을 찾아 낼 때까지는 그렇지."

소피는 경멸한다는 듯이 이렇게 말했다.

"똑똑한 사람이라면 여자들한테 가짜 이름을 말해 줬을 텐데."

그 경멸은 자신이 바보가 되어 버린 듯한 느낌을 감추기 위한 것이었다.

마이클이 대답했다.

"아, 하울 님은 항상 그래요. 여러 가지 가명을 대고 신분도 이것저것 꾸며대기를 좋아하죠. 그건 여자들을 쫓아다니지 않을 때도 마찬가지예요. 아직 모르셨어요? 포트헤이븐에서는 마법사 젱킨이고, 킹스베리에서는 마법사 펜드래건이고, 또 이 성에서는 '한심한 하울'이라고 부르잖아요."

소피는 그 사실을 진작에 알아차리지 못했기 때문에 더욱 바보 같은 기분이 들었다. 그래서 화가 치밀었다.

"그래, 어쨌든 불쌍한 여자들을 비참하게 만드는 건 못된 짓이야. 심장도 없는 사람처럼 잔인하고 쓸데없는 짓이라고."

그러자 캘시퍼가 말했다.

"원래 그런 녀석이라니까."

그때부터 소피는 바느질을 계속했고, 마이클은 삼발이 걸상 하나를 불가에 끌어다 놓고 앉아서 하울이 여자들을 정복한 이야기와 그

이후에 생긴 몇 가지 말썽들에 대해 털어놓았다. 소피는 화려한 옷에게 툴툴거렸다. 바보가 된 기분은 여전했다.

"그래, 네가 심장을 빼앗았구나, 그렇지? 어째서 친척 아줌마들은 조카딸에 대해 이야기할 때 그렇게 알쏭달쏭한 표현을 쓸까? 넌 예쁜 옷이니까 아마 그 아줌마들도 좋아했을 거야. 성난 아줌마들이 너를 쫓아오면 기분이 어떻겠니, 응?"

마이클이 특별히 기억에 남는 어떤 아줌마에 대한 이야기를 들려주었을 때 소피는 마켓치핑에 하울의 소문이 나쁘게 퍼진 것을 오히려 다행으로 여기게 되었다. 그렇지 않았다면 레티처럼 고집 센 아가씨는 섣불리 하울에게 큰 관심을 가졌다가 몹시 불행한 처지에 빠지기 십상이었을 테니까.

마이클이 점심을 먹자고 말하고 캘시퍼가 언제나처럼 신음 소리를 냈을 때, 문이 벌컥 열리면서 하울이 들어왔다. 아까보다 훨씬 더 불만스러운 표정이었다.

소피는 이렇게 물어보았다.

"뭐 좀 먹겠나?"

하울이 대답했다.

"아뇨. 캘시퍼, 화장실에 뜨거운 물."

그는 화장실 문간에서 언짢은 얼굴로 잠시 걸음을 멈추었다.

"소피 할머니, 혹시 이 안에 있는 마법 선반을 정돈하셨어요?"

소피는 아까보다 훨씬 더 바보가 된 기분이 들었다. 여자들의 신체 일부를 찾느라고 모든 꾸러미와 항아리들을 샅샅이 뒤졌다는 사실만은 무슨 일이 있어도 인정할 수 없었다. 그래서 프라이팬을 가지러 가면서 이렇게 거드름을 피웠다.

"아무것도 안 건드렸어."

화장실 문이 쾅 닫힌 뒤에 마이클이 불안한 듯 말했다.

"저도 그게 사실이길 바라요."

소피가 점심 식사를 지지고 볶는 동안 화장실 쪽에서는 물을 좍좍 퍼부으며 씻는 소리가 들려왔다. 캘시퍼가 프라이팬 밑에서 중얼거렸다.

"뜨거운 물을 엄청나게 많이 쓰고 있어. 아마 머리를 염색하나 봐. 네가 머리카락 마법을 건드리지 않았다면 좋겠는데. 진흙색 머리를 가진 못생긴 녀석이 외모엔 끔찍이도 신경쓰거든."

소피는 이렇게 쏘아붙였다.

"아, 그만 좀 해! 전부 제자리에 그대로 돌려놨으니까!"

그녀는 너무 짜증이 나서 프라이팬 속의 달걀과 베이컨을 캘시퍼에게 몽땅 쏟아 붓고 말았다.

물론 캘시퍼는 엄청난 식욕을 자랑하면서 와작와작 활활 타올라 그것들을 맛있게 먹어치웠다. 소피는 탁탁 튀는 불꽃 위에서 다시 음식을 조리했다. 그리고 마이클과 함께 점심을 먹었다. 그들이 그릇을 치우고 캘시퍼가 파란 혀를 내밀어 보라색 입술을 핥고 있을 때, 화장실 문이 쾅 열리면서 하울이 튀어나와 절망 어린 소리로 울부짖었다.

그가 소리쳤다.

"이것 좀 봐! 이걸 보라고! 저 골칫덩어리 할머니가 이 마법에다 무슨 짓을 해 놓은 거야?"

소피와 마이클은 후딱 돌아서서 하울을 쳐다보았다. 머리가 젖어 있긴 했지만 그 밖에는 두 사람 모두 별다른 점을 찾아볼 수 없었다.

소피는 이렇게 입을 열었다.

"그게 내 얘기라면……."

그러자 하울이 고래고래 외쳤다.

"당연히 할머니 얘기죠!"

그러더니 삼발이 걸상에 털썩 앉아서 젖은 머리를 손가락으로 쿡 찔렀다.

"보세요. 잘 봐요. 샅샅이 보라고요. 머리가 엉망이 됐잖아요! 프라이팬에 지져 놓은 베이컨이랑 달걀 같은 꼬락서니라고요!"

마이클과 소피는 조마조마한 심정으로 하울의 머리를 들여다보았다. 그것은 뿌리 끝까지 평소와 똑같은 담황색으로 보였다. 딱 하나 달라진 것이 있다면 약간, 아주 살짝 붉은 기가 돈다는 점이 고작이었다. 소피에게는 오히려 마음에 드는 빛깔이었다. 조금이나마 그녀가 원래 갖고 있던 머리색을 연상시켰기 때문이다.

"내가 보기엔 아주 멋있는데 그래."

그러자 하울이 빽빽거렸다.

"멋있다고요! 그렇겠죠! 일부러 그런 거죠? 나까지 비참하게 만들어야 속이 시원할 테니까. 이것 좀 봐요! 이건 적갈색이라고요! 이 색깔이 없어질 때까지 숨어 지내게 생겼다고요!"

그는 격렬하게 두 팔을 쫙 벌리면서 고함을 질렀다.

"절망이야! 괴로워! 끔찍해!"

갑자기 방 안이 어두워졌다. 방 안의 네 귀퉁이에서 흐릿하고 거대한 사람 모양의 형상들이 솟아올라 소피와 마이클을 향해 울부짖으며 다가왔다. 그 울부짖는 소리는 섬뜩한 신음 소리로 들리는 듯하더니 절망의 울음소리로 변했다가 다시 더욱 높아져 고통과 공포의 비명으로 바뀌었다. 소피는 두 손으로 귀를 막았지만 비명 소리는 손바닥을 뚫고 들어오면서 시시각각 더 커지고 더 끔찍해질 뿐이었다. 캘시퍼는 벽난로 속에서 허겁지겁 몸을 움츠려 제일 밑에 깔린 장작개비 아래로 숨었다. 마이클이 소피의 팔꿈치를 붙잡고 문 쪽으로 끌고 갔다. 그는 재빨리 손잡이를 돌려 파란색이 아래로 가게 해놓고 발길로 차 문을 열었다. 그리고 최대한 신속하게 포트헤이븐 거리로 빠져나갔다.

소음은 바깥에서도 별로 차이가 없을 만큼 끔찍했다. 거리 곳곳에서 문이 열리고 두 손으로 귀를 막은 사람들이 뛰쳐나오고 있었다.

소피는 떨리는 목소리로 마이클에게 물었다.

"하울을 저렇게 혼자 내버려 두는 게 잘하는 짓일까?"

"그래요. 하울 님이 그걸 할머니 탓으로 생각한다면 더욱 그렇고요."

그들은 고막을 찌르는 비명에 쫓기면서 허둥지둥 마을 안을 지나갔다. 꽤 많은 사람들이 함께 움직이고 있었다. 안개가 어느새 바닷가의 가랑비로 변하여 옷 속으로 스며들었지만 모두들 소음을 좀 더 견딜 만한 항구나 모래밭으로 갔다. 잿빛의 드넓은 바다가 조금이나 마 소음을 흡수해 주었다. 어느덧 소음이 굉장히 시끄럽고 슬픈 흐느낌으로 변했다. 사람들은 모두 축축하게 젖은 채 옹기종기 모여서서 안개 낀 새하얀 수평선을 바라보거나 배들을 묶어 놓은 밧줄에서 빗물이 뚝뚝 떨어지는 것을 지켜보고 있었다. 소피는 바다를 이렇게 가까이에서 보기는 난생처음이라고 생각했다. 좀 더 즐거운 마음으로 구경할 수 없어서 못내 아쉬울 따름이었다.

흐느낌은 다시금 크고 슬픈 한숨 소리로 잦아들더니 이내 조용해졌다. 사람들은 조심스럽게 마을로 돌아가기 시작했다. 몇 사람이 머뭇거리며 소피에게 다가왔다.

"불쌍한 마법사님께 무슨 안 좋은 일이라도 있었나요, 마녀 할미?"

그러자 마이클이 대답했다.

"오늘은 좀 우울하신 모양이에요. 가 보세요. 이젠 돌아가도 괜찮을 것 같아요."

그들이 돌을 쌓아 놓은 부둣가를 따라 걸어갈 때, 정박된 배 위에 타고 있던 몇몇 뱃사람들이 자못 걱정스러운 듯이 소리쳐 물었다. 이 소음이 혹시 폭풍이나 불행을 뜻하는 것은 아니냐는 질문이었다.

소피도 소리쳐 대답했다.

"전혀 아니야. 이젠 다 끝났어."

그러나 끝난 게 아니었다. 이윽고 그들은 마법사의 집으로 돌아갔는데, 바깥에서 보기에는 삐딱하게 기울어진 작고 평범한 집이라서 마이클이 아니었으면 도저히 찾아낼 수 없을 것이다. 마이클은 작고 허름한 문을 아주 조심스럽게 열었다. 집 안에는 하울이 여전히 걸상에 걸터앉아 있었다. 완전히 절망한 듯했다. 그는 미끌미끌한 녹색 오물을 잔뜩 뒤집어쓰고 있었다.

녹색 오물은 정말 어마어마하고 무시무시하고 아찔아찔하게 많았다. 엄청난 양이었다. 오물은 하울을 완전히 뒤덮고 있었다. 질척질척한 오물 덩어리들이 그의 머리에서 아래로 축축 늘어져, 무릎과 손에 수북하게 쌓였으며, 다리를 따라 흐물흐물 흘러내렸고, 걸상에도 끈적끈적한 실들이 길게 이어져 있었다. 방바닥에도 온통 미끈거리는 오물 연못과 오물 웅덩이 천지였다. 여기저기서 기다란 손가락 같은 오물이 벽난로 쪽으로 구불구불 흘러가고 있었다. 냄새도 지독했다.

"나 좀 살려 줘!"

캘시퍼가 목쉰 소리로 속삭이듯 말했다. 그는 두 개의 작은 불꽃만 남아서 필사적으로 깜박거리고 있었다.

"이것 때문에 내 불이 꺼져 버리겠어!"

소피는 치마를 치켜들고 당당한 걸음걸이로 하울에게 최대한 접근했다. 그러나 너무 가까이 다가가지는 않았다.

"그만해! 당장 그만두란 말이야! 어린애처럼 굴지 말라고!"

그러나 하울은 움직이지도 대답하지도 않았다. 다만 오물 속에서 눈을 크게 뜨고 창백하고 슬픈 얼굴로 멍하니 앉아 있을 뿐이었다.

마이클이 문가에서 안절부절못하며 물었다.

"어떡하면 좋죠? 하울 님이 죽었나요?"

소피는 마이클이 착한 아이이긴 하지만 막상 위기가 닥쳤을 때는 별로 쓸모가 없다고 생각했다.

"아냐, 당연히 죽진 않았어. 그리고 캘시퍼만 아니라면 난 저 인간이 하루 종일 저렇게 흐물거려도 관심 없다고. 가서 화장실 문 좀 열어 놔라."

마이클이 오물 웅덩이 사이를 비집고 화장실 쪽으로 조심조심 나아가는 동안 소피는 벽난로 속에 앞치마를 던져 더 많은 오물이 캘시퍼에게 닿는 것을 막고는 부삽을 들었다. 그러고는 몇 번이나 재를 퍼 올려 제일 큰 오물 웅덩이에 쏟아 부었다. 그때마다 웅덩이에서 치익 하고 격렬한 소리가 났다. 방 안에는 수증기가 꽉 찼고 냄새도 더욱 지독해졌다. 소피는 옷소매를 걷어붙이고 허리를 굽혀 마법사 하울의 미끌미끌한 무릎을 단단히 붙잡고 걸상째 화장실 쪽으로 밀고 갔다. 오물 때문에 발이 자꾸 미끄러졌지만 걸상을 움직이기는 쉬웠다. 마이클이 다가와 오물로 뒤덮인 하울의 옷소매를 잡아당겼다. 두 사람은 힘을 합쳐 하울을 화장실 안으로 데려갔다. 그리고 여전히 움직이지 않는 하울을 샤워 부스에 밀어 넣었다.

소피는 숨을 헐떡이며 엄숙하게 말했다.

"캘시퍼, 뜨거운 물! 아주 뜨겁게."

하울에게서 오물을 다 씻어 내는 데 꼬박 한 시간이 걸렸다. 마이클이 하울을 살살 달래면서 걸상에서 일으켜 마른 옷으로 갈아입히기까지 다시 한 시간이 더 걸렸다. 다행히 소피가 막 수선한 회색과 주홍색 옷은 의자 등받이에 걸쳐 놓아서 오물이 묻어 있지 않았다. 그러나 파란색과 은색의 옷은 엉망이었다. 소피는 마이클을 시켜 그 옷을 욕조 속에 푹 담그게 했다. 그리고 중얼중얼 투덜투덜하면서 뜨거운 물을 더 받아 왔다. 그녀는 손잡이를 초록색 쪽으로 돌리고는 빗자루로 모든 오물을 언덕 위 황무지로 쓸어 냈다. 성은 히스 덤불 위에 달팽이가 지나간 듯한 자국을 남겼지만 그것이 오물을 제거하는 가장 손쉬운 방법이었다. 방바닥을 물로 씻어 내면서 소피는 움직이는 성에 살아서 좋은 점도 있다고 생각했다. 성이 있는 마켓치핑에도 하울의 그 요란한 소음이 들렸는지 궁금했다. 만약 그랬다면 그곳 사람들도 불쌍한 노릇이었다.

그때쯤 소피는 피곤하기도 했고 짜증도 났다. 소피는 그 녹색 오물이 그녀에 대한 하울의 앙갚음이라는 것을 잘 알고 있었다. 그래서 마침내 마이클이 하울에게 회색과 주홍색 옷을 입혀 화장실에서 데리고 나와 벽난로 옆의 의자에 가만히 앉혀 놓았을 때도 동정심이라고는 전혀 느낄 수가 없었다.

캘시퍼가 불꽃을 탁탁 튀기며 말했다.

"정말 멍청한 짓이었어! 내가 죽으면 네 마법 중에서도 제일 훌륭한 것들이 다 없어지잖아?"

그러나 하울은 들은 체도 하지 않았다. 비통한 얼굴로 멍하니 앉아 덜덜 떨고 있을 뿐이었다.

마이클이 슬픈 목소리로 말했다.

"도무지 말씀을 안 하시네요!"

소피는 이렇게 대꾸했다.

"괜히 성질을 부리는 거야."

마사와 레티도 걸핏하면 성깔을 부리곤 했다. 소피는 그럴 때 대처하는 요령을 잘 알고 있었다. 그러나 마법사가 머리 때문에 신경질을 낸다고 엉덩이를 때리는 것은 대단히 위험한 짓이었다. 어쨌든 소피의 경험에 의하면 누구든지 성질을 부리는 이유는 대개 겉보기와는 다르게 마련이었다. 그녀는 캘시퍼를 한쪽으로 비켜나게 하고 냄비에 우유를 담아 장작 위에 올려놓았다. 우유가 따뜻해지자 머그컵에 부어 하울의 손에 쥐어 주었다.

"쭉 마셔. 자, 이런 소동을 벌인 이유가 뭐야? 자네가 만나러 다닌다는 그 젊은 아가씨 때문이지?"

하울은 씁쓸한 표정으로 우유를 마셨다.

"그래요. 나를 좀 그리워하게 될까 싶어서 한동안 내버려 뒀는데 아무 소용도 없었어요. 지난번에 만났을 때는 잘 모르겠다고 하더니 이젠 다른 남자가 있다고 하는 거예요."

너무 비참한 목소리여서 소피는 그가 좀 가엾다고 생각했다. 그리고 이젠 그의 머리도 다 말랐는데, 지금 보니 정말 분홍색에 가까운 빛깔이라서 미안하기도 했다.

하울이 한탄하듯 말을 이었다.

"이 근방에서 제일 아름다운 여자예요. 정말 사랑해요. 그런데 그 여자는 내 깊은 애정을 비웃고 다른 녀석에게 신경을 써요. 내가 그토록 관심을 쏟았는데 어떻게 다른 놈을 좋아할 수가 있어요? 딴 여자들은 내가 나타나자마자 다른 남자들을 차 버리던데."

소피의 동정심은 급속히 사그라들었다. 하울이 그렇게 손쉽게 녹색 오물을 뒤집어 쓸 수 있다면 머리카락을 적당한 색깔로 바꾸는 것도 쉬웠을 거라는 생각이 문득 떠올랐다.

"그렇다면 그 아가씨한테 사랑의 묘약이라도 먹이고 끝내 버리면 되잖아?"

그러자 하울이 대답했다.

"아, 그건 안 되죠. 놀이 규칙에 어긋난다고요. 재미가 없잖아요."

소피의 동정심이 다시 줄어들었다. 그게 놀이였다는 거야? 그녀는 이렇게 쏘아붙였다.

"그 불쌍한 아가씨에 대해서는 조금도 생각해 주지 않는 거야?"

하울은 우유를 마저 마시고 감상적인 표정을 지으며 머그컵 속을 물끄러미 들여다보았다.

"언제나 생각하죠. 한없이 사랑스러운 레티 해터를."

그 순간, 심한 충격과 함께, 동정심은 완전히 사라지고 말았다. 그 대신에 엄청난 불안감이 밀려왔다. 오, 마사! 너도 참 바쁘게 살았구나! 그날 네가 말했던 그 남자는 체자리 빵집에서 일하는 사람이 아니었어!

허수아비

그날따라 유난히 몸이 쑤시고 아프지만 않았다면 소피는 당장 그날 저녁에 마켓치핑으로 떠났을 것이다. 포트헤이븐에 내리던 가랑비가 뼛속 깊이 스며든 것 같았다. 소피는 자기 방에 드러누워 끙끙 앓으면서 마사를 걱정했다. 그러나 별로 심각한 상황은 아니라고 생각하고 있었다. 마사가 확신을 갖지 못하던 그 남자가 다름 아닌 마법사 하울이라는 사실만 말해 주면 그뿐이었다. 그것만 알게 되면 마사는 곧 겁을 먹고 도망칠 테니까. 그리고 하울을 쫓아내려면 그를 사랑한다고 말해야 한다는 것도 마사에게 알려 줘야 했다. 친척 아줌마들을 들먹이며 위협하는 것도 좋은 방법이었다.

이튿날 아침에 일어났을 때도 소피의 몸은 여전히 삐걱거리고 있었다. 그녀는 길 떠날 준비를 마치고 지팡이를 꺼내면서 투덜거렸다.

"황야의 마녀, 못된 것 같으니라고."

화장실에서 하울이 노래하고 있었다. 마치 살면서 단 한 번도 성질을 부린 적이 없다는 듯 태평한 노랫소리였다. 소피는 다리를 절면서도 최대한 빠르게 문 쪽으로 살금살금 걸어갔다.

물론 그녀가 문 앞에 이르기도 전에 하울이 화장실에서 나왔다. 소피는 기분 나쁜 표정으로 하울을 쳐다보았다. 그는 아주 말쑥하고 멋진 모습이었다. 사과꽃 향기가 은은하게 풍겼다. 창으로 햇빛이 쏟아져 들어와 회색과 주홍색 옷이 눈부시게 반짝거렸고 머리카락도 희미한 분홍색으로 후광처럼 빛나고 있었다.

하울이 말했다.

"내 머리엔 이 색깔도 괜찮은 것 같네요."

소피는 이렇게 툴툴거렸다.

"아, 그러셔?"

"이 옷에 잘 어울리거든요. 바느질 솜씨가 꽤 좋으시네요? 왠지 옷이 더 멋있어 보여요."

"허!"

하울은 문짝 위 손잡이에 손을 올려놓고 동작을 멈추었다.

"몸이 쑤시고 아파서 언짢으신가요, 아니면 무슨 불쾌한 일이라도 있었나요?"

"불쾌한 일? 불쾌한 일이 뭐가 있겠어? 누군지 몰라도 이 성안에

썩은 오물을 잔뜩 퍼부었을 뿐인데, 그리고 포트헤이븐 사람들을 몽땅 귀머거리로 만들고, 숯 덩어리가 되도록 캘시퍼를 겁주고, 몇백 명의 가슴을 갈기갈기 찢어 놨을 뿐인데 말이야. 도대체 내가 불쾌할 게 뭐가 있어?"

그러자 하울이 웃음을 터뜨렸다.

"잘못했어요."

그러면서 빨간색이 아래로 가도록 손잡이를 돌렸다.

"국왕이 오늘 나를 만나고 싶대요. 저녁때까지는 왕궁에서 빈둥거리며 기다려야 되겠지만 나중에 돌아오면 할머니의 관절염을 어떻게 해 볼게요. 마이클한테 마법 주문은 작업대 위에 놔뒀다고 잊지 말고 말해 주세요."

하울은 소피에게 환하게 웃어 보이고 뾰족탑들이 있는 킹스베리로 걸음을 내디뎠다. 문이 닫힐 때 소피는 이렇게 툴툴거렸다.

"그런다고 다 용서가 되는 줄 알면 잘못 생각한 거야!"

그러나 하울의 웃음을 보고 마음이 좀 누그러진 뒤였다.

소피는 다시 투덜거렸다.

"그 웃음이 나한테까지 효과가 있다면 가엾은 마사가 자기 진심을 모르는 것도 당연한 일이겠지!"

그때 캘시퍼가 말했다.

"나가기 전에 장작 하나만 더 줘."

소피는 절뚝거리며 걸어가서 벽난로에 장작 하나를 집어넣었다. 그리고 다시 문 쪽으로 향했다. 그런데 그 순간 마이클이 계단을 뛰어 내려와 작업대에 남아 있던 빵 덩어리를 낚아채고 문 쪽으로 달려갔다. 그러면서 불안한 목소리로 말했다.

"제가 가져가도 되죠? 돌아올 때 갓 구운 빵을 사 올게요. 오늘 아주 급한 일이 있어서 그러는데, 저녁때까지는 돌아올게요. 이따가 선장님이 와서 바람 마법을 달라고 할 텐데, 그건 알아보기 쉽게 이름표를 달아서 작업대 끝에 놓아뒀어요."

그는 손잡이를 초록색으로 돌려놓고 빵 덩어리를 끌어안은 채 바람 부는 언덕 비탈로 뛰어내렸다. 그리고 문이 쾅 닫힐 때, 덜거덕거리며 지나가는 성을 향해 소리쳤다.

"나중에 봐요!"

소피는 이렇게 말했다.

"젠장! 캘시퍼, 성안에 아무도 없을 때는 어떻게 문을 열지?"

"너와 마이클은 내가 열어 주면 돼. 하울은 자기가 직접 열고."

그렇다면 소피가 밖으로 나가더라도 딴 사람들이 못 들어올 염려는 없었다. 다시 이곳으로 돌아올는지 확실치 않았지만 캘시퍼에게 미리 말해 둘 생각은 없었다. 그녀는 마이클이 어딘지 모를 목적지를 향해 웬만큼 갈 때까지 기다렸다가 다시 문 쪽으로 다가갔다. 이번엔 캘시퍼가 그녀를 붙잡았다.

"오랫동안 나가 있을 거라면 내 손이 닿는 곳에 장작 몇 개만 놓아둬."

소피는 초조해하면서도 흥미를 느꼈다.

"네가 장작을 옮길 수 있다는 거야?"

I. 마법사 하울의 비밀

그러자 캘시퍼는 대답 대신에 팔처럼 생긴 파란 불길을 내뻗었다. 끝부분이 몇 가닥으로 갈라져 마치 초록색 손가락 같았다. 그 팔은 별로 길지도 않았고 튼튼해 보이지도 않았다. 그러나 그는 자랑스럽게 말했다.

"봤지? 거의 바닥돌까지 닿는다고."

소피는 삼발이 앞에 장작을 한 무더기 쌓아서 적어도 맨 꼭대기에 있는 장작에는 캘시퍼의 손이 닿도록 해 놓았다.

"삼발이 안으로 가져가기 전에는 절대로 태우면 안 돼."

그렇게 경고한 후 소피는 다시 문 쪽으로 향했다. 그런데 이번에는 문 앞에 이르기도 전에 누군가 그 문을 두드리는 것이었다.

정말 재수 없는 날이구먼, 하고 소피는 생각했다. 틀림없이 선장일 것이다. 소피는 손잡이를 파란색으로 돌려놓으려고 손을 들었다.

캘시퍼가 말했다.

"아냐, 그건 성문이라고. 그런데 어쩐지 좀……."

그렇다면 마이클이 무슨 이유로 되돌아 온 모양이라고 생각하면서 소피는 문을 열었다.

순무로 만든 무서운 얼굴이 그녀를 노려보고 있었다. 곰팡내가 확 풍겼다. 넓고 푸른 하늘을 배경으로 누더기를 걸친 막대기 팔이 휘익 돌면서 그녀를 할퀴려고 들었다. 허수아비였다. 막대기와 누더기로 만든 것이었지만 엄연히 살아 있었다. 그것이 성안으로 들어오려 했다.

소피는 목청껏 소리쳤다.

"캘시퍼! 성을 더 빨리 움직여!"

문 주변의 돌덩이들이 덜컥덜컥 와직와직 흔들렸다. 갑자기 녹색과 갈색이 섞인 황무지가 휙휙 지나가기 시작했다. 허수아비가 막대기 팔로 문을 쿵쿵 두드리다가 성이 지나가 버리자 성벽을 드르륵 긁었다. 허수아비는 다른 팔을 휘둘러 돌벽을 붙잡으려는 듯했다. 할 수만 있다면 성안으로 들어오려고 했다.

소피는 문을 쾅 닫아 버리고는 생각했다. '이번 일만 보더라도 맏이가 행운을 찾으려 하는 게 얼마나 어리석은 짓인지 알 수 있잖아!' 그 허수아비는 소피가 이 성으로 오는 길에 산울타리에 꽂아 놓았던 바로 그것이었다. 그때 그녀는 허수아비에게 농담을 했다. 마치 그 농담 때문에 못된 생명을 얻은 것처럼 허수아비는 여기까지 따라와서 그녀의 얼굴을 할퀴려고 했다. 소피는 허수아비가 아직도 성안으로 들어오려 하는지 보려고 창문 앞으로 달려갔다.

물론 그녀가 볼 수 있었던 것은 화창한 포트헤이븐의 풍경이었다. 건너편 지붕들 너머로 10여 개의 돛대에 돛이 올라가는 중이었고 푸른 하늘에 수많은 갈매기들이 구름처럼 맴돌고 있었다.

소피는 작업대 위의 해골에게 말했다.

"동시에 여러 곳에 존재한다는 건 이래서 문제라니까!"

바로 그때 소피는 늙는다는 것의 진짜 단점을 깨닫게 되었다. 심장이 갑자기 펄떡 뛰었다가 조금 두근거리더니 가슴속에서 밖으로 뛰쳐나오려는 것 같았다. 정말 아팠다. 온몸이 부들부들 떨리고 무릎이 와들거렸다. 당장이라도 죽을 것만 같았다. 그녀는 간신히 난롯가의 의자에 가서 앉았다. 그리고 가슴을 움켜쥐고 헐떡거렸다.

캘시퍼가 물었다.

"무슨 일 있어?"

소피는 숨을 몰아쉬며 대답했다.

"그래. 내 심장. 문밖에 허수아비가 있어!"

그러자 캘시퍼가 물었다.

"허수아비가 네 심장하고 무슨 관계가 있는데?"

소피는 헉헉거리며 이렇게 말했다.

"이 안으로 들어오려고 했단 말야. 굉장히 놀랐다고. 그래서 심장이…… 넌 어차피 이해할 수도 없을 거야. 젊고 멍청한 마귀니까! 넌 심장도 없잖아."

그러자 캘시퍼는 팔을 보여 줄 때처럼 자랑스러워하며 이렇게 대꾸했다.

"없긴 왜 없어? 나도 장작 밑의 빛나는 곳에 심장이 있다고. 그리고 나한테 젊다고 하지 마. 적어도 너보다 100만 살은 더 먹었으니까! 이젠 성의 속도를 줄여도 될까?"

"허수아비가 없어졌다면. 어때?"

"모르겠어. 그건 피와 살로 이루어진 게 아니거든. 전에도 말했지만 난 바깥을 제대로 볼 수도 없단 말이야."

소피는 힘겹게 일어나서 아픈 몸을 이끌고 다시 문 쪽으로 다가갔다. 그리고 천천히 조심스럽게 문을 열었다. 녹색의 언덕과 바위와 붉은 비탈길들이 휙휙 지나가서 머리가 좀 어지러웠지만 문틀을 꽉 붙잡고 몸을 밖으로 내밀어 성벽 너머로 멀어져가는 황무지를 내다 보았다. 허수아비는 50미터쯤 뒤처져 있었다. 녀석은 언덕 비탈에서 균형을 잡느라고 누더기가 펄럭이는 막대기 팔을 비스듬히 뻗은 채 무서우리만큼 씩씩한 모습으로 히스 덤불 사이를 폴짝폴짝 건너뛰는 중이었다. 소피가 지켜보는 동안에도 허수아비는 점점 더 멀어져 갔다. 느리긴 했지만 여전히 따라오고 있었다. 소피는 문을 닫았다.

"아직 있어. 껑충껑충 따라온다고. 더 빨리 가."

그러자 캘시퍼는 이렇게 설명했다.

"그러면 내 계산이 빗나간다고. 난 언덕들을 한 바퀴 돌아서 마이클이 돌아오는 저녁 때쯤에 우리와 헤어졌던 그 자리로 되돌아 갈 생각이었거든."

"그럼 두 배로 빨리 움직여 언덕들을 두 바퀴 돌면 되잖아. 어떻게든 저 끔찍한 괴물을 떨쳐 버리란 말이야!"

캘시퍼가 툴툴거렸다.

"이게 웬 소동이람!"

그러면서도 성의 속력을 더욱 높였다. 소피는 이제야 처음으로 성이 흔들리는 것을 몸으로 느낄 수 있었다. 그녀는 의자에 웅크리고 앉아서 이러다가 죽는 게 아닐까 걱정했다. 아직은 죽고 싶지 않았다. 마사와 이야기하기 전에는 죽을 수 없었다.

시간이 흐르면서 성의 속력 때문에 모든 것이 흔들리기 시작했다. 병들이 쨍강쨍강 소리를 냈다. 작업대 위의 해골도 털그럭거렸다.

소피는 화장실 선반의 물건들이 하울의 파란색과 은색 옷을 담가 둔 욕조 속으로 풍덩풍덩 떨어지는 소리를 들을 수 있었다. 차츰 기분이 좀 나아졌다. 그녀는 다시 힘겹게 문 쪽으로 가서 바람결에 머리카락을 흩날리며 바깥을 보았다. 발밑에서 땅바닥이 쏜살같이 지나가고 있었다. 성이 워낙 빠르게 움직이고 있어서 먼 언덕들이 천천히 돌고 있는 듯했다. 덜컹덜컹 우직우직 하는 소리에 귀가 멍했고 시꺼먼 연기가 뭉게뭉게 흘러갔다. 그러나 그때쯤 허수아비는 까마득한 언덕 비탈에 뒤처져 조그마한 검은 점이 되어 있었다. 그리고 다음에 다시 보았을 때는 시야에서 완전히 사라져 버린 뒤였다.

캘시퍼가 말했다.

"잘됐군. 그럼 오늘밤은 이만 쉬어야겠어. 너무 힘들었다고."

덜컹거리는 소리가 그쳤다. 물건들도 더 이상 흔들리지 않았다. 캘시퍼는 평범한 불처럼 장작들 사이에 낮게 가라앉아 잠들어 버렸다. 하얀 재로 뒤덮인 장작개비들이 장밋빛으로 빛나고 그 깊숙한 곳에 파란색과 초록색이 살짝살짝 비칠 뿐이었다.

그때쯤 소피는 다시 기운을 되찾았다. 그녀는 녹색 오물이 섞인 욕조 속에서 여섯 개의 꾸러미와 병 하나를 건졌다. 꾸러미들은 흠뻑 젖어 있었다. 어제의 일 때문에라도 그것들을 그냥 내버려 둘 수는 없었다. 그래서 바닥에 늘어놓고 아주 조심스럽게 '물기 말림'이라는 가루를 골고루 뿌렸다. 꾸러미들은 순식간에 말라 버렸다. 비로소 마음이 놓였다. 소피는 욕조에서 물을 빼고 하울의 옷에도 '물기 말림'을 써 보았다. 옷도 금방 말랐다. 녹색 얼룩이 남았고 원래

보다 좀 작아지긴 했다. 그래도 더러 제대로 할 수 있는 일도 있다는 것을 알게 되었으니 소피의 기분도 한결 좋아졌다.

명랑해진 소피는 분주하게 저녁 식사를 준비했다. 우선 작업대 위의 물건들을 한쪽 끝에 있는 해골 주위에 마구잡이로 쌓아 놓고 양파를 썰기 시작했다. 그러면서 해골에게 말을 걸었다.

"적어도 네 눈에선 눈물이 안 나잖아, 친구. 좋은 쪽으로 생각하라고."

그때 문이 벌컥 열렸다.

소피는 허수아비가 다시 나타난 줄 알고 깜짝 놀라 하마터면 손을 다칠 뻔했다. 그러나 마이클이었다. 그는 기쁨에 찬 얼굴로 뛰어들었다. 그리고 빵 한 덩이와 파이 한 개 그리고 분홍색과 흰색의 줄무늬가 있는 상자 하나를 양파 더미에 쏟아 놓았다. 그러더니 대뜸 소피의 깡마른 허리를 부둥켜안고 방 안을 빙글빙글 돌면서 춤을 추었다.

마이클이 즐거운 듯 소리쳤다.

"잘됐어요! 잘됐다고요!"

소피는 마이클의 장화에 밟히지 않으려고 펄쩍펄쩍 뛰면서 비틀거렸다. 그녀는 어지러운 중에도 둘 다 다치지 않도록 부엌칼을 잘 살피면서 숨 가쁘게 외쳤다.

"진정해라, 진정해! 뭐가 잘됐다는 거야?"

마이클은 그녀를 끌고 화장실에 들어갈 뻔했다가 다시 벽난로 속에 처박힐 뻔했다가 하면서 이렇게 소리쳤다.

"레티가 저를 사랑한대요! 하울 님은 얼굴도 못 봤대요! 전부 오해였어요!"

그는 방 한복판에서 소피와 함께 빙빙 돌았다.

소피가 버럭 소리를 질렀다.

"이 칼에 누가 다치기 전에 빨리 놓아 줘! 그리고 설명도 좀 해주고."

그러자 마이클이 소리쳤다.

"이야호!"

그리고 소피를 빙글빙글 돌리며 의자로 데려가 털썩 내려놓았다. 소피는 의자에 앉아 숨을 몰아쉬었다.

"어젯밤엔 차라리 할머니가 하울 님의 머리를 새파랗게 물들여 버렸으면 좋았을 거라고 생각했어요. 이젠 아무래도 좋아요. 하울 님이 '레티 해터'라고 말했을 때는 제가 직접 파란색으로 염색해 놓고 싶더라니까요. 할머니도 하울 님의 성격을 잘 아시잖아요. 그 아가씨가 자기를 사랑하게 만들고 나면 다른 여자들처럼 곧바로 차 버릴 게 뻔하죠. 그런데 그게 바로 우리 레티였다고 생각하니 저는…… 아무튼 아시다시피 하울 님은 그 여자에게 다른 남자가 있다고 했는데, 저는 그게 저를 가리키는 말인 줄 알았어요! 그래서 오늘 부리나케 마켓치핑으로 달려갔던 거예요. 그런데 아무 일도 아니었어요! 하울 님은 똑같은 이름을 가진 다른 아가씨를 쫓아다니고 있는 모양이에요. 레티는 하울 님을 만난 적도 없다니까요."

소피는 머리가 복잡해졌다.

"정리 좀 해 보자. 우리가 말하는 레티 해터는 체자리 빵집에서 일하는 그 레티 해터지?"

마이클은 신이 나서 소리쳤다.

"그야 물론이죠! 저는 레티가 거기서 처음 일하기 시작할 때부터 그녀를 사랑했어요. 그러다가 레티가 나를 사랑한다고 말했을 때는 도저히 믿기지 않을 정도였죠. 레티를 좋아하는 남자는 몇백 명쯤 되니까요. 하울 님이 그중의 한 명이었더라도 놀랄 일은 아닌데 정말 다행이에요! 그걸 축하하려고 체자리 빵집에서 케이크를 사 왔어요. 어디다 뒀더라? 아, 여기 있네요."

그는 분홍색과 흰색의 상자를 소피에게 내밀었다. 상자에서 양파 조각이 툭 떨어져 그녀의 무릎에 나뒹굴었다.

소피는 이렇게 물어보았다.

"얘야, 넌 몇 살이니?"

"지난 오월제 날에 열다섯 살이 됐어요. 캘시퍼가 성에서 불덩어리를 쏘아 줬어요. 정말 그랬지, 캘시퍼? 아, 잠들었군요. 할머니는 제가 약혼을 하기엔 너무 어리다고 생각하실지도 모르지만…… 저는 아직도 견습 기간이 3년이나 남았고 레티는 더 많이 남았지만…… 우린 결혼하기로 서로 약속했고 기꺼이 기다릴 거예요."

그렇다면 마이클은 마사에게 어울릴 만한 나이로구나, 하고 소피는 생각했다. 그리고 지금은 소피도 마이클이 앞으로 마법사가 될 착하고 건실한 소년이라는 것을 잘 알고 있었다. 마사의 심장은 무사하겠구나! 소피는 그 정신없던 오월제 날을 돌이켜 생각해 보다

I. 마법사 하울의 비밀

가 그날 마사 앞에 몰려들어 판매대에 기대고 소리치던 남자들 틈에 마이클도 끼어 있었다는 것을 깨달았다. 그러나 하울은 그때 마켓 광장에 있었다.

소피는 걱정스럽게 물었다.

"레티가 하울에 대해 틀림없이 사실대로 말했을까?"

"그럼요. 레티가 거짓말을 할 때는 금방 알 수 있어요. 엄지손가락을 빙빙 돌리는 걸 멈추거든요."

소피는 쿡쿡 웃었다.

"그래, 맞아!"

그러자 마이클이 놀라서 물었다.

"그걸 어떻게 아세요?"

"그야 걔는 내 동생…… 음…… 내 동생의 손녀딸이니까, 그리고 어렸을 때는 별로 솔직하지 않았으니까. 하지만 그 애는 아직도 어린데…… 음…… 자라면서 조금씩 변하겠지. 그 애는…… 음…… 1년쯤 지나면 지금과는 많이 달라질지도 몰라."

"그건 저도 마찬가지겠죠. 우리 나이에는 줄곧 변하잖아요. 우린 걱정하지 않아요. 레티는 여전히 레티일 테니까요."

그야 그렇겠지, 하고 소피는 속으로 생각했다. 그러면서 걱정스럽게 말을 이었다.

"하지만 그 애가 한 말이 사실이더라도 혹시 하울의 가짜 이름을 알고 있는 거라면 어쩌지?"

그러자 마이클은 이렇게 대답했다.

"걱정 마세요, 저도 그 생각을 했어요! 그래서 하울 님의 모습을 설명해 줬는데—아시다시피 하울 님은 누구든지 쉽게 알아볼 수 있잖아요—레티는 정말 하울 님이나 그 한심한 기타를 한 번도 본 적이 없었대요. 하울 님이 기타를 칠 줄 모른다는 말은 굳이 꺼낼 필요도 없었어요. 레티는 하울 님을 본 적이 없었고, 그렇게 말하는 동안에도 쉬지 않고 엄지손가락을 빙빙 돌리고 있었거든요."

"그것 참 안심이구먼!"

소피는 뻣뻣해진 등을 의자에 기댔다. 분명히 마사에 대해서는 안심해도 좋았다. 그러나 별로 마음이 편하지 않았다. 이 근방에 또 한명의 레티 해터가 있다면 그건 틀림없이 진짜 레티일 테니까. 만약 그녀 말고도 레티가 또 있었다면 누군가 모자 가게로 와서 한바탕 수다를 떨었을 것이다. 하울에게 넘어가지 않은 것만 보더라도 과연 고집 센 레티다웠다. 소피가 염려하는 것은 레티가 하울에게 자신의 본명을 밝혔다는 사실이었다. 레티는 아직 하울에 대해 마음을 정하지 못한 모양이지만, 그렇게 중요한 비밀을 털어 놓았다면 적어도 조금은 그를 좋아한다는 뜻이니까.

"그렇게 걱정하지 마세요!"

마이클은 의자 등받이에 기대며 웃었다.

"제가 사 온 케이크나 한번 보세요."

케이크 상자를 열면서 소피는 문득 자신을 자연 재해의 일종으로 보던 마이클이 이젠 오히려 그녀를 좋아하고 있다는 것을 깨달았다. 어찌나 기쁘고 고마웠는지 소피는 자신과 레티와 마사에 대한 모든 것을 마이클에게 말해 버리기로 마음먹었다. 그가 결혼하려는 여자의 친정이 어떤 집안인지 정도는 알려 줘야 마땅한 일이니까. 이윽고 상자가 열렸다. 체자리 빵집에서 제일 맛있는 케이크, 크림과 체리와 얇게 돌돌 말린 초콜릿 따위로 뒤덮인 케이크였다. 소피는 이렇게 말했다.

"아!"

그때 문 위의 사각형 손잡이가 저절로 움직여 빨간색이 아래로 찰칵 돌아가더니 곧 하울이 들어섰다.

"굉장한 케이크네! 내가 제일 좋아하는 거잖아. 어디서 난 거야?"

그러자 마이클이 쑥스러워하면서 머뭇머뭇 대답했다.

"제가…… 음…… 제가 체자리 빵집에 들렀거든요."

소피는 하울을 쳐다보았다. 그녀가 마법에 걸렸다는 말을 꺼내려고만 하면 언제나 무슨 일이 생겨 방해하곤 했다. 거기에는 마법도 동원되는 모양이었다.

하울은 케이크를 꼼꼼히 들여다보며 이렇게 말했다.

"거기까지 일부러 찾아갈 만하군. 체자리 빵집이 킹스베리에 있는 케이크 가게보다도 낫다는 말을 들었지. 그런데 한 번도 안 가 봤으니 내가 바보였어. 저기 작업대 위에 있는 건 파이 맞나?"

그는 그쪽으로 다가가서 살펴보았다.

"바닥에 생양파를 깔아 놓은 파이 한 개라. 게다가 학대받는 것처럼 보이는 해골도 있군."

하울은 해골을 집어 들고 탁 쳐서 눈구멍 속에 박혀 있던 고리 모양의 양파 조각을 빼냈다.

"소피 할머니가 또 한바탕 바쁘게 움직이신 모양이군. 자네가 좀 말릴 수 없었나, 친구?"

그러자 해골이 하울을 향해 이빨을 딱딱 마주쳤다. 하울은 깜짝 놀라 황급히 해골을 내려놓았다.

마이클이 물었다.

"무슨 일이 있어요?"

그는 어떤 낌새를 알아차린 듯했다.

"있지. 국왕에게 나를 헐뜯어 줄 사람을 찾아야겠어."

"마차 마법이 뭔가 잘못된 거예요?"

"아냐. 그건 완벽하게 성공했어. 바로 그 점이 문제라고."

하울은 초조한 듯이 양파 고리를 손가락으로 빙글빙글 돌렸다.

"국왕이 이젠 나한테 다른 일을 억지로 떠맡기려 한단 말이야. 캘 시퍼, 우리가 아주 조심하지 않으면 국왕이 나를 왕실 마법사로 임 명할 거라고."

그러나 캘시퍼는 대답하지 않았다. 하울은 불가로 다가가서 캘시 퍼가 잠들어 버린 것을 보았다.

"캘시퍼를 깨워 봐라, 마이클. 의논할 게 있으니까."

마이클은 캘시퍼에게 장작 두 개비를 던지고 이름을 불렀다. 그러 나 가느다란 연기만 한 줄기 솟아오를 뿐, 아무런 대답이 없었다.

하울이 소리쳤다.

"캘시퍼!"

그래도 허사였다. 하울은 어리둥절한 얼굴로 마이클을 쳐다보다가 부지깽이를 집어 들었다. 소피는 하울이 부지깽이를 만지는 것을 처음 보았다. 하울은 타지 않은 장작들의 아래쪽을 쿡쿡 쑤시며 이렇게 말했다.

"미안해, 캘시퍼. 일어나라니까!"

그러자 짙고 시꺼먼 연기가 뭉클 피어 올랐다가 멈추었다. 캘시퍼가 투덜거렸다.

"건드리지 마. 피곤하다고."

그 말을 듣고 하울은 정말 놀라는 표정을 지었다.

"무슨 일이지? 캘시퍼가 이러는 건 처음 보는데."

소피가 대답했다.

"아마 허수아비 때문일 거야."

하울은 무릎을 꿇은 채로 휙 돌아서서 유리구슬 같은 눈으로 소피를 쳐다보았다.

"이번엔 또 무슨 짓을 한 거예요?"

그는 소피가 설명하는 동안에도 줄곧 눈을 떼지 않았다.

"허수아비라고요? 고작 허수아비 하나 때문에 캘시퍼가 순순히 성의 속도를 높여 줬단 말예요? 소피 할머니, 도대체 어떻게 협박하면 불꽃 마귀가 그토록 고분고분해지는지 말씀 좀 해 주세요. 정말 알고 싶네요!"

"협박하진 않았어. 내가 허수아비 때문에 놀라는 걸 보고 안쓰러웠던 모양이야."

하울은 소피의 말을 되풀이했다.

"할머니가 허수아비 때문에 놀라는 걸 보고 캘시퍼가 안쓰러워했다고요? 이봐요, 소피 할머니, 캘시퍼는 그 누구도 안쓰러워하는 법이 없어요. 아무튼 할머니가 생양파와 식은 파이를 맛있게 드셨으면 좋겠군요. 할머니 때문에 캘시퍼가 거의 꺼져 버렸으니까요."

그러자 마이클이 두 사람을 화해시키려고 한마디 거들었다.

"케이크도 있잖아요."

어쨌든 음식 덕분에 하울도 기분이 좀 누그러지는 것 같았다. 그렇지만 식사 중에도 하울은 벽난로 속에서 타지 않는 장작들 쪽을 자꾸 걱정스럽게 쳐다보곤 했다. 파이는 식었어도 맛이 좋았고, 양파도 소피가 식초에 절여 놓아서 제법 먹을 만했다. 케이크는 기가막힐 정도였다. 모두들 케이크를 먹고 있을 때 마이클이 용기를 내어 임금님이 뭘 원하는지 하울에게 물어보았다.

하울은 침울한 목소리로 대답했다.

"아직 확실한 건 아니야. 하지만 자기 동생에 대해서 자꾸 내 생각을 떠보더라고. 둘이서 한바탕 말다툼을 벌이다가 저스틴 왕자가 뛰쳐나간 모양인데, 사람들이 요즘 수군거리고 있거든. 국왕은 내가 자기 동생을 찾아 주겠다고 나서길 바라는 것 같았어. 그런데 내가 멍청하게시리 마법사 설리면이 안 죽은 것 같다고 말하는 바람에 일이 더 꼬였단 말씀이야."

소피는 이렇게 따져 물었다.

"어째서 왕자를 찾는 일을 뺀질뺀질 피하려고만 하는 거야? 못 찾

1. 마법사 하울의 비밀

을 것 같아서 그래?"

하울이 대답했다.

"할머니는 협박만 하는 게 아니라 무례하기까지 하군요."

그는 캘시퍼에 대해 아직도 소피를 용서하지 않은 것이었다.

"굳이 알고 싶다면 말씀드리죠. 내가 그 일을 피하려는 이유는 왕자를 찾을 수 있다는 걸 알기 때문이에요. 저스틴 왕자는 설리먼과 아주 친했는데, 그 말다툼이 시작된 것도 왕자가 국왕에게 설리먼을 찾으러 가겠다고 말했기 때문이라고요. 왕자는 국왕이 애당초 설리먼을 황야로 보내지 말았어야 했다고 생각했어요. 할머니도 잘 아시다시피 황야엔 몹시 질 나쁜 아줌마가 계시잖아요. 그 여자는 작년에 나를 산 채로 튀겨 버리겠다고 장담했어요. 그리고 나한테 저주를 걸려고 했는데, 지금까지 그걸 피할 수 있었던 것은 내가 약삭빠르게 가명을 댄 덕분이에요."

소피는 거의 존경심을 품을 정도였다.

"그럼 자네가 황야의 마녀를 차 버렸단 말야?"

하울은 우울하면서도 자랑스러운 표정으로 케이크를 한 조각 더 잘라 냈다.

"그렇게 표현하면 곤란하죠. 한동안 그 여자를 좋아한다고 생각했던 건 인정해요. 어떤 면에서는 아주 불쌍한 여자거든요. 사랑받지 못하니까요. 잉거리의 남자들은 그 여자만 보면 누구든지 겁에 질려 뻣뻣하게 굳어 버리죠. 딴 사람이라면 몰라도 소피 할머니는 그게 어떤 기분인지 잘 아시겠죠?"

소피는 하도 약이 올라서 입을 딱 벌렸다. 그때 마이클이 재빨리 끼어들었다.

"성을 옮겨야 할까요? 이런 때 쓰려고 이 성을 고안하신 거잖아요?"

"그건 캘시퍼에게 달렸어."

하울은 연기도 거의 피어오르지 않는 장작들을 어깨 너머로 다시 돌아보았다.

"솔직히 말해서 국왕과 마녀가 둘 다 나를 잡으려고 안달이라는 것만 생각하면 당장에라도 이 성을 천 킬로미터쯤 떨어진 어느 깎아지른 바위산 꼭대기로 옮겨 놓고 싶지만 말야."

마이클은 섣불리 말을 꺼낸 것을 후회하는 듯했다. 소피는 그가 마사에게서 천 킬로미터나 멀어지는 것을 정말 끔찍한 일로 생각한다는 것을 알 수 있었다. 그녀는 하울에게 물었다.

"성을 옮겨야 한다면 자네의 레티 해터는 어떻게 되는 거지?"

하울은 멍하니 이렇게 대답했다.

"아마 그때쯤엔 다 끝날 거예요. 하지만 국왕을 떼어 버릴 수만 있다면…… 옳거니!"

그는 녹아내린 크림과 케이크가 묻은 포크를 들어 소피를 가리켰다.

"할머니가 국왕에게 나를 헐뜯어 주시면 되겠네요. 우리 어머니라고 속이면서 푸른 눈의 아들을 위해 탄원하시는 거예요."

하울은 소피에게 웃음을 던졌다. 황야의 마녀를 꼼짝없이 사로잡았을 웃음, 어쩌면 레티도 홀릴 만한 웃음이었다. 그렇게 눈부신 웃음이 포크와 크림을 지나서 곧장 소피의 눈으로 날아들었다.

"캘시퍼를 협박할 수 있을 정도면 국왕쯤은 식은 죽 먹기일 테니까요."

소피는 그 눈부신 웃음을 바라보면서 아무 말도 하지 않았다. 이번엔 내가 뺀질뺀질 피할 차례야, 하고 생각했다. 빨리 이곳을 떠나야 했다. 캘시퍼의 계약 문제는 정말 안타까운 일이었다. 그러나 하울이라면 이젠 지긋지긋했다. 처음엔 녹색 오물을 퍼붓고 다음엔 캘시퍼가 스스로 한 일을 놓고 매섭게 노려보더니 이번엔 또 이런 대접이라니! 소피는 내일 당장 어퍼폴딩으로 가서 레티에게 모든 것을 말해 버리기로 마음먹었다.

마법의 장화

이튿날 아침, 캘시퍼가 다시 밝고 기운차게 타올라서 소피도 한결 마음이 놓였다. 그녀가 하울에게 이미 질리지만 않았다면 그가 캘시퍼를 보며 기뻐하는 모습에 감동할 정도였다. 하울은 난롯가에 무릎을 꿇고 옷소매를 잿더미 속에 늘어뜨린 채 이렇게 말했다.

"이 늙어빠진 허풍쟁이 녀석, 저 할머니 때문에 정말 죽어 버린 줄 알았잖아."

그러자 캘시퍼가 대답했다.

"좀 피곤했을 뿐이야. 뭔가가 매달려 질질 끌려오더라고. 성을 그렇게 빨리 움직인 것도 처음이었고."

I. 마법사 하울의 비밀

"아무튼 저 할머니가 시키더라도 다시는 그런 짓 하지 마."

하울은 일어서서 회색과 주홍색 옷에 묻은 재가루를 우아하게 털어 냈다.

"오늘부터 그 주문을 공부해라, 마이클. 그리고 혹시 국왕이 사람을 보내오면 난 개인적으로 급한 볼일이 있어서 내일까지 집을 비운 걸로 해 둬. 사실은 레티를 만나러 갈 거지만 그렇게 말하지 말고."

그는 기타를 집은 뒤 손잡이를 초록색으로 돌려놓고 문을 열었다. 구름 낀 넓은 언덕이 펼쳐졌다.

허수아비가 다시 나타났다. 하울이 문을 열자 허수아비는 훌쩍 몸을 눕히면서 순무 얼굴로 하울의 가슴을 들이받았다. 기타에서 '좌앙' 하고 엄청난 소리가 났다. 소피는 겁에 질려 비명을 지르면서 의자에 몸을 의지했다. 허수아비는 막대기 팔 하나를 뻣뻣이 돌려 문짝을 드르륵 긁으면서 붙잡으려고 했다. 하울이 두 다리에 잔뜩 힘을 주고 있는 것으로 보아 상당히 강한 힘에 떠밀리는 모양이었다. 허수아비는 성안으로 들어오려고 마음먹은 것이 분명했다.

캘시퍼가 삼발이 밖으로 파란 얼굴을 내밀었다. 마이클은 그 너머에 우뚝 서 있었다. 둘 다 동시에 소리쳤다.

"정말 허수아비가 있었구나!"

그러자 하울이 헉헉거리며 말했다.

"아, 정말이야? 설마!"

그는 한쪽 발을 문틀에 올려놓고 힘껏 밀었다. 허수아비는 뒤로 맥없이 날아가더니 '부스럭' 하는 가벼운 소리와 함께 몇 미터 밖의 히스 덤불에 떨어졌다. 그러나 곧바로 튕겨 일어나 다시 성 쪽으로 껑충껑충 달려왔다. 하울은 황급히 기타를 현관 계단에 내려놓고 얼른 뛰어내려 허수아비를 가로막았다. 그리고 한 손을 뻗으면서 말했다.

"그건 안 돼, 친구."

그는 손을 뻗은 채로 천천히 앞으로 걸어 나갔다. 허수아비는 경계하듯 천천히 뒤로 껑충껑충 뛰면서 조금 물러났다. 그러다가 하울이 걸음을 멈추자 허수아비도 멈추었다. 하나뿐인 다리를 히스 덤불에 박아 넣고 흔들거리는 두 팔을 이리저리 기우뚱거리는 모습이 마치 상대의 빈틈을 노리는 권투 선수 같았다. 그 팔에서 펄럭이는 누더기들은 너절하게나마 하울의 옷소매를 닮아 보였다.

하울이 말했다.

"그래서 안 가겠다는 거야?"

그러자 순무 얼굴이 천천히 좌우로 움직였다. '못 간다.'

"미안하지만 가 줘야겠어. 너 때문에 소피 할머니가 놀랐단 말야. 저 할머니가 겁에 질리면 또 무슨 짓을 저지를지 모른다고. 생각해 보니 나도 좀 무섭네."

하울은 마치 무거운 물건을 들어 올리듯 두 팔을 느릿느릿 치켜들어 머리 위로 높이 뻗었다. 그리고 이상한 말을 외쳤지만 느닷없는 천둥소리 때문에 잘 들리지 않았다. 그 순간 허수아비가 높이 날아올랐다. 허수아비는 누더기를 펄럭이면서, 그리고 항의하듯 두 팔을 마구 휘돌리면서 높이높이, 멀리멀리, 그렇게 한없이 날아가 마침내 하늘로 솟구치는 작은 점이 되었다가 이내 사라져 보이지 않았다.

하울은 팔을 내리고 손등으로 얼굴의 땀을 닦으며 문가로 돌아왔다. 그리고 숨을 몰아쉬면서 말했다.

"제가 심한 말을 했어요. 취소할게요, 소피 할머니. 그것 참 겁나는 놈이더군요. 아마 그 녀석이 어제 하루 종일 성에 매달려 끌려왔나 봐요. 그렇게 강력한 마법은 저도 별로 못 봤어요. 그게 뭔지는 모르겠지만…… 혹시 먼젓번에 할머니께 청소를 맡겼던 사람이 그 꼴이 돼 버린 건 아닌가요?"

소피는 맥없이 킥킥 웃었다. 심장이 또 말썽을 부리고 있었다.

하울도 그녀에게 뭔가 문제가 생겼다는 것을 알아차렸다. 그는 기타를 훌쩍 뛰어넘어 집 안으로 들어와서 소피의 팔꿈치를 붙잡고 그녀를 의자에 앉혔다.

"좀 쉬세요!"

그때 하울과 캘시퍼 사이에서 무슨 일이 일어났다. 소피도 그것을 느낄 수 있었다. 하울이 그녀를 붙잡고 있었고 캘시퍼는 여전히 삼발이 밖으로 고개를 내밀고 있었기 때문이다. 그것이 어떤 일이었든 간에 소피의 심장은 거의 즉각적으로 정상을 되찾았다. 하울은 캘시퍼를 바라보며 어깨를 으쓱거리더니 곧 돌아서서 소피가 하루 종일 안정을 취해야 한다면서 마이클에게 자세한 지시를 내렸다. 그런 다음에야 비로소 기타를 집어 들고 밖으로 나갔다.

소피는 의자 위에 드러누워 실제보다 두 배는 더 아픈 척 꾀병을 부렸다. 어떻게든 나가야 했다. 하울도 어퍼폴딩으로 간 것이 좀 성가신 일이긴 했지만, 소피는 걸음이 훨씬 느리니까 그녀가 도착할 무렵이면 하울은 다시 집으로 향할 터였다. 다만 길에서 마주치지 않는 것이 중요했다. 그녀는 마법의 주문을 펼쳐 놓고 머리를 긁적 거리는 마이클을 몰래 훔쳐보았다. 그러면서 잠시 기다렸다. 이윽고 그는 선반에서 가죽 장정의 커다란 책들을 끌어내리고 정신없이 필 기를 하기 시작했다. 풀죽은 모습이었다. 마이클이 그 일에 충분히 몰두한 듯하자 소피는 몇 번이나 이렇게 중얼거려 보았다.

"집 안이 답답하군!"

그러나 마이클은 알아차리지 못했다.

"너무 답답해."

그렇게 말하면서 소피는 의자에서 일어나 흐느적흐느적 문 쪽으로 다가갔다.

"바람 좀 쐐야겠어."

그러면서 문을 열고 밖으로 나갔다. 캘시퍼가 자상하게도 성을 딱 멈춰 주었다. 소피는 히스 덤불에 내려서서 방향을 잡으려고 주위를 둘러보았다. 언덕을 넘어 어퍼폴딩으로 가는 길은 히스 덤불 사이로 난 모랫길이었는데, 성에서 곧장 비탈을 내려가기만 하면 닿을 수 있었다. 당연한 일이었다. 캘시퍼는 하울에게 불편을 주지 않을 테 니까. 소피는 길 쪽으로 출발했다. 마음이 조금 슬펐다. 마이클과 캘 시퍼가 보고 싶을 것 같았다.

거의 길에 다 왔을 때 뒤에서 고함 소리가 들려왔다. 마이클이 그 녀를 쫓아 껑충껑충 뛰면서 언덕 비탈을 내려오고 있었다. 그리고 그 뒤에서는 높고 시꺼먼 성이 초조한 듯 네 개의 탑에서 연기를 푹푹 뿜어내면서 끄덕끄덕 따라오고 있었다.

이윽고 마이클이 가까이 다가와서 물었다.

"지금 무슨 짓을 하시는 거예요?"

마이클의 표정에서 소피는 허수아비 때문에 그녀의 머리가 좀 이상해졌다고 생각한다는 것을 알 수 있었다.

소피는 짜증을 냈다.

"난 아주 멀쩡하다고. 내 동생의 손녀딸을 보러 가려는 것뿐이야. 그 애도 레티 해터라는 이름이지. 이젠 알아듣겠니?"

그러자 마이클이 따져 물었다.

"어디 사는데요?"

소피가 모르고 있을 수도 있다고 생각하는 듯했다.

"어퍼폴딩."

소피가 대답하자 마이클은 이렇게 말했다.

"거긴 60킬로미터도 넘잖아요! 할머니를 쉬시게 한다고 하울 님에게 약속했단 말예요. 보내드릴 수 없어요. 한시도 눈을 떼지 않겠다고 말했다고요."

그러나 소피는 별로 고마운 마음이 안 들었다. 하울은 지금 소피를 이용하려는 생각을 하고 있었다. 국왕을 만나게 하려고 마음먹었기 때문이다. 그러므로 그녀를 성에서 나가지 못하게 하려는 것도 당연했다.

"허!"

서서히 상황을 깨닫기 시작한 마이클이 이렇게 말했다.

"게다가 하울 님도 어퍼폴딩으로 가셨을 거예요."

"그야 물론 그렇겠지."

"그럼 그 아가씨 때문에 걱정하신 거였군요. 할머니의 증손녀니까."

이제야 겨우 해답을 찾은 모양이었다.

"알았어요! 그래도 보내드릴 수는 없어요."

"난 갈 거야."

그러자 마이클은 이 사태를 차근차근 짚어 나갔다.

"하울 님이 거기서 할머니를 보게 되면 노발대발할 거예요. 제가 약속을 했으니까 우리 둘 다한테 화를 낼 거라고요. 할머니는 쉬셔야 해요."

그러다가 마침내 소피가 한 대 쥐어박고 싶어졌을 때 마이클이 소리쳤다.

"잠깐만요! 벽장 속에 한 걸음마다 7리그(1리그는 약 5킬로미터—옮긴이)씩 가는 마법 장화가 한 켤레 있어요!"

그는 소피의 늙고 앙상한 손목을 움켜쥐더니 다짜고짜 언덕 위에서 기다리고 있는 성 쪽으로 끌고 올라갔다. 소피는 히스 덤불에 발이 걸리지 않도록 깡충깡충 뛰어야 했다. 그녀는 헐떡거리면서 이렇게 말했다.

"그런데 7리그라면 35킬로미터잖아! 두 걸음이면 포트헤이븐까지도 절반쯤은 가 있을 텐데!"

마이클이 대답했다.

I. 마법사 하울의 비밀

"아뇨, 한 걸음이 17킬로미터예요. 그러니까 거의 정확히 어퍼폴딩에 닿는 거죠. 그 장화를 한 짝씩 신고 둘이서 함께 가는 거예요. 그러면 저는 할머니한테서 눈을 떼지 않은 셈이고, 할머니는 고생하지 않으셔도 되고, 더군다나 하울 님보다 우리가 먼저 도착할 테니까 하울 님은 우리가 거길 다녀왔다는 것조차 모를 테죠. 이렇게만 하면 모든 문제가 한꺼번에 근사하게 해결되잖아요!"

마이클이 하도 의기양양한 표정이라서 소피로서는 차마 반대할 수도 없었다. 그래서 그저 어깨만 으쓱거리면서, 나중에 동생들의 얼굴이 다시 바뀌기 전에 마이클이 두 명의 레티에 대해 알게 되는 것도 좋겠다고 생각했다. 그렇게 하는 편이 좀 더 솔직한 방법이었다. 그러나 마이클이 벽장 속에서 장화를 꺼내 왔을 때는 문득 미심쩍은 마음이 들었다. 그 장화라는 것이 알고 보니 소피가 지금껏 손잡이도 없어진 채 찌그러져 있는 가죽 물통이라고 생각하던 물건이었기 때문이다.

물통 모양의 그 무거운 물건을 문 쪽으로 가져오면서 마이클이 설명했다.

"신발을 신은 채로 이 속에 발을 집어넣는 거예요. 이건 하울 님이 임금님의 군대에 납품한 장화의 시제품이에요. 나중에 만든 것들은 좀 더 가볍고 장화답게 생겼어요."

마이클과 소피는 현관 계단에 걸터앉아 각기 장화를 한 짝씩 신었다. 마이클이 주의를 주었다.

"장화를 내려놓기 전에 먼저 몸을 어퍼폴딩 쪽으로 향하세요."

마이클과 소피는 보통 신발을 신은 발로 일어서서 조심스럽게 어퍼폴딩 쪽으로 몸을 돌렸다. 마이클이 말했다.

"이제 디디세요."

휙! 주변 풍경이 너무 순식간에 지나가서 그저 흐릿하게 보일 뿐이었다. 땅은 회색과 녹색으로 흐릿했고 하늘은 파란색과 회색으로 흐릿했다. 빠른 움직임에서 생긴 바람이 소피의 머리카락을 쥐어뜯고 얼굴의 주름살들을 뒤로 잡아당겼다. 얼굴이 귀 뒤로 밀리는 것 같은 생각이 들 정도였다.

돌진은 시작할 때처럼 갑작스럽게 멈추었다. 사방이 고요하고 화창했다. 두 사람은 어퍼폴딩의 공유지 한복판에서 무릎까지 자란 미나리아재비 풀밭에 서 있었다. 가까이 있던 암소 한 마리가 그들을 쳐다보았다. 그 너머에는 초가지붕을 얹은 오두막들이 나무 밑에서 졸고 있었다. 그런데 불행하게도 물통 모양의 장화가 너무 무거워 소피는 도착하는 순간에 비틀거렸다.

"그 발 내려놓지 마세요!"

마이클이 소리쳤지만 너무 늦고 말았다.

다시 휙 하고 시야가 흐릿해지면서 바람이 불어 닥쳤다. 그리고 멈추었을 때 소피는 자기가 곧장 폴딩밸리로 내려와 거의 마시폴딩까지 와 있다는 것을 알게 되었다.

"이런 젠장!"

그렇게 말하면서 소피는 한 발로 깡충거리며 조심스럽게 돌아서서 다시 해 보았다.

I. 마법사 하울의 비밀

획! 흐릿. 소피는 어퍼폴딩의 풀밭으로 돌아왔지만 장화의 무게 때문에 다시 앞으로 비틀거렸다. 그녀를 붙잡으려고 몸을 던지는 마이클의 모습이 얼핏 보였고……

획! 흐릿.

"아, 지겨워!"

소피가 한숨을 쉬었다. 그녀는 다시 언덕 위에 올라와 있었다. 가까운 곳에 구불구불하고 시꺼먼 성이 평화롭게 떠다녔다. 캘시퍼가 심심풀이로 탑 하나에서 시꺼먼 연기 고리를 퐁퐁 뿜고 있었다. 소피가 거기까지 보았을 때 신발이 히스 덤불에 걸리는 바람에 그녀는 다시 앞으로 넘어졌다.

획! 획! 이번에는 순식간에 마켓치핑의 마켓 광장과 대난히 웅장한 어느 저택 앞의 잔디밭을 차례로 방문하게 되었다.

"망할!"

소피가 소리쳤다. "빌어먹을!"

한 곳에 한마디씩이었다. 그녀는 관성 때문에 또 움직였고, 다시 획! 하면서 이번에는 골짜기 끝에 있는 어느 들판까지 가 버렸다. 풀을 뜯고 있던 커다란 붉은 황소 한 마리가 코뚜레를 꿴 주둥이를 들고 신중하게 뿔을 낮추었다.

"난 금방 갈 거야, 착하지!"

그렇게 소리치면서 소피는 필사적으로 깡충거리며 몸을 돌렸다.

획! 다시 저택으로. 획! 마켓 광장으로. 획! 또다시 성이 나타났다. 이젠 요령을 알 것 같았다. 획! 여기가 어퍼폴딩이다…… 그런데 어떻게 멈추지? 휙!

"아, 정말 지긋지긋해!"

다시 마시폴딩 부근이었다.

이번에는 아주 조심스럽게 깡충깡충 돌아서서 대단히 침착하게 발을 내디뎠다. 휙! 다행히 소똥을 밟는 바람에 소피는 쿵하고 엉덩방아를 찧었다. 그녀가 미처 움직이기도 전에 마이클이 허둥지둥 달려와 장화를 벗겼다. 소피는 숨을 몰아쉬며 소리쳤다.

"고맙다! 영원히 멈추지 못할 줄 알았는데!"

그들이 공유지를 가로질러 페어팩스 부인의 집으로 걸어가는 동안에도 소피의 심장은 약간 두근거리고 있었다. 그러나 그것은 많은 일을 급하게 했을 때처럼 좀 빨리 뛰고 있을 뿐이었다. 하울과 캘시퍼가 무엇을 했는지는 모르지만 소피는 크게 고마움을 느꼈다.

페어팩스 부인 댁의 산울타리 속에 장화를 숨겨 놓으면서 마이클이 말했다.

"좋은 집이네요."

소피도 같은 의견이었다. 그 집은 마을에서 제일 컸다. 초가집이었는데 검은 기둥들 사이에 하얀 벽들이 있었고, 소피가 어렸을 때와 보았던 기억대로 현관 앞으로 가는 길은 꽃들이 만발하고 벌 떼가 윙윙거리는 정원 사이로 나 있었다. 현관 위에서는 인동덩굴과 하얀 덩굴장미가 벌들에게 더 많은 일거리를 주려고 서로 경쟁했다. 이곳 어퍼폴딩은 완벽하게 뜨거운 여름날 아침의 날씨였다.

페어팩스 부인이 직접 문을 열어 주었다. 버터빛 머리카락을 둥글게 틀어 올린 통통하고 편안해 보이는 여자, 그냥 보기만 해도 인생이 즐거워지는 그런 여자였다. 소피는 레티에게 약간의 질투심을 느꼈다. 페어팩스 부인이 소피와 마이클을 번갈아 바라보았다. 부인이 소피를 마지막으로 본 것은 소피가 열일곱 살 소녀였던 1년 전이었고, 따라서 이미 아흔 살 할머니가 되어 버린 그녀를 알아볼 리가 없었다. 페어팩스 부인이 정중하게 말했다.

"안녕하세요."

소피는 한숨을 푹 쉬었다.

마이클이 말했다.

"이분은 레티 해터의 이모할머니세요. 레티를 만나 보시겠다고 해서 모셔 왔어요."

그러자 페어팩스 부인이 외쳤다.

"아, 어쩐지 낯익은 얼굴이라고 생각했죠! 역시 가족이라서 많이 닮았군요. 어서 들어오세요. 지금은 레티가 조금 바쁜데요, 스콘 케이크와 꿀을 좀 드시면서 기다리세요."

그녀는 앞문을 더 활짝 열었다. 그 순간 콜리종의 커다란 개가 페어팩스 부인의 치맛자락을 비집고 튀어나오더니 소피와 마이클 사이를 지나 제일 가까운 꽃밭 위로 달려가면서 꽃들을 마구 짓밟아 부러뜨렸다.

페어팩스 부인이 당장 뒤쫓아 나오면서 헐떡거렸다.

"아, 그 녀석 좀 잡아 주세요! 지금은 내보내면 안 되니까!"

갈팡질팡하는 추격전이 1분 남짓 이어졌다. 개는 불안한 듯 낑낑거리며 이리저리 뛰었고, 페어팩스 부인과 소피는 꽃밭을 건너뛰고 서로 걸리적거리면서 개를 쫓아 달렸고, 마이클은 소피를 뒤따르면서 소리쳤다.

"그만두세요! 그러다간 또 병 나신다고요!"

그때 개가 성큼성큼 달려 집 모퉁이를 돌아갔다. 마이클은 소피를 멈추게 하려면 개부터 멈춰야 한다는 것을 깨달았다. 그는 꽃밭들을 가로질러 비스듬히 달려가서 재빨리 모퉁이를 돌더니 개가 집 뒤쪽의 과수원에 막 이르렀을 때 두 손으로 그 두툼한 털가죽을 움켜쥐었다.

이윽고 절뚝거리며 그쪽으로 다가가던 소피는 마이클이 개를 뒤로 잡아끌면서 아주 괴상한 표정을 짓는 것을 보고 처음에는 어디가 아픈 줄 알았다. 그러나 마이클이 과수원을 향해 연신 고갯짓을 하는 것을 보고는 비로소 그가 뭔가 말해 주려고 한다는 것을 깨달았다. 소피는 모퉁이 너머로 살짝 얼굴을 내밀었다.

하울이 레티와 함께 있었다. 그들이 있는 곳은 이끼 낀 사과나무에 저마다 꽃이 활짝 핀 작은 숲이었다. 멀리 한 줄로 늘어선 벌통들도 보였다. 레티는 하얀 정원 의자에 앉아 있었다. 하울은 레티의 발치에서 풀밭에 한쪽 무릎을 꿇고 그녀의 손 하나를 부여잡았는데, 사뭇 고상하고 열렬한 표정이었다. 레티는 그에게 다정한 웃음을 던지고 있었다. 그러나 소피가 보기에 가장 심각한 문제는 레티가 전혀 마사처럼 생기지 않았다는 사실이었다. 그녀는 지극히 아름다운 레티의 모습을 하고 있었다. 그녀가 입은 드레스는 머리 위에 흐드러지게 핀 사과꽃과 똑같은 분홍색과 흰색이었다. 검은 곱슬머리가 반짝거리며 한쪽 어깨로 치렁치렁 흘러내렸고, 그녀의 눈동자는 하울을 향한 애정으로 밝게 빛나고 있었다.

소피는 모퉁이에서 고개를 빼고, 낑낑거리는 콜리를 붙잡고 있는 마이클을 낙담한 얼굴로 쳐다보았다. 마이클도 낙담한 태도로 속삭였다.

"하울 님이 속도 마법을 썼나 봐요."

그때 비로소 페어팩스 부인이 다가왔다. 그녀는 숨을 몰아쉬면서 헝클어진 버터빛 머리 한 가닥을 핀으로 다시 고정시키고 있었다. 부인이 콜리에게 매섭게 속삭였다.

"이 못된 녀석! 한 번만 더 그러면 마법을 걸어 놓을 테다!"

개는 눈을 껌벅거리며 쭈그리고 앉았다. 페어팩스 부인이 엄격하게 손가락질을 했다.

"집으로 들어가! 집 안에 있어!"

콜리는 마이클의 손을 뿌리치고 어슬렁어슬렁 집으로 돌아갔다. 모두들 그 뒤를 따라갈 때 페어팩스 부인이 마이클에게 말했다.

"정말 고마워요. 저 녀석이 자꾸 레티의 손님을 물려고 하잖아요. 들어가라니까!"

집 앞의 정원에서 그녀가 엄하게 소리쳤다. 콜리가 모퉁이를 돌아서 다시 반대쪽인 과수원에 갈 생각을 하고 있는 듯했기 때문이었다. 개는 어깨 너머로 애처롭게 그녀를 돌아보더니 우울한 모습으로 현관을 통해 집 안으로 기어 들어갔다.

소피가 말했다.

"어쩌면 저 개의 생각이 옳을지도 모르죠. 페어팩스 부인, 레티의 손님이 누구인지 아세요?"

그러자 페어팩스 부인이 쿡쿡 웃었다.

"마법사 펜드래건 아니면 하울 아니면 또 뭐라고 부르는지 모를 일이죠. 그렇지만 레티와 저는 그걸 안다는 사실을 감추고 있어요. 하울이 처음 나타나서 자기가 실베스터 오크라고 했을 때는 정말 우습더군요. 저를 잊어버렸다는 걸 알 수 있었거든요. 저는 아직도 하울을 잊지 않았는데 말예요. 학생이었을 때 하울의 머리는 검은색이었는데도."

이때 페어팩스 부인은 하루 종일이라도 이야기를 계속할 듯이 팔짱을 끼고 꼿꼿하게 서 있었다. 소피가 예전에 자주 보던 모습이었다.

"하울은 제 스승님이 은퇴하기 전에 거두신 마지막 제자였어요. 살아생전에 페어팩스 씨는 가끔 제 이동 마법으로 함께 킹스베리에 가서 공연 보는 걸 좋아했죠. 느긋하게 하기만 한다면 저도 우리 두 사람쯤은 거뜬히 옮길 수 있거든요. 그리고 거기 갈 때는 언제나 펜트스테먼 선생님을 찾아뵙곤 했어요. 선생님은 옛 제자들과 만나는 걸 좋아 하시니까요. 그러다가 한번은 그 젊은 하울을 우리에게 소개해 주셨죠. 아, 정말 자랑스러워하셨어요. 마법사 설리먼도 그 선생님이 가르치셨는데, 하울이 그 사람보다 두 배는 더 똑똑하다고 하시면서……."

그때 마이클이 끼어들었다.

"하지만 하울 님의 평판을 모르세요?"

페어팩스 부인이 말하는 도중에 끼어드는 일은 핑핑 돌아가는 줄넘기 줄에 끼어드는 일과 비슷했다. 우선 정확한 순간을 포착해야 했다. 그리고 일단 끼어들면 빠져나올 수가 없었다. 페어팩스 부인이 마이클 쪽으로 살짝 몸을 틀었다.

"내가 보기엔 대부분 헛소문이에요."

마이클이 그렇지 않다는 말을 하려고 입을 열었지만 그는 이미 줄넘기 줄 속에 있었고 그 줄은 계속 돌았다.

"난 레티에게 이렇게 말했어요. '너에겐 좋은 기회다, 얘야.' 왜냐하면 하울이 나보다 스무 배는 더 많은 것을 가르쳐 줄 수 있을 테니까요. 솔직히 말해서 레티가 나보다 훨씬 더 영리하거든요. 언젠가는 황야의 마녀와 어깨를 나란히 하게 될 거예요. 다만 좋은 쪽으로 말예요. 레티는 착한 애고 나도 그 애를 아끼고 있어요. 펜트스테먼 선생님이 아직도 가르치고 계신다면 내일이라도 당장 레티를 보내겠어요. 그런데 선생님은 그만두셨죠. 그래서 난 이렇게 말했어요. '레티, 지금 마법사 하울이 너한테 사랑을 고백하고 있는데, 너도 그 사람을 사랑하고 스승으로 삼는 것도 별로 나쁘진 않을 게다. 너희 둘이라면 굉장한 일을 해낼 수 있을 거야.' 처음엔 레티가 그리 탐탁잖게 생각하는 것 같았는데, 요즘 들어 한결 누그러진다 싶더니 오늘 보니까 아주 순조롭게 진행되는 모양이네요."

페어팩스 부인은 거기서 말을 멈추고 마이클에게 밝고 친근한 웃음을 지었다. 소피는 기회를 놓칠세라 재빨리 줄넘기 줄 속으로 뛰어들었다.

"내가 듣기로 레티는 딴 남자를 좋아한다던데요."

그러자 페어팩스 부인이 대꾸했다.

"불쌍하게 여긴다는 거겠죠."

그러면서 목소리를 낮추었다.

"끔찍한 문제를 안고 있거든요. 그 어떤 여자라도 감당하기 힘든 일이에요. 제가 그 남자에게도 그렇게 말했어요. 저도 그 사람이 불쌍하긴 하지만……."

소피는 어리둥절해서 겨우 이렇게 말할 뿐이었다.

"그래요?"

페어팩스 부인이 말을 이었다.

"……워낙 지독히도 강력한 마법이라서요. 정말 슬픈 일이에요. 제 능력으로는 도저히 황야의 마녀가 걸어 놓은 마법을 깨뜨릴 수가 없다고 말해 줄 수밖에 없었어요. 하울이라면 할 수 있겠지만 하울에게 부탁할 수야 없지 않겠어요?"

그때까지 마이클은 당장에라도 하울이 나타나 그들을 발견할까 봐 줄곧 집 모퉁이 쪽을 불안하게 지켜보고 있었는데, 이때 다시 대화에 끼어들면서 이번엔 아예 줄넘기 줄을 밟아 멈추게 해 버렸다.

"우린 어서 가는 게 좋겠어요."

그러자 페어팩스 부인이 물었다.

"들어와서 내 꿀을 맛보지 않겠어요? 난 거의 모든 마법에 꿀을 쓰거든요."

그러면서 다시 수다를 떨기 시작했는데, 이번에는 꿀의 마법적 특성에 대해서였다. 마이클과 소피는 의식적으로 대문을 향해 걸어갔고, 페어팩스 부인은 그들을 뒤따르며 계속 재잘거렸다. 그렇게 말을 하면서도 이따금씩 안타까운 듯이 개가 짓밟아 놓은 꽃들을 일으켜 세우곤 했다. 한편 소피는 어떻게 하면 마이클을 놀라게 하지 않으면서 레티가 레티라는 사실을 어떻게 알았느냐고 페어팩스 부인에게 물어볼 수 있을까 궁리하느라고 머리를 쥐어짜고 있었다. 그때 페어팩스 부인이 헉 놀라면서 큼직한 층층이 부채 꽃 한 포기를 일으켜 세우느라고 잠시 말을 멈추었다.

소피가 얼른 끼어들었다.

"페어팩스 부인, 원래 댁으로 오기로 했던 아이는 내 증손녀 마사가 아니었나요?"

그러자 페어팩스 부인은 층층이 부채 꽃 덤불에서 빠져나와 빙그레 웃으면서 고개를 절레절레 흔들었다.

"그 못된 녀석들! 아무러면 꿀을 주로 쓰는 내 마법을 내가 못 알아볼 줄 알고! 하지만 그때 저는 레티에게 이렇게 말했어요. '난 싫다는 녀석을 억지로 붙잡지는 않는다. 차라리 배우고 싶어 하는 녀석을 가르치는 게 나으니까. 다만 거짓은 용납할 수 없어. 여기 있으려면 네 모습으로 있든지, 그게 아니면 떠나거라.' 결국 보시다시피 모든 일이 잘 풀린 거죠. 좀 기다리셨다가 레티에게 직접 물어보시지 않겠어요?"

소피가 대답했다.

"가는 게 좋겠네요."

그러자 마이클이 다시 과수원 쪽으로 불안한 시선을 던지면서 이렇게 덧붙였다.

"우린 어서 돌아가야 하거든요."

그는 산울타리 속에서 마법 장화를 꺼내 와서 소피 몫의 한 짝을 대문 밖에 내려놓았다.

"이번엔 제가 할머니를 꽉 붙잡고 있을 거예요."

소피가 장화를 신고 있을 때 페어팩스 부인이 대문 너머로 고개를 내밀었다.

"마법 장화로군요. 믿으실는지 모르겠지만 정말 오랜만에 보는 거네요. 할머니 같은 연세엔 아주 쓸모가 많은 물건인데, 요즘 같아서는 저도 한 켤레 있었으면 좋겠네요. 그러니까 레티는 할머니한테서 마법의 힘을 물려받았군요? 꼭 가족에게서 물려받아야 하는 건 아니지만 대개 그런 경우가 많으니까……"

그때 마이클이 소피의 팔을 잡아당겼다. 장화 두 짝이 동시에 땅을 밟자 휙! 하고 바람이 일어나면서 페어팩스 부인의 뒷말은 들리지 않게 되었다.

다음 순간, 마이클은 성에 부딪히지 않으려고 발에 힘을 주면서 버텨야 했다. 성문이 열려 있었다. 안에서 캘시퍼가 고함을 질렀다.

"포트헤이븐 문이야! 너희들이 떠난 뒤부터 줄곧 누군가 문을 두드리고 있다고."

마이클의 마법 주문

문밖에 찾아온 사람은 선장이었다. 바람 마법을 찾으러 왔던 그는 지금껏 기다린 것이 몹시 못마땅한 모양이었다. 선장은 마이클에게 이렇게 말했다.

"꼬마야, 내가 물때를 놓치면 마법사한테 항의할 거다. 난 게으른 아이들은 질색이거든."

소피가 보기에는 마이클이 선장에게 지나칠 정도로 공손한 듯했지만 지금은 너무 낙심해서 참견하기도 귀찮았다. 선장이 가버린 후 마이클은 작업대로 가서 잔뜩 찌푸린 얼굴로 다시 마법의 주문을 살폈고, 소피는 자리에 앉아 조용히 자기 스타킹을 꿰매기 시작했다. 그녀에게 스타킹이라고는 한 켤레뿐인데 울퉁불퉁한 발 때문에 커다란 구멍이 몇 개나 뚫려 있었던 것이다. 지금은 그녀의 회색 드레스도 낡고 지저분했다. 소피는 엉망이 된 하울의 파란색과 은색의 옷에서 얼룩이 제일 덜 묻은 부분들을 뜯어내어 새 치마를 만들면 안 될까 생각해 보았다. 그러나 감히 엄두가 나지 않았다.

그때 마이클이 벌써 열한 번째로 필기 중이던 종이에서 고개를 들고 이렇게 물었다.

"소피 할머니는 증손녀가 몇 명이나 되는 거예요?"

안 그래도 소피는 마이클이 이것저것 캐묻기 시작할까 봐 걱정이었다.

"이 녀석아, 내 나이쯤 되면 몇 명인지 잊어버리게 마련이란다. 다들 너무 닮았거든. 내가 보기엔 그 두 레티가 꼭 쌍둥이 같단 말이야."

그러자 마이클이 소피를 놀라게 했다.

"아, 천만에요, 별로 안 닮았어요. 어퍼폴딩에 있는 레티는 우리 레티만큼 예쁘지 않거든요."

그는 열한 장 째 종이를 찢어 버리고 열두 장째 쓰기 시작했다.

"하울 님이 우리 레티를 만나지 못한 게 천만다행이죠."

마이클은 열세 장째 쓰기 시작하다가 그것도 북북 찢어 버렸다.

"페어팩스 부인이 하울 님을 안다고 하셨을 때 하마터면 웃어 버릴 뻔했어요. 할머니는 안 웃겼어요?"

"별로."

하울이 어떤 남자인지 안다고 해서 레티의 감정이 달라지는 않았다. 소피는 사과꽃 아래서 사랑이 가득한 표정을 짓던 레티의 밝

1. 마법사 하울의 비밀

은 얼굴을 떠올렸다. 그리고 절망적인 기분으로 이렇게 물었다.

"하울이 이번엔 정말 사랑에 빠졌을 가능성은 별로 없겠지?"

그러자 캘시퍼가 콧방귀를 뀌면서 굴뚝 위로 초록색 불꽃들을 날려 보냈다.

마이클이 대답했다.

"할머니가 그렇게 생각하실까 봐 걱정했어요. 그건 착각이에요. 페어팩스 부인이 착각하고 있는 것처럼 말예요."

"그걸 어떻게 알지?" 소피가 묻자 캘시퍼와 마이클이 눈길을 주고받았다. 마이클이 되물었다.

"하울 님은 아침마다 적어도 한 시간은 화장실에서 보내잖아요. 그런데 오늘은 그걸 깜박 잊던가요?"

그러자 캘시퍼가 말했다.

"오늘은 두 시간이나 들어가 있었지. 자기 얼굴에 마법을 거느라고 말이야. 허영심만 많은 바보 녀석!"

그러자 마이클이 말했다.

"그것 보세요. 하울 님이 그걸 잊어버리는 날이 오면 저도 정말 사랑에 빠졌다고 믿겠지만 그전엔 어림도 없다고요."

소피는 과수원에서 한쪽 무릎을 꿇고 최대한 멋있게 보이려고 애쓰던 하울의 모습을 떠올리고는 그들의 말이 옳다는 것을 알았다. 당장 화장실에 들어가 하울의 마법 화장품들을 모조리 변기 속에 쏟아 버리고 싶었다. 그러나 차마 용기가 나지 않았다. 그래서 그 대신에 소피는 절뚝거리며 파란색과 은색 옷을 가져다가 파란색의 작은 삼각형들을 오려 내면서 그날의 남은 시간들을 보냈다. 조각보 같은 치마를 만들기 위해서였다.

나중에 마이클이 다가와 필기한 종이 열일곱 장을 모두 캘시퍼에게 던져 주면서 상냥하게 소피의 어깨를 두드렸다.

"누구나 언젠가는 문제를 극복하게 마련이죠."

이쯤 되면 마이클이 마법의 주문 때문에 곤란을 겪고 있다는 것이 분명했다. 그는 필기를 포기하고 굴뚝에 묻은 검댕을 조금 긁어냈다. 캘시퍼가 어리둥절한 듯이 목을 쑥 빼고 마이클을 쳐다보았다. 마이클은 대들보에 걸린 자루 속에서 바싹 마른 풀뿌리 하나를 꺼내어 검댕 속에 집어넣었다. 그리고 한참 동안 생각하더니 문손잡이를 파란색이 아래로 가게 돌려놓고 포트헤이븐으로 가서 20분 동안 나타나지 않았다. 이윽고 나선형의 커다란 조가비 하나를 가지고 돌아와 풀뿌리와 검댕이 있는 곳에 함께 놓아두었다. 그다음에는 수많은 종이를 갈기갈기 찢어 역시 그곳에 쏟아 놓았다. 그는 그 모든 것을 해골 앞에 쌓아 놓고 입김으로 훅훅 불었다. 검댕과 종이조각들이 작업대 위로 마구 흩날렸다.

캘시퍼가 소피에게 물었다.

"저 녀석 지금 뭘 하고 있는 걸까?"

마이클은 곧 부는 짓을 그만두더니 절구와 공이를 가지고 종이와 그 밖의 모든 것을 쿵쿵 빻기 시작했다. 그러면서 뭔가 기대하는 듯 이따금씩 해골을 바라보는 것이었다. 그러나 아무 일도 일어나지 않았다. 그래서 그는 각종 자루와 항아리 속에서 다른 재료들을 가져

I. 마법사 하울의 비밀

다가 실험을 계속했다.

이윽고 세 번째로 조합한 재료들을 사발 속에 집어넣고 죽어라고 두들기면서 마이클이 이렇게 털어놓았다.

"하울 님을 몰래 엿본 게 꺼림칙하네요. 여자들에겐 변덕을 부려도 저에겐 아주 잘해 줬거든요. 제가 포트헤이븐에서 하울 님의 집 현관 계단에 앉아 있었는데, 아무도 원치 않는 고아였던 저를 선뜻 받아 주셨어요."

소피는 또 하나의 파란 삼각형을 오려 내면서 물었다.

"어쩌다가 그렇게 됐니?"

"어머니도 세상을 떠나셨고 아버지도 폭풍에 휘말려 돌아가셨죠. 그런 일이 생기면 아무도 받아 주려고 하지 않아요. 집세를 못 내서 결국 집을 비워야 했어요. 길거리에서 살려고도 해 봤지만 사람들이 현관 계단에서도, 배에서도 자꾸 쫓아냈어요. 결국 아무리 생각해도 갈 곳이라고는 아무도 간섭하지 못하는 무서운 곳밖에 없더군요. 그 때 하울 님은 마법사 젱킨이라는 이름으로 막 조촐하게 일을 시작한 참이었어요. 그런데 다들 하울 님의 집에 마귀들이 산다고 했죠. 그 래서 그 집 현관 계단에서 며칠 잤는데, 어느 날 아침 하울 님이 빵을 사러 나가려고 문을 열었을 때 제가 집 안으로 픽 쓰러진 거예요. 하울 님은 저한테 먹을 것을 구해 올 테니 집 안에서 기다리라고 하시더군요. 들어갔더니 캘시퍼가 있었고, 마귀라고는 난생 처음 봤기 때문에 이야기를 나누기 시작했어요."

"어떤 이야기를 했는데?"

캘시퍼가 마이클에게도 계약을 깨뜨려 달라고 부탁했는지 궁금했다.

그러자 캘시퍼가 대신 대답했다.

"딱한 처지를 설명하면서 나한테 눈물을 뚝뚝 떨어뜨렸지. 안 그랬냐? 나에게도 어려움이 있다는 건 꿈에도 생각하지 못하는 것 같더군."

그러자 마이클은 이렇게 대꾸했다.

"너한테 무슨 어려움이 있겠어? 넌 그냥 불평이 심할 뿐이야. 그래도 그날 아침엔 나한테 꽤 상냥했는데, 내 생각엔 그래서 하울 님도 깊은 인상을 받은 것 같아. 하지만 하울 님이 어떤 분인지 할머니도 아시죠? 저에게 여기서 살아도 좋다고 말하지는 않더군요. 그저 나가라고 말하지 않았을 뿐이죠. 그래서 저는 기회가 있을 때마다 도움이 되려고 노력했어요. 이를테면 하울 님이 돈을 벌자마자 몽땅 써 버리지 않도록 관리하는 일 같은 것 말예요."

그때 마법의 재료들이 '퍽' 하는 소리와 함께 가볍게 폭발했다. 마이클은 한숨을 쉬면서 해골에 묻은 검댕을 닦아 내고 다른 재료들을 가져왔다. 소피는 발치에 수북이 쌓인 파란 삼각형들을 가지고 조각보를 만들기 시작했다.

마이클이 말을 이었다.

"처음엔 정말 멍청한 실수도 많이 저질렀죠. 그래도 하울 님은 아주 너그러웠어요. 이젠 저도 그 단계는 지났다고 생각했는데. 어쨌든 돈 문제에 대해서는 제가 도움이 된다고 생각해요. 하울 님은 너무 값비싼 옷을 잘 사거든요. 마법으로 돈벌이를 못하는 것처럼 보이는 마법사에겐 아무도 일을 맡기지 않는다는 거예요."

그러자 캘시퍼가 말했다.

"하울은 그저 화려한 옷을 좋아할 뿐이야."

그는 그 주황색 눈으로 일하고 있는 소피를 다소 의미심장하게 바라보았다.

소피가 말했다.

"이 옷은 어차피 못 쓰게 됐어."

그때 마이클이 말했다.

"옷뿐만이 아니에요. 지난겨울 생각나? 네 장작이 다 떨어졌는데도 하울 님은 나가서 이 해골과 저 한심한 기타를 사 가지고 왔잖아. 그때는 정말 하울 님한테 화가 났어요. 하울 님은 그것들이 '보기 좋아서' 샀다지 뭐예요."

소피는 이렇게 물어보았다.

"그럼 장작은 어떻게 했는데?"

마이클이 대답했다.

"하울 님이 받을 돈이 있는 사람한테서 마법으로 조금 가져왔어요. 어쨌든 하울 님은 그렇게 말했는데, 저로서는 그 말이 사실이기만 바랄 뿐이었죠. 그리고 우린 해초를 먹어야 했어요. 하울 님은 그게 몸에는 좋다고 하더군요."

그러자 캘시퍼가 중얼거렸다.

"맛도 좋잖아. 잘 말라서 바삭바삭하고 말야."

"난 싫어."

마이클은 가루가 된 재료들이 담긴 사발을 멍하니 바라보고 있었다.

"도무지 알 수가 없네. 일곱 가지 과정이 아니라면 일곱 가지 재료가 필요하다는 뜻일 텐데. 아무튼 이번엔 별표 속에서 다시 해 봐야겠다."

그는 사발을 바닥에 내려놓고 그 주위에 분필로 꼭짓점 다섯 개가 있는 별을 그렸다.

그 순간 가루가 세차게 폭발하면서 소피의 삼각 천들을 벽난로 속으로 날려 보냈다. 마이클이 욕설을 내뱉으면서 황급히 분필 자국을 지워 버렸다.

그리고 말했다.

"소피 할머니, 이 마법은 정말 모르겠어요. 혹시 할머니가 좀 도와주실 수 없을까요?"

소피는 삼각 천들을 주워 모아 참을성 있게 다시 배열하면서 '꼭 자기 숙제를 할머니에게 미루는 손자 같구나' 하고 생각했다. 그리고 조심스럽게 말했다.

"어디 보자. 너도 알다시피 난 마법에 대해서는 아무것도 모르지만."

마이클은 약간 반들거리는 이상한 종이 한 장을 얼른 그녀에게 쥐어 주었다. 아무리 마법의 주문이라지만 좀 특이했다. 굵은 글씨로 인쇄되었지만 약간 회색으로 번져 있었고, 가장자리에도 마치 물러가는 먹구름처럼 빙 둘러 회색으로 번진 자국이 있었다.

소피는 주문을 읽어 보았다.

"별똥을 잡아 보아라.

흰독말풀(가지과의 유독 식물. 민간에서는 땅에서 뽑아내면 비명을 지른다고 믿으며 진통제로 사용했음. 맨드레이크—옮긴이) 뿌리가 아이를 낳게 하라.

그리고 말해다오, 지나간 세월들은 다 어디 있는지,

누가 악마의 발을 쪼개었는지.

인어들의 노래를 듣는 법과,

질투의 아픔을 피하는 법도 가르쳐다오.

그리고

어떤 바람이

정직한 사람을 나아가게 하는지 찾아보아라.

이것이 어떤 내용인지 판단하라.

두 번째 연을 스스로 써 보라."

몹시 알쏭달쏭했다. 일전에 훔쳐보았던 주문들과는 전혀 달랐다. 소피는 두 번이나 꼼꼼하게 읽어 보았다. 옆에서 마이클이 열심히 설명하고 있었지만 오히려 글을 읽는 데 방해가 될 뿐이었다.

"하울 님이 고급 마법에는 수수께끼가 숨어 있다고 말씀하신 건 할머니도 알고 계시죠? 그래서 처음엔 각각의 시행이 하나의 수수께끼라고 생각했어요. 별똥 대신에 불꽃이 담겨 있는 검댕을 썼고, 인어의 노래 대신에 조가비를 써 봤죠. 그리고 저도 아이로 볼 수 있다고 생각해서 흰독말풀 뿌리를 꺼내 왔고, 연감에서 지나간 해들의 목록을 베껴 적었지만 그건 잘 모르겠고…… 어쩌면 거기서 잘못된 걸지도 몰라요……. 그리고 아픔을 멎게 하는 건 혹시 소루쟁이 잎이 아닐까요? 그건 미처 생각하지 못했는데…… 어쨌든 어느 것도 효과가 없어요!"

소피는 이렇게 말했다.

"별로 놀랍지도 않구나. 내가 보기엔 전부 불가능한 일 같으니까."

그러나 마이클은 그 말을 받아들이려고 하지 않았다. 만약 그것들이 모두 불가능한 일이라면 아무도 그 마법을 쓸 수 없다는 것이었다. 논리적인 지적이었다. 그는 이렇게 덧붙였다.

"하울 님을 몰래 엿본 게 부끄러워서 이 마법을 잘 해내는 것으로 보상하고 싶은데 말예요."

소피가 대답했다.

"그래, 좋아. 우선 '이것이 어떤 내용인지 판단하라'부터 시작해 보자. 그렇게 하면 물건들이 움직이기 시작할 거야. 판단하는 것도 주문의 일부라면 말이야."

그러나 마이클은 그 말도 수긍하려 하지 않았다.

"안 돼요. 이건 사용할 때 스스로 드러나는 마법이라고요. 마지막 줄이 바로 그런 뜻이에요. 이 주문이 어떤 내용인지 설명하는 뒷부분을 써 넣으면 그걸로 마법이 걸리는 거죠. 이런 종류는 아주 수준 높은 마법이에요. 그러니까 먼저 첫 줄부터 해결해야 돼요."

소피는 파란 삼각 천들을 다시 한 무더기로 쌓아 놓았다. 그리고 이렇게 제안했다.

"캘시퍼에게 물어보자. 캘시퍼, 누가……."

그러나 마이클은 이번에도 그녀를 그냥 내버려 두지 않았다.

"아뇨, 가만히 계세요. 제 생각엔 캘시퍼도 주문의 일부인 것 같거든요. '말해다오'라느니 '가르쳐다오'라느니 하는 걸 보세요. 처음엔 해골에게 가르쳐 주라는 뜻인 줄 알았는데 그건 효과가 없었으니까 틀림없이 캘시퍼일 거예요."

소피는 이렇게 대꾸했다.

"내 말을 깡그리 무시하려면 차라리 너 혼자 해라! 어쨌든 캘시퍼는 누가 자기 발을 쪼개 놨는지 잘 알겠구나!"

그러자 캘시퍼가 발끈했다.

"난 발이 없다고. 게다가 난 악마가 아니라 마귀란 말야."

그러더니 장작 밑으로 쑥 들어가 버렸다. 그때부터 소피와 마이클이 주문에 대해 토론하는 동안에 캘시퍼는 줄곧 그 속에서 '헛소리하고 있네!' 하면서 툴툴거리고 있었다. 이때쯤 소피는 그 수수께끼에 완전히 사로잡히고 말았다. 그녀는 파란 삼각 천들을 치워 놓고 종이와 펜을 가져다가 마이클과 비슷한 분량으로 필기를 하기 시작했다. 그녀와 마이클은 그날이 다 가도록 멍하니 먼 곳을 바라보고 깃털 펜을 잘근잘근 씹으면서 서로 의견을 주고받았다.

소피가 적어 놓은 내용은 대충 이런 식이었다.

마늘이 질투심을 막아 줄까? 종이로 별을 올려 떨어뜨릴 수도 있다. 하울에게 말해도 될까? 하울은 캘시퍼보다 인어를 더 좋아할 텐데. 하울이 정직하다고 생각하면 안 된다. 그렇다면 캘시퍼는? 그건 그렇고, 지나간 세월들은 도대체 어디 있을까? 저 말린 풀뿌리가 열매를 맺어야 한다는 뜻일까? 저걸 심어 볼까? 소루쟁이잎 옆에? 조가비 속에? 쪼개진 발굽, 말을 제외한 여러 동물들. 말에게 편자 대신에 마늘을 달아 준다? 바람? 냄새? 마법 장화의 바람? 하울도 악마일까? 마법 장화를 신고 있는 갈라진 발가락들? 장화를 신은 인어들?

소피가 그런 말들을 적고 있을 때 마이클도 똑같이 절망적인 어조로 이렇게 묻고 있었다.

"그 '바람'은 일종의 도르래가 아닐까요? 정직한 사람이 교수형을 당한다? 하지만 그건 나쁜 마법인데."

소피는 이렇게 대답했다.

"저녁이나 먹자."

그늘은 여전히 먼 곳을 바라보면서 빵과 치즈를 먹었다. 마침내 소피가 말했다.

"마이클, 이리저리 추측만 하는 건 집어치우고 그냥 시키는 대로 해 보자. 별똥을 잡기에 제일 좋은 곳이 어디지? 저 밖의 언덕 위?"

"포트헤이븐 늪지대가 더 평평하죠. 그런데 잡을 수 있을까요? 별똥은 굉장히 빠른데."

"마법 장화만 신으면 우리도 빠르잖아."

1. 마법사 하울의 비밀

그러자 마이클은 크게 안도한 듯 기뻐하면서 벌떡 일어났다. 그리고 허둥지둥 장화를 가지러 가면서 이렇게 말했다.

"할머니 말씀이 맞는 것 같아요! 한번 해 보자구요."

이번에는 소피도 지팡이와 숄을 챙겨 빈틈없는 채비를 갖추었다. 벌써 꽤 어두워졌기 때문이다. 마이클이 파란색이 아래로 가도록 손잡이를 돌릴 때 두 가지 이상한 일이 벌어졌다. 작업대 위에서 해골이 이빨을 따닥따닥 마주치기 시작했다. 그리고 캘시퍼가 굴뚝 위로 불쑥 솟구치며 이렇게 소리쳤다.

"둘 다 나가지 말았으면 좋겠어!"

그러자 마이클이 달래듯이 말했다.

"우린 금방 돌아올 거야."

그들은 포트헤이븐 거리로 나섰다. 훤하고 향기로운 밤이었다. 그러나 거리가 끝나는 곳에 막 이르렀을 때 마이클은 소피가 그날 아침에 아팠던 일을 문득 기억하고 밤공기 때문에 건강이 더 나빠질까 봐 걱정하기 시작했다.

소피는 쓸데없는 걱정이라고 말했다. 그녀는 지팡이를 짚으면서 씩씩하게 걸어갔다. 이윽고 불 켜진 창문들이 뒤로 멀어지면서 탁트인 밤 풍경이 펼쳐졌다. 공기도 축축하고 서늘했다. 늪지대에서 짠내와 흙냄새가 풍겼다. 그 너머에서는 바다가 조용히 찰싹거리며 반짝이고 있었다.

그리고 잘 보이지는 않지만 소피는 앞쪽에 평평한 땅이 한없이 멀리까지 뻗어 있는 것을 느낄 수 있었다. 눈에 보이는 것이라고는 낮게 깔린 푸르스름한 안개 띠, 그리고 여기저기서 희미하게 빛나다가 멀리 하늘이 시작되는 곳에서 한 줄기 희미한 선을 그리고 있는 물웅덩이들뿐이었다. 나머지는 모조리 하늘이었다. 하늘은 더욱 드넓었다. 은하수는 늪지대에서 피어오른 안개 띠처럼 보였다. 그 속에서 별들이 밝게 빛나고 있었다.

마이클과 소피는 각자 장화 한 짝을 자기 앞의 땅바닥에 내려놓고 별들이 움직이기를 기다렸다.

한 시간쯤 지났을 때부터 소피는 몸이 떨리기 시작했다. 그러나 마이클이 걱정할까 봐 아무렇지도 않은 척했다.

다시 반 시간이 지났을 때 마이클이 말했다.

"사실 5월은 적당한 때가 아니에요. 8월이나 11월이 제일 좋죠."

그리고 반 시간이 더 지나갔을 때 마이클이 걱정스러운 듯이 물었다.

"흰독말풀 뿌리는 어떻게 해야 될까요?"

소피는 이가 따닥따닥 마주치지 않도록 힘주어 악물고 대답했다.

"그걸 고민하기 전에 우선 이 문제부터 해결하자."

다시 얼마간의 시간이 흘렀을 때 마이클이 말했다.

"할머니는 집으로 가세요. 어차피 이건 제 주문이잖아요."

소피가 그것 참 좋은 생각이라고 말하기 위해 막 입을 열 때였다. 별 하나가 하늘에서 떨어져 나와 하얀 선을 그으며 내리 꽂혔다. 소피가 얼른 소리쳤다.

"저기 떨어진다!"

마이클이 장화 속에 발을 쑥 집어넣고 곧바로 출발했다. 그리고 1초 뒤에는 소피도 지팡이와 함께 마음을 다잡고 뒤따라 출발했다. 휙! 철퍼덕. 늪지대 안쪽 깊숙한 곳이었다.

사방에 안개와 허허벌판과 흐릿하게 빛나는 물웅덩이뿐이었다. 소피는 지팡이를 땅에 푹 꽂으면서 겨우 멈춰 설 수 있었다. 바로 옆에 서 있는 마이클의 장화가 시꺼먼 얼룩처럼 보였다. 그러나 정작 마이클은 앞쪽 어딘가에서 첨벙첨벙 소리를 내면서 미친 듯이 달려가고 있었다.

그리고 떨어지는 별이 보였다. 소피는 시꺼멓게 움직이는 마이클에게서 겨우 몇 미터 앞으로 내려오는 작고 하얀 불꽃을 볼 수 있었다. 그 밝은 형상은 이제 천천히 떨어지고 있어서 마이클이 충분히 잡아낼 것 같았다.

소피는 장화 속에서 발을 끄집어냈다. 그리고 소리쳤다.

"가자, 지팡이야! 저기로 데려다줘!"

그러면서 출발한 그녀는 절뚝거리면서도 풀섶을 뛰어넘어 비틀비틀 웅덩이를 건너면서 최고 속력으로 달려갔다. 그러는 동안에도 그 작고 하얀 빛에서 눈을 떼지 않았다.

그녀가 그곳에 도착했을 때 마이클은 별을 붙잡으려고 두 팔을 뻗은 채 살금살금 다가가고 있었다. 소피는 별빛에 마이클의 윤곽이 드러난 것을 보았다. 별은 마이클의 손과 같은 높이로 둥실둥실 떠가고 있었다. 거리는 겨우 한 걸음 남짓했다. 그것은 불안한 듯 이마이클을 돌아보고 있었다.

'참 희한하네!'

소피는 그런 생각을 했다. 별은 빛으로 만들어져 마이클 주변의 풀과 갈대와 검은 웅덩이들을 하얗고 동그랗게 비추었다. 그러나 마이클을 뒤돌아보는 크고 불안한 눈도 있었고 작고 뾰족한 얼굴도 있었다. 소피가 불쑥 나타나는 바람에 놀란 모양이었다. 별이 갑자기 확 피하면서 따닥거리는 날카로운 소리로 외쳤다.

"왜 그래? 원하는 게 뭐야?"

소피는 마이클에게 이렇게 말하려고 했다. '움직이지 마. 겁먹었잖아!' 그러나 숨이 차서 말을 할 수가 없었다.

마이클이 설명했다.

"난 그냥 너를 잡으려는 것뿐이야. 해치진 않을게."

그러자 별이 필사적으로 따닥거렸다.

"싫어! 싫어! 그건 잘못이야! 난 죽게 되어 있다고!"

마이클은 상냥하게 대답했다.

"하지만 나한테 잡히면 넌 살 수 있어."

그러자 별이 소리쳤다.

"싫어! 차라리 죽을래!"

별은 마이클의 손을 피해 도망쳤다. 마이클도 그쪽으로 돌진했지만 별이 워낙 빨라서 잡을 수가 없었다. 별은 제일 가까운 물웅덩이 속으로 뛰어들었고, 그러자 시꺼먼 물이 한순간 하얗게 빛나면서 튀어 올랐다. 그리고 치지직하며 식어 가는 소리가 조그맣게 들렸다. 소피가 절뚝거리며 다가갔을 때 마이클은 캄캄한 물에 잠긴 작고 동그란 덩어리 하나에서 서서히 꺼져 가는 마지막 빛을 지켜보고 있었다.

소피가 말했다.

"슬픈 일이었어."

마이클이 한숨을 푹 쉬었다.

"그래요. 왠지 마음이 끌리더라고요. 집으로 가죠. 이 마법은 이제 지긋지긋해요."

그들이 장화를 되찾는 데는 20분이나 걸렸다. 소피는 찾아낸 것만도 기적이라고 생각했다. 포트헤이븐의 어두운 거리를 터덜터덜 힘없이 걷고 있을 때 마이클이 말했다. "있잖아요, 저로서는 도저히 이 마법을 해낼 수 없을 것 같아요. 저에겐 너무 어려운 마법이에요. 하울 님에게 물어봐야겠어요. 저도 포기하긴 싫지만 이젠 그 레티 해터도 굴복했으니 하울 님에게서 뭔가 앞뒤가 맞는 소리를 들을 수 있겠죠."

그러나 그 말을 들은 소피의 기분은 전혀 가벼워지지 않았다.

불꽃 마귀 캘시퍼의 힌트

하울은 소피와 마이클이 밖에 나간 사이에 돌아온 모양이었다. 소피가 캘시퍼의 불로 아침 식사를 준비하고 있을 때 하울이 화장실에서 나오더니 우아한 동작으로 의자에 앉았다. 훤히 빛나는 산뜻한 모습으로 인동덩굴 향기를 풍기고 있었다.

"우리 소피 할머니. 언제나 바쁘시지. 내 충고는 싹 무시하고 어제도 부지런히 일하셨죠? 그런데 내가 제일 좋아하는 옷을 가지고 왜 조각그림 퍼즐을 만드셨을까? 따지려는 건 아니고 그냥 궁금해서요."

소피가 대답했다.

"며칠 전에 자네가 다 망쳐 놨잖아. 그래서 새로 만드는 중이라고."

"그건 저도 할 수 있어요. 벌써 보여드린 걸로 알았는데. 그리고 할머니의 발 크기만 말씀하시면 마법 장화도 만들어 드릴 수 있어요. 갈색 송아지 가죽으로 만든 실용적인 것이 좋겠네요. 한 걸음에 17킬로미터를 가면서도 매번 소똥만 밟는 사람이 있다니 참 놀라운 일이죠."

"말똥이었을지도 몰라. 그리고 아마 늪지대의 진흙도 묻어 있었겠지? 내 나이쯤 되면 운동을 많이 해야 하거든."

"그렇다면 내가 생각했던 것보다 더 바쁘게 지내셨군요. 왜냐하면요, 어제 레티의 사랑스러운 얼굴에서 잠시 눈을 떼었을 때 집 모퉁이 너머로 훔쳐보기 좋아하는 할머니의 커다란 왕눈을 얼핏 본 것 같았거든요."

"페어팩스 부인은 우리 집안의 친구야. 자네가 거기 가 있었다는 걸 내가 어떻게 알았겠어?"

"그야 할머니에겐 육감이 있으니까요. 소피 할머니의 눈을 벗어날 수 있는 건 아무것도 없죠. 빠르든 늦든—아마 빠른 쪽이겠지만— 언젠가 내가 바다 한복판에 떠 있는 빙산에 사는 여자를 사랑하게 된다면, 그때는 빗자루를 타고 날아다니는 할머니를 찾으려고 공중을 살펴보게 될 거예요. 사실 지금 같아서는 그때 할머니가 보이지 않으면 오히려 할머니한테 실망할 것 같네요."

소피는 이렇게 응수했다.

"그럼 오늘 빙산으로 떠날 거야? 어제 레티의 얼굴 표정을 봐서는 자네가 더 이상 매달릴 필요도 없을 텐데 말이야!"

"그건 오해하신 거예요."

깊은 상처를 입은 듯한 목소리였다. 소피는 미심쩍은 생각에 곁눈질을 해 보았다. 귓가에 빨간 보석이 달랑거리는 하울의 옆모습은 슬프지만 늠름해 보였다.

"내가 레티를 떠나려면 오랜 세월이 필요할 거예요. 그리고 사실 오늘은 국왕을 만나러 가는 거예요. 이젠 만족하세요, 왕눈이 할머니?"

소피는 하울의 말을 한 마디도 믿을 수 없다고 생각했다. 그러나 어쨌든 하울이 아침 식사를 끝내고 성을 나설 때 그가 문손잡이를 빨간색으로 돌려놓고 찾아간 곳은 틀림없이 킹스베리였다. 마이클이 그 난감한 마법 주문에 대해 의논하려고 했지만 하울은 비키라고 손을 내저을 뿐이었다. 그래서 할 일이 아무것도 없게 된 마이클도 나가 버렸다. 차라리 체자리 빵집에나 가 보겠다고 했다.

결국 소피만 혼자 남았다. 그녀는 아직도 하울이 레티에 대해 했던 말을 진심으로 믿지 않았지만 예전에도 하울을 잘못 오해한 적이 있었고, 따지고 보면 하울의 행실에 대한 것도 마이클과 캘시퍼에게서 들은 것이 전부였다. 소피는 작은 파란색 삼각 천들을 모두 모아 놓고 미안한 마음을 느끼면서 이젠 은색 그물처럼 변해 버린 옷에 그 천 조각들을 도로 꿰매어 붙이기 시작했다. 그러다가 누군가 문을 두드리는 소리에 화들짝 놀랐다. 허수아비가 다시 찾아왔다고 생각했던 것이다.

"포트헤이븐 문이야."

캘시퍼가 보라색 입으로 너울너울 웃으며 말했다.

'그렇다면 괜찮겠지.' 소피는 절뚝거리며 걸어가서 파란색을 아래로 돌려놓고 문을 열었다. 바깥에는 짐마차를 끄는 말이 서 있었다. 말을 끌고 온 쉰 살가량의 젊은이가 마녀 할미에게 말편자가 자꾸 빠지지 않게 할 방법이 없느냐고 물었다.

"어디 생각해 봄세."

그렇게 말해 놓고 소피는 벽난로 쪽으로 가서 이렇게 속삭였다.

"어떻게 해야 되지?"

캘시퍼도 속삭이며 대답했다.

"노란 가루야. 두 번째 선반의 네 번째 항아리. 그런 마법은 주로 믿음의 힘으로 이루어지는 거야. 그러니까 그걸 건네면서 자신 없는 표정은 짓지 말라고."

그래서 소피는 노란 가루를 사각형 종이에 쏟아 놓고 능숙하게 비틀어 여민 후 문가로 가져갔다.

"자, 여기 있네, 젊은이. 그것만 있으면 편자에 못을 100개쯤 박는 것보다 더 튼튼할 게야. 너도 들었니, 말아? 내년까지는 대장장이 신세를 안 져도 될 거다. 값은 1페니야. 고맙네."

꽤나 바쁜 날이었다. 소피는 몇 번이나 바느질감을 내려놓고 캘시퍼의 도움을 받으면서 하수구 뚫는 마법, 염소 떼를 모으는 마법, 맛좋은 맥주 만드는 마법 따위를 팔아야 했다. 딱 한 번 조금 난처한 일이 있었는데, 그것은 킹스베리에서 문을 두드린 어떤 손님 때문이었다. 소피가 빨간색을 아래로 가게 한 뒤 문을 열자 나이가 마이클보다 별로 많아 보이지도 않는 화려한 옷차림의 한 소년이 하얗게 질린 얼굴로 땀을 뻘뻘 흘리면서 현관 계단에 서서 두 손을 쥐어짜고 있었다.

"마법 할머니, 제발 도와주세요! 내일 새벽에 결투를 해야 돼요. 제가 꼭 이길 수 있도록 뭐든 좀 찾아 주세요. 돈은 얼마든지 드릴게요."

소피는 어깨 너머로 캘시퍼를 돌아보았고, 캘시퍼는 그녀에게 얼굴을 찡그려 보였다. 그런 마법은 미리 준비된 것이 없다는 뜻이었다. 소피는 근엄하게 소년을 타일렀다.

"그건 옳지 못한 짓이야. 게다가 결투는 나쁜 거란다."

그러나 소년은 필사적으로 매달렸다.

"그렇다면 이기고 질 확률이 반반이라도 되게 해 주세요!"

소피는 소년을 살펴보았다. 나이에 비해 몸집도 작은 데다 잔뜩 겁에 질려 있었다. 무슨 일이든 실패만 하는 사람의 절망적인 표정이었다.

"내가 도울 방법이 있는지 보자."

그렇게 말하고 소피는 선반 앞으로 걸어가서 항아리들을 훑어보았다. '고춧가루'라고 적혀 있는 빨간 항아리가 제일 그럴싸해 보였다. 소피는 사각형 종이 위에 고춧가루를 듬뿍 쏟았다. 그리고 그 옆에 해골을 세우면서 이렇게 중얼거렸다.

"이런 일에 대해서는 나보다 차라리 네가 더 잘 알 테니까."

소년은 문짝 안으로 고개를 들이밀고 초조하게 지켜보고 있었다. 소피는 칼 한 자루를 들고, 신비롭게 보이길 바라면서 고춧가루 더미 위에서 칼을 휘둘렀다. 그리고 이렇게 중얼거렸다.

"공정한 싸움이 되게 해야 한다. 공정한 싸움이야. 알겠니?"

그녀는 종이를 여미어 쥐고 절뚝거리며 문가로 걸어갔다. 그리고 조그마한 소년에게 말했다.

"결투가 시작될 때 이걸 공중에 뿌리면 너도 상대방과 똑같은 기회를 갖게 될 거다. 그런 다음에 이기고 지는 것은 너한테 달린 거야."

소년은 어찌나 고마웠는지 그녀에게 금화 한 닢을 주려고 했다. 소피가 거절하자 소년은 그녀에게 2페니짜리 동전을 주고 즐거운 듯 휘파람을 불며 가 버렸다. 소피는 벽난로 바닥돌 밑에 돈을 감추면서 이렇게 말했다.

"사기꾼이 된 기분이야. 하지만 그 싸움은 꼭 보고 싶네!"

그러자 캘시퍼가 따닥거리며 말했다.

"나도 그래! 도대체 언제쯤 나를 풀어 줄 거야? 빨리 나가서 그런 것들을 구경하고 싶은데."

"그 계약에 대한 힌트를 하나라도 들으면."

"오늘 안으로 듣게 될 거야."

저녁이 가까워졌을 때 마이클이 씩씩하게 들어왔다. 그는 혹시 하울이 먼저 돌아오지나 않았는지 확인하려고 걱정스럽게 집 안을 둘러보았다. 그리고 작업대로 가더니 자기가 줄곧 바쁘게 일한 것처럼 보이도록 물건들을 이리저리 늘어놓았다. 그러면서 신나게 노래를 불렀다.

소피는 은색 띠에 파란색 삼각 천을 꿰매어 붙이면서 이렇게 말했다.

"그렇게 먼 곳을 간단히 오갈 수 있다니 참 부럽구나. 그런데 마…… 우리 증손녀는 잘 있니?"

마이클은 기꺼이 작업대를 떠나 난롯가의 걸상에 걸터앉아서 그날 있었던 일들을 모두 말했다. 그리고 소피에게도 어떻게 지냈느냐고 물었다. 그래서 나중에 하울이 두 팔 가득히 꾸러미들을 끌어안고 어깨로 문을 밀면서 들어섰을 때 마이클은 전혀 바쁜 모습이 아니었다. 결투 마법에 대한 이야기를 듣고 깔깔 웃으면서 걸상 위에서 뱅글뱅글 돌고 있었던 것이다.

하울은 등으로 밀어 문을 닫고 짐짓 마음이 아픈 체하는 태도로 문짝에 기댔다.

"다들 신났구먼! 난 파멸이 코앞에 닥쳤어. 그래도 모두를 위해 하루 종일 노예처럼 일했다고. 그런데 단 한 명도, 하다못해 캘시퍼조차도 잘 다녀왔느냐는 인사 한 마디 안 하는군!"

그러자 마이클이 미안해서 벌떡 일어났다. 캘시퍼가 말했다.

"난 원래 인사 따위는 안 하잖아."

소피가 물었다.

"뭐가 잘못됐어?"

"이젠 좀 낫군. 드디어 나를 아는 척하니 말이야. 물어 주셔서 고마워요, 소피 할머니. 그래요, 뭐가 잘못됐죠. 국왕이 나한테 자기 동생을 찾아 달라고 정식으로 부탁했어요. 게다가 기왕이면 황야의 마녀도 없애면 좋겠다는 뜻을 강력하게 비추더라고요. 그런데도 다들 그렇게 앉아서 낄낄거리기만 하고 있으니!"

이쯤 되자 하울이 당장에라도 녹색 오물을 다시 만들 기분이라는 사실이 분명해졌다. 소피는 허둥지둥 바느질감을 치웠다.

"내가 따끈한 버터 토스트를 만들어 줄게."

"이렇게 비참한 상황에서 해 주실 일이 겨우 그것뿐이에요? 토스트를 만들어 주겠다니! 아뇨, 일어나지 마세요. 모두를 위해 이렇게 짐을 잔뜩 들고 터덜터덜 걸어왔으니 적어도 약간의 관심은 보이는 게 예의라고요. 자요."

그는 수많은 꾸러미들을 소피의 무릎에 소나기처럼 쏟아 놓고 마이클에게도 한 개를 건넸다.

소피는 어리둥절한 채로 물건들을 풀어 보았다. 비단 스타킹 몇 켤레, 주름 장식과 레이스와 공단 장식 천을 붙인 최고급 삼베 속지마 두 꾸러미, 양 옆을 신축성 있게 처리한 불그스름한 회색 양가죽 부츠 한 켤레, 레이스 숄 하나 그리고 그 숄과 어울리는 레이스로 가장자리를 장식한 물결무늬의 회색 비단 드레스 한 벌이었다. 소피는 전문가의 눈으로 각각의 물건을 살펴보면서 놀라움을 감추지 못했다. 레이스 하나만 보더라도 엄청나게 값비싼 것이었다. 그녀는 비단 드레스를 쓰다듬으며 감탄했다.

마이클이 꺼낸 것은 아주 멋진 새 벨벳 정장이었다. 그는 고마워하지도 않고 이렇게 소리쳤다.

"비단 지갑에 들어 있던 돈을 모조리 써 버리셨군요! 저는 이런 거 필요없어요. 새 옷이 필요한 사람은 하울 님이라고요."

하울은 파란색과 은색 옷에서 남은 부분을 발끝으로 들어 올려 손에 쥐고 슬픈 눈으로 바라보았다. 소피가 열심히 일하기는 했지만 그 옷은 아직도 옷감보다 구멍이 더 많았다. 하울이 말했다.

"난 정말 욕심 없는 사람이거든. 하지만 국왕 앞에서 나를 헐뜯어 달라면서 너와 소피 할머니를 누더기 차림으로 보낼 수는 없잖아. 국왕은 내가 늙으신 어머니를 제대로 돌보지 않는다고 생각할 테니까. 어때요, 할머니? 부츠는 잘 맞나요?"

소피는 감탄하며 쓰다듬던 손길을 멈추고 고개를 들었다.

"이건 호의를 베푸는 거야, 아니면 겁쟁이라서 그러는 거야? 대단히 고맙지만 난 하기 싫어."

그러자 하울이 두 팔을 쫙 벌리며 소리쳤다.

"고마운 줄도 모르시는군요! 그럼 다시 녹색 오물을 만들어 보자고요! 그런 다음엔 성을 1,600킬로미터쯤 옮겨야 할 테고, 그렇게 되면 우리 사랑스러운 레티도 다시는 못 보게 되겠죠!"

마이클이 애원하는 눈으로 소피를 바라보았다. 소피는 얼굴을 잔뜩 찌푸렸다. 그녀는 임금님을 만나기로 동의하는 일에 두 동생의 행복이 걸려 있다는 것을 알았다. 녹색 오물은 별개로 치더라도 말이다.

"자넨 아직 나한테 뭘 해달라고 부탁하지도 않았잖아. 그냥 내가 해야 한다고 말했을 뿐이지."

그러자 하울이 웃었다.

"그럼 해주시는 거죠?"

"알았어. 언제쯤 가는 게 좋겠어?"

"내일 오후요. 마이클이 하인으로 따라갈 거예요. 국왕도 할머니가 오신다는 걸 알고 있어요."

그는 걸상에 걸터앉아서 소피가 해야 할 말들을 아주 분명하고 진지하게 설명하기 시작했다. 소피는 하울이 녹색 오물을 쏟아 낼 듯하던 분위기가 씻은 듯이 사라졌다는 것을 깨달았다. 이젠 상황이 그의 뜻대로 진행되고 있기 때문이었다. 소피는 하울의 뺨을 때리고 싶었다. 하울이 설명했다.

"내가 할머니한테 바라는 건 아주 미묘한 일이에요. 국왕이 앞으로도 계속해서 운송 마법 같은 일을 나한테 맡기도록, 그렇지만 자기 동생을 찾는 것 같은 일은 도저히 믿고 맡길 수 없도록 해야 되니까요. 내가 황야의 마녀를 화나게 했다는 것도 말씀하시고, 내가 아주 착한 아들이라는 것도 설명하세요. 그러면서도 내가 사실은 전혀 쓸모가 없는 녀석이라는 것을 국왕에게 납득시켜야 해요."

하울의 설명은 대단히 구체적이었다. 소피는 꾸러미들을 두 손으로 잔뜩 움켜쥐고 그의 말을 모조리 기억하려고 애썼다. 그러나 이런 생각이 드는 것은 어쩔 수가 없었다. 내가 임금님이라면 이 늙은이가 하려는 말이 무엇인지 한 마디도 알아듣지 못할 거야!

한편 마이클은 줄곧 하울 곁에서 얼쩡거리며 그 난해한 마법 주문에 대해 물어 보려고 했다. 그러나 하울은 더욱 미묘하고 구체적인 내용들을 자꾸 생각해 내면서 손을 내저어 마이클을 쫓아냈다.

"나중에 하자, 마이클. 그리고 아까 생각났는데요, 소피 할머니, 막상 왕궁에 갔을 때 당황하지 않으려면 연습을 좀 해 두시는 게 좋겠어요. 국왕을 알현하는 도중에 현기증이라도 일으키면 곤란하니까요. 아직 안 돼, 마이클. 그래서 할머니가 내 스승님이셨던 펜트스테먼 선생님을 만나 뵙도록 해 놨어요. 아주 위엄 있는 분이거든요. 어떤 면에서는 국왕보다도 위엄이 철철 넘치죠. 그러니까 왕궁에 가시기 전에 그런 분위기에 익숙해질 거예요."

그때쯤 소피는 이번 일을 맡겠다고 한 것을 후회하고 있었다. 그러다가 마침내 하울이 마이클에게로 몸을 돌리자 소피는 크게 안도했다.

"좋아, 마이클. 이제 네 차례다. 뭔데 그러니?"

마이클은 비참한 표정으로 그 반들거리는 회색 종이를 흔들어 보이면서 이 마법은 도저히 실행할 수 없을 것 같다는 것을 숨 가쁘게 설명했다.

하울은 그 말을 듣고 약간 놀라는 기색이었지만 곧 종이를 받았다.

"그래, 도대체 어디가 문제라는 거야?"

그러면서 종이를 펼쳤다. 그리고 뚫어져라 들여다보았다. 그의 한쪽 눈썹이 치켜 올라갔다.

마이클이 말했다.

"저는 이걸 수수께끼로 보고, 여기서 시키는 대로 해봤어요. 그런데 소피 할머니와 제가 별똥을 잡지 못해서……"

그때 하울이 소리쳤다. "이런 맙소사! 마이클, 이건 내가 너한테 준 주문이 아니잖아. 도대체 어디서 발견한 거야?"

"작업대 위에서, 소피 할머니가 해골 주변에 쌓아 두신 저 물건들

틈에서요. 새로운 주문이라고는 이것뿐이라서 저는 그냥…….”

하울이 벌떡 일어나 작업대 위의 물건들을 뒤적거리기 시작했다.

“또 소피 할머니가 말썽이었군.”

하울이 무엇인가를 찾는 동안에 물건들이 이리저리 미끄러져갔다.

“진작에 알아차렸어야 되는 건데! 아냐, 진짜 주문은 여기 없어.”

그는 생각에 잠겨 해골의 빛나는 갈색 정수리를 톡톡 두드렸다.

“자네 짓인가, 친구? 내 생각엔 자네도 거기 출신인 것 같은데. 기타는 그곳 물건이 틀림없고. 저기…… 소피 할머니…….”

“왜?”

“참견하기 좋아하는 바보 같은 할머니, 정말 대책 없는 할머니. 내 생각엔 할머니가 저 문손잡이를 검정색 쪽으로 돌려놓고 그 왕방울 눈을 문밖으로 내미신 것 같은데, 내 짐작이 맞나요?”

소피는 점잖게 대꾸했다.

“손가락만 내밀었을 뿐이야.”

“어쨌든 문을 열었잖아요. 마이클이 마법 주문이라고 생각하는 이 물건도 그때 들어왔을 거예요. 둘 다 도대체 이게 다른 주문과는 전혀 다르다는 생각을 한 번도 안 해 봤어요?”

그러자 마이클이 대답했다.

“마법 주문은 이상할 때도 많잖아요. 그럼 그건 도대체 뭐죠?”

하울은 콧방귀를 뀌면서 웃었다.

“‘이것이 어떤 내용인지 판단하라. 두 번째 연을 스스로 써 보라’! 아이고, 맙소사!”

그렇게 말하면서 하울은 계단 쪽으로 달려갔다. 그리고 쿵쿵거리며 계단을 오르면서 소리쳤다.

"내가 보여 줄게!"

소피가 이렇게 말했다.

"간밤에 우리가 늪지대를 헤매고 다녔던 건 쓸데없는 시간 낭비였나 봐."

마이클도 우울한 듯 고개를 끄덕였다. 소피는 마이클이 바보가 된 기분을 느낀다는 것을 알 수 있었다.

"내 잘못이었어. 내가 문을 열었으니까."

그러자 마이클이 큰 관심을 보이면서 물었다.

"바깥엔 뭐가 있었어요?"

그러나 바로 그때 하울이 계단을 뛰어 내려왔다.

"그 책이 어디 갔는지 모르겠네."

이젠 좀 불쾌한 얼굴이었다.

"마이클, 네가 아까 별똥을 잡으려 했다고 말했었니?"

"네, 그런네 그게 섭에 질려 불웅덩이로 뛰어들더니 죽어 버렸어요."

"그것 참 다행이구나!"

하울의 그 말에 소피는 이렇게 말했다.

"아주 슬픈 일이었다고."

그러자 하울은 더욱더 불쾌한 표정을 지었다.

"슬프다고요? 그것도 할머니가 생각해 낸 일이었죠? 틀림없이 그랬겠죠! 할머니가 늪지대에서 마이클을 부추기면서 이리저리 뛰어

다니는 장면이 눈에 선해요! 지금 말해 두겠는데요, 그건 마이클이 이제껏 했던 일 중에서도 제일 멍청한 짓이었어요. 어쩌다 그걸 잡아내기라도 했다면 저 녀석은 슬퍼하는 정도로 끝나지 않았을 거라고요! 그리고 할머니는……."

그때 캘시퍼가 졸린 듯 너울너울 굴뚝 위로 피어오르며 이렇게 따져 물었다.

"왜 그렇게 소란을 떨어? 너도 별똥을 붙잡았잖아?"

"그래, 하지만 난……!"

그렇게 말문을 열면서 하울은 유리구슬 같은 눈으로 캘시퍼를 노려보았다. 그러나 곧 마음을 가다듬고 마이클에게로 돌아섰다.

"마이클, 다시는 별똥을 잡으려 들지 않겠다고 약속해라."

마이클은 기꺼이 대답했다.

"약속할게요. 그런데 그 글이 마법 주문이 아니라면 뭐예요?"

하울은 자기 손에 쥐고 있는 회색 종이를 내려다보았다.

"이건 '노래'라고 부르는 거야. 그러니까 말 그대로 노래지 뭐. 하지만 여기 있는 건 전부가 아닌데, 나머지는 생각나지 않는구나."

그는 선 채로 생각에 잠겼다. 새로운 생각이 떠오른 모양인데, 걱정스러운 것이 분명했다.

"다음 노랫말이 중요할 것 같은데. 이걸 도로 가져가서 확인해 봐야……."

그는 문 쪽으로 가서 검정색이 아래로 가도록 손잡이를 돌렸다. 그러다가 동작을 멈추었다. 그리고 마이클과 소피를 돌아보았다. 두 사람의 시선은 당연히 문손잡이에 못 박혀 있었다.

하울이 말했다.

"좋아요. 소피 할머니를 남겨 두면 어떻게든 비집고 나오실 게 뻔하고, 그렇게 되면 마이클만 불쌍해지지. 둘 다 따라와요. 차라리 내가 볼 수 있는 곳에 있는 편이 나을 테니까."

그는 아무것도 없는 곳을 향해 문을 열고 그 속으로 들어갔다. 마이클이 급히 따라가다가 걸상에 걸려 넘어졌다. 소피도 부랴부랴 일어서는 바람에 꾸러미들이 마구 떨어져 벽난로 속으로 굴러 들었다. 소피는 다급하게 캘시퍼에게 말했다.

"물건에 불똥이 튀지 않게 해!"

그러자 캘시퍼가 말했다.

"네가 저 밖에 뭐가 있는지 말해 준다면 그러지. 그건 그렇고, 넌 벌써 힌트를 들었어."

"그래?"

그러나 소피는 너무 서두르느라고 깊이 생각할 겨를이 없었다.

11

이상한 나라

알고 보니 아무것도 없는 그곳은 두께가 3센티미터밖에 안 되었다. 그 너머는 가랑비가 내리는 잿빛 저녁이었고, 그곳에는 정원 문으로 이어지는 시멘트 길이 나 있었다. 하울과 마이클이 그 문 앞에서 기다리고 있었다. 문밖에는 단단해 보이는 평탄한 길이 있었고, 그 양쪽으로 집들이 줄지어 서 있었다. 소피는 비를 맞고 조금 몸을 떨면서 방금 빠져나온 곳을 보았다. 성은 어느새 커다란 창들이 있는 노란 벽돌집으로 변해 있었다. 다른 모든 집처럼 반듯반듯한 사각형의 새 집이었고, 앞문은 알록달록한 유리로 되어 있었다. 바깥에 나와 돌아다니는 사람은 아무도 없는 것 같았다. 그것은 가랑비 때문일 수도 있었지만, 사실은 집들은 많아도 이곳이 도시의 외곽 지대이기 때문일 수도 있다는 느낌을 받았다. 하울이 소리쳐 불렀다. "기웃거리는 게 끝나시면 천천히 오세요."

그가 입은 회색과 주홍색의 화려한 옷이 가랑비에 촉촉이 젖어 있었다. 하울은 낯선 열쇠 꾸러미를 흔들고 있었는데, 대부분의 열쇠는 납작하고 누런 빛깔이라서 이곳의 집들에 맞는 열쇠들인 것 같았다. 소피가 시멘트 길을 걸어가자 하울이 말했다.

"이곳에 어울리는 옷차림으로 바꿔야겠어요."

그러자 마치 가랑비가 안개로 변한 듯이 그의 화려한 옷이 뿌옇게 흐려졌다. 이윽고 다시 선명해졌을 때 옷은 여전히 회색과 주홍색이었지만 그 모양은 전혀 달랐다. 치렁치렁한 소매가 사라진 대신에 옷 전체가 헐렁헐렁해졌다. 낡고 초라한 옷이었다.

마이클의 웃옷도 허리까지 내려오고 팔꿈치를 덧댄 것으로 바뀌었다. 그는 범포 천으로 만든 신발을 신은 한쪽 발을 들어 올리고, 다리에 꽉 끼는 시퍼런 바지를 뚫어져라 내려다보았다.

"무릎을 구부리기도 힘드네요."

그러자 하울이 말했다.

"금방 익숙해질 거야. 빨리 좀 오세요, 소피 할머니."

그런데 뜻밖에도 하울은 다시 그 노란 집 쪽으로 앞장서서 걸어가는 것이었다. 소피는 그의 헐렁한 웃옷 등판에 알쏭달쏭한 말이 적혀 있는 것을 보았다. '웰시 럭비.' 마이클은 다리를 조이는 그 바지 때문에 뻣뻣한 걸음걸이로 하울을 뒤따랐다. 소피는 자신의 몸을 내

1. 마법사 하울의 비밀

려다보았다. 울퉁불퉁한 신발 위로 깡마른 다리가 두 배나 많이 드러나 있었다. 그것 말고는 달라진 것이 별로 없었다.

하울이 열쇠 하나로 물결무늬의 유리문을 열었다. 문 옆에는 나무 표지판 하나가 쇠사슬에 매달려 있었다. 그곳에 적힌 '라이븐델'이라는 글을 읽던 소피는, 하울이 확 떠미는 바람에 반짝거리는 깔끔한 현관 안으로 들어서게 되었다. 집 안에 사람들이 있는 것 같았다. 제일 가까운 문 너머에서 시끄러운 목소리들이 들려왔다. 하울이 그 문을 열었을 때 소피는 그 목소리들이 실은 커다란 사각형 상자의 앞면에서 움직이고 있는 색색의 마법 그림에서 나온다는 것을 깨달았다.

"하웰!"

방 안에서 뜨개질하던 여자가 소리쳤다.

여자는 조금 불쾌한 표정으로 뜨개질감을 내려놓았다. 그러나 그녀가 미처 일어서기도 전에, 그때까지 두 손에 턱을 괴고 마법 그림을 아주 심각하게 쳐다보고 있던 어린 소녀 하나가 발딱 일어나 하울에게 몸을 던졌다.

"하웰 외삼촌!"

그렇게 목청껏 소리치면서 소녀는 두 다리로 하울을 휘감은 채 펄쩍펄쩍 뛰는 것이었다.

하울도 소리쳐 대답했다.

"마리! 잘 있었니, 꼬마 아가씨? 착하게 지냈겠지?"

그러더니 하울과 어린 소녀는 곧 외국어로 빠르고 소란스럽게 지껄이기 시작했다. 소피는 두 사람이 매우 가까운 사이라는 것을 알 수 있었다. 그 외국어가 어떤 것인지 궁금했다. 캘시퍼가 부르던 실 없는 국 냄비 노래와 똑같은 말인 듯했지만 확실치는 않았다. 하울 은 그렇게 외국어로 쉴 새 없이 떠들면서도 복화술사처럼 중간중간 에 이렇게 말했다.

"이쪽은 내 조카 마리 그리고 우리 누나 메건 패리예요. 메건, 이 쪽은 마이클 피셔 그리고 소피…… 에에…….”

소피가 얼른 말했다.

"해터예요.”

메건은 자못 딱딱하고 못마땅한 태도로 두 사람과 악수를 나누었 다. 나이는 하울보다 많았지만 갸름하고 각진 얼굴은 하울과 비슷했 다. 다만 눈동자는 파란색이었고 그 속엔 걱정이 가득했으며 머리는 검정색에 가까웠다.

"조용히 좀 해라, 마리!”

외국어로 떠드는 소리를 뚫고 메건이 말했다.

"하웰, 오래 있을 거니?”

하울은 마리를 방바닥에 내려놓으면서 대답했다.

"잠깐 들른 거야.”

그러자 메건이 의미심장하게 말했다.

"개러스는 아직 안 들어왔어.”

하울은 따뜻하게 억지웃음을 지으면서 이렇게 말했다.

"아쉽게 됐네! 우린 오래 머물 수가 없거든. 그냥 내 친구들한테

　　　　　　　　　　　　I. 마법사 하울의 비밀

누나를 소개하고 싶었을 뿐이야. 그리고 우습게 들릴지도 모르지만 뭣 좀 물어볼 것도 있고. 혹시 닐이 최근에 영어 숙제 하나를 잃어버리지 않았어?"

그러자 메건이 소리쳤다.

"정말 희한한 일이네! 지난 목요일에 그걸 찾느라고 사방을 뒤지고 다니더라! 영어 선생님이 새로 오셨는데, 아주 엄격한 여선생님이야. 철자법만 까다롭게 따지는 게 아니더라고. 어찌나 겁을 줬는지, 아이들이 제시간에 숙제를 내야 한다고 안달이야. 닐처럼 게으러빠진 녀석들에겐 썩 잘된 일이지! 아무튼 목요일에 닐은 온 집 안을 샅샅이 뒤졌는데, 겨우 찾아냈다는 게 이상한 말만 잔뜩 적어 놓은……."

"아, 그거 어디 있어?"

"내가 앵거리언 선생님한테 제출하라고 했어. 이번만은 숙제를 하려고 했다는 걸 믿어 줄지도 모르니까."

"그래서 제출했대?"

"나도 몰라. 닐한테 물어봐. 자기 방에서 그 기계를 가지고 노는 중이니까. 하지만 그 녀석한테서 앞뒤가 맞는 말을 듣긴 어려울 거야."

하울은 갈색과 주황색의 반짝거리는 방 안을 둘러보고 있는 마이클과 소피에게 이렇게 말했다.

"따라오세요."

그는 마리의 손을 잡고 방을 나서서 위층으로 그들을 데려갔다. 계단에도 분홍색과 초록색의 양탄자가 깔려 있었다. 그래서 하울이 이끄는 행렬은 거의 소리도 없이 위층에 있는 분홍색과 초록색의 복도를 지나 파란색과 노란색의 양탄자가 깔린 방 안으로 들어섰다. 그러나 커다란 책상 위에 놓인 각양각색의 마법 상자들을 들여다보고 있는 두 소년을 보고 설령 군악대를 동반한 군대가 쳐들어오더라도 좀처럼 고개를 들 것 같지 않다고 소피는 생각했다. 상자들 중에서도 커다란 마법 상자는 아래층에 있는 것처럼 앞면이 유리로 되어 있었지만 이것은 그림보다 주로 글자와 도형들을 보여 주는 것 같았다. 각각의 상자에는 하얗고 나긋나긋한 기다란 줄기가 달려 있었고, 그 줄기들은 마치 뿌리를 내린 것처럼 방 안의 한쪽 벽에 꽂혀 있었다.

하울이 말했다.

"닐!"

그러자 한 소년이 말했다.

"방해하지 마세요. 잘못하면 닐이 죽는단 말예요."

목숨이 걸린 문제라는 것을 알게 되자 소피와 마이클은 얼른 문쪽으로 물러섰다. 그러나 하울은 조카가 죽는다는데도 아랑곳없이 벽 쪽으로 성큼성큼 걸어가서 상자에 연결된 뿌리들을 한꺼번에 뽑아버렸다. 상자에서 그림이 사라졌다. 그러자 두 소년은 마사조차도 알지 못할 것 같은 말들을 내뱉었다. 두 번째 소년이 홱 돌아보면서 이렇게 소리쳤다.

"마리! 너 정말 혼날 줄 알아!"

마리도 마주 소리쳤다.

"이번엔 내가 아니야. 어쩔래!"

닐은 몸을 더 돌리고 나무라는 눈으로 하울을 쳐다보았다. 하울이 명랑하게 말했다.

"잘 있었냐, 닐?"

그러자 다른 소년이 물었다.

"누구야?" 닐이 대답했다.

"도무지 도움이 안 되는 우리 삼촌."

그러면서 하울을 노려보았다. 닐은 머리도 검고 눈썹도 진해서 노려보는 표정이 제법 인상적이었다.

"왜 그래요? 플러그 도로 꽂아 줘요."

그러자 하울이 대답했다.

"환영인사 한번 따뜻하구나! 너한테 뭣 좀 물어보고 네가 대답하면 그때 다시 꽂아 주지."

닐은 한숨을 내쉬었다.

"하웰 삼촌, 난 지금 컴퓨터 게임하는 중이라고요."

"새로운 게임이냐?"

그러자 두 소년은 불만스러운 표정을 지었다. 닐이 말했다.

"아뇨, 크리스마스 때 받은 게임이에요. 아시다시피 아빠 엄마는 쓸데없는 일로 시간과 돈을 낭비하지 말라고 하시잖아요. 내 생일이 되기 전엔 새 게임을 사 주지 않으실 거예요."

"그렇다면 간단한 방법이 있지. 전에도 많이 해 본 게임이라면 잠깐 쉰다고 기분 나쁠 것도 없을 테고, 내가 새 게임을 하나 줄 테니까……."

두 소년은 솔깃해서 동시에 소리쳤다.

"정말이에요?"

그리고 닐은 이렇게 덧붙였다.

"이번에도 아무도 본 적이 없는 게임이에요?"

"그래. 하지만 먼저 이게 뭔지 말해 줘야 돼."

그러면서 하울은 그 반들거리는 회색 종이를 닐에게 내밀어 보였다.

두 소년이 종이를 들여다보았다. 닐이 말했다.

"이건 시잖아요."

남들이 '이건 죽은 쥐잖아' 하고 말할 때의 말투와 비슷했다.

그러자 다른 소년이 말했다.

"지난주에 앵거리언 선생님이 내주신 숙제예요. '바람'과 '인어'라는 말이 생각나네요. 이건 해저 생물에 대한 시예요."

소피와 마이클이 이 새로운 가설을 듣고 눈을 껌벅거리면서 우리는 왜 그걸 몰랐을까 하고 생각할 때 닐이 소리쳤다.

"아니, 이건 내가 잃어버린 숙제잖아! 어디서 찾았어요? 그럼 그 이상한 글은 삼촌 거였어요? 앵거리언 선생님이 재미있다면서 집으로 가져가셨어요. 나한테는 천만다행이었죠."

그러자 하울이 말했다.

"고맙다. 그 선생님은 어디 사시냐?"

"필립스 부인의 찻집 위층에 있는 아파트예요. 카디프 로드에 있죠. 새 게임은 언제 줄 거예요?"

　　　　　　　　I. 마법사 하울의 비밀

"네가 이 시의 나머지 부분을 생각해 내면."

"그건 너무해요! 지금은 여기 적혀 있는 것도 다 잊어버렸단 말예요. 이렇게 남의 기분을 갖고 놀다니……!"

그러나 그는 곧 말을 멈추었다. 하울이 웃음을 터뜨리면서 불룩한 호주머니를 뒤져 납작한 꾸러미 하나를 건넸기 때문이다.

"고맙습니다!"

닐은 신이 나서 그렇게 말하더니 더 이상 우물쭈물하지 않고 마법 상자들 쪽으로 홱 돌아앉았다. 하울은 빙그레 웃으면서 뿌리들을 벽에 도로 꽂아 주고 마이클과 소피에게 나가자고 손짓했다. 두 소년은 정신없이 이상한 동작을 하기 시작했고, 마리도 가까스로 그 틈에 끼어들어 엄지손가락을 입에 물고 구경했다.

하울은 분홍색과 초록색 계단 쪽으로 서둘러 걸어갔지만 마이클과 소피는 이게 다 무슨 일인지 궁금해서 잠시 방문 앞에서 머뭇거렸다. 방 안에서 닐이 소리 내어 읽고 있었다.

"여러분은 네 개의 문이 있는 마법의 성에 들어왔습니다. 각각의 문은 다른 차원으로 통합니다. 1차원에서는 성이 끊임없이 움직이고 있는데, 금방이라도 위험이 닥칠 수 있으므로……."

소피는 어쩐지 낯익은 이야기라고 생각하면서 계단 쪽으로 절뚝절뚝 걸어갔다. 마이클이 난처한 표정으로 계단 중간쯤에 우뚝 서 있었다. 계단 밑에서 하울이 누나와 말다툼을 하고 있었다.

하울의 목소리가 들렸다.

"그게 무슨 소리야, 내 책을 다 팔아 버렸다니? 그중에서 한 권은 꼭 필요한 책이라고. 누나 것도 아닌데 왜 팔았어?"

그러자 메건이 나지막하지만 성난 음성으로 대답했다.

"자꾸 말을 가로막지 마! 내 말 좀 들어 보라고! 전에도 말했지만 여기 네 물건을 보관해 주는 창고가 아니란 말야. 너는 개러스와 나한테 망신만 주고 있어. 제대로 된 옷으로 점잖게 차려입지 않고 그런 꼴로 돌아다니질 않나, 어중이떠중이들과 어울리질 않나, 게다가 우리 집에까지 끌어들이질 않나! 나까지 네 수준으로 끌어내릴 셈이니? 공부도 많이 했으면서 제대로 된 직장을 구할 생각은 않고 이렇게 빈둥거리기만 하고 있으니, 대학교에서 보낸 시간도 헛일이고, 여러 사람의 희생도 다 헛일이고, 괜히 쓸데없이 돈만 써 버리고……."

메건은 페어팩스 부인과 호적수가 될 만했다. 그녀의 말은 끝없이 이어졌다. 소피는 무슨 일이든 뺀질뺀질 빠져나가는 하울의 버릇이 어떻게 생겼는지 알 것 같았다. 메건은 누구든지 제일 가까운 문으로 소리 없이 도망치고 싶게 만드는 여자였다. 그러나 불행하게도 지금 하울은 계단을 등지고 구석에 몰려 있었고, 소피와 마이클도 하울 때문에 앞길이 막힌 상태였다.

메건은 인정사정도 없이 말을 이었다.

"……단 하루라도 성실하게 일할 생각은 없고, 내가 자랑스러워할 만한 직장을 구하지도 않고, 그러면서 개러스와 나를 창피하게 만들고, 집에 오면 마리의 버릇만 나쁘게 만들고 말이야."

소피는 마이클을 옆으로 밀어내고 쿵쿵 계단을 내려가면서 한껏 위세당당한 자세로 근엄하게 말했다.

　　　　　　　　　I. 마법사 하울의 비밀

"가세, 하울. 빨리 출발해야 돼. 우리가 여기 있는 동안에도 돈은 물처럼 흘러 나간다고. 어쩌면 자네 하인들이 황금 접시를 팔아 버릴지도 몰라."

이윽고 계단을 다 내려간 소피는 메건에게 말했다.

"만나서 정말 반가웠어요. 하지만 우린 서둘러야 돼요. 하울은 아주 바쁜 사람이거든요."

그러자 메건은 침을 꼴깍 삼키면서 멍하니 소피를 쳐다보았다. 소피는 그녀를 향해 근엄하게 고개를 끄덕여 보이고는 물결무늬 유리문 쪽으로 하울의 등을 떠밀었다. 마이클의 얼굴이 빨갛게 상기되어 있었다. 소피가 그 얼굴을 보게 된 것은 하울이 돌아서서 메건에게 이렇게 물었기 때문이다.

"내 차는 아직 차고 안에 있어? 아니면 그것도 팔아 버린 거야?"

그러자 메건이 시큰둥하게 대답했다.

"하나뿐인 열쇠를 네가 갖고 있잖아."

그 말이 작별 인사였던 모양이다. 앞문이 쾅 닫혔다. 하울은 소피와 마이클을 데리고 검고 평탄한 길이 끝나는 곳에 있는 하얀 사각형 건물로 갔다. 하울은 메건에 대해 아무 말도 하지 않았다. 건물의 널찍한 문을 열면서 그가 말했다.

"아마 그 무서운 영어 선생님도 그 책을 갖고 있을 거예요."

소피는 그다음에 일어난 일을 아예 잊어버리고 싶었다. 그들은 말도 없는 마차를 타고 무시무시한 속도로 달려갔다. 마차는 역겨운 냄새를 풍기고 으르렁거리면서 소피가 한 번도 본 적이 없을 만큼 가파른 길을 덜컹덜컹 쏜살같이 내려갔다. 어찌나 가파른 길이었는지, 양 옆에 늘어선 집들이 주르르 미끄러져 아래쪽에 차곡차곡 쌓이지 않는 것이 신기할 정도였다. 소피는 질끈 눈을 감고 좌석에서 튕겨져 나온 쪼가리들을 움켜쥔 채 그저 빨리 끝나기만 기다릴 뿐이었다.

다행히 금방 끝났다. 그들은 비교적 완만한 길에 이르렀다. 길 양쪽으로 집들이 빼곡히 들어찼는데, 그들이 멈춘 곳에는 하얀 커튼을 쳐 놓은 커다란 창문이 있었고 이런 팻말이 걸려 있었다. '찻집 닫혔음'. 그러나 하울은 사람의 접근을 막는 이 팻말을 무시해 버리고 창문 옆의 작은 문에 달린 단추를 꾹 눌렀다. 앵거리언 선생이 문을 열었다. 모두들 그녀를 뚫어지게 쳐다보았다. 사나운 학교 선생치고는 놀랍도록 젊고 날씬한 미인이었기 때문이다. 하트 모양의 황갈색 얼굴에 새까만 머리카락이 찰랑거렸고 큼직한 눈도 검은색이었다. 그나마 매서운 성격을 엿볼 수 있는 부분이 있다면 마치 세 사람을 평가하려는 듯이 그 큼직한 눈으로 그들을 훑어보는 노골적이고 약삭빠른 눈길뿐이었다.

이윽고 앵거리언 선생이 하울에게 말했다.

"제 짐작엔 하웰 젱킨스 씨인 것 같군요."

나직하고 음악적인 목소리였지만 어쩐지 재미있어 하는 듯했고 자신감이 넘쳤다.

하울은 허를 찔린 듯 잠시 주춤했다. 그러나 곧 웃음을 지었다. 소피는 레티와 페어팩스 부인의 즐거운 꿈도 이젠 끝장났다고 생각했다. 앵거리언 선생은 하울 같은 남자가 틀림없이 첫눈에 반할 만한 여자였기 때문이다. 하울뿐만이 아니었다. 마이클도 사모하는 눈길로 쳐다보고 있었다. 주변의 집들은 모두 비어 있는 것처럼 보였지만 소피는 집집마다 하울과 앵거리언 선생을 모르는 사람이 없을 것이라고 믿어 의심치 않았다. 모두들 앞으로 벌어질 일을 흥미진진하게 지켜보고 있는 것 같았다. 보이지 않는 눈동자들이 느껴졌다. 마켓치핑도 그런 곳이었다. 하울이 말했다.

"그럼 당신은 앵거리언 선생님이겠군요. 귀찮게 해드려 죄송한데요, 제가 지난주에 멍청한 실수를 했지 뭡니까. 아주 중요한 문서를 놔두고 조카 녀석의 영어 숙제를 가져갔던 거예요. 듣자니까 닐이 숙제를 안 하려는 게 아니었다는 증거로 그 문서를 선생님께 드렸다던데요."

"맞아요. 들어와서 가져가세요."

하울과 마이클과 소피는 앵거리언 선생의 집으로 들어갔다. 소피는 그 순간 집집마다 보이지 않는 사람들이 눈을 부릅뜨면서 목을 길게 빼고 있을 거라고 생각했다. 세 사람은 계단을 올라가 앵거리언 선생의 작고 수수한 거실로 들어섰다.

앵거리언 선생이 소피에게 사려 깊게 말을 건넸다.

"좀 앉으시겠어요?"

소피는 아직도 말 없는 마차 때문에 놀란 상태였다. 그래서 반가운 마음으로 두 개의 의자 중에서 하나를 골라 앉았다. 별로 편안한 의자는 아니었다. 앵거리언 선생의 방은 안락함보다는 공부를 위해

꾸며 놓은 방이었다. 방에는 신기한 물건들이 많았지만 벽마다 빼곡한 책, 책상 위의 종이 무더기, 바닥에 쌓아 놓은 서류철 따위는 소피도 무엇인지 알 수 있었다. 의자에 앉은 채로 소피는 수줍은 듯 두리번거리는 마이클과 자신의 매력을 마구 뿜어내는 하울을 가만히 지켜보았다.

하울이 멋진 태도로 물었다.

"제가 누구인지는 어떻게 아셨나요?"

그러자 앵거리언 선생은 책상 위의 종이들을 바삐 뒤적거리며 대답했다.

"온 동네가 당신에 대한 소문으로 떠들썩하던데요."

"사람들이 뭐라고 하던가요?"

그렇게 물으면서 하울은 책상 모서리에 나른하게 기대어 앵거리언 선생과 눈을 맞추려고 했다.

"당신이 느닷없이 불쑥 나타나거나 사라진다고 하더군요."

"또 다른 얘기는요?"

하울은 앵거리언 선생의 모든 행동을 끈질기게 쳐다보고 있었다. 하울의 표정을 본 소피는 앵거리언 선생이 당장 하울을 사랑하게 된다면 또 모를까, 그렇지 않고서는 레티에게 아무런 희망도 없다는 것을 알 수 있었다.

그러나 앵거리언 선생은 그렇게 만만한 여자가 아니었다.

"다른 얘기도 많았지만 당신을 칭찬하는 내용은 별로 없었어요."

그러면서 마이클을 쳐다보아 얼굴을 붉히게 만들더니 소피도 한

I. 마법사 하울의 비밀

번 쳐다보는 것이었다. 두 사람에게 들려 줄 만한 내용이 아니라는 것을 뜻하는 듯했다. 이윽고 앵거리언 선생이 가장자리가 물결 모양으로 되어 있는 누르스름한 종이 한 장을 하울에게 내밀면서 짧게 말했다.

"여기 있어요. 이게 뭔지 아세요?"

"물론이죠."

"그럼 말씀해 주세요."

하울은 종이를 받아 들었다. 그러면서 앵거리언 선생의 손까지 잡으려고 하는 바람에 약간의 실랑이가 있었다. 실랑이의 승리자는 앵거리언 선생이었고, 그녀는 두 손을 등 뒤로 감추었다. 하울은 사람을 녹여 버릴 듯한 웃음을 짓고 마이클에게 종이를 넘겨주면서 이렇게 말했다.

"네가 말씀드려라."

종이를 보자마자 마이클의 붉어진 얼굴이 환하게 밝아졌다.

"이게 그 주문이군요! 아, 이거라면 나도 할 수 있어요. 확대 주문이죠, 그렇죠?"

그러자 앵거리언 선생이 다소 나무라듯 말했다.

"저도 그렇게 생각했어요. 그런데 이런 걸 가지고 뭘 하시는 건지 알고 싶네요."

하울이 대답했다.

"앵거리언 선생님, 저에 대한 소문을 그렇게 많이 들으셨다면 제가 마법과 주문에 대해 박사 논문을 썼다는 것도 아실 텐데요. 제가 나쁜 마법이라도 쓰는 게 아닌가 의심하시는 표정이군요! 안심하세요. 저는 평생 한 번도 마법을 써 본 적이 없으니까요."

이 뻔뻔스러운 거짓말을 듣고 소피는 조그맣게 콧방귀가 터져 나오는 것을 막을 수 없었다. 하울은 불쾌한 듯 눈살을 찌푸리며 이렇게 말을 이었다.

"가슴에 손을 얹고 말씀드리는데, 이 주문은 연구 목적으로만 사용하고 있어요. 아주 오래되고 희귀한 주문이죠. 그래서 꼭 되찾으려고 했던 거예요."

그러자 앵거리언 선생이 기운차게 말했다.

"이젠 되찾으셨네요. 가시기 전에 제 숙제 문제지를 돌려주시겠어요? 복사하는 데도 돈이 들거든요."

하울은 망설임 없이 선뜻 그 회색 종이를 꺼내더니 그녀의 손이 닿을락 말락 한 거리에서 그것을 치켜들었다.

"이 시 말인데요, 자꾸 신경이 쓰여서요. 정말 바보 같은 일이죠! 그런데 이 시의 나머지 부분이 생각나지 않는 거예요. 월터 롤리의 작품 맞나요?"

그러자 앵거리언 선생은 하울에게 싸늘한 시선을 던졌다.

"전혀 아니에요. 그건 존 던의 작품이고 게다가 아주 유명한 시예요. 그 시가 실린 책을 갖고 있으니까 기억을 되살려 보고 싶다면 한번 보세요."

"부탁합니다."

앵거리언 선생은 책으로 뒤덮인 벽 쪽으로 걸어갔다. 그녀를 뒤쫓는 하울의 눈을 보면서 소피는 하울이 자기 가족들이 사는 이 이상한 나라로 들어온 진짜 이유는 바로 그 시 때문이었다는 것을 깨달았다. 그러나 하울은 일석이조의 기회를 마다할 사람이 아니었다. 책을 향해 팔을 뻗는 그녀의 몸매를 훑어보면서 하울이 간청하듯 말했다.

"앵거리언 선생님, 오늘밤에 함께 식사라도 하시겠어요?"

앵거리언 선생은 커다란 책을 두 손으로 들고 몸을 돌렸다. 그 어느 때보다도 근엄한 얼굴이었다.

"아뇨. 젱킨스 씨, 저에 대해서 어떤 말을 들으셨는지 모르겠지만, 제가 아직도 변함없이 벤 설리번의 약혼녀라고 생각한다는 말도 들으셨을 텐데……."

"그 이름은 처음 듣는데요."

"제 약혼자예요. 몇 년 전부터 행방불명이죠. 자, 제가 이 시를 읽어 드릴까요?"

그러자 하울은 뉘우치는 기색도 없이 이렇게 대답했다.

"그러세요. 목소리가 아주 고우시니까요."

"그럼 두 번째 연부터 시작하죠. 첫 번째 연은 손에 쥐고 계시니까."

그녀의 낭독 솜씨는 아주 훌륭했다. 목소리도 음악적이었지만, 소피가 보기에는 첫째 연과 둘째 연의 운율이 전혀 다른 것 같은데도 서로 척척 들어맞는 것처럼 들리게 하고 있었다.

"그대 만약 이상한 광경이나,

안 보이는 것들을 보고 싶다면,

백발이 눈처럼 나부낄 때까지

일 만의 낮과 밤을 말달려 나아가 보라.

그러면 돌아와 말하게 되리니

온갖 신기한 일들을 두루 겪었으나,

맹세코

어디에도

아름답고 정숙한 여인은 없었노라고.

그대 만약······"

하울은 무서울 정도로 하얗게 질려 있었다. 소피는 그의 얼굴에 돋아난 땀방울들을 볼 수 있었다. 하울이 말했다.

"고맙습니다. 그 정도면 됐어요. 끝까지 읽어 달라고 하면 너무 염치가 없지요. 마지막 연에서는 제아무리 훌륭한 여자라도 부정을 저지른다는 말이 나오지요? 이제야 기억이 나는군요. 나도 참 멍청하네요. 존 던이었죠, 맞아요."

앵거리언 선생은 책을 아래로 내리고 하울을 뚫어지게 쳐다보았다. 하울은 억지로 웃어 보였다.

"이젠 가 봐야겠네요. 저녁 식사에 대해서는 혹시 마음이 바뀌지 않으셨나요?"

"그럴 리 없어요. 그런데 어디가 불편하세요, 젱킨스 씨?"

"멀쩡합니다."

그렇게 대답하고 하울은 마이클과 소피를 마구 떠밀면서 계단을 내려가 그 끔찍한 말 없는 마차 안으로 몰아넣었다. 하울이 어찌나 다급하게 그들을 마차 안에 몰아넣고 부랴부랴 출발했는지, 집집마다 숨어 있는 보이지 않는 구경꾼들은 아마도 앵거리언 선생이 긴 칼을 휘두르며 쫓아오는 모양이라고 생각했을 것이다.

마차가 덜컹덜컹 으르렁거리며 언덕길을 되짚어 올라가고 소피는 다시 좌석 쪼가리들을 잔뜩 움켜쥐고 있을 때 마이클이 물었다.

"무슨 일이에요?"

하울은 못 들은 척했다. 그래서 마이클은 하울이 마차를 도로 창고 안에 집어넣을 때까지 기다렸다가 다시 물었다.

하울은 '라이브델'이라는 이름의 노란 집 쪽으로 앞장서서 걸어가면서 쾌활하게 말했다.

"아, 별일 아니야. 황야의 마녀가 걸어 놓은 주문이 드디어 나를 찾아냈을 뿐이지. 빠르든 늦든 어차피 일어날 일이었어."

이윽고 정원 문을 열면서 그는 머릿속으로 어떤 계산을 하고 있는 듯했다. 소피는 그가 이렇게 중얼거리는 소리를 들었다.

"1만이라. 그렇다면 하짓날쯤 되겠군."

소피가 물어보았다.

"뭐가 하짓날쯤이라는 거야?"

"내가 딱 1만일을 산 날이죠." 하울은 '라이브델'의 정원으로 씩씩하게 걸음을 옮기면서 이렇게 말을 이었다.

"그날이 되면요, 왕눈이 할머니, 난 황야의 마녀에게로 돌아가야 해요."

소피와 마이클은 걸음을 멈추고 '웰시 럭비'라고 알쏭달쏭하게 적힌 하울의 등을 멍하니 바라보았다. 하울이 중얼거리는 소리가 들려왔다.

"인어들만 잘 피하면, 그리고 흰독말풀 뿌리만 건드리지 않으면……."

그때 마이클이 소리쳤다.

"그럼 우린 다시 그 집에 들어가야 되나요?"

소피도 외쳤다.

"그 마녀가 무슨 짓을 한다는 거야?"

하울이 대답했다.

"생각만 해도 떨리는 일이죠. 들어가지 않아도 돼, 마이클."

그는 물결무늬의 유리문을 열었다. 그 안쪽은 성안의 낯익은 방이었다. 캘시퍼의 졸린 듯한 불꽃이 해 질 녘의 벽들을 희미한 청록색으로 물들이고 있었다. 하울은 긴 옷자락을 뒤로 젖히고 캘시퍼에게 장작 한 개비를 건네 주었다.

"마녀가 결국 따라잡았어, 퍼렁이 친구."

캘시퍼가 대답했다.

"나도 알아. 마법이 걸리는 걸 느꼈지."

하울의 어머니

소피는 이제 마녀가 하울을 따라잡은 마당에 굳이 임금님 앞에서 하울을 헐뜯어야 하는 까닭을 이해할 수가 없었다. 그러나 하울은 오히려 지금이야말로 그 일이 더더욱 중요해졌다고 말했다.

"마녀한테서 벗어나는 일만 하더라도 모든 수단을 총동원해야 되거든요. 국왕까지 나를 뒤쫓게 되면 정말 곤란해요."

그리하여 이튿날 오후, 소피는 온통 새 옷으로 갈아입었고, 좀 긴장하긴 했지만 아주 산뜻한 기분을 만끽하며 의자에 앉아 마이클이 준비를 마치고 하울이 화장실에서 몸단장을 끝내기만 기다리고 있었다. 기다리는 동안에 그녀는 캘시퍼에게 하울의 가족이 살고 있는 그 이상한 나라에 대해 이야기해 주었다. 그러면서 잠시나마 임금님에 대한 생각을 잊을 수 있었다.

캘시퍼는 큰 관심을 나타냈다.

"하울이 외국에서 왔다는 건 나도 알고 있었지. 그런데 이건 아예 딴 세상인 것 같군. 거기서 여기까지 저주를 보내다니 그 마녀도 참 영리하네. 다방면에 재주가 많아. 원래부터 있던 것을 이용해서 그걸 저주로 바꿔놨으니 나도 감탄할 만한 마법이야. 지난번에 너와 마이클이 그걸 읽고 있을 때 어쩐지 좀 이상하더라고. 멍청한 하울 녀석이 마녀한테 자기 얘기를 너무 자세하게 떠벌렸어."

소피는 캘시퍼의 홀쭉하고 파란 얼굴을 가만히 들여다보았다. 캘시퍼가 그 저주에 대해 감탄하는 것도 별로 놀랍지 않았고, 하울을 멍청하다고 말하는 것도 놀라운 일은 아니었다. 캘시퍼는 언제나 하울을 욕하고 있었으니까. 그러나 캘시퍼가 정말 하울을 미워하는 것인지 도무지 판단할 수가 없었다. 캘시퍼는 워낙 못되게 생겨서 좀처럼 헤아리기 힘들었다.

캘시퍼가 주황색 눈동자를 움직여 소피의 눈을 보면서 말했다.

"나도 무서워. 하울이 마녀에게 붙잡히면 나도 함께 고통 받게 될 테니까. 그 전에 네가 계약을 깨뜨려 주지 않으면 난 영영 너를 도와줄 수 없을 거야."

소피가 미처 더 묻기도 전에 잔뜩 멋을 부린 하울이 화장실에서 달려 나오더니 온 집 안에 장미 향기를 풀풀 날리면서 마이클을 소리쳐 불렀다. 파란 새 옷으로 갈아입은 마이클이 쿵쾅거리며 아래층으로 내려왔다. 소피도 벌떡 일어나 믿음직스러운 지팡이를 챙겼다. 출발할 시간이었다. 마이클이 소피에게 말했다.

"굉장히 부티 나고 위풍당당해 보이시네요!"

그러자 하울도 한마디 거들었다.

"내 체면을 살려 주시는군. 저 낡아빠진 한심한 지팡이만 빼면."

소피는 이렇게 대꾸했다.

"어떤 인간들은 철저하게 자기중심적이란 말이야. 이 지팡이는 꼭 가져가야 돼. 그래야 마음이 든든하거든."

하울은 천장 쪽을 쳐다보았지만 더 이상 입씨름을 하려 들지는 않았다. 그들은 킹스베리 거리로 당당하게 길을 나섰다. 물론 소피는 성이 여기서는 어떤 모습인지 보려고 뒤를 돌아보았다. 조그맣고 시꺼먼 문을 둘러싸고 있는 커다란 아치문이 보였다. 성의 나머지 부분은 돌을 깎아서 지어 놓은 두 채의 집 사이에 길게 이어진 텅 빈 회벽인 것 같았다. 하울이 말했다.

"묻기 전에 말씀드리죠. 사실 이건 안 쓰는 마구간이에요. 이쪽으로 오세요."

그들은 지나가는 행인들에게는 뒤지지 않을 만큼 세련된 모습으로 거리를 걸어갔다. 사람들은 그리 많지 않았다. 킹스베리는 멀리 남쪽에 있었고 그날따라 날씨는 찌는 듯 무더웠기 때문이다. 길바닥도 이글거리고 있었다. 소피는 노인이 된다는 것의 또 다른 단점을 발견했다. 날씨가 더워지면 현기증이 생긴다는 사실이었다. 정교한 건물들이 눈앞에서 너울너울 춤추는 듯했다. 거리를 구경하고는 싶은데 황금빛 둥근 지붕이나 높다란 집들이 그저 희미하게 보일 뿐이라서 울컥 짜증이 났다. 그때 하울이 말했다.

"그건 그렇고, 펜트스테먼 선생님은 할머니를 펜드래건 부인이라고 부를 거예요. 여기서는 그게 제 성이거든요."

"그건 또 왜지?"

"신분을 위장하려고요. 펜드래건은 멋진 성이에요. 젱킨스보다야 훨씬 낫죠."

"난 평범한 성을 갖고도 잘 지내 왔어."

고맙게도 그들은 어느 좁고 서늘한 거리로 접어들고 있었다.

"모든 사람이 미치광이 해터 가문이 되는 것도 곤란하잖아요."

펜트스테먼 선생집은 그 좁다란 거리의 끄트머리 가까이에 자리 잡은 높고 우아한 건물이었다. 멋진 앞문의 양 옆에는 물통에 심은 오렌지 나무들이 서 있었다. 문을 열어 준 사람은 검은 벨벳 차림의 늙수그레한 하인이었다. 그는 세 사람을 기막히게 시원한 흑백 격자무늬의 대리석 현관으로 안내했다. 마이클은 남몰래 얼굴에서 땀을 닦았다. 언제나 냉정해 보이던 하울이 여기서는 하인을 오랜 친구처럼 대하면서 농담을 하고 있었다.

하인은 빨간 벨벳 차림의 시동에게 세 사람을 안내했다. 반짝거리는 계단 위로 정중히 이끄는 시동을 따라가면서 소피는 이것이 임금님을 만나기 위한 좋은 연습이라는 까닭을 이해할 수 있었다. 벌써 왕궁에 들어온 기분이었다. 시동이 그들을 그늘진 응접실로 안내했을 때 소피는 왕궁조차도 이렇게 화려할 수는 없을 거라고 생각했

다. 방 안의 모든 것이 파란색과 황금색과 하얀색이었고, 작으면서
도 고상했다. 그중에서도 가장 고상한 것은 바로 펜트스테먼 선생이
었다. 그녀는 키가 크고 호리호리했는데, 파란색과 황금색으로 수놓
은 의자에 똑바로 앉아서 황금 망사 장갑을 낀 한쪽 손을 황금 손잡
이가 달린 지팡이에 올려놓고 그것에 의지하여 꼿꼿한 자세를 유지
하고 있었다. 적황색 비단옷은 몹시 완고하고 고풍스러운 스타일이
었다. 거기에 왕관을 연상시키는 적황색 머리 장식으로 끝마무리를
했는데, 머리 장식에 달린 끈은 독수리를 닮은 그녀의 수척한 얼굴
아래 커다란 적황색 나비매듭으로 묶여 있었다. 소피는 그렇게 고상
하면서도 무섭게 생긴 여자를 본 적이 없었다.

"아, 우리 하웰."

펜트스테먼 선생이 황금 망사 장갑을 내밀면서 말했다.

하울은 선생이 원하는 대로 허리를 굽혀 장갑에 입을 맞추었다.
하울의 동작은 아주 우아했지만 등 뒤로 다른 손을 마구 파닥거리며
마이클에게 신호를 보내는 바람에 그 우아한 멋이 반쯤 사라지고 말
았다. 마이클은 자기가 문가의 시동 옆에 서 있어야 한다는 것을 뒤
늦게 깨달았다. 그는 허둥지둥 뒤로 물러났다. 펜트스테먼 선생에게
서 조금이라도 멀어질 수 있어서 오히려 기뻐하는 것 같았다.

"펜트스테먼 선생님, 어머니를 소개해 드릴게요."

그러면서 하울이 소피에게 손을 흔들었다. 그러나 소피도 마이클
과 똑같은 기분이었으므로 하울은 그녀에게도 손을 파닥거리며 신
호를 보내야 했다.

"기쁜 일이군요. 정말 반가워요."

펜트스테먼 선생은 그렇게 말하면서 소피에게 황금 장갑을 내밀었다. 장갑에 입을 맞추라는 뜻인지는 확실치 않았다. 어쨌든 소피로서는 차마 그런 짓을 할 수가 없었다. 그래서 장갑 위에 자기 손을 올려놓았다. 장갑 속으로 만져지는 펜트스테먼 선생의 손은 늙고 싸늘한 독수리 발톱 같은 감촉이었다. 그것을 만져 본 후 소피는 펜트스테먼 선생이 살아 있다는 사실에 적잖이 놀랐다. 선생이 말했다.

"의자에서 일어나지 않는 걸 이해해 주세요, 펜드래건 부인. 건강이 안 좋거든요. 그래서 3년 전부터는 가르치는 일도 그만둬야 했지요. 어서들 앉으세요, 두 분 다."

소피는 긴장해서 몸이 떨리는 것을 막으려고 애쓰면서 펜트스테먼 선생의 맞은편에 있는 수놓은 의자에 엄숙하게 앉았다. 그리고 선생처럼 고상해 보이기를 바라면서 역시 지팡이에 몸을 의지했다. 하울은 옆에 있는 의자에 편안하게 퍼져 앉았다. 마음도 느긋한 것 같았다. 소피는 그런 하울이 부러웠다.

펜트스테먼 선생이 말했다.

"저는 여든여섯 살이에요. 펜드래건 부인은 연세가 어떻게 되시죠?"

소피가 대답했다.

"아흔 살이지요."

많은 나이를 생각하다가 얼른 떠오른 숫자가 그것이었다.

"그렇게 많으세요? 그런데도 활발하게 움직일 수 있으니 참 운이

I. 마법사 하울의 비밀

좋으시네요."

펜트스테먼 선생은 당당하면서도 조금은 부러워하는 듯한 표정이었다. 하울이 맞장구를 쳤다.

"아, 그럼요, 우리 어머니는 정말 활발한 분이에요. 가끔은 아무도 못 말리죠."

그러자 펜트스테먼 선생이 하울을 노려보았다. 그 표정을 본 소피는 그녀가 앵거리언 선생에게 뒤지지 않을 만큼 무서운 선생임을 알 수 있었다.

"난 지금 네 어머님과 이야기하는 중이다. 아마 어머님도 나만큼이나 너를 자랑스럽게 생각하실 게야. 우리 두 늙은이가 지금의 너를 만들어 냈어. 말하자면 넌 우리 두 사람의 합작품이지."

그러자 하울이 물었다. "지금의 저를 만드는 데는 저도 한몫 거든 게 아닐까요? 제 스스로 해낸 일도 있으니까요."

펜트스테먼 선생이 대답했다.

"아주 없지야 않겠지. 대부분 내 마음에 안 들어서 탈이지만. 아무튼 너에 대한 이야기를 하는 동안에는 여기 앉아 있기가 좀 불편할 게다. 내려가서 테라스에 앉아 있거라. 네 하인도 데려가고. 헌치가 시원한 것을 갖다줄 테니까. 어서 가 봐."

소피 자신이 그렇게 긴장해 있지만 않았다면 아마 하울의 표정을 보고 폭소를 터뜨렸을 것이다. 그는 이런 상황이 벌어질 것이라고는 전혀 예상치 못한 모양이었다. 그런데도 가볍게 어깨를 으쓱거렸을 뿐, 이내 순순히 일어나더니 소피에게 살짝 경고하는 표정을 지어 보이고는 마이클을 앞세우고 방을 나섰다. 펜트스테먼 선생이 꼿꼿한 몸을 아주 조금 움직여 그들의 뒷모습을 지켜보았다. 그러더니 시동에게 고개를 끄덕였고, 그러자 시동도 허둥지둥 빠져나갔다. 그런 뒤에야 비로소 펜트스테먼 선생은 다시 소피 쪽으로 몸을 돌렸다. 소피는 아까보다 훨씬 더 긴장했다.

펜트스테먼 선생이 말했다.

"제가 보기에 저 녀석은 검은 머리가 더 어울리는데 말예요. 점점 나쁜 쪽으로 물드는 것 같군요."

소피는 어리둥절했다.

"누가요? 마이클 말씀이세요?"

"하인 이야기가 아니에요. 제가 걱정할 만큼 똑똑한 아이는 아닌 것 같으니까요. 제 말씀은 하웰에 대한 거예요, 펜드래건 부인."

"아."

소피는 펜트스테먼 선생이 왜 하울이 '점점 나쁜 쪽으로 물든다'고 말하는지 의아해했다. 하울은 벌써 오래전에 나쁜 놈이 되어 버렸는데 말이다.

펜트스테먼 선생은 한마디로 요약하듯이 이렇게 말했다.

"하웰이 하고 다니는 꼴 좀 보세요. 그 옷 말예요."

소피도 맞장구를 쳤다.

"외모에 대해 몹시 신경 쓰는 건 사실이지요."

그렇게 말하면서도 소피는 자기가 왜 그렇게 온화한 표현을 쓰고 있는지 의아해했다.

1. 마법사 하울의 비밀

"언제나 그랬지요. 외모에 대해서는 저도 꽤 신경 쓰는 편이고, 그건 별로 문제될 게 없다고 봐요. 하지만 저 녀석은 어쩌자고 그렇게 마법에 걸린 옷을 입고 다니죠? 여자들을 겨냥한 눈부신 매혹 주문이잖아요. 대단히 훌륭한 솜씨라는 건 인정해요. 그리고 아주 솔기 속에 꿰매어 놓은 것처럼 보이니까 제 노련한 눈으로도 알아차리기 힘들 정도죠. 여자들에게는 하울이 도저히 견딜 수 없을 만큼 매력적으로 보일 거예요. 그것만 보더라도 나쁜 마법에 빠져들고 있다는 증거죠. 어머니로서 걱정하실 만한 일이지요, 펜드래건 부인."

소피는 꺼림칙한 마음으로 그 회색과 주홍색 옷을 떠올렸다. 일전에 그 옷의 솔기를 꿰매면서도 특별한 점은 발견하지 못했었다. 그러나 펜트스테먼 선생은 마법에 관한 전문가였고 소피는 옷에 관한 전문가일 뿐이었다.

펜트스테먼 선생이 황금 장갑을 둘 다 지팡이 위에 올려놓더니 뻣뻣한 몸을 기울이면서 그 노련하고 날카로운 눈으로 소피의 눈을 들여다보았다. 소피는 점점 더 긴장되고 불안해졌다. 펜트스테먼 선생이 말했다.

"내 생명은 거의 끝났어요. 죽음이 살금살금 다가오는 걸 느낀 지도 꽤 됐죠."

"아, 그럴 리가 있나요."

소피는 위로하는 목소리로 말하려고 했지만, 그렇게 빤히 쳐다보는 펜트스테먼 선생 앞에서는 어떤 목소리를 내는 것도 쉽지 않았다. 펜트스테먼 선생이 말했다.

"어김없는 사실이에요. 그래서 부인을 꼭 만나고 싶었어요. 아시다시피 하웰은 저의 마지막 제자일 뿐만 아니라 단연 으뜸가는 수제자예요. 하웰이 외국에서 저를 찾아왔을 때 저는 막 은퇴하려는 참이었어요. 벤저민 설리번을 가르쳐 왕실 마법사 자리에 올려놓는 것으로 제가 할 일은 다 했다고 생각했던 거죠. 아마 부인에겐 마법사 설리먼이라는 이름이 더 익숙할 거예요. 그 녀석의 영혼이 편히 쉬기를! 묘한 일이지만 벤저민도 하웰과 같은 나라 출신이에요. 아무튼 그때 하웰이 나타났는데, 저는 그 녀석이 상상력도 능력도 벤저민의 두 배라는 걸 한눈에 알아봤어요. 성격상의 결함이 좀 있긴 하지만 선한 쪽을 위해 힘이 되리라는 것도 알았죠. '선한 쪽' 말예요, 펜드래건 부인. 그런데 지금은 어떻게 됐죠?"

"정말 어떻게 된 걸까요?"

그러자 펜트스테먼 선생은 여전히 소피를 뚫어져라 응시하면서 이렇게 대답했다.

"녀석에게 무슨 일이 생긴 거예요. 죽기 전에 제가 반드시 그걸 바로잡고 말겠어요."

소피는 불안한 마음으로 이렇게 물어보았다.

"어떤 일이 생겼다고 생각하세요?"

"부인께서 말씀해 주셔야죠. 제 느낌으로는 황야의 마녀와 똑같은 과정을 밟은 것 같아요. 들리는 말로는 그 여자도 한때는 나쁘지 않았다고 하더군요. 물론 떠도는 소문으로 들었을 뿐이죠. 그 마녀는 우리보다도 나이가 많은데 마법으로 젊음을 유지하고 있을 뿐이니까요. 하웰도 그 마녀와 같은 종류의 재능을 갖고 있어요. 그렇게 능력이 뛰어난 사람들은 다소 교활하고 위험한 측면을 지니게 되는 모양이에요. 거기서 치명적인 결점이 생기고, 그때부터 서서히 타락하면서 점점 못되게 되는 거죠. 혹시 그게 무엇 때문인지 짚이는 거라도 있나요?"

소피의 마음속에 캘시퍼의 목소리가 들려왔다. '장기적으로 봤을 때 이 계약은 서로에게 좋을 게 하나도 없어.'

열린 창문을 통해서 한낮의 열기가 그늘지고 우아한 방 안까지 훅훅 밀어닥치고 있었지만 소피는 약간의 한기를 느꼈다.

"그래요. 그 녀석은 불꽃 마귀와 일종의 계약을 맺었어요."

지팡이를 짚고 있던 펜트스테먼 선생의 두 손이 소금 흔들렸다.

"그것 때문일 거예요. 부인이 그 계약을 깨뜨리셔야 해요."

"방법을 알아야 깨뜨리죠."

"모성애와 함께 부인의 그 강력한 마법의 재능을 잘 활용하시면 방법을 찾아낼 수 있을 거예요. 혹시 알아차리지 못하셨는지도 모르지만, 지금까지 부인을 잘 살펴봤는데요⋯⋯."

"아, 그건 저도 알아차렸어요, 펜트스테먼 선생님."

"⋯⋯부인의 재능이 마음에 드는군요. 사물에 생명을 불어넣는 능력이지요. 이를테면 손에 쥐고 계시는 그 지팡이도 그렇죠. 아마 지팡이에게 말을 거신 모양인데, 이젠 보통 사람들이 마술 지팡이라고 부를 만한 물건이 되었군요. 제 생각엔 그 계약을 깨뜨리는 일도 별로 어렵지 않을 것 같네요."

"네, 하지만 먼저 그 계약의 조건이 무엇인지 알아내야 해요. 하울이 저도 마녀라고 말씀드렸나요? 혹시 그랬다면……."

"그런 말은 없었어요. 그렇게 쑥스러워하지 않으셔도 돼요. 이런 일은 제 경험만 갖고도 충분히 알 수 있으니까요."

그렇게 말하고 나서 펜트스테먼 선생은 눈을 감았다. 소피는 비로소 안심할 수 있었다. 마치 강렬한 빛이 꺼진 듯했다.

"그런 계약에 대해서는 알지도 못하고, 알고 싶지도 않아요."

그렇게 말하는 펜트스테먼 선생의 지팡이가 다시 흔들렸다. 마치 몸을 떨고 있는 것 같았다. 뜻하지 않게 후추 열매를 씹은 것처럼 그녀의 입술이 일직선을 그렸다. 그녀가 말을 이었다.

"하지만 이제야 알겠어요. 황야의 마녀에게 어떤 일이 벌어졌는지 말예요. 그 여자도 불꽃 마귀와 계약을 맺은 거예요. 그리고 세월이 흐르면서 마귀가 그 여자를 지배하게 된 거죠. 마귀들은 선과 악을 이해하지 못해요. 그렇지만 인간이 뭔가 귀중한 것, 인간만이 가질 수 있는 것을 내놓는다면 마귀와 계약을 맺을 수 있죠. 그렇게 하면 인간과 마귀 양쪽의 수명이 연장되고, 인간은 자신의 마법력과 함께 마귀의 마법력까지 사용할 수 있게 되는 거예요."

펜트스테먼 선생은 다시 눈을 떴다.

"이 문제에 대해서 제가 말씀드릴 수 있는 건 이것뿐이에요. 한 가지 더 덧붙인다면 그 마귀가 받아 낸 것이 무엇인지 알아내시라는 거예요. 이젠 작별 인사를 해야겠군요. 좀 쉬어야겠어요."

그러자 마치 마법처럼(아마 정말 마법이었겠지만) 문이 열리더니 곧 시동이 들어와서 소피를 응접실 밖으로 안내했다. 소피는 그 방을 벗어나게 되어 한없이 기뻤다. 그때쯤에는 온몸이 비비 꼬일 정도로 어쩔 줄 몰랐기 때문이다. 문이 닫힐 때 펜트스테먼 선생의 꼿꼿하게 굳은 자세를 돌아보면서 소피는 자기가 정말 하울의 진짜 어머니였다면 과연 펜트스테먼 선생 때문에 이렇게까지 힘들어했을까 생각해 보았다. 결론은 아마 그랬을 거라는 것이었다. 소피는 이렇게 중얼거렸다.

"하울은 저런 여자를 선생님으로 모시면서 그렇게 오랫동안 버텨 냈으니 정말 존경스럽군!"

그러자 시동이 자기에게 말하는 줄 알고 되물었다.

"네?"

"계단을 천천히 내려가지 않으면 내가 따라갈 수 없다고 했어."

아닌 게 아니라 무릎이 후들거렸다.

"너처럼 젊은 애들은 걸음이 너무 빠르단 말야."

시동은 소피를 데리고 반들반들한 계단을 따라 사려 깊게 천천히 내려갔다. 절반쯤 내려왔을 때 비로소 펜트스테먼 선생의 강렬한 인상으로부터 웬만큼 벗어난 소피는 그제야 선생이 말했던 몇 가지 일들에 대해 생각해 보기 시작했다. 선생은 소피도 마녀라고 말했다. 희한하게도 소피는 그 말을 간단히 받아들일 수 있었다. 그게 사실이라면 모자들이 그렇게 인기를 끌었던 것도 납득할 만한 일이었다. 제인 패리어의 그 아무개 백작에 대해서도 납득할 수 있었다. 황야의 마녀가 질투심을 품은 것도 아마 그것 때문이었을 것이다. 어쩐지 옛날부터 알고 있던 일인 것 같은 기분이 들었다. 그러나 소피는 자신에게 마법의 재능 따위는 전혀 어울리지 않는다고 생각했다. 그녀는 딸 셋 중의 맏이였기 때문이다. 그런 일에 대해서는 레티가 훨씬 더 민감했다.

그때 문득 회색과 주홍색 옷이 떠오르는 바람에 놀란 소피는 하마터면 계단에서 굴러 떨어질 뻔했다. 그 옷에 마법을 걸어 놓은 사람은 바로 소피 자신이었던 것이다. 그때 그 옷에게 말하던 자신의 목소리가 귓가에 생생했다. '여자들을 유혹하려고 만든 옷이야!' 그렇게 말했으니 당연히 그런 효과를 가질 수밖에 없었다. 그 옷은 그날 과수원에서 레티를 매혹시켰다. 어제는 좀 다른 모습으로 바뀌어 있었지만 틀림없이 앵거리언 선생에게도 그 은밀한 영향력을 발휘했을 것이다.

아, 맙소사! 하울에게 가슴을 찢기는 여자들이 나 때문에 두 배로 늘어나게 생겼구나! 어떻게든 그 옷을 벗겨 내야겠어!

하울은 바로 그 옷을 입은 채로 마이클과 함께 흑백의 현관에서 기다리고 있었다. 소피가 시동을 따라 천천히 내려가자 마이클이 걱정스러운 듯이 하울을 팔꿈치로 쿡 찔렀다. 하울은 슬픈 표정이었다.

"좀 피곤해 보이시네요. 국왕을 만나는 일은 생략하는 게 좋겠어요. 할머니가 못 오게 되었다고 전하면서 내가 직접 나를 헐뜯으면 되니까요. 내 사악한 행동 때문에 앓아 누우셨다고 말하면 되겠네요. 할머니의 표정을 보아하니 그 말이 맞을 수도 있겠군요."

물론 소피는 임금님을 알현하고 싶지 않았다. 그러나 캘시퍼가 했던 말이 생각났다. 만약 임금님이 하울에게 황야로 들어가라고 명령한다면, 그래서 하울이 마녀에게 붙잡히게 된다면 소피가 다시 젊어질 가능성도 영영 사라지고 마는 것이다.

소피는 고개를 가로저었다.

"펜트스테먼 선생님을 겪어 냈으니 이젠 잉거리의 임금님쯤은 평범한 사람처럼 보일 거야."

하울에 대한 험담

그들이 왕궁에 이르렀을 때 소피는 다시 뚜렷한 현기증을 느끼고 있었다. 왕궁의 수많은 황금빛 둥근 지붕들이 눈을 어지럽혔다. 정문으로 가는 길은 엄청나게 긴 계단이 었는데, 주홍색 제복을 입은 병사들이 여섯 계단마다 한 명씩 경비를 서고 있었다. 가엾은 아이들, 이 더위에 쓰러질 지경이겠구나, 하고 생각하면서 소피는 숨을 헐떡이며 병사들 곁을 지나 비틀비틀 계단을 올라갔다. 계단 꼭대기에 올라서자 아치문과 넓은 홀과 복도와 대기실 따위가 차례차례 나타났다. 어찌나 많은지 이루 헤아릴 수도 없었다. 각각의 아치문을 지날 때마다 근사한 옷차림에 하얀 장갑을 낀 사람이—더위에도 불구하고 장갑은 여전히 새하얗게 빛나고 있었다―용무를 묻고는 다음 아치문을 지키는 사람에게 그들을 안내해 주었다.

"전하를 알현하러 온 펜드래건 부인이오!"

문지기들의 목소리가 차례로 홀 안에 울려 퍼졌다.

절반쯤 갔을 때 하울은 따로 떨어져 기다려야 한다는 정중한 요청을 듣게 되었다. 마이클과 소피는 이 사람에게서 저 사람에게로 안내되면서 계속 나아갔다. 그들은 곧 위층으로 안내되었는데, 거기서부터는 사람들의 근사한 옷차림도 빨간색이 아니라 파란색으로 바뀌었고, 다시 이 사람 저 사람에게 안내되다가 마침내 100여 가지 빛깔의 나무 벽돌로 장식된 대기실에 이르렀다. 그곳에서 마이클도 소피와 떨어져 기다려야 했다. 이때쯤 소피는 자기가 지금 이상한 꿈을 꾸고 있는 게 아닐까 싶을 정도로 얼떨떨한 상태였다. 그녀는 거대한 쌍여닫이문 안으로 안내되었고, 이번에는 이런 목소리가 메아리쳤다.

"전하, 펜드래건 부인이 알현을 청하옵니다."

그곳에 임금님이 계셨다. 화려한 보좌가 아니라 그 넓은 방의 한복판쯤에 놓인 의자에 앉아 있었는데, 약간의 금박을 입힌 소박한 의자였고, 임금님의 옷차림도 오히려 시중드는 사람들보다 훨씬 더 수수했다. 그는 평범한 사람처럼 혼자 있었다. 물론 임금님답게 한쪽 다리를 쭉 뻗고 당당히 앉아 있었으며, 얼굴은 통통하고 약간 흐리멍덩해 보였지만 역시 잘생긴 편이었다. 그러나 소피가 보기에는 아직 너무 젊은 듯했고, 또한 자기가 임금님이라는 사실을 필요 이상으로 자랑스럽게 생각하는 듯했다. 그런 얼굴을 가진 사람이라면 좀 더 자신 없는 표정이 어울릴 것 같았다.

임금님이 말했다.

"자, 마법사 하울의 어머니가 무슨 일로 짐을 만나러 오시었소?"

그 순간 소피는 자기가 지금 임금님과 대화를 나누고 있다는 사실에 별안간 기가 꺾이고 말았다. 자기 앞에 앉아 있는 저 남자, 그리고 국왕이라는 위대하고 중요한 존재, 그 둘은 비록 하나의 의자에 앉아 있기는 하지만 전혀 다른 인물인 것 같다고 생각하면서 소피는 다시 현기증을 느껴야 했다. 그리고 하울이 국왕에게 말하라고 일러 주었던 그 자세하고 미묘한 말들을 깡그리 잊어버렸다는 것을 깨달았다. 그래도 무엇이든 말해야만 했다.

"그 아이가 저를 보내면서 전하의 동생분을 찾으러 갈 수 없다는 말을 전하라고 했어요, 전하."

소피는 임금님을 쳐다보았다. 임금님도 그녀를 빤히 바라보았다. 한심한 상황이었다.

"그게 정말이오? 마법사가 나한테 얘기할 때는 기꺼이 일을 맡으려는 것 같았는데."

이때 소피의 머릿속에 남아 있는 생각이라고는 자기가 하울에 대해 험담을 하러 왔다는 것뿐이었다.

"그건 거짓말이었어요. 전하의 심기를 어지럽히고 싶지 않았던 거죠. 하울은 뺀질뺀질한 녀석이거든요. 무슨 뜻인지 아시겠지요, 전하."

"그렇다면 내 동생 저스틴을 찾는 일도 뺀질뺀질 피하려고 하는
군. 알겠소. 젊은 분도 아닌데 거기 좀 앉아서 마법사의 핑계가 뭔지
말씀해 주시겠소?"

임금님에게서 꽤 멀리 떨어진 자리에 역시 평범한 의자 하나가 놓
여 있었다. 소피는 우두둑 소리를 내면서 그 의자에 주저앉아 펜트
스테먼 선생처럼 지팡이에 두 손을 얹었다. 그렇게 하면 기분이 좀
나아질까 싶어서였지만 그녀의 마음은 여전히 두려움에 떨면서 백
지처럼 하얗게 비어 있을 뿐이었다. 고작 생각해 낸다는 것이 겨우
이 정도였다.

"제 어미를 내세워 선처를 호소하는 녀석이라면 당연히 겁쟁이
겠지요. 그것만 보더라도 어떤 녀석인지 짐작하실 거예요, 전하."

그러자 임금님이 엄숙하게 말했다.

"확실히 특이한 방법이군. 그렇지만 그 일만 해 준다면 충분한 대
가를 주겠다고 했는데."

"아, 그 녀석은 돈에도 관심이 없어요. 하지만 황야의 마녀에 대해
서는 잔뜩 겁에 질려 있거든요. 그 마녀가 저주를 걸어 놨는데, 그게
최근에 하울을 찾아냈대요."

그러자 임금님은 부르르 몸을 떨었다.

"그렇다면 겁내는 것도 당연한 일이군. 아무튼 마법사에 대해 좀
더 말씀해 주시오."

하울에 대해 좀 더 말해 달라고? 소피는 열심히 생각했다. 하울을
헐뜯어야 하는데! 그러나 그녀의 생각은 백지처럼 텅 비어 있었으

므로 일순간 하울에게 아무런 결점도 없는 것처럼 생각될 정도였다.
웃기는 소리!

"글쎄요, 하울은 아주 변덕스럽고 경솔하고 이기적이고 신경질적
인 녀석이죠. 자기 혼자만 무사할 수 있다면 남들이야 어찌 되건 아
랑곳하지 않는 것처럼 보일 때도 많아요. 그러다가도 어떤 사람에게
는 또 굉장히 친절하지요. 그럴 때는 자기가 마음이 내켜야만 친절
을 베푼다는 생각도 들어요. 그런데 가난한 사람들에게는 돈을 조금
만 받거든요. 저도 잘 모르겠어요, 전하. 그 녀석은 워낙 뒤죽박죽이
라서요."

"짐은 하울이 말만 번지르르하고 머리가 빨리 돌아갈 뿐, 사실은
아주 파렴치하고 교활한 악당이라는 인상을 받았소. 어떻게 생각하
시오?"

소피는 진심으로 그 말에 동의했다.

"말씀 한번 잘하셨어요! 그런데 허영심이 많다는 것도 빠뜨리셨
고……."

그러면서 소피는 양탄자 너머에 멀찌감치 앉아 있는 임금님을 미
심쩍은 눈으로 쳐다보았다. 그렇게 선뜻 나서서 하울을 헐뜯는 일에
한몫 거드는 것이 좀 놀라웠기 때문이다.

임금님은 웃고 있었다. 그것은 국왕이라는 지위가 아니라 한 인간
으로서의 그에게 더 어울리는 웃음, 조금은 자신 없어 보이는 웃음
이었다.

"고맙소, 펜드래건 부인. 솔직하게 말씀해 주셔서 마음이 한결 가

벼워졌소. 실은 마법사가 내 동생을 찾아 주겠다고 너무 흔쾌히 승낙하는 걸 보고 내가 또 사람을 잘못 고른 게 아닌가 싶었거든. 혹시 능력도 없이 자랑만 일삼는 사람이 아닐까, 돈이라면 무슨 짓이든 하는 사람이 아닐까 걱정했소. 그런데 부인의 말씀을 듣고는 이 사람이야말로 나한테 필요한 사람이라는 걸 알았소."

소피는 이렇게 소리쳤다.

"이런 맙소사! 그 녀석은 자기가 그런 사람이 아니라는 걸 말씀드리라고 저를 보낸 거라고요!"

"그래서 부인은 그렇게 말씀하셨지."

국왕은 소피 쪽으로 의자를 조금 끌어당겼다.

"이번엔 나도 솔직하게 말씀드리겠소. 펜드래건 부인, 난 정말 내 동생을 꼭 찾아야 하오. 물론 그 녀석을 사랑하기도 하고 그 녀석과 싸웠던 일을 후회하기도 하지만 단순히 그 때문만이 아니오. 요즘 어떤 자들은 내가 그 녀석을 없애 버렸다고 수군거리지만 그것 때문도 아니오. 우리 두 사람을 잘 아는 사람이라면 그게 말도 안 되는 헛소리라는 것도 잘 알 테니까. 그런 게 아니오, 펜드래건 부인. 사실은 이렇소. 내 동생 저스틴은 훌륭한 장군이라, 하이놀랜드와 스트레인지아가 곧 우리에게 전쟁을 선포하려는 상황에서 그 녀석이 없으면 안 된다는 거요. 게다가 마녀까지 짐을 위협하고 있소. 지금까지 들어온 보고에 의하면 저스틴은 황야로 들어간 것이 분명한데, 짐은 저스틴이 가장 절실하게 필요할 때 그 녀석을 나에게서 빼앗는 것이 그 마녀의 목적이었다고 믿고 있소. 내 생각엔 마녀가 마법사 설리먼을 사로잡은 것도 저스틴을 유인하기 위해서였을 거요. 그리고 그 녀석을 되찾으려면 아주 교활하고 파렴치한 마법사가 필요하다는 것이 결론이오."

소피는 임금님에게 이렇게 경고했다.

"하울은 그냥 도망쳐 버릴 거예요."

그러자 임금님이 말했다.

"아니오. 도망칠 리가 없지. 부인을 나한테 보낸 것만 보아도 알 수 있소. 하울이 이런 짓을 한 이유는 자기가 워낙 겁쟁이라서 짐이 자기를 어떻게 생각하든 아랑곳하지 않는다는 걸 짐에게 보여 주기 위해서였겠지. 안 그렇소, 펜드래건 부인?"

소피는 고개를 끄덕였다. 그리고 하울이 가르쳐 주었던 미묘한 말들을 모두 기억해 낼 수 있었으면 좋겠다고 생각했다. 그녀는 그 말들을 이해하지 못했지만 임금님은 충분히 알아들을 수 있을 것 같았다.

임금님이 말을 이었다.

"그건 허영심 많은 사람의 행동이 아니오. 하지만 최후의 수단이 필요한 게 아니라면 그런 짓을 할 사람은 아무도 없지. 그렇다면 그 최후의 수단이 실패했다는 것만 분명히 알려 주면 마법사 하울은 내가 원하는 일을 해 줄 거라는 결론이 나오는 거요."

"제 생각엔 전하께서…… 저어……, 헛짚으신 것 같은데요."

"내 생각은 다르오."

임금님은 웃었다. 약간 흐리멍덩해 보이던 얼굴이 어느새 확고한 표정으로 변해 있었다. 자기 판단이 옳다고 확신한 것이었다.

"마법사 하울에게 전하시오, 펜드래건 부인. 지금 이 순간부터 왕실 마법사로 임명한다고, 그리고 저스틴 왕자가 죽었든 살았든 간에 올해 안으로 반드시 찾아내라는 어명이 떨어졌다고 말이오. 이젠 가봐도 좋소."

그는 펜트스테먼 선생처럼 소피에게 한 손을 내밀었다. 그러나 위엄은 오히려 좀 부족했다. 소피는 힘겹게 몸을 일으키면서 그 손에 입을 맞춰야 하는 걸까 생각했다. 그러나 사실은 차라리 지팡이를 치켜들어 임금님의 머리통을 후려갈기고 싶은 기분이었고, 그래서 임금님과 악수를 나누면서 우두둑하는 소리와 함께 무릎을 살짝 굽혀 절을 했다. 그것이 올바른 선택이었던 모양이다. 임금님은 쌍여닫이문을 향해 절뚝거리며 걸어가는 소피에게 친근한 웃음을 던졌다.

소피는 혼잣말로 이렇게 투덜거렸다.

"이런 빌어먹을!"

오늘의 결과는 하울이 원하던 것과는 정반대였지만 그뿐만이 아니었다. 이제 하울은 성을 천 킬로미터 밖으로 옮길 것이다. 레티와 마사와 마이클은 모두 불행해질 테고, 게다가 덤으로 녹색 오물까지 왕창 쏟아지게 생겼다. 소피는 무거운 문짝을 밀어 열면서 중얼거렸다.

"이게 다 내가 맏이라서 그래. 도무지 되는 일이 없잖아!"

잘못된 일은 그것으로 끝나지 않았다. 너무 불쾌하고 실망스러운 나머지 소피는 엉뚱한 쌍여닫이문으로 나와 버린 것이었다. 그 대기실은 사방이 거울투성이였다. 거울에 둘러싸인 소피는 그 속에서 고급스러운 회색 드레스를 입고 절뚝거리며 걸어가는 자신의 작고 구부러진 몸을 볼 수 있었고 파란 궁중복을 입은 수많은 사람들도 볼 수 있었지만 마이클은 눈에 띄지 않았다. 물론 마이클은 100여 가지 빛깔의 나무 널빤지로 장식된 대기실에서 기다리고 있었다.

"이런 젠장!"

궁정 신하 한 명이 급히 다가와 허리를 굽혔다.

"마법 할머니! 제가 도와드릴 일이 있을까요?"

나이에 비해 몸집이 작은 소년이었는데, 눈이 좀 충혈되어 있었다. 소피는 소년을 멍하니 바라보았다.

"이럴 수가! 그 마법이 효과가 있었구나!"

그러자 그 조그마한 신하는 조금 씁쓸한 표정을 지었다.

"물론 있었지요. 그 사람이 재채기를 하는 사이에 무기를 빼앗았거든요. 그래서 이번엔 저를 고소했어요. 하지만 중요한 건……."

그는 얼굴을 활짝 펴면서 행복한 웃음을 지었다.

"……사랑하는 제인이 제 곁으로 돌아왔다는 거죠! 자, 무엇을 도와드릴까요? 할머니도 행복하게 해드리고 싶네요."

"오히려 그 반대가 아닐까 싶구먼. 혹시 자네가 캐터랙 백작 아닌가?"

"맞습니다."

그렇게 대답하면서 조그마한 신하는 다시 허리를 굽혔다.

'제인 패리어는 이 소년보다 키가 30센티미터는 더 클 텐데! 이건 틀림없이 내 잘못이야.'

"그래, 자네가 도와줄 일이 있고말고."

그러면서 소피는 마이클에 대해 설명했다.

캐터랙 백작은 마이클을 찾아 정문 앞에서 만나게 해 주겠다고 장담했다. 전혀 어려울 것이 없다고 했다. 그는 자기가 직접 소피를 모시고 가서 장갑을 낀 시종에게 안내하면서 몇 번이나 절을 하고 웃었다. 소피는 아까처럼 다시 다른 시종에게 안내되었다가 또 다른 시종에게 안내되면서 마침내 병사들이 지키고 있는 계단 앞으로 빠져나왔다.

그러나 마이클은 보이지 않았다. 하울도 보이지 않았지만 그것은 오히려 약간의 안도감을 주었다. '내 이럴 줄 알았다니까!' 캐터랙 백작은 어떤 일도 제대로 하지 못하는 사람이 분명했다. 소피 자신도 그런 사람이었다. 어쩌면 왕궁에서 빠져나온 것만 해도 행운이었다. 이때쯤 그녀는 너무 피곤하고 덥고 낙담한 상태라서 도저히 마이클을 기다릴 수가 없었다. 얼른 돌아가서 벽난로 앞 의자에 앉아 캘시퍼에게 자기가 엉망으로 만들어 놓은 일들을 이야기 하고 싶었다.

소피는 커다란 계단을 절뚝절뚝 내려갔다. 화려한 거리를 절뚝절뚝 지나갔다. 그리고 수많은 뾰족탑과 망루와 금박 입힌 지붕들이 어지럽게 널려 있는 또 하나의 거리를 터덜터덜 지나갔다. 그러다가 상황이 생각보다 더 심각하다는 것을 깨달았다. 길을 잃은 것이었다. 성의 출입구가 있는 그 가짜 마구간을 어떻게 찾아야 할지 좀처럼 감이 잡히지 않았다. 닥치는 대로 또 하나의 화려한 거리로 접어들었지만 역시 한 번도 본 적이 없는 거리였다. 이젠 왕궁으로 돌아가는 길마저도 아리송하기만 했다. 마주치는 사람들에게 물어보기도 했다. 그러나 사람들은 그녀만큼이나 피곤하고 더위에 지친 상태였다.

"마법사 펜드래건이라고요? 그게 누구죠?"

소피는 그저 걸어갈 뿐이었다. 그러다가 포기하고 차라리 다음 건물의 현관 계단에 걸터앉아 하룻밤을 보내야겠다고 생각하는 순간, 펜트스테먼 선생 집으로 통하는 좁다란 거리의 끄트머리를 지나치게 되었다. 아! 그 집에 가서 그 하인에게 물어봐야지. 하울과 그렇게 친한 걸 보면 하울이 어디 사는지 알고 있을 테니까. 그래서 소피는 그 거리로 들어섰다.

거리 저쪽에서 황야의 마녀가 걸어오고 있었다.

소피가 어떻게 마녀를 알아보았는지는 설명하기 어려운 일이었다. 마녀의 얼굴이 전혀 달랐기 때문이다. 머리카락도 단정한 밤색 곱슬머리가 아니라 허리까지 물결치듯 내려오는 풍성한 빨강머리였다. 하늘하늘 나부끼는 적갈색과 연노랑 드레스를 입고 있었다. 아주 산뜻하고 사랑스러운 모습이었다. 소피는 곧바로 그녀를 알아볼 수 있었다. 그 순간 걸음을 딱 멈출 뻔했지만 그러지는 않았다.

'저 마녀는 나를 기억하지 못할 거야. 난 저 여자가 마법을 걸어 놓은 수백 명 중 한 명일 뿐이니까.' 그래서 소피는 자갈 포장길을 지팡이로 쿵쿵 찍으면서 대담하게 앞으로 걸어갔다. 혹시라도 문제가 생길 경우에 대비해서 그 지팡이가 강력한 힘을 갖게 되었다는 펜트스테먼 선생의 말을 떠올렸다.

이번에도 실수였다. 마녀는 방긋 웃음을 머금고 양산을 빙글빙글 돌리면서 그 좁은 거리를 따라 사뿐사뿐 다가왔다. 주황색 벨벳 옷을 입은 시무룩한 표정의 두 시동이 그녀의 뒤를 따라오고 있었다. 이윽고 소피와 마주치게 되었을 때 마녀가 걸음을 멈추었다. 짙은 향수 냄새가 소피의 코를 찔렀다.

마녀가 깔깔 웃으면서 말했다.

"아니, 이거 해터 양 아니신가! 난 한 번 만났던 얼굴을 잊어버리는 법이 없지. 특히 내가 만들어 준 얼굴이라면 더더욱 그렇고! 그런데 그렇게 멋진 차림으로 여기서 뭐 하는 거지? 혹시 그 펜트스테먼 선생을 찾아가는 길이라면 헛고생하지 마. 그 늙은이는 죽었으니까."

"죽었다고?"

하마터면 어리석게도 '한 시간 전에도 살아 있었는데!' 하고 덧붙일 뻔했다. 그러나 입을 다물었다. 죽음이라는 게 원래 그런 것이니까. 살아 있다가도 죽으면 그것으로 끝이니까.

"그래, 죽었어. 내가 찾으려는 사람이 어디 있는지 말해 주지 않더라고. '내가 죽기 전에는 어림도 없어!' 하더군. 그래서 그 말대로 해 주었지."

소피는 생각했다. '하울을 찾고 있구나! 이젠 어떡하지?' 지금처럼 덥고 피곤한 상태만 아니었다면 소피는 겁에 질려 생각조차 못 했을 것이다. 펜트스테먼 선생 같은 사람도 거뜬히 죽일 수 있는 마녀에게 소피 따위는 전혀 상대가 될 수 없었다. 지팡이가 있든 없든 마찬가지였다. 그리고 소피가 하울의 소재를 알고 있다는 사실을 마녀가 알아차린다면 소피의 목숨도 그것으로 끝이었다. 성의 출입구가 어디 있는지를 기억하지 못하는 것이 차라리 잘된 일일 수도 있었다.

"네가 죽였다는 그 사람이 누군지는 모르지만 넌 아주 못된 살인마야."

소피가 그렇게 말했는데도 마녀는 의심을 하는 것 같았다.

"펜트스테먼 선생을 만나러 가는 길이라고 하지 않았나?"

"안 그랬어. 그 말은 네가 한 거지. 어쨌든 사람을 죽였으니 못된 살인마라고 했을 뿐이야. 그 사람을 안다는 뜻은 아니라고."

"그럼 어디로 가는 길이지?"

소피는 네가 참견할 일이 아니라고 말해 주고 싶었다. 그러나 그것은 자기 무덤을 파는 짓이었다. 그래서 얼른 떠오르는 말로 둘러댔다.

"임금님을 만나러 가는 길이야."

그러자 마녀는 믿지 못하겠다는 듯이 웃었다.

"임금님이 아가씨를 만나 주실까?"

소피는 두려움과 분노로 몸을 떨면서 이렇게 대꾸했다.

"만나 주고말고. 약속이 되어 있거든. 난…… 모자 상인들을 좀 더 잘 대해 달라고 부탁드릴 거야. 자, 이젠 알겠지? 당신이 나한테 그런 짓을 한 뒤에도 이렇게 꿋꿋하게 살고 있다고."

"그렇다면 아가씨는 엉뚱한 방향으로 가고 있어. 왕궁은 반대쪽이니까."

"어? 그래?"

소피는 굳이 놀란 표정을 지어 낼 필요가 없었다.

"그럼 지금까지 뺑뺑 돈 모양이군. 네가 나를 이 꼴로 만들어 버린 뒤로는 길눈이 좀 어두워졌거든."

마녀는 기분 좋게 웃어 댔지만 소피의 말을 한 마디도 믿지 않았다.

"그럼 나하고 같이 가. 왕궁으로 가는 길을 가르쳐 줄 테니까."

소피로서는 돌아서서 마녀와 나란히 걷는 수밖에 별 도리가 없었다. 뒤에서는 두 명의 시동이 터덜터덜 힘없이 따라오고 있었다. 소피는 아무것도 할 수 없는 자신에게 화가 났다. 소피는 옆에서 사뿐사뿐 우아하게 걸어가는 마녀를 쳐다보면서 그녀가 사실은 늙은이라고 했던 펜트스테먼 선생의 말을 떠올렸다. '이건 너무하잖아!' 그러나 소피로서는 어쩔 수 없는 일이었다.

멀리 분수대가 보이는 화려한 대로를 따라 걸어가면서 소피는 이렇게 따져 물었다.

"왜 나를 이렇게 만들어 놨어?"

마녀가 대답했다.

"내가 어떤 정보를 알아내야 했는데 아가씨가 방해하고 있었기 때문이지. 물론 결국엔 알아내고야 말았지만."

소피는 그 말에 어리둥절했다. 뭔가 오해가 있었던 모양이라고 말하면 혹시 도움이 될까 생각하는 참인데 마녀가 이렇게 덧붙였다.

"물론 아가씨는 까맣게 모르고 있었겠지."

그러면서 그것이야말로 가장 재미있는 부분이라는 듯이 깔깔 웃어 대는 것이었다. 그리고 물었다.

"웨일스(영국 그레이트브리튼 섬 서부의 반도 지역—옮긴이)라는 곳을 알고 있나?"

"몰라. 바닷속에 있나?"

마녀는 그 말을 더욱 재미있어 하는 것 같았다.

"아직은 아니지. 마법사 하울이 그곳 출신이야. 당신도 마법사 하울은 알지?"

소피는 거짓말을 했다.

"소문은 들었지. 여자들을 잡아먹는다고 하더군. 너만큼이나 못된 녀석이야."

그러나 사실은 온몸이 오싹했다. 때마침 분수대 옆을 지나게 된 탓만은 아닌 것 같았다. 분수대를 지나치자 분홍색 대리석 광장 너머로 돌계단이 보였고, 그 꼭대기에 왕궁이 있었다.

마녀가 말했다.

"다 왔어. 저기가 왕궁이야. 그런데 저 많은 계단을 다 올라갈 수 있겠어?"

"너 때문에 고생이 막심해. 나를 다시 젊게 만들어 주면 아무리 더워도 저런 계단쯤은 거뜬히 뛰어오를 수 있는데 말야."

"그건 별로 재미가 없잖아. 어서 올라가. 그리고 혹시 국왕이 만나 준다면 그자의 할아버지가 나를 황야로 쫓아낸 것에 대해 아직도 원한을 품고 있다고 전해 줘."

소피는 막막한 심정으로 까마득히 높은 계단을 올려다보았다. 그

1. 마법사 하울의 비밀

계단 위에는 병사들밖에 보이지 않았다. 오늘은 유난히 재수가 없었으니 이 시간에 마이클과 하울이 계단을 내려오는 중이었더라도 전혀 놀라울 것이 없을 텐데 말이다. 어쨌든 마녀는 거기 선 채로 소피가 정말 올라가는지 확인하려는 모양이었다. 소피로서는 계단을 올라야만 했다. 그녀는 땀을 뻘뻘 흘리는 병사들 곁을 지나 까마득한 왕궁 정문까지 다시 올라갔다. 다리를 절면서 한 계단 한 계단 오를 때마다 마녀를 미워하는 마음도 점점 커져만 갔다. 이윽고 꼭대기에 이르러 숨을 몰아쉬며 돌아섰다. 마녀는 여전히 그대로 서 있었다. 주황색으로 조그맣게 보이는 시동들과 함께 서서 그 적갈색 드레스를 살랑살랑 나부끼며 소피가 왕궁에서 쫓겨나는 장면을 보려고 기다리는 것이었다.

"나쁜 년!"

소피는 아치문을 지키는 경비병들 쪽으로 걸어갔다. 그녀의 나쁜 운은 여전했다. 아무리 살펴보아도 마이클이나 하울은 눈에 띄지 않았다. 어쩔 수 없이 경비병들에게 말을 걸어야 했다.

"깜박 잊고 전하께 말씀드리지 못한 게 있다우."

경비병들은 소피를 기억하고 있었다. 그들은 그녀를 맞아들여 흰 장갑을 낀 사람에게 보냈다. 그러더니 소피가 미처 정신을 차리기도 전에 왕궁의 기계적인 절차가 다시 반복되었고, 처음에 그랬던 것처럼 이번에도 소피는 이 사람에게서 저 사람에게로 차례차례 안내되어 마침내 아까 보았던 그 쌍여닫이문 앞에 이르렀다. 그러자 아까 보았던 그 파란 옷을 입은 사람이 다시 말했다.

"펜드래건 부인이 다시 알현을 청하옵니다, 전하."

마치 악몽을 꾸는 것 같다고 생각하면서 소피는 아까 보았던 그 넓은 방으로 들어섰다. 다시 하울을 헐뜯는 수밖에 없을 것 같았다. 그런데 문제가 있었다. 지금까지 여러 가지 일을 겪은 데다 이젠 또 두려움까지 더해져 머릿속이 아까보다도 더욱더 새하얗게 비어 버렸다. 임금님은 이번에는 한쪽 구석에 놓인 커다란 책상 앞에 서서 몹시 초조한 얼굴로 지도 위의 깃발들을 이리저리 움직이고 있었다. 그러다가 고개를 들면서 쾌활하게 말했다.

"깜박 잊고 말씀하시지 못한 내용이 있다고 들었소."

소피는 이렇게 대답했다.

"맞아요. 하울은 전하께서 따님과 결혼시켜 주겠다고 약속하셔야 저스틴 왕자를 찾아보겠다고 했거든요."

그러고는 속으로 생각했다. '어쩌다가 이런 생각이 떠올랐지? 이젠 우리 둘 다 처형당하게 생겼어!'

임금님은 걱정스러운 듯이 소피를 바라보았다.

"펜드래건 부인, 그건 말도 안 되는 소리라는 걸 아셔야지. 아드님 때문에 몹시 걱정되어 하시는 말씀이라는 건 잘 알겠지만, 그렇다고 아드님을 언제까지나 치마폭에 감싸 둘 수만은 없지 않겠소? 그리고 내 마음은 이미 굳어졌소. 이리 와서 의자에 좀 앉으시오. 피곤해 보이시는군."

소피는 임금님이 가리키는 나지막한 의자로 비틀비틀 걸어가 털썩 주저앉았다. 그리고 언제쯤 경비병들이 달려와 자신을 잡아갈까 생각했다.

그때 임금님이 막연히 주위를 둘러보았다.

"조금 전까지 내 딸이 여기 있었는데."

그러더니 놀랍게도 허리를 굽혀 책상 밑을 들여다보는 것이었다.

"발레리아. 발레리아, 이리 나와라. 이리 와, 착하지."

옷자락이 쓸리는 소리가 났다. 잠시 후 발레리아 공주가 앉은 채로 책상 밑에서 기어 나와 방긋 웃었다. 이가 네 개나 있었다. 그리고 아직 어려서 머리카락도 제대로 나지 않았을 정도였다. 귓가에 동그랗게 돋아난 하얀 솜털 같은 머리가 전부였다. 공주는 소피를 보더니 더 활짝 웃으면서 방금까지 쪽쪽 빨고 있던 손을 내밀어 소피의 드레스를 붙잡았다. 소피의 옷자락엔 축축한 얼룩이 번져 갔고, 공주는 옷자락을 잡고는 두 발로 일어섰다. 그리고 소피의 얼굴을 올려다보면서 친근한 듯 말을 건넸다. 아무도 알아들을 수 없는 자기만의 언어였다.

"아."

그렇게 말하면서 소피는 완전히 바보가 된 기분이었다.

임금님이 말했다.

"펜드래건 부인, 나도 부모의 심정이 어떤 것인지 알고 있소."

감기에 걸린 왕실 마법사

소피는 임금님의 사두 마차를 타고 성의 킹스베리 쪽 출입구로 돌아가게 되었다. 그 마차에는 마부 한 명과 말 관리인 한 명 그리고 하인 한 명이 딸려 있었다. 마차를 경호하기 위해 하사관 한 명과 왕실 기병대원 여섯 명도 함께 따라갔다. 모든 것이 발레리아 공주 때문이었다. 그녀가 아까 소피의 무릎 위로 기어올랐던 것이다. 마차가 짧은 언덕길을 덜컹덜컹 내려가는 동안에도 소피의 드레스에는 발레리아 공주가 남겨 놓은 젖은 손자국들이 아직 남아 있었다. 소피는 슬그머니 웃음을 머금었다. 마사가 아이들을 갖고 싶어 하는 것도 무리가 아니구나 싶었다. 발레리아 공주 같은 아이들이 열 명이나 있다면 좀 심한 일이겠지만. 어쨌든 발레리아 공주가 기어오를 때 소피는 문득 어떤 면에서는 마녀가 이 공주를 위협하고 있었다는 것을 떠올렸고, 자기도 모르게 공주에게 말했다.

"마녀도 너를 해치지 못할 거야. 내가 가만 두지 않을 테니까!"

임금님은 그 말을 듣고도 아무 말이 없었다. 다만 소피를 위해 왕실 마차 한 대를 준비하라고 분부했다.

마차는 가짜 마구간 앞에 이르러 아주 요란스럽게 멈춰 섰다. 마이클이 문밖으로 튀어나오더니 마차에서 내리던 소피를 돕고 있는 하인을 가로막고 나섰다.

"어디 가 계셨어요? 걱정했잖아요! 그리고 하울 님은 너무 충격을 받아서……."

"그랬겠지."

소피도 걱정스러웠다.

"펜트스테먼 선생님이 돌아가셨거든요."

하울도 문간에 나타났다. 창백하고 우울해 보였다. 그는 빨갛고 파란 왕실 문장이 매달린 두루마리를 들고 있었는데, 소피는 그것을 보면서 죄책감을 느껴야 했다. 하울은 하사관에게 금화 한 닢을 주었고, 마차와 기병대가 덜컹거리며 떠나갈 때까지 아무 말도 하지 않았다. 그리고 비로소 입을 열었다.

"할머니 한 분을 쫓아내려면 말 네 마리와 남자 열 명이 필요하다는 얘기네요. 도대체 국왕한테 무슨 짓을 하신 거죠?"

하울과 마이클을 따라 안으로 들어가면서 소피는 방 안이 온통 녹색 오물로 뒤덮여 있을 것이라고 짐작했다. 그러나 아니었다. 캘시퍼가 굴뚝을 향해 활활 타오르며 그 보라색 입으로 빙긋 웃고 있을 뿐이었다. 소피는 의자에 털썩 주저앉았다.

"내가 자꾸 나타나 자네를 헐뜯는 데 질려 버린 모양이지. 두 번이나 찾아갔거든. 모든 일이 엉망이었어. 게다가 펜트스테먼 선생을 죽이고 나오던 마녀와 마주치기까지 했다고. 정말 재수 없는 날이야!"

소피가 그날 있었던 일들을 설명하는 동안에 하울은 벽난로 선반에 기대고 서서 마치 캘시퍼의 먹이로 던져 줄까 생각하는 듯이 두루마리를 대롱대롱 흔들어 대고 있었다.

"신임 왕실 마법사를 보시라. 나를 잘도 헐뜯으셨구먼."

그러다가 갑자기 껄껄 웃기 시작하는 바람에 소피와 마이클은 깜짝 놀랐다. 하울이 웃으면서 말을 이었다.

"그리고 캐터랙 백작에게는 또 무슨 짓을 하신 거죠? 할머니를 국왕 근처에도 못 가게 했어야 되는 건데."

소피는 이렇게 항의해 보았다.

"난 정말 자네를 헐뜯었단 말이야!"

"알아요. 내가 계산 착오를 한 거죠. 자, 그런데 마녀가 알아차리지 못하게 우리 가엾은 펜트스테먼 선생님의 장례식에 참석하려면 어떻게 해야 될까? 무슨 수가 없을까, 캘시퍼?"

하울은 다른 어떤 일보다 펜트스테먼 선생 때문에 훨씬 더 큰 충격을 받은 것이 분명했다.

마녀에 대해 걱정한 사람은 마이클이었다. 이튿날 아침 그는 밤새도록 악몽을 꾸었다고 고백했다. 마녀가 성의 모든 출입구에서 동시에 들이닥치는 꿈을 꾸었다는 것이다. 그리고 불안한 듯이 물었다.

"하울 님은 어디 계시죠?"

하울은 평소처럼 화장실에 향긋한 수증기만 가득히 남겨 놓고 아주 일찌감치 나가 버린 뒤였다. 기타는 가져가지 않았고, 문손잡이는 초록색이 아래로 가 있었다. 캘시퍼도 그 정도밖에는 아는 것이 없었다. 캘시퍼가 말했다.

"아무한테도 문 열어 주지 마. 포트헤이븐 문만 빼고 나머지 출입구는 마녀가 다 알고 있으니까."

그 말에 너무 놀란 마이클은 마당에서 널빤지들을 가져다가 문 짝 위에 가로질러 못 박아 버렸다. 그러고 나서 드디어 앵거리언 선생에게서 돌려받은 마법 주문을 공부하기 시작했다.

반 시간쯤 지났을 때 갑자기 문손잡이가 휙 돌면서 검정색이 밑으로 향했다. 문짝이 덜컹덜컹 흔들리기 시작했다. 마이클이 소피를 꽉 붙잡으면서 떨리는 목소리로 말했다.

"무서워하지 마세요. 제가 지켜드릴게요."

문짝은 한동안 세차게 덜컹거렸다. 그러다가 문득 멈추었다. 마이클이 크게 안도하면서 막 소피를 놓아 주었을 때 강력한 폭발이 일어났다. 널빤지들이 바닥에 우당탕 나뒹굴었다. 캘시퍼는 받침쇠 밑으로 뛰어들고, 마이클은 벽장 속으로 뛰어들고, 홀로 남은 소피가 우두커니 서 있을 때 문이 벌컥 열리면서 하울이 불쑥 들어왔다.

"이건 좀 심하잖아요, 소피 할머니! 저도 이 집에 산다고요."

그는 온몸이 푹 젖어 있었다. 회색과 주홍색 옷이 검정색과 갈색으로 보였다. 옷소매와 머리카락에서 물방울이 뚝뚝 떨어졌다. 소피는 여전히 검정색이 아래로 가 있는 문손잡이를 바라보았다. 그리고 생각했다. '앵거리언 선생이구나. 저 마법에 걸린 옷을 입고 그 여자를 만나러 갔구나.'

"어딜 다녀온 거야?"

하울은 재채기를 했다. 그리고 목쉰 소리로 말했다.

"빗속에 서 있었죠. 할머니는 모르셔도 돼요. 그런데 저 널빤지들은 다 뭐죠?"

마이클이 벽장에서 슬금슬금 빠져나오며 대답했다.

"제가 그랬어요. 마녀가……."

그러자 하울은 짜증스러운 듯이 말했다.

"넌 내가 내 일도 제대로 못한다고 생각하는 모양이군. 길을 잃게 하는 마법을 잔뜩 깔아 놨으니까 우릴 찾아낼 사람은 별로 없다고. 그 마녀라도 사흘은 걸릴 거야. 캘시퍼, 따끈한 것 좀 마시게 해 줘."

캘시퍼는 장작들 사이로 기어오르다가 하울이 벽난로 쪽으로 다가오자 도로 쏙 들어가 버렸다. 그리고 쉭쉭거리며 소리쳤다.

"그런 꼴로 내 옆에 오지 마! 흠뻑 젖었잖아!"

그러자 하울이 애원하듯이 불렀다.

"소피 할머니."

소피는 매정하게 팔짱을 끼었다.

"레티는 어떻게 할 거야?"

"난 이렇게 흠뻑 젖었어요. 뜨거운 걸 마셔야 된다고요."

"레티는 어떻게 할 거냐고 물었잖아?"

"그럼 그만두세요!"

하울은 몸을 부르르 흔들었다. 물방울이 후두둑 떨어져 나오면서 방바닥에 가지런한 동그라미를 그려 놓았다. 하울이 그 동그라미 속에서 빠져나왔을 때는 머리카락도 깨끗이 말라 반짝거렸고, 옷도 물기 하나 없이 회색과 주홍색으로 돌아와 있었다. 그는 국 냄비를 가지러 가면서 말했다.

"마이클, 세상은 인정도 없는 여자들투성이란다. 당장이라도 세 명의 이름을 댈 수 있다고."

소피가 물었다.

"그중 한 명이 앵거리언 선생인가?"

그러나 하울은 대답하지 않았다. 그때부터 그는 오전 내내 오만한 태도로 소피를 무시하면서 마이클과 캘시퍼와 함께 성을 옮기는 문제를 의논했다. '하울은 정말 도망치려고 하는구나. 내가 임금님에게 경고했던 그대로야.' 그렇게 생각하면서 소피는 다시 파란색과 은색 옷에 삼각 천들을 꿰매어 붙였다. 한시라도 빨리 하울에게서 그 회색과 주홍색 옷을 벗겨 내야 한다는 것을 알고 있었기 때문이다.

이윽고 하울이 말했다.

"포트헤이븐 쪽 출입구는 옮기지 않아도 될 것 같아."

그러면서 허공에서 손수건 한 장을 끄집어내더니 팽 하고 요란한 소리를 내면서 코를 풀었다. 그러자 캘시퍼가 불안한 듯이 움찔거렸다.

"그렇지만 움직이는 성은 지금까지 있던 곳에서 멀리 떨어진 곳으로 옮겨 놓고, 킹스베리 쪽 출입구는 닫아 버려야겠어."

그때 누군가 문을 두드렸다. 소피는 하울이 마이클만큼이나 깜짝 놀라서 주위를 두리번거리는 것을 보았다. 둘 다 문을 열려고 하지 않았다. 겁쟁이들! 소피는 그들을 비웃었다. 자기가 무엇 때문에 하울을 위해서 어제 그 고생을 했는지 이해할 수가 없었다. 그녀는 파란색과 은색의 옷에게 이렇게 중얼거렸다.

"내가 미쳤나 봐!"

이윽고 문을 두드리던 사람이 간 듯하자 마이클이 물었다.

"검은색의 출입구는 어떻게 하죠?"

"그건 그냥 둬야지."

그렇게 대답하면서 하울은 이미 결정된 일이라는 듯이 또 한 장의 손수건을 홱 끄집어냈다. '그래야겠지! 그 문 바깥에 앵거리언 선생이 있으니까. 불쌍한 레티!'

오전 시간이 절반쯤 지나갈 무렵에 하울은 손수건을 두 장이나 세 장씩 한꺼번에 끄집어내고 있었다. 알고 보니 그 손수건은 하늘하늘한 사각형의 종이로 만든 것이었다. 그는 계속 재채기를 터뜨렸다. 목소리도 점점 더 쉬어 갔다. 얼마 뒤 그는 한꺼번에 대여섯 장의 손수건을 끄집어내고 있었다. 캘시퍼의 주변에는 이미 써 버린 손수건들이 남긴 재가 잔뜩 흩어져 있었다.

"아, 난 왜 웨일스에 다녀올 때마다 감기에 걸리는 걸까!"

하울은 목쉰 소리로 그렇게 외치면서 종이 손수건을 한꺼번에 한 뭉치나 끄집어냈다. 소피는 콧방귀를 뀌었다.

"뭐라고 하셨죠?"

하울이 목쉰 소리로 물었다.

"아무 말도 안 했어. 하지만 무슨 일이든지 도망치려고만 하는 사람은 100번 감기에 걸려도 싸다는 생각을 하고 있었지. 임금님이 맡기신 일을 할 생각은 않고 쓸데없이 빗속에서 연애질이나 하는 사람이 누구를 원망하겠어?"

"내가 무슨 일을 했는지 전부 다 아시는 건 아니잖아요, 도덕 선생님. 다음부터는 외출하기 전에 아예 목록을 적어 드릴까요? 나도 저스틴 왕자를 찾아봤다고요. 나갈 때마다 연애질만 하는 건 아니란 말예요."

"언제 찾아봤는데?"

"아, 할머니는 정말 오지랖도 무지무지 넓으시네요! 그야 당연히 왕자가 처음 사라졌을 때였죠. 저스틴 왕자가 무슨 일로 여기까지 왔는지 궁금했거든요. 설리먼이 황야로 갔다는 건 누구나 아는 사실인데 말예요. 내 생각엔 누군가 왕자에게 가짜 수색 마법을 팔아넘긴 것 같아요. 왜냐하면 왕자는 곧장 폴딩밸리로 들어가 페어팩스 부인한테서 다시 수색 마법을 구입했으니까요. 그리고 그걸 사용한 왕자는 당연히 이쪽으로 되돌아왔고, 우리 성에 들러 마이클한테서 다시 수색 마법과 변장 마법을 사서……."

그때 마이클이 손으로 입을 가렸다.

"그 초록색 제복을 입은 남자가 저스틴 왕자였어요?"

"그래, 하지만 내가 그 얘기를 입 밖에 내지 않은 건 국왕 때문이었어. 그날 가짜 마법을 내놓았다면 이런 불상사는 없었을 거라고 네가 생각할까 봐 말이지. 나도 그 일이 양심에 걸렸거든. 양심. 잘 들으세요, 왕눈이 할머니. 나도 양심의 가책을 느꼈다고요."

하울은 또 한 뭉치의 손수건을 끄집어내더니 손수건 너머로 소피를 노려보았다. 이젠 눈 주위가 빨갛게 부었고 눈물이 글썽글썽 했다. 그러더니 몸을 일으키면서 이렇게 말했다.

"몸이 안 좋아. 가서 침대에 누워야겠어. 어쩌면 거기서 죽을지도 몰라."

그는 처량하게 비틀거리며 계단 쪽으로 걸어갔다. 그리고 계단을 오르면서 목쉰 소리로 말했다.

"펜트스테먼 선생님 곁에 묻어 줘."

소피는 더욱더 열심히 바느질에 몰두했다. 지금이야말로 그 회색과 주홍색 옷이 앵거리언 선생의 가슴에 더 큰 상처를 주기 전에 하울의 몸에서 벗겨 낼 기회였다. 물론 하울이 옷을 입은 채로 침대에 들어갔다면 어쩔 수 없는 일이었다. 하울은 충분히 그리고도 남을 사람이니까. 어쨌든 하울은 어퍼폴딩에 가서 저스틴 왕자를 찾다가 레티를 만난 것이 틀림없었다. 가엾은 레티! 그렇게 생각하면서 소피는 부지런히 손을 움직여 쉰일곱 번째의 파란 삼각 천을 촘촘하게 꿰맸다. 이제 마흔 몇 장이 남았을 뿐이다.

머지않아 하울의 힘없는 외침이 들려왔다.

"아무나 좀 도와줘! 난 여기서 무관심 속에 죽어 간다고!"

그러나 소피는 콧방귀만 뀌었다. 마이클이 새 마법을 내팽개치고 뜀박질로 계단을 오르내렸다. 소피가 열 장의 파란 삼각 천을 꿰매는 사이에 마이클은 레몬과 꿀, 책 한 권, 기침약 그리고 기침약을 먹기 위한 숟가락 따위를 들고 연거푸 위층으로 달려 올라갔고, 그 다음엔 코막힘약, 목을 뚫어 주는 사탕, 양치질용 물약, 펜, 종이, 책 세 권, 버드나무 껍질을 달인 물 따위를 날라 주었다. 그동안에도 사람들은 연신 문을 두드렸고, 그때마다 소피는 깜짝 놀랐고 캘시퍼는 불안한 듯이 움찔거렸다. 그러나 아무도 문을 열어 주지 않았으므로 어떤 이들은 5분 동안이나 줄창 두드려 댔다. 자기들을 무시한다고 생각했던 것인데, 그 생각이 옳았다.

그때쯤 소피는 그 파란색과 은색 옷에 대해서도 점점 걱정하기 시작했다. 그 옷은 자꾸자꾸 작아지고 있었다. 그렇게 많은 수의 삼각 천들을 꿰매어 붙이려면 옷 솔기가 천을 많이 잡아먹기 때문이었다.

"마이클."

하울이 점심으로 베이컨 샌드위치를 먹고 싶어 해서 마이클이 다시 아래층으로 뛰어 내려왔을 때 소피가 말했다.

"마이클, 작은 옷을 크게 만드는 방법도 있니?"

"아, 그럼요. 제가 받은 새 마법 주문이 바로 그거예요. 그런데 공부할 시간이 있어야 말이죠. 하울 님이 샌드위치 속에 베이컨 여섯 장을 넣어 달래요. 캘시퍼에게 부탁 좀 해 주실래요?"

소피와 캘시퍼는 의미심장한 눈길을 주고받았다. 캘시퍼가 말했다.

"죽어 가는 것 같지는 않군."

소피는 바느질감을 내려놓았다.

"네가 고개를 숙이면 베이컨 껍질을 먹게 해 줄게."

캘시퍼를 협박하는 것보다는 뇌물을 주는 편이 더 쉬웠다.

그들은 점심으로 베이컨 샌드위치를 먹었다. 그러나 마이클은 먹다 말고 또 위층으로 달려가야 했다. 다시 내려온 그는 하울의 지시에 따라 지금 마켓치핑에 가서 성을 옮기는 데 필요한 물건들을 구해 와야 한다고 말했다.

소피가 말했다.

"그렇지만 마녀 때문에…… 밖에 나가도 괜찮겠니?"

마이클은 손가락에 묻은 베이컨 기름을 핥으면서 벽장으로 뛰어들었다. 그러더니 먼지투성이 벨벳 망토 한 벌을 어깨에 걸치고 나타났다. 이윽고 벽장 밖으로 빠져나온 사람은 붉은 수염을 기른 건장한 사내였다. 그 사람은 손가락을 핥으면서 마이클의 목소리로 말했다.

"하울 님은 내가 이렇게만 하고 가면 안전할 거래요. 변장 마법에다 길을 잃게 하는 마법까지 겸한 망토거든요. 레티가 저를 알아볼는지 모르겠네요."

건장한 사내는 초록색이 아래로 가게 해 놓고 문을 열더니 천천히 움직이는 언덕 위로 뛰어내렸다.

평화가 찾아왔다. 캘시퍼도 낮게 가라앉아 틱틱 소리를 냈다. 하울은 소피가 좀처럼 자기 뜻대로 이리저리 움직여 주지 않으리라는 것을 깨달은 모양이었다. 위층은 조용하기만 했다. 소피는 자리에서 일어나 살금살금 벽장으로 다가갔다. 레티를 만나러 갈 기회는 바로 지금이었다. 지금쯤 레티는 몹시 비참한 기분일 것이다. 소피는 하울이 과수원에서의 그날 이후로 레티 곁에는 얼씬도 안 했을 거라고 믿고 있었다. 레티에게 그녀의 감정은 마법에 걸린 옷 때문이었다고 말해 주면 한결 위안이 될 것 같았다. 어쨌든 소피로서는 레티에게 그렇게 말해 줄 책임이 있었다.

그런데 마법 장화가 벽장 속에 없었다. 처음엔 믿어지지가 않았다. 모든 물건을 밖으로 끄집어냈다. 그러나 평범한 양동이, 빗자루, 또 한 벌의 벨벳 망토 말고는 아무것도 없었다. 소피가 소리쳤다.

"못된 인간!"

다시는 소피가 자기를 따라오지 못하게 하려고 하울이 감춰 버린 것이 분명했다.

물건들을 다시 벽장에 집어넣고 있을 때 누군가 문을 두드렸다. 이번에도 소피는 깜짝 놀라면서 빨리 가 버리기를 바라고 있었다. 그러나 이 사람은 유난히 고집이 센 것 같았다. 누군지는 몰라도 계속 문을 두드리는 것이었다. 아니, 어쩌면 문짝을 몸으로 들이받는 것 같기도 했다. 일반적인 노크 소리가 아니라 규칙적으로 쿵, 쿵, 쿵 하고 울리는 소리였다. 벌써 5분이 넘었는데도 그 소리는 여전했다.

소피는 캘시퍼를 돌아보았다. 불안하게 깜박거리는 초록색 불빛만 간신히 보일 뿐이었다.

"마녀가 쳐들어온 거야?"

그러자 장작 속에 파묻혀 잘 들리지도 않는 목소리로 캘시퍼가 대답했다.

"아냐. 저건 성문이야. 누군지 우리 성을 따라 달리고 있는 모양이야. 우린 꽤 빨리 움직이는 중인데 말야."

"그럼 허수아비야?"

생각만 해도 가슴이 떨려 왔다.

"저건 피와 살로 된 생물이야."

캘시퍼의 파란 얼굴이 굴뚝 쪽으로 기어 나왔다. 어리둥절한 표정이었다.

"뭔지는 모르겠지만 무척이나 들어오고 싶어 한다는 것만은 확실해. 누구를 해칠 뜻은 없는 것 같아."

그동안에도 쿵쿵거리는 소리가 계속되면서 다급하고 짜증스러운 느낌을 불러 일으켰다. 소피는 결국 문을 열고 그 소리를 멈추도록 해야겠다고 마음먹었다. 정체가 무엇인지 궁금하기도 했다. 그녀는 아까 벽장에서 꺼냈던 두 번째 벨벳 망토를 아직도 손에 쥐고 있었다. 그래서 문 쪽으로 가면서 망토를 어깨에 휙 둘렀다. 캘시퍼가 눈을 동그랗게 떴다. 그러더니 지금까지 한 번도 본 적이 없는 행동을 했다. 누가 시키지도 않았는데 스스로 고개를 숙인 것이었다. 구불구불한 초록색 불길 밑에서 따닥거리는 요란한 웃음소리가 들려왔다. 이 망토가 내 모습을 어떻게 바꿔 놓았을까 생각하면서 소피는 문을 열었다.

크고 호리호리한 그레이하운드였다. 그 개는 언덕 비탈에서 펄쩍

1. 마법사 하울의 비밀

뛰어오르더니 우지끈거리는 시꺼먼 돌벽 사이를 뚫고 날아와 방 한
복판에 내려앉았다. 소피는 망토를 떨어뜨리고 허둥지둥 뒤로 물러
났다. 그녀는 옛날부터 개를 두려워했는데, 그중에서도 그레이하운
드는 별로 마음을 편하게 하는 개가 아니었다. 이 개는 소피와 문 사
이에 버티고 서서 그녀를 노려보았다. 소피는 바깥에서 휙휙 지나가
는 바위와 히스 덤불들을 안타깝게 바라보면서 혹시 하울을 소리쳐
부르면 뭔가 도움이 될까 생각해 보았다.

개는 이미 구부러진 등을 더욱 둥글게 구부렸다가 늘씬한 뒷다리
로 간신히 몸을 일으켜 세웠다. 그러자 거의 소피만큼이나 키가 커
졌다. 개는 앞다리를 뻣뻣하게 내민 채로 다시 힘을 주어 몸을 더 곧
게 폈다. 소피가 하울을 부르려고 입을 벌리는 순간, 개는 얼른 보기
에도 엄청난 노력을 기울인다 싶더니 갑자기 불쑥 솟구치면서 구겨
진 갈색 옷을 입은 한 남자의 모습으로 변했다. 불그스름한 머리에,
얼굴은 창백하고 우울해 보였다.

'개 인간'이 헐떡거리며 말했다.

"어퍼폴딩에서 왔어요! 레티를 사랑…… 레티가 나를 보냈는
데…… 레티 울고 굉장히 슬퍼…… 나를 당신한테 보내서…… 여기
있으라고……."

미처 말을 끝맺기도 전에 다시 몸이 구부러지며 줄어들기 시작했
다. 그는 좌절감과 불쾌감을 못 이겨 개의 목소리로 울부짖었다.

"마법사에겐 아무 말도!"

그 애처로운 목소리를 마지막으로 그는 스르르 줄어들어 곱슬곱

슬하고 불그스름한 털을 가진 개의 모습으로 돌아갔다. 그러나 다른 개였다. 이번엔 붉은 세터인 것 같았다. 붉은 세터는 복슬복슬한 꼬리를 살랑살랑 흔들면서 애처롭고 비참한 눈으로 소피를 물끄러미 쳐다보았다.

소피는 문을 닫으면서 말했다.

"아, 저런. 정말 딱한 처지로구먼, 친구. 지난번엔 콜리였지? 페어팩스 부인이 했던 말이 무슨 뜻인지 이제야 알겠네. 그 마녀는 정말 죽어 마땅한 여자야! 그런데 레티가 왜 자네를 이리로 보냈을까? 마법사 하울에게 말하지 말라는 건……."

개는 그 이름을 듣자마자 나지막이 으르렁거렸다. 그러면서도 꼬리를 흔들며 호소하는 눈빛을 보내 왔다. "알았어. 말하지 않을게."

그제야 개도 안심하는 듯했다. 그는 곧 난롯가로 다가가더니 약간 경계하는 눈으로 캘시퍼를 힐끔 쳐다보고는 그 붉고 깡마른 몸을 웅크리고 불똥막이 옆에 드러누웠다.

"캘시퍼, 어떻게 생각해?"

소피가 묻자 캘시퍼는 필요 없는 대답을 내놓았다.

"이 개는 마법에 걸린 인간이야."

"그건 나도 알아. 네가 그 마법을 풀어 줄 수는 없을까?"

소피는 아마 다른 수많은 사람들처럼 레티도 하울에게 일을 도와주는 마녀가 생겼다는 소식을 전해 들은 모양이라고 짐작했다. 그리고 하울이 침대에서 일어나 개를 발견하기 전에 빨리 그 개를 다시 사람으로 만들어 어퍼폴딩으로 돌려보내는 것이 중요하다고 생각

1. 마법사 하울의 비밀

했던 것이다.

그러나 캘시퍼는 이렇게 대답했다.

"곤란해. 그런 일을 하려면 하울과 힘을 합쳐야 돼."

"그럼 내가 해 보지 뭐."

가엾은 레티! 하울 때문에 가슴에 상처를 입고, 게다가 하나밖에 없는 또 다른 애인은 대부분 개의 모습을 하고 있다니! 소피는 개의 폭신폭신하고 동그란 머리 위에 손을 얹었다.

"원래의 사람으로 돌아가라."

몇 번이나 그렇게 말해 보았지만 그 주문의 효과는 개를 깊이 잠들게 했을 뿐이었다. 개는 소피의 다리에 기대어 코를 골면서 몸을 움찔거렸다.

한편, 위층에서는 끙끙거리는 신음 소리가 제법 크게 들려오고 있었다. 그러나 소피는 그 소리를 싹 무시하고 계속 개에게 중얼거렸다. 요란한 헛기침 소리가 터져 나오더니 곧 신음 소리로 잦아들었다. 소피는 그것도 무시해 버렸다. 기침 뒤에는 소란스러운 재채기가 잇따랐는데, 그때마다 창문과 모든 문짝이 덜컹거렸다. 그것만은 무시하기가 쉽지 않았지만 소피는 그럭저럭 참아 냈다. 뿌웅, 뿌우웅! 코를 푸는 소리가 마치 굴속에서 울려 나오는 뿔나팔 소리 같았다. 신음 소리와 뒤섞인 기침 소리가 다시 시작되었다. 그러더니 신음 소리와 기침 소리에 재채기까지 가세했고, 그 소리는 점점 높고 격렬해지기만 했다. 마침내 하울은 기침을 하고 신음하고 코를 풀고 재채기를 하고 나지막이 한탄하는 일을 모두 한꺼번에 해내고 있는 것 같았다. 문짝들이 마구 덜컹거렸고, 천장의 대들보가 와들와들 흔들렸고, 캘시퍼의 장작 한 개비가 바닥돌 위로 굴러 떨어졌다.

"알았어, 알았어, 알아들었다고!"

소피는 그 장작을 다시 삼발이 위에 던져 놓았다.

"다음은 녹색 오물이겠지. 캘시퍼, 저 개가 그 자리에 그대로 있도록 해줘."

그리고 계단을 오르며 큰 소리로 투덜거렸다.

"정말이지, 마법사들이란! 자기가 세계 최초로 감기에 걸렸다는 듯이 말이야! 그래, 무슨 일이야?"

그녀는 문턱을 넘어 지저분한 양탄자를 밟으며 그렇게 물었다. 그러자 하울이 청승맞은 목소리로 말했다.

"따분해서 죽겠어요. 정말 죽어 가는 건지도 모르죠."

그는 지저분한 회색 베개들에 기대고 누워 있었는데, 얼굴이 몹시 안 좋아 보였다. 덮고 있는 이불은 조각보로 만든 것 같았으나 지금은 먼지에 뒤덮여 전부 한 가지 색깔로 보였다. 그가 그토록 좋아하던 거미들이 그의 머리 위에서 침대 덮개에 부지런히 거미줄을 치고 있었다.

소피는 하울의 이마를 만져 보았다.

"열이 좀 있긴 하네."

"머리가 몽롱해요. 눈앞에 까만 점들이 오락가락하네요."

"그건 거미들이야. 왜 마법으로 치료하지 않는 거야?"

하울은 씁쓸하게 대답했다.

"감기는 치료 방법이 없으니까요. 머릿속에서 온갖 물건들이 빙빙 돌아요. 아니, 어쩌면 물건들 속에서 내 머리가 빙빙 도는 건지도 모르죠. 마녀의 저주에 담긴 내용을 줄곧 생각하고 있었어요. 그 마녀가 나를 그렇게 속속들이 알고 있을 줄은 몰랐어요. 남에게 속속들이 알려진다는 건 정말 심각한 일이죠. 물론 지금까지 들어맞은 것들은 모두 내가 한 일들이지만 말예요. 이젠 나머지 일들이 일어나기를 기다리는 중이에요."

소피는 그 알쏭달쏭한 시를 다시 떠올려 보았다.

"어떤 것들 말이야? '지나간 세월들은 다 어디 있는지'?"

"아, 그건 알아요. 내 것이든 남의 것이든. 원래부터 있던 그 자리에 그대로 있죠. 마음만 먹으면 내 세례식에 참석해서 나쁜 요정 흉내를 낼 수도 있다고요. 어쩌면 벌써 그런 짓을 해서 문제가 생겼는지도 모르죠. 아무튼 내가 기다리는 건 세 가지뿐이에요. 인어, 흰독말풀 뿌리, 정직한 사람을 나아가게 하는 바람. 그리고 어쩌면 내가 백발이 되어 버릴지도 모르죠. 그렇다고 그걸 확인하려고 마법을 풀어 보진 않겠지만. 어쨌든 그런 일들이 실현되기까지는 겨우 3주밖에 안 남았어요. 그때가 되면 마녀가 나를 사로잡는 거죠. 하지만 럭비 클럽 동창회는 하짓날 전날이니까 적어도 거기까진 참석할 수 있겠네요. 나머지는 벌써 오래전에 일어난 일들이고요."

"별똥이랑 아름답고 정숙한 여인은 찾을 수 없다는 얘기 말이야? 그거야 별로 놀라운 일도 아니지. 자네 같은 방식으로는 어림도 없으니까. 펜트스테먼 선생님도 자네가 점점 나쁜 쪽으로 기운다고 하시더군. 그 말씀이 옳았지?"

그러자 하울은 슬픈 목소리로 말했다.

"죽는 한이 있더라도 장례식엔 꼭 가야 돼요. 펜트스테먼 선생님은 옛날부터 나를 너무 좋게 보셨죠. 내 매력으로 선생님의 눈을 가린 거예요."

그의 눈에서 눈물이 줄줄 흘러내렸다. 정말 울고 있는 것인지, 아니면 감기 때문인지는 알 수 없었다. 어쨌든 소피는 그가 또 어물쩍 넘어가려고 한다는 것을 알아차렸다.

"내 말은 자네가 여자들을 사랑에 빠뜨려 놓고 곧장 차 버리는 버릇 말이야. 도대체 왜 그런 짓을 하지?"

하울은 떨리는 손으로 침대 덮개 쪽을 가리켰다. 그리고 굉장히 슬퍼하면서 말했다.

"저것 때문에 거미들을 좋아하는 거예요. '처음에 성공하지 못하면 다시, 다시, 또다시 노력하라.' 그래서 나도 계속 노력하고 있어요. 하지만 오래전에 했던 어떤 거래 때문에 어쩔 수가 없어요. 난 이제 아무도 제대로 사랑하지 못하게 돼 버렸거든요."

지금 하울은 확실히 울고 있었다. 소피는 그가 안쓰러웠다.

"자, 그렇게 울지 말고……."

그때 밖에서 토닥토닥 발소리가 들려왔다. 소피가 돌아서자 개 인간이 날렵하게 반원을 그리면서 문틈을 비집고 들어왔다. 그녀는 얼른 손을 내밀어 개의 붉은 털을 한 주먹 움켜쥐었다. 틀림없이 하울을 물어뜯으러 온 것이라고 생각했기 때문이다. 그러나 개는 다만

I. 마법사 하울의 비밀

그녀의 다리에 몸을 기댈 뿐이었고, 그래서 소피는 비틀거리며 칠이 벗겨진 벽 쪽으로 주춤주춤 물러서야 했다.

하울이 물었다.

"이건 또 뭐죠?"

소피는 개의 곱슬곱슬한 털을 꽉 붙잡은 채로 대답했다.

"내 개야."

벽에 등을 기대고 서자 창밖이 내다보였다. 당연히 마당이 보일 줄 알았는데 웬걸, 난데없이 사각형의 깔끔한 정원이 나타났다. 정원 한복판에는 어린이용 철제 그네가 있었다. 저물어 가는 태양이 그네에 매달린 빗방울들을 파랗고 빨갛게 물들이고 있었다. 소피가 멍하니 서서 밖을 내다보고 있을 때 하울의 조카 마리가 젖은 잔디밭을 가로질러 달려왔다. 하울의 누나 메건도 마리를 쫓아왔다. 그녀는 마리에게 젖은 그네에 앉지 말라고 소리치는 듯했지만 목소리는 전혀 들리지 않았다. 소피가 물었다.

"저기가 그 웨일스라는 곳이야?"

그러자 하울은 껄껄 웃으며 이불을 탁탁 두드렸다. 먼지가 구름처럼 피어올랐다. 하울은 목쉰 소리로 이렇게 말했다.

"저 개 때문에 망했네요! 나 혼자서 내기를 걸었거든요. 할머니가 여기 계시는 동안에 그 창밖을 한 번도 엿보지 못하게 하겠다고요!"

"오호, 그러셨어?"

소피는 개를 놓아 주었다. 하울을 호되게 물어 주길 바랐던 것이다. 그러나 개는 계속 소피에게 몸을 기댔고, 지금은 자꾸 문 쪽으로 밀어내고 있었다.

"그럼 그렇게 난리법석을 피웠던 것도 그냥 장난이었다는 거지? 진작에 알아차렸어야 되는 건데!"

하울은 회색 베개 위에 드러누웠다. 오해를 받아 속상하다는 표정이었다. 그가 나무라듯이 말했다.

"가끔 보면 할머니 말투도 메건 누나와 비슷하네요."

소피는 개를 먼저 쫓아내고 방을 나서면서 이렇게 대꾸했다.

"가끔 보면 메건이 왜 그렇게 되었는지 알 만하더라."

그러면서 거미들과 먼지와 정원이 있는 풍경을 향해 요란하게 문을 쾅 닫아 버렸다.

1. 마법사 하울의 비밀

15

장례식

소피가 다시 바느질을 시작하자 개 인간은 소피의 발등 위에 묵직하게 웅크리고 누웠다. 그녀 곁에 붙어 있으면 어떻게 든 마법을 풀어 줄 거라고 생각하는지도 몰랐다. 이윽고 붉은 수염을 기른 몸집이 큰 사내가 여러 가지 물건이 담긴 상자를 들고 불쑥 집 안으로 들어왔다. 그가 상자를 든 채로 벨벳 망토를 벗고 마이클의 모습으로 돌아오자 개 인간이 몸을 일으키며 꼬리를 흔들었다. 마이클이 자기를 톡톡 두드리고 귀를 문지르는데도 가만히 있었다.

마이클이 말했다.

"저 개가 가 버리지 않았으면 좋겠네요. 옛날부터 개를 갖고 싶었거든요."

하울도 마이클의 목소리를 들은 모양이었다. 그는 침대에 있던 갈색 조각보 이불로 몸을 감싸고 아래층으로 내려왔다. 소피는 바느질을 멈추고 개를 단단히 붙잡았다. 그러나 개는 하울을 보고도 얌전히 있었다. 하울이 이불 속에서 한 손을 내밀어 쓰다듬을 때도 거부하지 않았다.

하울은 허공에서 또 종이 손수건을 뽑아내느라고 자욱한 먼지 구름을 피워 올리며 목쉰 소리로 물었다.

"잘됐어?"

마이클이 대답했다.

"전부 다 구했어요. 그리고 정말 재수가 좋았어요, 하울 님. 마켓 치핑에 팔려고 내놓은 빈 가게 하나가 있더라고요. 전에는 모자 가게였대요. 우리 성을 그리로 옮겨도 될까요?"

하울은 긴 옷을 입은 로마의 원로원 의원처럼 높다란 걸상에 걸터앉아 곰곰이 생각했다.

"가게 값이 얼마냐에 달렸지. 포트헤이븐 출입구를 그 쪽으로 옮겼으면 좋겠는데. 그건 간단한 일이 아니야. 캘시퍼를 옮겨야 되잖아. 지금 캘시퍼가 실제로 있는 곳이 포트헤이븐이니까. 네 생각은 어때, 캘시퍼?"

캘시퍼는 그 일을 생각하기만 했는데도 벌써 평소보다 훨씬 창백해져 있었다.

"나를 옮기려면 아주 조심스럽게 해야 될 거야. 난 그냥 이대로 놔

1. 마법사 하울의 비밀

두는 게 좋을 것 같은데."

다른 세 명이 이사 문제로 의논하는 동안에 소피는 혼자 생각했다. '그래, 엄마가 가게를 내났구나. 그리고 하울은 자기도 양심이 있다고 하더니 이게 뭐야!' 그러나 무엇보다 마음에 걸리는 것은 개의 알쏭달쏭한 행동이었다. 아무래도 마법을 풀어 줄 수 없겠다고 몇 번이나 말했는데도 개는 떠나려 하지 않았다. 그렇다고 하울을 물려고 덤비지도 않았다. 그날 저녁과 다음 날 아침에는 마이클을 따라 포트헤이븐 늪지대에 가서 이리저리 뛰어다녔다. 마치 가족이라도 되고 싶어 하는 듯했다.

소피는 개에게 이렇게 말했다.

"내가 자네라면 어퍼폴딩에 머물다가 레티가 실연당했을 때 재빨리 낚아챌 텐데."

이튿날도 하울은 하루 종일 침대를 들락거렸다. 그가 누워 있을 때마다 마이클은 정신없이 계단을 오르내려야 했다. 그가 일어날 때마다 마이클은 그와 함께 성 안팎을 자로 재거나 구석구석에 금속 까치발을 설치하느라고 눈 코 뜰 새 없이 바빴다. 그리고 그 사이사이에 하울은 조각보 이불과 먼지 구름을 휘감고 나타나서 무엇인가를 묻거나 알려 주곤 했다. 대상은 주로 소피였다.

"소피 할머니, 할머니가 온통 회칠을 하는 바람에 우리가 이 성을 만들면서 표시했던 것들이 몽땅 지워져 버렸어요. 마이클의 방에 있던 표시들이 어디어디 있었는지 혹시 아세요?"

소피는 일흔 번째 삼각 천을 꿰매면서 대답했다.

"몰라."

하울은 처량하게 재채기를 하면서 물러갔다. 그러나 잠시 후 다시 나타났다.

"소피 할머니, 우리가 그 모자 가게를 산다면 거기서 뭘 파는 게 좋을까요?"

소피는 이제 '모자'라는 말만 들어도 신물이 난다는 것을 깨달았다.

"모자는 안 돼. 가게는 살 수 있지만 손님까지 살 수는 없는 거니까."

"그렇게 귀신같은 머리를 이 문제에 좀 써 보세요. 가령 생각을 해 보는 것도 좋겠죠. 어떻게 하는 건지 잊어버리지 않으셨으면."

그러더니 다시 위층으로 올라가 버렸다.

하울은 5분쯤 뒤에 다시 내려왔다.

"소피 할머니, 다른 출입구들을 특별히 옮기기 원하는 곳은 없어요? 우리가 어디서 살았으면 좋겠어요?"

그 순간 페어팩스 부인의 집이 떠올랐다.

"꽃이 많은 예쁜 집이 좋겠어."

"알았어요."

하울은 목쉰 소리로 말하고 다시 가 버렸다.

다음에 다시 나타났을 때 그는 외출복을 입고 있었다. 그러나 그 날 들어 벌써 세 번째였으므로 소피는 별생각을 하지 않았다. 그런데 하울은 마이클이 썼던 그 벨벳 망토를 걸치고 붉은 수염을 기른 사내로 변신하는 것이었다. 창백한 얼굴을 하고는 빨간 손수건을 코에 대고 콜록거렸다. 그제야 소피는 하울이 밖에 나가려 한다는 것을 깨달았다.

"감기가 더 심해질 텐데."

"그래서 죽어 버리면 다들 안타까워하겠죠."

붉은 수염의 사내는 문손잡이를 초록색으로 돌려놓고 밖으로 나
갔다. 그때부터 한 시간 동안 마이클은 겨우 마법 주문을 공부할 수
있었다. 소피는 파란 삼각 천을 여든네 번째까지 꿰맸다. 그때 붉은
수염의 사내가 다시 들어왔다. 그는 벨벳 망토를 벗고 하울의 모습
으로 돌아왔는데, 기침도 더욱 심해져 있었고, 좀처럼 믿기지 않는
일이지만 전보다 더욱더 낙담한 표정이었다.

하울이 마이클에게 말했다.

"가게를 샀다. 뒤쪽에 쓸 만한 작업장이 있고 옆에는 살림집이 붙
어 있는데, 그걸 전부 다 사 버렸어. 그 많은 돈을 어떻게 장만해야
할지는 모르겠지만."

"저스틴 왕자님을 찾아내면 돈을 받게 되잖아요?"

"깜박 잊은 모양이구나. 이번 이사는 저스틴 왕자를 찾지 않으려
고 하는 거라고. 우린 감쪽같이 사라지는 거야."

그러더니 기침을 하면서 곧장 위층에 있는 침대로 가 버렸고, 곧
이어 다시 관심을 끌려고 재채기를 해 대며 대들보를 뒤흔들기 시작
했다.

마이클은 다시 마법 주문을 놓아두고 위층으로 달려가야 했다. 소
피가 갈 수도 있었지만 개 인간이 방해하는 바람에 못 갔다. 그것도
그의 이상한 행동 중 하나였다. 그는 소피가 하울을 위해 뭔가 해 주

는 것을 싫어했다. 소피는 그것도 무리가 아니라고 생각하면서 여든 다섯 번째 삼각 천을 꿰매기 시작했다.

마이클이 즐거운 기분으로 내려오더니 다시 마법 주문을 공부하기 시작했다. 얼마나 행복한지, 공부를 하면서도 캘시퍼의 국 냄비 노래를 따라 부르거나 소피가 했던 것처럼 해골에게 잡담을 늘어놓는 것이었다. 그는 해골에게 이렇게 말했다.

"우린 마켓치핑에서 살게 될 거야. 날마다 레티를 보러 갈 수 있다고."

소피는 바늘에 실을 꿰면서 물어보았다.

"하울한테 그 가게 얘기를 한 것도 그것 때문이었니?"

지금은 여든아홉 번째 삼각 천을 꿰매는 중이었다.

마이클이 명랑하게 대답했다.

"맞아요. 어떻게 하면 우리가 다시 만날 수 있을까 궁리하고 있을 때 레티가 그 가게 얘기를 해 줬어요. 그래서 저는 레티한테……."

그때 하울이 또 조각보 이불을 휘감고 터덜터덜 아래층으로 내려오는 바람에 말이 끊어졌다. 하울이 목쉰 소리로 말했다.

"내가 나타나는 것도 이번이 마지막이에요. 깜박 잊고 말을 못 했는데, 내일 펜트스테먼 선생님의 장례식이 있어요. 자택이 있는 그 땅에 묻히시는데, 그래서 이 옷을 빨아 둬야 해요."

그는 이불 속에서 회색과 주홍색 옷을 꺼내어 소피의 무릎 위에 떨어뜨렸다.

"엉뚱한 옷을 만지고 계시는군요. 내가 원하는 건 이 옷인데 기운이 없어서 직접 빨지는 못하겠네요."

그러자 마이클이 불안한 듯이 말했다.

"꼭 장례식에 안 가셔도 되잖아요?"

"그럴 수야 없지. 펜트스테먼 선생님은 나를 지금의 마법사로 만들어 주신 분이야. 가서 경의를 표해야 돼."

"하지만 감기가 더 심해졌잖아요."

그때 소피가 한마디 했다.

"다 자기가 한 짓이지. 쓸데없이 싸돌아다녔으니까."

그러자 하울은 한없이 고상한 표정을 지었다.

"바닷바람만 쐬지 않으면 괜찮을 거야. 펜트스테먼 선생님 댁은 정말 추운 곳이야. 나무들도 모두 옆으로 휘어졌고, 바람을 피할 곳도 없고."

소피는 그가 동정을 사려고 연극을 한다는 것을 알았다. 그래서 콧방귀를 뀌었다.

마이클이 물었다.

"마녀는 어떡하고요?"

하울은 애처롭게 콜록거렸다. 그리고 계단 쪽으로 터덜터덜 걸어가면서 말했다.

"변장을 하고 가야지. 나도 시체가 되어 볼까."

소피는 이렇게 소리쳤다.

"그럼 이 옷이 아니라 수의가 필요할 텐데!"

하울은 대답도 없이 위층으로 올라가 버렸고 소피도 더 이상 이러니저러니 말하지 않았다. 이제야 마법에 걸린 옷을 손에 넣었으니 도저히 놓칠 수 없는 기회였다. 소피는 대뜸 가위를 집어 들고 회색과 주홍색의 옷을 이리저리 닥치는 대로 잘라서 일곱 조각을 내 버렸다. 이젠 하울도 그 옷을 입으려고 하지는 못할 터였다. 그러고 나서 소피는 파란색과 은색 옷에 마지막 남은 삼각 천들을 꿰매어 붙이기 시작했다. 대부분은 목둘레에서 나온 작은 조각들이었다. 그 옷은 이제 몹시 작아져 있었다. 하다못해 펜트스테먼 선생의 시동이 입기에도 작을 것 같았다.

"마이클, 그 마법 좀 빨리 해결해 봐. 급하게 됐어."

"금방 될 거예요."

반 시간쯤 후에 마이클은 목록을 보면서 하나하나 점검하더니 준비가 다 된 것 같다고 말했다. 그는 녹색 가루가 밑바닥에 아주 조금 담겨 있는 작은 사발 하나를 들고 소피에게 다가왔다.

"어디에 쓰실 건데요?"

"여기."

소피는 마지막 실밥들을 잘라 냈다. 그리고 잠들어 있는 개 인간을 옆으로 밀어내고 아동복 크기의 옷을 조심스레 방바닥에 펼쳐 놓았다. 마이클도 아주 조심스럽게 사발을 기울이면서 옷 전체에 골고루 녹색 가루를 뿌렸다.

두 사람은 몹시 마음을 졸이면서 기다렸다.

잠시 시간이 흘렀다. 마이클이 안도의 한숨을 내쉬었다. 옷이 천천히 늘어나고 있었다. 그들이 지켜보는 동안에 옷은 점점 늘어나고 또 늘어나다가 개 인간의 몸에 닿으면서 겹쳐 쌓이기 시작했고, 그래서 소피는 옷을 좀 더 멀찌감치 잡아당겨 자리를 만들어 주어야 했다.

5분쯤 지났을 때 두 사람은 이제 그 옷이 하울에게 맞을 것 같다는 데 의견을 모았다. 마이클이 옷을 집어 들더니 남은 가루를 조심스럽게 벽난로 속으로 털어 넣었다. 캘시퍼가 화르르 타오르며 으르렁거렸다. 개 인간이 잠결에 깜짝 놀랐다.

캘시퍼가 말했다.

"조심해! 너무 독하단 말야."

소피는 옷을 받아들고 살금살금 위층으로 올라갔다. 하울은 회색 베개들을 베고 잠들어 있었다. 거미들이 그 주위에서 부지런히 새 거미줄을 치고 있었다. 하울의 잠든 모습은 고상하면서도 불쌍해 보였다. 소피는 절뚝절뚝 걸어가서 창가에 놓인 낡은 궤짝 위에 파란색과 은색의 옷을 내려놓았다. 그러면서 그 옷이 자기가 받아들었을 때보다 더 늘어나지는 않았다고 애써 자신을 달래 보았다. 그리고 창밖을 내다보며 중얼거렸다.

"그래도 이 옷 때문에 장례식에 못 가게 된다면 오히려 다행이지."

깔끔한 정원 너머로 낮게 가라앉은 저녁 해가 보였다. 몸집이 크고 가무잡잡한 남자가 하울의 조카 닐에게 열심히 빨간 공을 던져 주었다. 닐은 어쩔 수 없이 참는다는 표정으로 방망이를 들고 서 있었다. 소피는 그 남자가 바로 닐의 아버지라는 것을 알았다.

등 뒤에서 갑자기 하울의 목소리가 들려왔다.

"또 엿보고 계시네요."

소피는 찔끔해서 돌아섰지만 하울은 아직 잠이 덜 깬 상태였다. 어쩌면 오늘을 어제로 착각하고 있는 것일지도 몰랐다. 왜냐하면 그가 이런 말을 꺼냈기 때문이다.

"'질투의 아픔을 피하는 법도 가르쳐다오.' 그것도 이젠 지나간 세월이 돼 버렸어. 난 웨일스를 사랑하지만 웨일스는 나를 사랑하지 않으니까. 메건 누나는 나를 질투하는데, 자기는 점잖은 사람이고 나는 아니기 때문이지."

그러더니 좀 더 정신이 들었는지 이렇게 묻는 것이었다.

"여기서 뭐 하세요?"

"자네 옷을 가져왔을 뿐이야."

그렇게 대답하고 소피는 허둥지둥 그 방을 빠져나왔다.

하울은 다시 잠든 모양이었다. 그날 밤에는 다시 나타나지 않았다. 이튿날 아침에 소피와 마이클이 일어난 뒤에도 하울은 좀처럼 움직이는 기미가 없었다. 두 사람은 하울을 깨우지 않으려고 조심했다. 둘 다 펜트스테먼 선생의 장례식에 참석하는 것은 좋은 생각이 아니라고 생각했기 때문이다. 마이클은 개 인간을 뛰놀게 하려고 살금살금 언덕으로 나갔다. 소피도 하울이 늦잠을 자길 바라고 발끝으로 걸어 다니며 아침 식사를 준비했다. 마이클이 돌아왔을 때도 하울은 여전히 아무런 기척이 없었다. 개 인간은 몹시 배가 고픈 모양이었다. 소피와 마이클이 개에게 먹일 만한 것을 찾으려고 찬장을 뒤지고 있을 때 하울이 천천히 아래층으로 내려오는 소리가 들렸다.

"소피 할머니."

나무라는 목소리였다. 그는 계단으로 통하는 문을 붙잡고 서 있었는데, 팔 전체가 거대한 파란색과 은색의 옷소매에 가려져 전혀 보이지 않았다. 맨 아래 계단을 딛고 있는 그의 발도 어마어마한 파란색과 은색의 재킷 속에 푹 파묻혀 있었는데, 그나마도 그 옷의 위쪽 절반에 지나지 않는 곳이었다. 하울의 다른 팔은 거대한 반대쪽 옷소매의 근처에도 가지 못했다. 소피는 그 팔의 윤곽만 간신히 볼 수 있었는데, 주름 장식으로 만든 드넓은 목깃 속에서 이리저리 불룩거리며 마구 손짓을 하는 중이었다. 하울의 뒤쪽에도 파란색과 은색의 옷이 계단을 온통 뒤덮으며 그의 방까지 이어져 있었다.

마이클이 말했다.

"아, 저런! 하울 님, 이건 제 잘못이에요, 제가……."

그때 하울이 말했다.

"네 잘못이라고? 웃기지 마라! 소피 할머니가 한 짓이라는 것쯤은 2킬로미터 밖에서도 알 수 있어. 그런데 이 옷은 몇 킬로미터나 되겠군. 소피 할머니, 다른 옷은 어디 두셨죠?"

소피는 황급히 가서 벽장 속에 숨겨 놓았던 회색과 주홍색의 옷 조각들을 가져왔다. 하울이 그것을 살펴보았다.

"흠, 그나마 다행이네요. 너무 작아져서 보이지도 않을 줄 알았는데. 이리 주세요, 일곱 조각 다."

소피는 회색과 주홍색의 천 뭉치를 그에게 내밀었다. 하울은 잠시 뒤진 끝에 겹겹이 접힌 파란색과 은색의 옷소매 속에서 자기 손을 찾아내고 엄청난 바늘땀 사이의 틈새로 끄집어내는 데 성공했다. 그리고 소피에게서 천 뭉치를 낚아챘다.

"이제 난 장례식에 갈 준비를 해야겠어요. 그동안에 두 분은 제발 아무 짓도 하지 마세요. 소피 할머니는 지금 기운이 넘치시는 것 같은데, 내가 화장실에서 나올 때도 이 방이 원래 크기 그대로 있었으면 좋겠거든요."

그는 파란색과 은색의 옷 속에서 허우적거리면서도 사뭇 근엄하게 화장실 쪽으로 나아갔다. 파란색과 은색 옷의 나머지 부분이 질질 끌리듯 차례차례 계단을 내려와 방바닥을 쓸면서 하울을 뒤따랐다. 하울이 화장실에 들어설 무렵에는 재킷의 대부분이 아래층으로 내려왔고 계단 위로 바지가 모습을 드러내는 중이었다. 하울은 화장실 문을 반쯤 닫아 놓고 두 손으로 번갈아 가며 옷을 잡아당기는 모양이었다. 소피와 마이클과 개 인간은 우두커니 서서 파란색이나 은색의 옷감들이 끊임없이 방 안을 가로질러 지나가는 광경을 지켜보고 있었다. 이따금씩 맷돌만 한 은단추가 눈에 띄었고, 밧줄처럼 굵은 바늘땀도 규칙적으로 나타났다. 옷의 길이가 정말 2킬로미터는 되는 것 같았다.

거대한 부채꼴 무늬로 장식된 마지막 옷자락이 화장실 안으로 사라졌을 때 마이클이 말했다.

"제가 그 마법을 제대로 해내지 못한 것 같네요."

그러자 캘시퍼가 말했다.

"하울은 네가 그걸 확실히 깨닫게 해 줬고! 장작이나 하나 더 줘."

마이클은 캘시퍼에게 장작 한 개비를 넣어 주었다. 소피는 개 인간에게 먹이를 주었다. 그러나 그것 말고는 두 사람 다 감히 어떤 일도 할 수가 없었다. 하울이 화장실에서 나올 때까지 그저 우두커니 서서 꿀 바른 빵으로 아침을 먹는 정도가 고작이었다.

하울은 장장 두 시간이 지난 뒤에야 비로소 마법의 버베나 향이 가득한 수증기 속에서 걸어 나왔다. 온통 검정색 일색이었다. 옷도 검정색, 부츠도 검정색, 심지어는 머리카락도 앵거리언 선생처럼 칠흑 같은 검정색이었다. 귀고리도 길쭉한 흑옥 펜던트였다. 소피는 그 검은 머리가 펜트스테먼 선생을 기리기 위한 것인지 궁금했다. 하울에게 검은 머리가 잘 어울린다고 했던 펜트스테먼 선생의 말을 소피도 이해할 수 있었다. 그 머리 때문에 초록색 유리구슬 같은 눈이 더욱 돋보였다. 그러나 정말 궁금한 것은 그 검은 옷이 원래는 어떤 옷이었느냐 하는 문제였다.

하울은 허공에서 검은 종이 손수건을 뽑아 코를 풀었다. 창문이 덜컹거렸다. 그는 작업대 위에서 꿀 바른 빵 한 조각을 집어 들고 개 인간을 손짓해 불렀다. 개 인간은 미심쩍은 표정이었다.

"난 네가 내 눈에 보이는 곳에 있기를 바랄 뿐이야."

목쉰 소리였다. 아직도 감기가 심했다.

"이리 와라, 멍멍아."

개가 마지못해 방 한복판으로 기어갈 때 하울이 문득 이렇게 덧붙였다.

"왕눈이 할머니, 화장실을 뒤져 봐도 다른 옷을 찾아내진 못할 거예요. 다시는 내 옷에 손도 대지 못하실 줄 아세요."

살금살금 화장실 쪽으로 다가가던 소피는 걸음을 멈추었다. 그리고 꿀 바른 빵을 한 입 먹다가 코를 풀다가 하면서 개 인간 주위를 빙빙 돌고 있는 하울을 지켜보았다.

"이런 변장은 어떨까요?"

하울은 검은 손수건을 캘시퍼에게 휙 던지더니 앞으로 엎드리면서 무릎과 손을 바닥 쪽으로 뻗었다. 그렇게 움직이자마자 그의 모습이 사라졌다. 방바닥에 손이 닿았을 때는 벌써 개 인간처럼 곱슬곱슬한 털을 가진 붉은 세터로 변해 있었다.

개 인간은 아주 깜짝 놀라서 본능에 따라 행동했다. 털을 곤추세우고 귀를 낮추며 으르렁거렸다. 하울도 똑같은 시늉을 했다. 어쩌면 그 역시 같은 기분이었는지도 모른다. 똑같이 생긴 두 마리의 개가 서로 빙빙 돌면서 노려보고 으르렁거리고 털을 곤두세우며 싸울 준비를 하고 있었다.

소피는 개 인간이라고 생각되는 개의 꼬리를 붙잡았다. 마이클은 하울이라고 생각되는 개를 붙잡았다. 하울은 조금 다급하게 제 모습으로 돌아왔다. 소피는 검은 옷을 입은 훤칠한 남자가 서 있는 것을 보았다. 그리고 하울의 재킷 옷자락을 놓아 주었다. 개 인간은 서글픈 눈빛으로 마이클의 발치에 털썩 주저앉았다.

하울이 말했다.

"좋군. 다른 개를 속일 수 있다면 누구든지 속일 수 있겠지. 장례식에 참석한 사람들도 비석에 오줌이나 갈기는 들개 한 마리를 눈여겨 보진 않을 테니까."

그는 문 앞으로 가서 파란색이 아래로 가도록 손잡이를 돌렸다.

그때 소피가 말했다.

"잠깐. 어차피 붉은 세터로 변장해서 장례식에 참석할 거였으면 왜 굳이 검은 옷으로 갈아입었지?"

하울은 턱을 치켜들고 고상한 표정을 지었다. 그리고 문을 열면서 대답했다.

"그야 펜트스테먼 선생님께 경의를 표하기 위해서죠. 선생님은 세세한 부분까지 생각할 줄 아는 사람을 좋아하셨거든요."

그러면서 포트헤이븐 거리로 나갔다.

16

마법 싸움

몇 시간이 흘렀다. 개 인간이 또 배가 고프다고 낑낑거렸다. 마이클과 소피도 점심을 먹기로 했다. 소피가 프라이팬을 들고 캘시퍼에게 다가갔다.

캘시퍼가 툴툴거렸다.

"어쩌다 한 번쯤은 빵과 치즈로 때울 수 없어?"

그러면서도 순순히 고개를 숙여 주었다. 소피가 막 구불구불한 초록색 불길 위에 프라이팬을 얹으려는 순간, 어디선가 하울의 목쉰 고함 소리가 울려 퍼졌다.

"조심해, 캘시퍼! 마녀가 나를 찾아냈어!"

캘시퍼가 후닥닥 일어났다. 프라이팬이 소피의 무릎 위로 툭 떨어졌다.

"넌 좀 기다려야겠어!"

캘시퍼가 굴뚝 위를 향해 눈부시게 타오르면서 소리쳤다. 그러더니 마치 격렬하게 이리저리 휘둘리는 것처럼 그의 불타는 파란 얼굴이 뿌옇게 흐려져 순식간에 여남은 개로 불어나 거칠고 요란한 소리로 훅훅거리며 타올랐다.

마이클이 속닥거렸다.

"둘이서 싸우는 모양이에요."

소피는 불에 살짝 덴 손가락을 쪽쪽 빨고 다른 손으로는 치마에 떨어진 베이컨 조각들을 집어내면서 캘시퍼를 지켜보았다. 그는 벽난로 속에서 이리저리 빠르게 움직이고 있었다. 흐릿해진 얼굴이 진파랑에서 하늘색으로, 다시 거의 새하얀 빛으로 시시각각 변해 갔다. 수많은 눈동자도 한순간은 주황색이었다가 곧 별빛 같은 은색으로 바뀌곤 했다. 소피는 그런 광경을 상상해 본 적도 없었다.

그때 머리 위로 뭔가 휙 지나가면서 굉음과 폭음이 터져 나왔고, 방 안의 모든 것이 마구 흔들렸다. 곧이어 길고 날카로운 괴성을 지르며 또 뭔가가 지나갔다. 캘시퍼는 거의 새까맣게 변해 버렸고, 마법 때문에 소피의 살갗이 따끔거렸다.

마이클이 허둥지둥 창가로 다가갔다.

"둘 다 가까이 있어요!"

소피도 창가로 달려갔다. 방 안의 물건들 중에서 절반쯤은 마법의 폭풍에 휩쓸린 모양이었다. 해골은 이빨을 어찌나 격렬하게 마주치는지 원을 그리며 뱅글뱅글 움직이고 있었다. 꾸러미들은 펄쩍펄쩍 뛰고 있었다. 항아리 속에서는 각종 가루들이 부글부글 끓어올랐다. 선반 위의 책 한 권이 바닥에 떨어져 펼쳐지더니 책장들이 이쪽저쪽으로 휘리릭 휘리릭 넘어갔다. 방 한쪽의 화장실에서는 향긋한 수증기가 무럭무럭 흘러 나왔고, 반대쪽에서는 하울의 기타가 음정도 안 맞는 소리로 쟁쟁 울었다. 그리고 캘시퍼는 더욱 격렬하게 휙휙 움직였다.

마이클은 해골이 이빨을 마주치다가 바닥에 떨어지지 않도록 개수대 속에 집어넣으면서 창문을 열고 목을 길게 뽑았다. 무슨 일인지 몰라도 그 일은 약 오를 정도로 아슬아슬하게 안 보이는 곳에서 벌어지는 중이었다. 길 건너편에서는 집집마다 사람들이 문간이나 창가로 몰려나와 머리 위의 어딘가를 가리키고 있었다. 소피와 마이클은 벽장으로 달려가 각기 벨벳 망토를 하나씩 움켜쥐고 재빨리 몸에 걸쳤다. 소피가 잡은 것은 붉은 수염을 기른 사내로 변신하는 망토였다. 그리고 그녀는 자기가 다른 망토를 둘렀을 때 캘시퍼가 그렇게 웃어 댔던 이유를 이제야 알 수 있었다. 마이클이 한 마리의 말로 변신했던 것이다. 그러나 지금은 웃을 시간도 없었다. 소피는 문을 열고 거리로 뛰쳐나갔다. 개 인간도 따라왔는데, 그는 이런 사태를 겪으면서도 놀랍도록 침착해 보였다. 마이클은 있지도 않은 말발굽 소리를 내면서 소피를 쫓아 달렸다. 혼자 남은 캘시퍼는 파란색에서 흰색으로 휙 바뀌었다.

거리는 하늘을 올려다보는 사람들로 가득했다. 말이 집 안에서 달려 나왔는데도 눈여겨보는 사람은 아무도 없었다. 소피와 마이클도 위를 쳐다보았다. 굴뚝 꼭대기 바로 위에서 거대한 구름 하나가 마구 뒤틀리며 들끓고 있었다. 구름은 검은색이었고 격렬하게 회전하고 있었다. 빛이라고 말하기도 어려운 하얗고 강렬한 빛들이 그 먹구름을 뚫고 번뜩였다. 그러나 마이클과 소피가 도착하기가 무섭게 그 마법의 구름 덩어리는 서로 뒤엉켜 싸우는 희미한 뱀의 모습으로 바뀌었다. 그러더니 거대한 고양이들이 싸우는 듯한 소리와 함께 둘로 갈라졌다. 한 조각이 길게 울부짖으며 지붕들을 가로질러 바다 쪽으로 질주했고, 다른 조각도 괴성을 지르며 뒤쫓았다.

그러자 몇몇 사람은 집으로 들어갔다. 그러나 소피와 마이클은 비탈길을 따라 부둣가로 달려 내려가는 좀 더 용감한 사람들의 무리에 끼어들었다. 부둣가에 도착한 사람들은 둥글게 휘어진 방파제 주변이 제일 잘 보이는 곳이라고 생각하는 듯했다. 소피도 그쪽으로 가려고 절뚝거리며 달렸다. 그러나 항무관 막사의 처마 밑에서 더 멀리 나갈 필요는 없었다. 맞은편 방파제에서 바다 쪽으로 조금 벗어난 허공에 두 장의 구름이 떠 있었다. 평온하고 푸른 하늘에 구름이라고는 그 둘뿐이었다. 그래서 쉽게 볼 수 있었다. 그리고 두 구름 사이의 바다 위에서 새하얀 물보라와 함께 거대한 파도를 일으키며 광란하는 시꺼먼 폭풍도 잘 보였다. 그 폭풍에 휩쓸린 불행한 배 한 척이 있었다. 돛대들이 앞뒤로 마구 흔들렸다. 사람들은 사방에서 배를 후려갈기는 물줄기들을 보았다. 선원들은 돛을 내리려고 안간힘을 쓰고 있었지만 벌써 그중의 한 장은 갈기갈기 찢겨져 회색 누더기가 되어 있었다.

누군가 몹시 화가 난 목소리로 외쳤다.

"둘 다 저 배에 대해서는 아랑곳하지도 않는군!"

그때 폭풍 속에서 쏟아져 나온 바람과 파도가 방파제를 때렸다. 허연 바닷물이 방파제를 넘어 솟구쳤고, 방파제 위로 나가 있던 용감한 사람들이 허둥지둥 선창가로 되돌아왔다. 선창에 정박한 배들이 밧줄에 묶인 채로 마구 오르내렸다. 그런 소동이 벌어지는 동안에도 높고 쩌렁쩌렁하게 울부짖는 소리가 끊임없이 들려왔다. 소피는 바람이 불어오는 쪽으로 고개를 내밀었다가 그 난폭한 마법이 단지 바다와 그 불쌍한 배만 괴롭힌 것이 아니라는 사실을 알게 되었다. 온몸이 축축하고 미끌미끌해 보이는 수많은 여자들이 녹색이 도는 갈색 머리를 휘날리며 방파제 위로 올라오고 있었다. 그들은 비명을 지르면서 아직도 파도 속에서 이리저리 흔들리며 비명을 지르고 있는 다른 여자들을 향해 길고 축축한 팔을 뻗었다. 그들은 모두 다리 대신에 물고기 꼬리를 갖고 있었다.

소피가 말했다.

"이런 젠장! 저주에 나왔던 인어들이잖아!"

그렇다면 이제 두 가지 불가능한 일만 더 이뤄지면 끝난다는 뜻이었다.

그녀는 두 구름을 쳐다보았다. 왼쪽 구름 위에는 하울이 무릎을 꿇고 있었는데, 그 구름은 생각보다 훨씬 더 컸고 가까이 있었다. 하울은 여전히 검은 옷을 입고 있었다. 그는 역시 하울다웠다. 어깨 너머로 겁에 질린 인어들을 훔쳐보고 있었던 것이다. 인어들이 저주의 주문에 있었다는 사실을 떠올리는 눈길이 절대로 아니었다.

소피 옆에 있던 말이 소리쳤다.

"마녀한테나 신경 쓰세요!"

그때 갑자기 마녀가 나타났다. 마녀는 오른쪽 구름 위에 우뚝 서 있었는데, 불길 같은 빛깔의 긴 옷과 치렁치렁한 붉은 머리를 흩날리면서 다시 마법을 쓰기 위해 두 팔을 치켜들고 있었다. 하울이 마녀 쪽을 돌아보는 순간 그녀가 팔을 내렸다. 하울의 구름이 터지면서 장밋빛 불꽃들이 분수처럼 솟구쳤다. 불꽃의 열기가 부둣가를 휩쓸었고 방파제에서는 수증기가 피어올랐다.

말이 숨 가쁜 소리로 외쳤다.

"무사해요!"

하울은 밑에서 마구 흔들리며 거의 가라앉을 지경이 되어 버린 배에 타고 있었다. 이젠 아주 조그마한 검은 점 같은 모습이 되어 흔들거리는 큰 돛대에 기대고 서 있었다. 그는 마녀에게 능글맞게 손을 흔들어 마법이 빗나갔다는 것을 알렸다. 그가 손을 흔드는 순간 마녀도 그를 발견했다. 구름과 마녀를 비롯한 모든 것이 한 마리의 붉은 새가 되어 배를 향해 사납게 내리꽂혔다.

배가 사라졌다. 인어들이 일제히 노래하듯 구슬픈 비명을 내질렀다. 배가 있던 자리에는 음산하게 출렁이는 바닷물뿐이었다. 그러나 아래로 내리 꽂히던 새는 속도가 너무 빨라서 미처 멈출 수가 없었다. 그래서 엄청난 물보라와 함께 바닷속에 풍덩 빠져 버렸다.

부둣가에 있던 모든 사람이 환호성을 올렸다. 소피의 등 뒤에서 누군가 소리쳤다.

"그게 진짜 배가 아닌 줄 알았다니까!"

그러자 말이 아는 체했다.

"맞아요, 환상이었을 거예요. 너무 작더라고요."

그 배가 보기보다 훨씬 가까이 있었다는 증거로, 마녀가 물에 빠지며 일으킨 물결이 미처 마이클의 말이 끝나기도 전에 방파제에 도달했다. 6미터 높이로 불끈 솟아오른 녹색 바닷물이 거침없이 방파제를 넘어왔다. 그 물에 휩쓸린 인어들이 비명을 지르며 항구 안쪽으로 떨어졌고, 정박한 배들은 좌우로 세차게 기우뚱거렸다. 물결은 항무관 막사에 부딪히며 소용돌이쳤다. 말의 옆구리에서 팔 하나가 불쑥 튀어나와 소피를 선창 쪽으로 잡아당겼다. 소피는 무릎까지 올라오는 잿빛 바닷물 속에서 비틀거리며 숨을 헐떡였다. 두 사람 곁에는 귀까지 흠뻑 젖어버린 개 인간이 껑충껑충 달리고 있었다.

그들이 막 선창에 도착하고 항구 안의 배들이 겨우 똑바로 일어섰을 때였다. 산더미 같은 두 번째 파도가 넘실넘실 방파제를 넘었다. 파도의 매끈한 옆구리에서 괴물이 튀어나왔다. 날카로운 발톱을 가진 길쭉하고 시꺼먼 괴물이었는데, 절반은 고양이, 절반은 바다사자의 모습이었다. 괴물은 방파제를 따라 선창 쪽으로 달려왔다. 파도가 항구 안으로 쏟아져 내리는 순간, 또 하나의 괴물이 파도 속에서 튀쳐나왔다. 역시 몸이 길쭉하고 자세가 낮았지만 비늘이 더 많았는데, 그 괴물도 첫 번째 괴물을 뒤쫓으며 달려왔다.

사람들은 싸움이 아직 끝나지 않았다는 것을 깨닫고 허둥거리며 선창가의 집과 막사들 쪽으로 첨벙첨벙 물러났다. 소피는 밧줄에 걸려 넘어졌다가 현관 계단에 걸려 또 넘어졌다. 말의 옆구리에서 팔이 뻗어 나와 그녀를 일으키는 순간, 두 괴물이 바닷물을 마구 튕겨내며 쏜살같이 지나갔다. 또 하나의 파도가 방파제를 휩쓸었고, 다시 두 마리의 괴물이 튀어나왔다. 처음에 나왔던 두 괴물과 똑같이 생겼지만 이번에는 비늘이 많은 괴물이 고양이를 닮은 괴물을 더 바싹 뒤따르고 있었다. 그리고 다음번 파도에서 튀어나온 두 괴물은 더욱 가까이 붙어 있었다.

세 번째 괴물들이 돌로 쌓은 방파제를 뒤흔들며 지나갈 때 소피가 소리쳐 물었다.

"이게 다 무슨 일이야?"

그러자 말의 모습을 한 마이클이 대답했다.

"환상이죠. 적어도 일부는요. 둘 다 서로를 속여 가짜를 쫓아가게 만들려는 거예요."

"누가 어느 쪽이지?"

"저도 몰라요."

구경꾼들의 일부는 괴물들이 너무 무서운 모양이었다. 많은 사람이 집으로 돌아갔다. 또 어떤 이들은 흔들리는 배가 선창에 부딪히지 못하게 하려고 배 위로 뛰어내리기도 했다. 소피와 마이클은 좀 더 끈질긴 구경꾼들의 무리에 끼어 포트헤이븐 거리를 지나 괴물들을 뒤쫓았다. 처음에는 강물처럼 흐르는 바닷물을 따라갔고, 다음에는 물에 젖은 거대한 발자국들을 따라갔고, 마지막으로 괴물들의 날카로운 발톱 때문에 거리의 돌바닥이 허옇게 긁히거나 움푹 파인 자국들을 따라갔다. 괴물들의 흔적은 마을 뒤쪽의 늪지대로 이어져 있었다. 소피와 마이클이 별똥을 쫓아다니던 그곳이었다.

그때쯤 여섯 마리의 괴물은 제가끔 통통 튀며 움직이는 검은 점이 되어 평평한 늪지대 저쪽으로 멀리 사라져 가고 있었다. 사람들은 들쭉날쭉한 늪가에 둘러서서 열심히 지켜보았다. 좀 더 보고 싶기도 했고, 앞으로 보게 될 것이 두렵기도 했다. 그러나 잠시 후에는 텅 빈 늪지대 말고는 아무것도 보이지 않게 되었다. 아무 일도 없었다. 이윽고 꽤 많은 사람들이 발길을 돌리려 할 때였다. 아니나 다를까, 다른 사람들이 일제히 소리쳤다.

"저기!"

멀리서 둥글고 창백한 불덩어리 하나가 느릿느릿 공중으로 떠올랐다. 엄청난 폭발이 일어난 모양이었다. 불덩어리가 연기의 탑이 되어 점점 퍼져 나갈 무렵, 폭발과 함께 터져 나왔던 굉음이 구경꾼들이 있는 곳에 이르렀다. 그 천둥 같은 소리에 모두들 깜짝 놀랐다. 그들은 연기가 차츰 늪지대의 안개 속으로 흩어지는 것을 지켜보았다. 그 뒤에도 계속 지켜보았다. 그러나 주위는 평온하고 적막할 뿐이었다. 바람이 늪지대의 갈대숲을 와삭와삭 흔들었고 새들도 다시 지저귀기 시작했다.

사람들이 말했다.

"싸우다가 둘 다 죽었나 봐."

그들은 하나둘씩 흩어졌다. 저마다 아까 하다 만 일을 마저 하려고 발길을 재촉하는 것이었다.

소피와 마이클은 마지막까지 남아 있었다. 이젠 정말 다 끝난 것이 분명했다. 그제야 두 사람은 천천히 포트헤이븐으로 되돌아갔다. 둘 다 말을 할 기분이 아니었다. 개 인간만이 즐거워 보였다. 두 사람 곁에서 어찌나 까불며 돌아다니는지, 소피는 그가 하울이 정말 죽었다고 믿는 모양이라고 생각했다. 개 인간은 너무 기뻐서 어쩔 줄 모르는 것 같았다. 하울의 집이 있는 거리로 접어들었을 때 도둑 고양이 한 마리가 길을 건너는 것을 보더니 신이 나서 짖어 대며 쫓아갔다. 그는 후닥닥 덤벼들었다가 다시 민첩하게 달리다가 하면서 곧장 성의 현관 계단이 있는 곳까지 고양이를 뒤쫓았다. 그런데 계단 앞에서 고양이가 확 돌아서더니 개를 노려보면서 이렇게 야옹거렸다.

"썩 꺼져! 내가 이런 일까지 당해야 되냐!"

개는 부끄러운 듯이 물러났다.

마이클이 다가닥다가닥 문가로 달려가 소리쳤다.

"하울 님!"

고양이는 새끼 고양이만 한 크기로 줄어들면서 몹시 낙담한 태도를 보였다.

"둘 다 꼴락서니가 우스꽝스럽군요! 문 좀 열어 주세요. 너무 피곤해요."

소피가 문을 열자 고양이는 집 안으로 들어갔다. 그리고 캘시퍼가 간신히 파란 불꽃만 남아서 깜박거리고 있는 난롯가로 기어가더니, 의자 위에 두 앞발을 힘겹게 올려놓았다. 그리고 천천히 커지면서 허리를 굽힌 하울의 모습으로 변했다.

마이클이 망토를 벗고 제 모습으로 돌아오면서 솔깃한 목소리로 물었다.

"마녀를 죽이셨어요?"

"아니."

하울은 돌아서서 의자에 털썩 주저앉았다. 축 늘어진 모습이 정말 피곤해 보였다. 그가 목쉰 소리로 말했다.

"감기에 걸린 몸으로 이런 일을 겪다니! 소피 할머니, 제발 그 끔찍한 붉은 수염은 떼어 버리고 찬장에 있는 브랜디 병 좀 찾아주세요. 할머니가 벌써 마셨거나 독약으로 만들어 버리지 않았다면 말예요."

소피는 망토를 벗고 브랜디 병과 술잔을 찾아냈다. 하울은 술 한 잔을 맹물 마시듯 훌쩍 비웠다. 그리고 두 번째 잔을 따르더니 자기가 마시지 않고 캘시퍼에게 조심스럽게 방울방울 떨어뜨렸다. 캘시퍼는 화르르 피어오르며 지글거렸다. 조금 기운을 차린 듯했다. 하울은 세 번째 잔을 따르고 뒤로 기대어 조금씩 마시기 시작했다.

"그렇게 서서 뚫어지게 보지 마세요! 누가 이겼는지는 나도 몰라요. 마녀를 공격하기는 굉장히 힘들어요. 주로 불꽃 마귀에게 맡겨놓고 자기는 당하지 않으려고 뒤에 숨어 있거든요. 그래도 우리 때문에 고생 좀 했을 거야, 그렇지, 캘시퍼?"

그러자 캘시퍼가 장작 밑에서 힘없이 쉭쉭거리며 대답했다.

"그놈은 몹시 교활해. 힘은 내가 더 세지만 그놈은 내가 생각하지도 못했던 것들을 알고 있었어. 마녀가 100년 동안이나 데리고 있었거든. 그놈 때문에 하마터면 내가 죽을 뻔했다고!"

그는 조금 씩씩거리더니 장작 밑에서 조금 더 기어나오면서 투덜거렸다.

"미리 말해 줬어야지!"

그러자 하울이 맥없이 대꾸했다.

"미리 말했잖아, 이 사기꾼 녀석아! 내가 아는 건 너도 다 알잖아."

하울이 의자에 기대고 누워 브랜디를 홀짝홀짝 마시는 동안 마이클은 모두가 먹을 빵과 소시지를 찾아왔다. 음식을 먹고 나자 다들 기운을 차렸다. 다만 개 인간만은 예외였는데, 하울이 살아 돌아와서 맥이 빠진 모양이었다. 캘시퍼도 활활 타오르면서 평소의 모습을 되찾았다.

"이대로는 안 되겠어!"

그렇게 말하면서 하울이 힘겹게 일어섰다.

"정신 차려, 마이클. 마녀는 우리가 포트헤이븐에 있다는 걸 알고 있어. 이젠 킹스베리 쪽 출입구와 성을 옮기는 것만으론 안 된다고. 캘시퍼도 모자 가게에 딸린 살림집으로 옮겨야겠어."

"나를 옮긴다고?"

캘시퍼가 따닥거리며 말했다. 그러면서 걱정 때문에 하늘색으로 빛이 바랬다.

"그래. 마켓치핑이냐 마녀냐, 둘 중에서 선택해야 돼. 괜히 까다롭게 굴지 말라고."

"빌어먹을!"

캘시퍼는 깊은 한숨을 쉬면서 삼발이 밑바닥으로 쑥 들어가 버렸다.

17

움직이는 성의 이삿날

하울은 벌써 1주일쯤 푹 쉰 사람처럼 열심히 일하기 시작했다. 한 시간 전의 무시무시한 마법 싸움을 소피가 직접 목격하지 못했다면 도저히 그게 사실이었다고 믿을 수 없을 정도였다. 하울과 마이클은 이곳저곳을 자로 잰 수치를 부르거나 미리 금속 까치발을 설치해 둔 자리에 분필로 이상한 기호를 표시하면서 바삐 움직였다. 뒷마당을 포함하여 구석구석 빠짐없이 분필로 표시해야 하는 모양이었다. 그들은 화장실 천장의 야릇하게 생긴 부분과 계단 밑에 있는 소피의 좁은 방 때문에 꽤나 애를 먹었다. 소피와 개 인간은 이리저리 떠밀려 다니다가 결국 완전히 구석으로 밀려나고 말았다. 마이클이 방바닥을 기어다니며 분필로 동그라미를 그려 놓고 그 속에 다섯 개의 꼭짓점이 있는 별을 그려야 했기 때문이다.

마이클이 그 일을 끝마치고 무릎에 묻은 먼지와 분필 가루를 털고 있을 때 하울이 뛰어 들어왔다. 검은 옷에 회칠이 덕지덕지 묻어 있었다. 소피와 개 인간은 다시 옆으로 밀려났고, 하울은 방바닥을 기어다니며 별과 동그라미 안팎에 기호를 적어 놓았다. 소피 와 개 인간은 계단에 가서 앉았다. 개 인간은 부들부들 떨고 있었다. 이런 마법은 좋아하지 않는 모양이었다.

하울과 마이클이 마당으로 달려 나갔다. 하울이 다시 뛰어들면서 소리쳤다.

"소피 할머니! 빨리요! 가게에서 뭘 팔았으면 좋겠어요?"

소피는 다시 페어팩스 부인을 떠올렸다.

"꽃."

"딱 좋군요."

하울은 페인트 한 통과 작은 붓을 들고 황급히 문 쪽으로 걸어갔다. 그리고 통 속에 붓을 푹 꽂더니 파란 얼룩을 노랗게 칠했다. 다시 붓을 꽂았다. 이번에는 붓이 자주색으로 변해 있었다. 그는 그것으로 초록색 얼룩을 덧칠했다. 세 번째로 붓을 꽂았을 때는 페인트가 주황색으로 바뀌었고, 그 주황색이 빨간 얼룩을 덮었다. 그러나 하울은 검은 얼룩만은 건드리지 않았다. 하울이 돌아설 때 그의 옷소매 끝자락이 붓과 함께 페인트 통에 빠져 버렸다.

"제기랄!"

하울은 옷소매를 끄집어냈다. 끝자락이 무지개처럼 알록달록했다. 그러나 하울이 한 번 흔들어 주자 다시 검정색으로 변했다.

소피가 물어보았다.

"원래는 어떤 옷이었지?"

"잊어버렸어요. 방해하지 마세요. 어려운 작업은 이제부터 시작이라고요."

하울은 페인트 통을 다시 작업대로 갖다 놓고 가루가 든 작은 항아리를 집어 들었다.

"마이클! 은삽은 어디 있니?"

마이클이 마당에서 뛰어 들어왔다. 번쩍거리는 커다란 삽을 들고 있었는데, 손잡이는 나무였지만 삽날은 진짜 은으로 만든 것 같았다.

"바깥은 다 됐어요!"

하울은 삽자루를 무릎에 기대어 놓고 손잡이와 삽날에 분필로 기호를 그려 넣었다. 항아리의 빨간 가루를 은삽에 뿌리더니 손끝으로 조금씩 집어 별의 꼭짓점마다 조심스레 떨어뜨리고 나머지는 별의 중심에 쏟아 놓았다.

"멀찌감치 물러나라, 마이클. 다들 물러나요. 준비됐냐, 캘시퍼?"

장작들 사이에서 캘시퍼가 모습을 드러냈다. 한 줄기 파란 불길이 실처럼 길게 뻗어 나왔다.

"지금이든 나중이든 마찬가지야. 이러다가 내가 죽을 수도 있다는 건 알고 있겠지?"

"좋은 쪽으로 생각하라고. 내가 죽을 수도 있으니까. 조금만 참아.

하나, 둘, 셋."

하울은 삽자루가 쇠막대기와 평행이 되도록 하면서 아주 느리고 침착하게 삼발이 속에 똑바로 삽을 꽂았다. 그리고 삽날을 좌우로 움직이면서 캘시퍼 밑으로 집어넣었다. 그러더니 더욱 침착하고 신중하게 들어올렸다. 마이클도 숨을 멈추고 있는 것이 분명했다. 하울이 말했다.

"됐어!"

장작들이 굴러 떨어졌다. 전혀 타는 것 같지 않았다. 하울이 몸을 일으키더니 캘시퍼를 삽 위에 올려 놓은 채로 돌아섰다.

방 안에는 연기가 자욱했다. 개 인간이 낑낑거리며 몸을 떨었다. 하울이 기침을 했다. 그러면서도 삽을 움직이지 않으려고 애쓰고 있었다. 소피의 눈에 눈물이 고여 뚜렷하게 볼 수는 없었지만, 캘시퍼 자신이 말했던 것처럼 그에게는 발도 다리도 없는 것 같았다. 희미하게 빛나는 검은 덩어리에 길고 뾰족하고 파란 얼굴이 뿌리 내린 듯 붙어 있을 뿐이었다. 그 검은 덩어리는 앞쪽에 움푹 파인 곳이 있어서 처음에는 마치 캘시퍼가 작은 다리를 구부려 무릎을 꿇고 있는 것처럼 보였다. 그러나 그게 아니었다. 덩어리가 살짝 흔들릴 때 자세히 보니 아래쪽은 둥글게 되어 있었다. 캘시퍼는 몹시 불안해하는 기색이 역력했다. 주황색 눈이 겁에 질려 휘둥그레졌고, 그는 팔처럼 생긴 작고 가냘픈 불길을 좌우로 연거푸 뻗어내며 삽날 가장자리를 잡으려고 했지만 헛일이었다.

"금방 끝날 거야!"

하울이 캘시퍼를 달래 주려는 듯 숨 막힌 소리로 말했다. 그러나 곧 기침이 터져 나오려고 해서 얼른 입을 다물고 잠시 그대로 서 있어야 했다. 삽자루가 흔들거렸고 캘시퍼는 공포에 사로잡힌 표정이었다. 하울이 안정을 되찾았다. 그는 조심스럽게 한 걸음을 길게 내디뎌 분필로 그린 동그라미 속으로 들어가더니 다시 한 걸음을 옮겨 다섯 개의 꼭짓점이 있는 별의 중심을 밟고 섰다. 그리고 삽자루를 수평으로 든 채로 천천히 한 바퀴 돌았다. 하늘색으로 질린 얼굴에 겁먹은 눈을 동그랗게 뜬 캘시퍼도 하울과 함께 한 바퀴 돌았다.

마치 방 전체가 그들과 함께 빙글 도는 것 같았다. 개 인간이 소피에게 바싹 다가와 몸을 웅크렸다. 마이클이 비틀거렸다. 소피는 그들이 있는 곳이 세상에서 따로 떨어져 나와 원을 그리며 흔들흔들 도는 듯한 느낌을 받았다. 속이 울렁거렸다. 캘시퍼가 그토록 무서워하는 것도 무리가 아니었다. 사방이 여전히 흔들거리며 움직이고 있을 때 하울이 역시 조심스럽게 걸음을 옮겨 별 속에서 빠져나오고 다시 동그라미를 벗어났다. 그는 난롯가에 무릎을 꿇고 무척 신중하게 캘시퍼를 도로 삼발이 속에 넣어 주고 그 주위에 장작들을 쌓아 놓았다. 캘시퍼가 장작더미 꼭대기로 초록색 불길을 피워 올렸다. 하울이 삽자루에 몸을 기대고 기침을 터뜨렸다.

방 안이 진동하다가 멈추었다. 그러고도 잠시 동안은 연기가 아직도 꽉 차 있었는데, 소피는 자신이 태어난 집에서 보았던 낯익은 거실의 윤곽선들을 발견하고 놀라지 않을 수 없었다. 비록 방바닥은 아무것도 깔지 않은 마룻바닥이었고 벽에는 그림 한 장도 없었지만 소피는 금방 알아볼 수 있었다. 성에 있던 방이 스스로 꿈틀거리면서 이 거실 속에 자리를 잡는 듯했다. 이쪽은 더 길어지고, 저쪽은 더 짧아지고, 천장은 아래로 끌어내려 대들보가 있는 원래의 천장에 맞추고, 그리하여 두 개의 방이 하나로 합쳐지면서 다시 성안의 방이 되었다. 다만 지금은 전보다 조금 더 높고 정사각형에 가까운 것 같았다.

하울이 콜록거리며 물었다.

"다 했냐, 캘시퍼?"

캘시퍼가 굴뚝을 향해 피어오르며 대답했다.

"그런 것 같아."

삽날을 타고 옮겨 다녔지만 조금도 해를 입지 않은 듯했다.

"그래도 확인해 보는 게 좋겠지."

그 말을 들은 하울은 삽자루를 쥐고 일어나서 노란 얼룩이 아래로 가게 해 놓고 문을 열었다. 바깥은 소피가 평생 동안 보아 왔던 마켓 치핑의 거리였다. 그녀가 잘 아는 사람들이 돌아다니고 있었다. 식전에 저녁 산책을 즐기는 것이었다. 여름에는 그렇게 산책하는 사람들이 많았다. 하울은 캘시퍼를 향해 고개를 끄덕이고 문을 닫더니 손잡이를 주황색으로 돌려놓고 다시 문을 열었다.

문 앞에는 잡초가 우거진 넓은 길이 구불구불하게 저 멀리까지 이어져 있었다. 길 양쪽 곳곳에는 때마침 저물어 가는 태양의 비스듬한 햇빛을 받고 있는 아름다운 숲들이 있었다. 저 멀리에는 조각상들을 얹어 놓은 웅장한 돌문이 서 있었다.

1. 마법사 하울의 비밀

하울이 물었다.

"여기가 어디야?"

캘시퍼는 변명하듯이 이렇게 대답했다.

"골짜기 끝에 있는 어느 빈 저택이야. 네가 찾아 달라고 하던 예쁜 집이지. 이 집도 꽤 괜찮다고."

그러자 하울이 말했다.

"그렇겠지. 진짜 주인들이 항의하지만 않으면 좋겠는데."

그는 문을 닫고 자주색이 아래로 가도록 손잡이를 돌려놓았다. 그리고 다시 문을 열면서 말했다.

"이번엔 움직이는 성이야."

바깥은 거의 해 질 무렵이었다. 여러 가지 향기가 실린 뜨거운 바람이 불어 왔다. 소피는 짙푸른 잎이 우거진 둔덕 하나가 스르르 지나가는 것을 볼 수 있었다. 잎사귀 사이사이에는 커다란 자주색 꽃들이 잔뜩 피어 있었다. 둔덕이 천천히 돌면서 지나가고 나자 이번에는 희미하게 빛나는 백합 한 무더기가 나타났고, 그 너머에는 황혼 빛을 받은 수면이 반짝거리고 있었다. 꽃향기가 어찌나 달콤한지, 소피는 자기도 모르게 방 안을 절반이나 가로질러 걷고 있었다.

"안 돼요. 아무리 궁금해도 내일까지는 좀 참으세요."

그렇게 말하면서 하울이 문을 탁 닫아 버렸다.

"방금 그곳은 바로 황야의 변두리라고요. 잘했어, 캘시퍼. 완벽해. 예쁜 집도 있고, 꽃도 많고, 부탁했던 대로 됐어."

그는 삽을 휙 내던지고 잠을 자러 가 버렸다. 정말 피곤했던 모양이었다. 신음 소리도 없었고, 고함 소리도 없었고, 기침 소리도 거의 들리지 않았다.

피곤하기는 소피와 마이클도 마찬가지였다. 마이클은 의자에 털썩 주저앉아 멍하니 개 인간을 쓰다듬었다. 소피는 걸상에 걸터앉았다. 기분이 이상했다. 분명히 그들은 이사를 했다. 집 안은 똑같은 것 같으면서도 달랐고, 아무튼 몹시 혼란스러웠다. 그런데 움직이는 성은 왜 하필 황야 변두리로 옮겨 놨을까? 마녀의 저주가 하울을 마녀 쪽으로 끌어당기고 있는 것일까? 아니면 하울이 너무 열심히 뺀질거리며 꽁무니를 뺀 나머지, 한 바퀴 빙 돌아서 오히려 남들이 성실하다고 평가할 만한 사람이 되어 버린 것일까?

소피는 마이클이 어떻게 생각하는지 보려고 그쪽을 쳐다보았다. 그러나 마이클은 잠들어 있었다. 개 인간도 마찬가지였다. 그래서 소피는 캘시퍼를 돌아보았다. 그는 장밋빛으로 달아오른 장작들 사이에서 졸린 듯 너울거리고 있었는데, 주황색 눈도 거의 다 감겨 있었다. 소피는 하얗게 빛나고 있던 캘시퍼의 눈동자를 떠올렸고, 그다음에는 휘둥그런 눈으로 삽날 위에서 휘청거리던 모습을 떠올렸다. 그 모습이 소피에게 뭔가 생각나게 했다. 그의 전체 모습이 그랬다.

"캘시퍼, 너도 별똥이었던 때가 있었니?"

그러자 캘시퍼가 주황색 눈을 하나만 뜨고 소피를 쳐다보았다.

"그야 물론이지. 네가 알게 됐으니까 이젠 말해도 돼. 계약상으로도 그렇게 되어 있으니까."

"그럼 하울이 너를 붙잡은 거야?"

"5년 전, 포트헤이븐 늪지대에서였지. 그때 하울은 마법사 젱킨이라는 이름으로 일을 시작한 직후였는데, 마법 장화를 신고 나를 쫓아왔어. 난 하울이 무서웠어. 안 그래도 겁에 질려 있었거든. 하늘에서 떨어지면 죽을 게 뻔하니까. 안 죽을 수만 있다면 뭐든지 했을 거야. 하울이 나를 인간들처럼 살아 있게 해 주겠다고 말했을 때 나는 그 자리에서 계약을 하자고 했어. 우린 둘 다 그게 어떤 짓인지 몰랐던 거야. 난 그저 고마웠고, 하울은 내가 불쌍해서 그렇게 말했을 뿐이었지."

"마이클이 그랬던 것처럼 말이지."

그 순간 마이클이 잠에서 깨었다.

"뭐라고 하셨죠? 소피 할머니, 난 우리가 이렇게 횡야 변두리까지 오지 않았으면 좋겠어요. 이리로 오게 될 줄은 몰랐다고요. 너무 불안해요."

그러자 캘시퍼가 안쓰럽다는 듯이 말했다.

"마법사의 집에서는 아무도 안전하지 않아."

이튿날 아침, 문손잡이는 검정색이 아래로 내려가 있었다. 그런데 어느 색으로 돌려놓아도 문이 열리지 않아서 소피는 몹시 기분이 나빴다. 마녀가 나타나거나 말거나, 빨리 그 꽃들을 보고 싶었다. 그렇게 애타는 마음을 달래기 위해 소피는 물 한 양동이를 떠다가 방바닥에 분필로 그려진 기호들을 북북 지우기 시작했다.

소피가 한창 그 일을 하고 있을 때 하울이 들어왔다.

"일, 일, 일."

그렇게 말하면서 그는 걸레질을 하고 있는 소피를 성큼 넘어갔다. 그의 모습이 조금 달라져 있었다. 옷은 여전히 새까맸지만 머리는 다시 금발로 바꾸었다. 검은 옷에 대비되어 하얗게 보였다. 소피는 하울을 쳐다보면서 저주의 주문을 떠올렸다. 하울도 그 말을 생각했을지도 모른다. 그는 개수대 속의 해골을 꺼내어 한 손으로 받쳐 들고 애절한 목소리로 중얼거렸다.

"아, 불쌍한 요릭! 그녀도 인어들의 소리를 들었을 텐데, 그렇다면 결론은 덴마크에 뭔가 나쁜 일이 생겼다는 뜻이지. 난 이렇게 영영 낫지도 않는 감기에 걸렸지만, 그래도 난 정말 정직함과는 거리가 멀어서 참 다행이야. 계속 그래야겠어."

그러면서 애처롭게 콜록거렸다. 그러나 사실은 감기가 나아가는 중이라서 기침 소리도 별로 그럴듯하게 들리지 않았다. 소피는 개인간과 시선을 주고받았다. 그는 하울만큼이나 슬픈 표정으로 소피를 쳐다보며 앉아 있었다. 소피가 중얼거렸다.

"자네는 레티에게 돌아가야 돼."

그리고 하울에게 물었다.

"무슨 일인데 그래? 앵거리언 선생 일이 잘 안 풀려?"

"형편없죠. 릴리 앵거리언의 심장은 푹 삶은 돌덩어리 같아요."

그는 해골을 도로 개수대 속에 내려놓고 마이클을 소리쳐 불렀다.

"밥 먹자! 일하자!"

아침 식사 후 그들은 벽장에서 물건들을 모두 끄집어냈다. 그다음에 마이클과 하울은 벽장 속의 측면 벽에 구멍 하나를 뚫었다. 벽장 문 밖으로 먼지가 풀풀 날리면서 쿵쿵거리는 이상한 소리가 들려왔다. 마침내 두 사람이 소피를 소리쳐 불렀다. 소피는 일부러 빗자루를 가져갔다. 벽이 있던 자리에 아치문이 있었는데, 그것은 옛날부터 가게와 살림집 사이를 오갈 때 쓰던 계단으로 통했다. 하울이 가게 안을 둘러보라고 소피에게 손짓했다. 가게는 텅 비어 소리가 메아리쳤다. 펜트스테먼 선생의 집 현관처럼 바닥에는 흑백의 사각형 타일을 깔아 놓았고, 모자를 진열하던 선반 위에는 밀랍을 입힌 비단 장미를 꽂은 화병 하나와 벨벳으로 만든 작은 구륜앵초 꽃다발 하나가 놓여 있었다. 소피는 그것을 보고 감탄하기를 기대하는 하울의 속마음을 알아차렸다. 그래서 아무 말도 하지 않았다.

하울이 말했다.

"그 꽃은 뒤쪽에 있는 작업장에서 찾아냈어요. 이리 와서 바깥쪽도 좀 보세요."

그는 거리로 통하는 문을 열었다. 소피가 평생 동안 들어왔던 가게 종소리가 딸랑거렸다. 소피는 이른 아침의 텅 빈 거리로 절뚝절뚝 걸어나갔다. 가게 앞면은 초록색과 노란색으로 새로 칠했다. 진열창 위에 꼬불꼬불한 글자들이 적혀 있었다.

'H. 젱킨스 꽃집. 날마다 싱싱한 꽃'

"평범한 성에 대한 생각을 바꾼 모양이지?"

소피가 그렇게 묻자 하울이 말했다.

"이건 위장하기 위한 거예요. 난 펜드래건이 더 좋다고요."

"그런데 싱싱한 꽃은 어디서 가져오겠다는 거야? 저렇게 써 놓고 가짜 꽃들을 팔 수는 없잖아."

"두고 보세요."

그러면서 하울은 앞장서서 다시 가게 안으로 들어갔다.

그들은 가게 안을 지나서 소피가 평생 동안 보아 왔던 마당으로 빠져나왔다. 마당은 이제 크기가 절반으로 줄었는데, 그것은 움직이는 성에 딸린 하울의 뒷마당이 나머지를 차지했기 때문이었다. 소피는 하울의 뒷마당을 둘러싼 벽돌담 너머로 자신의 옛집을 올려다보았다. 새로운 창문이 생긴 탓으로 집이 좀 이상해 보였는데, 그것은 원래 하울의 방에 있던 창문이었다. 하울의 그 창에서는 지금 그녀가 보고 있는 것들을 내다볼 수 없다는 것을 깨닫게 되자 기분이 더욱 야릇해졌다. 소피는 가게 위층에 자기가 예전에 쓰던 방의 창문을 볼 수 있었는데, 그것도 기분을 야릇하게 만드는 일이었다. 이젠 그 방으로 올라갈 방법이 전혀 없는 것 같았기 때문이다.

이윽고 하울을 따라 다시 안으로 들어가 벽장으로 이어진 계단을 오르다가 소피는 문득 자신이 몹시 무뚝뚝하게 굴고 있다는 것을 깨달았다. 옛집이 이렇게 달라진 것을 보고 있자니 왠지 마음이 착잡해졌다.

"이만하면 다 괜찮구먼."

그러자 하울이 냉랭하게 말했다.

"진심이세요?"

기분이 상한 모양이었다. '칭찬은 꽤나 좋아하시는군' 하고 생각하면서 소피는 한숨을 푹 쉬었다. 하울이 성문 앞으로 다가가더니 자주색이 아래로 가도록 손잡이를 돌렸다. 소피가 가만히 생각해 보니 캘시퍼처럼 자신도 지금까지 하울을 칭찬한 적은 한 번도 없었다. 그런데 이제 와서 칭찬해 줄 필요가 있을까 하는 생각도 들었다.

문이 열렸다. 꽃이 활짝 핀 커다란 덤불들이 천천히 지나가다가 멈추어서 소피는 그쪽으로 내려갔다. 덤불과 덤불 사이에는 선명한 초록색 풀잎들이 길게 자라난 오솔길들이 사방으로 뻗어 있었다. 하울과 소피는 제일 가까운 오솔길을 따라 걸었고, 성도 그들을 따라오면서 꽃잎을 훑어 떨어뜨렸다. 성은 여전히 높고 시꺼먼 데다 모양마저 제멋대로였고, 게다가 이쪽 아니면 저쪽 탑으로 그 괴상한 연기를 퐁퐁 뿜어내고 있었다. 그런데도 여기서는 그다지 어색해 보이지 않았다. 이곳은 마법에 걸린 땅이었다. 소피도 그것을 알 수 있었다. 그래서인지 성도 이곳에 잘 어울리는 것 같았다.

공기는 뜨겁고 축축했다. 수천수만의 꽃들이 향기를 뿜어냈다. 소피는 하마터면 그 향기가 하울이 다녀간 화장실을 연상시킨다고 말할 뻔했지만 억지로 참았다. 그곳은 정말 굉장했다. 덤불마다 보라색이나 빨간색이나 흰색의 꽃들이 만발했고, 그 사이사이의 촉촉한 풀밭에는 좀 더 작은 꽃들이 가득했다. 꽃잎이 석 장밖에 없는 분홍색 꽃, 큼직한 팬지꽃, 야생 풀협죽도꽃, 온갖 빛깔의 층층이 부채꽃, 주황색 나리꽃, 키 큰 백합꽃, 그 밖에도 무수히 많았다. 모자에 꽂을 만큼 큰 꽃을 피우는 덩굴 식물도 있었고, 수레국화와 양귀비도 있었고, 잎사귀의 모양도 이상하지만 빛깔은 더욱 이상한 식물도 있었다. 비록 그녀가 꿈의 정원으로 생각하던 페어팩스 부인의 정원과는 좀 달랐지만 소피는 곧 무뚝뚝한 태도마저 잊어버리고 마냥 기뻐했다.

그때 하울이 말했다.

"이젠 아시겠죠?"

그가 한쪽 팔을 휘저어 검은 옷소매를 펄럭이자 노란 장미꽃 덤불에서 만찬을 즐기던 수백 마리의 파란 나비가 일제히 후르르 날아올랐다.

"아침마다 한 아름씩 꽃을 꺾어다가 마켓치핑에서 파는 거예요. 아침 이슬이 그대로 맺힌 채로 말예요."

푸른 오솔길이 끝나는 곳은 풀밭이 질퍽질퍽했다. 덤불 밑에는 난초들이 넓게 퍼져 있었다. 하울과 소피는 갑자기 연꽃이 가득 피어 있고 물안개가 모락모락 피어오르는 웅덩이를 만나게 되었다. 성이 웅덩이를 피해 옆으로 움직이더니 또 다른 꽃들이 피어 있는 다른 오솔길로 접어들었다.

"혼자서 이리로 나오실 때는 지팡이를 가져와서 땅을 찔러 보세요. 샘물이나 수렁이 많거든요. 그리고 저쪽으로는 더 이상 가지 마시고요."

하울은 안개 자욱한 하늘에 눈부시게 하얀 쟁반 같은 태양이 떠 있는 동남쪽을 가리켰다.

"저쪽은 황야예요. 몹시 뜨겁고 황량한 곳, 마녀가 출몰하는 곳이죠."

"이 꽃들은 누가 키웠지? 이런 황야 변두리에 말이야."

"1년 전에 마법사 설리먼이 시작한 일이죠."

하울은 성 쪽으로 몸을 돌렸다.

"내 생각엔 황야에 꽃을 피워 마녀를 쫓아내려고 했던 것 같아요. 온천을 지상으로 끌어올려 꽃을 키웠죠. 아주 잘하고 있었는데 그만 마녀한테 잡혀 버린 거예요."

"펜트스테먼 선생이 말한 이름은 그게 아니었는데. 자네와 같은 곳에서 왔다지?"

"비슷해요. 하지만 만난 적은 없어요. 난 몇 달 뒤에 이곳에 왔거든요. 나도 똑같은 일을 했죠. 그러다가 마녀를 만나게 된 거예요. 마녀는 내가 하는 일을 싫어했어요."

"그건 왜?"

성이 두 사람을 기다리고 있었다.

"마녀는 자기가 꽃이라고 생각하거든요. 황야에 홀로 핀 한 송이 난초꽃. 정말 웃기는 일이죠."

소피는 하울을 따라 안으로 들어가면서 무리지어 핀 꽃들을 한 번 더 돌아보았다. 장미꽃만 하더라도 수천 송이를 헤아렸다.

"자네가 여기 있다는 걸 마녀도 알아차리지 않을까?"

"난 마녀가 전혀 예상하지 못할 일을 하려고 했던 거예요."

"그럼 저스틴 왕자도 찾아볼 거야?"

그러나 하울은 또 대답을 어물쩍 넘겨 버리고 마이클을 소리쳐 부르며 벽장 속으로 뛰어들었다.

18

허수아비와 앵거리언 선생

그들은 이튿날부터 꽃집을 열었다. 하울이 말한 그대로였다. 기가 막힐 정도로 간단했다. 그들이 해야 할 일이라고는 그저 아침 일찍 손잡이를 자주색으로 돌려놓은 후 문을 열고 나가서 일렁이는 푸른 안개 속에서 꽃을 따 모으는 일뿐이었다. 그 일은 곧 일상적인 하루 일과가 되었다. 소피는 지팡이와 가위를 가지고 이리저리 돌아다녔다. 그러면서 지팡이에게 이야기를 하기도 했고, 지팡이로 질퍽거리는 땅을 찔러 보거나 높은 곳에 피어 있는 아름다운 장미 줄기를 끌어 내리기도 했다. 마이클은 스스로 아주 자랑스럽게 생각하는 자신의 발명품을 갖고 나갔다. 물을 담은 커다란 양철통이었는데, 그것은 공중에 둥둥 떠올라 마이클이

I. 마법사 하울의 비밀

어디를 가든지 덤불 사이로 졸졸 따라다녔다. 개 인간도 따라나섰다. 그는 푸르고 축축한 오솔길을 따라 이리 뛰고 저리 뛰며 나비 떼를 쫓거나, 꿀을 빨아먹는 작고 화려한 새들을 낚아채려 하면서 마냥 즐거워했다. 개 인간이 이리저리 뛰어다니는 동안에 소피는 길게 뻗은 붓꽃이나 나리꽃, 복슬복슬한 주황색 꽃, 파란색 무궁화 따위를 한 아름씩 따 모았고, 마이클은 난초와 장미, 별 모양의 하얀 꽃, 윤기가 흐르는 주홍색 꽃, 그 밖에도 무엇이든 마음에 드는 꽃들을 양철통에 가득 담았다. 모두들 그 시간을 즐겁게 보냈다.

그러다가도 날씨가 너무 뜨거워지기 전에 그들은 그날 모은 꽃들을 가게로 들여와서 하울이 마당에서 찾아다 준 여러 종류의 항아리나 양동이 속에 꽂아 놓았다. 그 양동이 중에서 두 개는 사실 마법 장화였다. 그 속에 글라디올러스 몇 다발을 꽂으면서 소피는 이거야말로 하울이 레티에게 완전히 흥미를 잃었다는 증거라고 생각했다. 그는 이제 소피가 그 장화를 쓰든 말든 아랑곳하지도 않는 것이었다.

그들이 꽃을 모으는 시간에 하울은 거의 언제나 집을 비웠다. 그때마다 문손잡이는 검정색 얼룩이 아래로 가 있었다. 그는 대개 식사 시간이 지났을 때 돌아와 늦은 아침을 먹었고 여전히 검은 옷을 입고 있었다. 그러나 그 검은 옷이 원래 어느 옷이었는지는 소피에게 말해 주지 않았다. 다만 이렇게 말할 뿐이었다.

"펜트스테먼 선생님을 애도하는 상복이에요."

그러다가 소피나 마이클이 왜 날마다 그 시간에 집을 비우느냐고 물어보면 하울은 몹시 속상한 얼굴로 이렇게 대답했다.

"학교 선생에게 말을 붙이려면 수업이 시작되기 전에 만나야 되니까."

그러면서 화장실에 틀어박혀 두 시간을 보냈다.

한편 소피와 마이클은 좋은 옷으로 갈아입고 꽃집 문을 열었다. 하울은 반드시 좋은 옷을 입어야 한다고 주장했다. 그래야 손님들이 모인다는 것이었다. 소피는 모두가 앞치마를 둘러야 한다고 주장했다. 처음 며칠 동안 마켓치핑 사람들은 진열창을 통해 들여다보기만 하고 가게 안으로는 들어오지 않았다. 하지만 얼마 지나지 않아 꽃집은 큰 인기를 끌었다. 젱킨스 꽃집에는 구경도 못 한 꽃들이 수두룩하다는 소문이 퍼진 덕분이었다. 소피가 평생 동안 알고 지냈던 사람들이 찾아와 꽃을 한 묶음씩 사 갔다. 그들은 소피를 알아보지 못했고, 그래서 소피는 기분이 야릇했다. 사람들은 그녀를 하울의 어머니로 생각했다. 그러나 소피는 하울의 어머니 노릇에 질려 버린 터였다. 그래서 체자리 부인에게 이렇게 말했다.

"난 그 녀석의 고모라우."

그때부터 소피는 젱킨스 아줌마라고 불리게 되었다.

하울이 옷차림에 맞춰 검정색 앞치마를 두르고 나타날 무렵이면 꽃집 안은 몹시 붐볐다. 하울이 나타나면 더욱 바빠졌다. 그때부터 소피는 그 검은 옷이 원래는 마법에 걸린 회색과 주홍색 옷이었을 거라고 생각했다. 하울이 상대하는 여자 손님은 누구나 처음에 달라고 했던 것보다 최소한 두 배 이상의 꽃을 사 들고 가게를 나서곤 했다. 대개는 하울의 매력에 못 이겨 열 배나 많은 꽃을 사 버리기 일쑤였다. 머지않아 소피는 여자들이 먼저 꽃집 안을 들여다보고 혹시라도 하울이 있으면 아예 들어오지도 않는다는 것을 알게 되었다. 당연한 일이었다. 단춧구멍에 꽃을 장미 한 송이를 사려다가 뜻하지 않게 난초 세 묶음을 사게 된다면 정말 난감한 일이니까. 그래서 나중에 하울이 마당 건너편의 작업장에서 많은 시간을 보내기 시작했을 때도 소피는 굳이 말리지 않았다.

하울은 이렇게 말했다.

"캐묻기 전에 미리 말씀드리는데요, 난 마녀를 막아 낼 방어 체계를 갖추는 중이에요. 그 일이 다 끝나면 마녀가 어디로도 침입하지 못할 거예요."

이따금씩 꽃이 다 팔리지 않고 남게 되는 문제가 생겼다. 소피는 남은 꽃들이 밤사이에 시들어 가는 것을 차마 볼 수가 없었다. 그러다가 자기가 꽃들에게 말을 걸어 주면 싱싱함이 더 오래간다는 것을 깨닫게 되었다. 그때부터 그녀는 꽃들에게 많은 이야기를 했다. 마이클에게 마법의 비료를 만들어 달라고 부탁한 후, 개수대 안에 양동이들을 모아 두거나 예전에 모자를 장식할 때 쓰던 골방에 물통들을 들여놓고 각종 실험을 해 보기도 했다. 어떤 꽃들은 며칠 동안이나 싱싱하게 피어 있었다. 그래서 당연히 몇 가지 실험을 더 해 보았다. 마당에서 숯검댕을 퍼 와서 열심히 중얼거리며 여러 가지 식물을 심어 보았다. 그렇게 해서 짙은 감색의 장미를 키웠는데, 그 꽃은 소피에게 큰 기쁨을 주었다. 꽃봉오리는 석탄처럼 새까맸지만 꽃이 필수록 점점 파랗게 변하다가 나중에는 캘시퍼와 거의 비슷한 파란색이 되는 것이었다. 소피는 그 일이 너무 즐거워 대들보에 걸어 둔 뿌리들을 모두 가져다가 실험을 했다. 그러면서 이렇게 행복해 보기는 난생 처음이라고 생각했다.

그러나 그것은 사실이 아니었다. 뭔가 잘못된 것이 있었는데 그게 무엇인지는 알 수가 없었다. 때로는 마켓치핑 사람들이 아무도 자기를 알아보지 못하기 때문이라고 생각했다. 혹시 마사도 알아보지 못할까 봐 감히 그녀를 만나러 갈 수도 없었다. 마법 장화에서 꽃들을 쏟아 내고 당장 레티를 만나러 가지 못하는 것도 같은 이유에서였다. 동생들마저 자기를 늙은 여자로 본다면 도저히 참을 수 없는 일이었다.

마이클은 걸핏하면 여분의 꽃들을 잔뜩 챙겨 들고 마사를 만나러 갔다. 때로는 바로 그것이 문제라는 생각도 들었다. 마이클은 아주 명랑했고, 소피 혼자서 꽃집을 지키는 일이 점점 많아졌다. 그러나 꼭 그것 때문은 아닌 것 같았다. 혼자서 꽃을 파는 것도 충분히 즐거웠다.

때로는 캘시퍼 때문인 것 같기도 했다. 캘시퍼는 심심해했다. 캘시퍼가 하는 일이라고는 풀이 우거진 오솔길을 따라 천천히 성을 떠다니게 하면서 이따금씩 웅덩이나 호수를 피해 아침마다 새로운 꽃들이 피어난 장소로 옮겨 놓는 일뿐이었다. 그는 소피와 마이클이 꽃을 따서 들어올 때마다 자못 부러운 듯이 파란 얼굴을 삼발이 밖으로 내밀곤 했다.

"나도 바깥이 어떻게 생겼는지 구경하고 싶어."

소피는 캘시퍼가 불에 태울 수 있도록 향긋한 풀잎들을 따다 주었고, 덕분에 성안에는 화장실만큼이나 진한 향기가 진동했다. 그러나 캘시퍼는 자기가 정말 원하는 것은 말동무라고 말했다. 모두들 하루 종일 꽃집에 나가 있으니 자기만 늘 혼자라는 것이었다.

그래서 소피는 아침마다 적어도 한 시간씩은 마이클에게 꽃집을 맡겨 놓고 캘시퍼와 이야기를 나누었다. 그리고 자기가 바쁘더라도 캘시퍼가 심심하지 않도록 수수께끼 놀이를 만들어 냈다. 그러나 캘시퍼는 여전히 불만이었다.

"하울과의 계약은 언제 깨뜨려 줄 거야?"

그렇게 묻는 일이 점점 더 많아졌다. 소피는 그때마다 답변을 회피했다.

"노력 중이야. 곧 해결될 거라고."

그러나 그 말은 사실이 아니었다. 소피는 어쩔 수 없을 때 말고는 그 문제를 별로 생각하지 않았다. 펜트스테먼 선생이 했던 말 그리고 하울과 캘시퍼가 했던 말을 모두 종합해 보았을 때 소피는 그 계약에 대하여 제법 그럴듯하고 매우 무시무시한 결론을 얻게 되었다. 만약에 계약을 깨뜨린다면 하울과 캘시퍼는 둘 다 끝장이라는 것이 소피의 믿음이었다. 하울은 죽어도 괜찮지만 캘시퍼는 달랐다. 그리고 하울도 마녀의 저주 중에서 나머지 부분들이 이루어지지 않게 하려고 꽤나 열심인 것 같았으므로 소피로서는 확실히 도움 될 일이 아니라면 아무것도 하고 싶지 않았다.

때로는 개 인간 때문에 자꾸 마음이 무거워지기도 했다. 그는 몹시 우울해했다. 마음껏 즐거워하는 시간이라고는 매일 아침 덤불 사이로 난 푸른 오솔길을 따라 이리저리 뛰어다닐 때뿐이었다. 그 시간 이외에는 하루 종일 슬픈 표정으로 소피를 졸졸 따라다니며 깊은 한숨을 내쉬었다. 그러나 그를 위해 소피가 해 줄 수 있는 일은 아무 것도 없었고, 그래서 하짓날이 가까워지면서 날씨가 점점 더워지자 오히려 기뻐했다. 개 인간이 마당에 있는 그늘에 드러누워 헥헥거리는 시간이 늘어났기 때문이었다.

한편, 소피가 심어 놓았던 뿌리들은 매우 흥미로운 결과를 보여주었다. 양파는 작은 야자나무가 되더니 양파 냄새가 나는 조그마한 열매들을 맺기 시작했다. 또 다른 뿌리에서는 해바라기 같은 분홍색 꽃이 피었다. 다만 뿌리 하나는 성장이 매우 느렸다. 그러다가 마침내 둥그스름한 초록색 풀잎 두 장이 솟아났을 때 소피는 그것이 자라 무엇이 될지 궁금해서 견딜 수 없을 지경이었다. 이튿날에 보았을 때는 난초가 될 것 같았다. 연자주색 반점이 찍힌 뾰족한 잎들이 있었고, 그 한복판에서는 커다란 봉오리가 달린 길쭉한 꽃대가 자라나고 있었다. 그다음 날, 소피는 싱싱한 꽃들을 양철통에 담아 놓고 그 식물이 어떻게 되었는지 보려고 얼른 골방으로 달려갔다.

봉오리가 벌어져 분홍색 꽃이 활짝 피어 있었다. 그 꽃은 압착기로 꾹 누른 것처럼 납작했고, 둥그스름한 끄트머리가 꽃대에 연결되어 있었다. 분홍색의 통통한 중심부에서 넉 장의 꽃잎이 돋아났는데, 두 장은 아래를 가리켰고 그 위쪽 중간쯤에 양쪽으로 벌어진 두 장의 꽃잎이 더 있었다. 소피가 그 꽃을 보고 있을 때 문득 봄꽃들의 진한 향기가 풍겨 왔다. 하울이 들어와서 등 뒤에 서 있다는 것을 알았다.

"그게 뭐죠? 자외선 빛 제비꽃이나 적외선 빛 제라늄을 기대하신 거라면 이번 실험은 잘못됐네요, 엉터리 과학자 할머니."

그러자 마이클도 들어와 구경하면서 이렇게 말했다.

"짓눌린 아기처럼 생긴 꽃이네요."

정말 그랬다. 하울은 놀란 눈으로 마이클을 힐끔 바라보더니 화분에 담긴 꽃을 집어 들었다. 그리고 손으로 쥐고 화분 속에서 살며시 잡아 뽑더니 하얀 실뿌리와 숯 검댕과 아직도 남아 있는 마법의 비료 따위를 조심스럽게 털어 내고는 마침내 소피가 처음에 심었던 갈색의 갈라진 뿌리를 찾아냈다.

"내 이럴 줄 알았다니까. 흰독말풀 뿌리잖아. 소피 할머니가 또 사고를 치셨군. 일 벌이는 데는 정말 탁월하시네요."

그는 그 식물을 다시 조심스럽게 화분에 심어 소피에게 건네주고 몹시 창백한 얼굴로 가 버렸다.

'이젠 저주가 거의 다 실현됐구나.' 소피는 가게 진열창 안에 꽃을 배치하러 가면서 그런 생각을 했다. 흰독말풀 뿌리가 아이를 낳았다. 이제 남은 것은 하나뿐이었다. 정직한 사람을 나아가게 하는 바람. 그것이 만약 하울이 정직해져야 한다는 뜻이라면 저주는 영영 실현되지 않을 수도 있다고 소피는 생각했다. 하울은 아침마다 마법에 걸린 옷을 입고 나가 앵거리언 선생을 유혹하려 했으니 무슨 일을 당해도 괜찮다고 생각하면서도 어쩐지 마음이 꺼림칙하고 걱정

스러웠다. 소피는 마법 장화 속에 백합 한 다발을 꽂았다. 그리고 그
것을 잘 어울리게 배치하려고 진열창 안으로 기어 들어갔을 때 바깥
에서 쿵, 쿵, 쿵 하고 규칙적인 소리가 들려왔다. 막대기로 돌바닥을
찍는 소리였다.

용기를 내어 창밖을 내다보기도 전에 먼저 심장이 이상하게 뛰기
시작했다. 아니나 다를까, 허수아비였다. 거리 한복판에서 껑충껑충
뛰면서 천천히, 그러나 정확하게 이쪽으로 다가오고 있었다. 쫙 벌
린 두 팔에 걸려 있는 누더기는 예전보다 훨씬 적었고 더욱 짙은 잿
빛으로 찌들어 있었다. 그리고 순무로 만든 얼굴은 말라비틀어지면
서 마치 굳은 결심을 한 듯한 표정이 되어 있었다. 보아하니 하울이
멀리 내던져 버린 뒤에도 허수아비는 쉬지 않고 껑충껑충 뛰어서
마침내 여기까지 찾아온 모양이었다.

무서워하는 사람은 소피만이 아니었다. 일찌감치 일어나 돌아다
니던 몇몇 사람들이 허수아비를 피해서 걸음아 날 살려라 도망치고
있었다. 그러나 허수아비는 아랑곳하지 않고 그저 껑충껑충 달릴 뿐
이었다.

소피는 허수아비가 보지 못하도록 얼굴을 감추었다. 그리고 허수
아비에게 필사적으로 속삭였다.

"우린 여기 없어! 넌 우리가 여기 있다는 걸 몰라! 우리를 찾아낼
수 없어! 얼른 가 버려!"

허수아비가 꽃집에 가까워지면서 껑충거리는 막대기의 쿵, 쿵 하
는 소리가 점점 느려졌다. 소피는 고함을 질러 하울을 부르고 싶었

지만 그저 했던 말을 되풀이하는 것 말고는 아무것도 할 수 없었다.

"우린 여기 없다니까. 빨리 꺼지라고!"

그렇게 말하자마자 쿵, 쿵 하는 소리가 다시 빨라졌고, 허수아비는 꽃집 앞을 껑충껑충 지나쳐 마켓치핑 시내를 뚫고 계속 달려갔다. 소피는 금방이라도 쓰러질 것 같다고 생각했다. 그러나 그것은 지금까지 숨을 멈추고 있었기 때문이었다. 소피는 심호흡을 했다. 안도감으로 가슴이 떨려 왔다. 혹시 허수아비가 돌아오더라도 다시 쫓아 보내면 그만이었다.

소피가 성안으로 들어갔을 때 하울은 이미 나가고 없었다. 마이클이 말했다.

"하울 님이 굉장히 걱정하는 표정이던데요."

소피는 문 쪽을 바라보았다. 손잡이는 검정색이 아래로 가 있었다. '그렇게 많이 걱정되지는 않는 모양이군!'

그날 아침 마이클도 체자리 빵집으로 가 버렸고 소피 혼자만 꽃집에 남아 있었다. 몹시 무더웠다. 꽃들은 마법을 썼는데도 축축 늘어졌고, 꽃을 사려는 사람도 거의 없었다. 게다가 흰독말풀 뿌리와 허수아비 문제까지 겹쳐 소피는 당장이라도 터져 버릴 것 같은 심정이었다. 정말 비참했다.

소피는 한숨을 쉬면서 꽃들에게 말했다.

"마녀의 저주가 하울을 덮치려 하는 것도 사실이지만 진짜 원인은 내가 맏딸이기 때문인 것 같아. 나를 좀 보라고! 행운을 찾겠다고 나섰지만 결국 출발점으로 되돌아왔잖아. 더구나 이렇게 고목나무처럼 파삭 늙어서 말야!"

바로 그때, 마당으로 통하는 문간에서 개 인간이 그 붉고 반질반
질한 코를 들이밀고 낑낑거렸다. 소피는 한숨을 푹 내쉬었다. 개 인
간은 한 시간이 멀다 하고 그렇게 소피가 잘 있는지 자꾸 확인하는
것이었다.

"그래, 나 아직 여기 있어. 내가 갈 데가 어디 있다고 그래?"

개 인간이 꽃집 안으로 들어왔다. 그리고 똑바로 앉더니 앞발을
뻣뻣하게 앞으로 뻗었다. 소피는 그가 사람으로 변신하려 한다는 것
을 깨달았다. 가엾기도 하지. 소피는 그에게 늘 상냥한 태도를 보이
려고 애썼다. 어쨌든 개 인간에 비하면 자신은 사정이 나은 편 이었
으니까.

"더 노력해 봐. 젖 먹던 힘까지 써 보라고. 정말 원한다면 사람이
될 수 있어."

개는 등을 쭉 펴고 꼿꼿하게 일어나면서 안간힘을 썼다. 그러다가
결국 포기하거나 뒤로 벌렁 자빠질 거라는 생각이 드는 찰나, 개 인
간은 마침내 뒷다리로 서서 몸을 일으키는 데 성공했다. 머리는 불
그스름하고 얼굴엔 괴로움이 가득한 남자로 변신한 것이었다.

그는 숨을 헐떡이며 이렇게 말했다.

"하울이 부럽네요. 아주 쉽게 해내던데. 난 그때…… 산울타리에 엉
켜 있던 그 개였어요. 당신이 도와줬던. 레티한테 말했어요. 당신을 안
다고…… 내가 지켜 주겠다고. 전에도…… 여기 와 봐서……."

이때 다시 몸이 구부러지면서 개로 변하기 시작했고 그는 속이 상

해서 길게 울부짖었다. 그리고 애처롭게 소리쳤다.

"마녀와 함께!"

그러더니 곧 엎어져 두 손으로 바닥을 짚었고, 그 순간 엄청난 양의 잿빛 털과 하얀 털이 자라났다. 소피는 그 자리에 서 있는 커다란 털북숭이 개를 멍하니 내려다보았다.

"마녀와 함께 왔었다고?"

이제야 생각이 났다. 안절부절못하던 그 남자, 놀란 눈으로 소피를 바라보던 그 불그스름한 머리카락의 남자.

"그렇다면 내가 누구인지도 알고, 내가 마법에 걸렸다는 것도 알겠군. 레티도 알고 있어?"

개는 크고 텁수룩한 머리를 끄덕거렸다.

"마녀는 자네를 개스턴이라고 부르던데. 아, 친구, 그 마녀가 자네한테 정말 몹쓸 짓을 해 놨구먼! 이런 날씨에 그렇게 털북숭이가 되어 있다니! 어디 시원한 데로 가 있는 게 좋겠어."

개는 다시 고개를 끄덕이고 비참한 표정으로 흐느적거리며 마당으로 나갔다.

"그런데 레티가 왜 자네를 보냈을까?"

소피는 그것이 궁금했다. 지금 알게 된 내용은 너무 뜻밖이라서 도무지 갈피를 잡을 수가 없었다. 소피는 캘시퍼와 이야기해 보기 위해 계단을 올라가 벽장을 지나갔다.

그러나 캘시퍼도 별로 도움을 주지 못했다.

"네가 마법에 걸렸다는 걸 아는 사람이 아무리 많아져도 소용없어. 그 개한테도 아무 소용이 없었잖아."

"그건 그렇지만……."

소피가 그렇게 말문을 열었을 때였다. 성문이 딸깍 열렸다. 소피와 캘시퍼는 그쪽을 돌아보았다. 문손잡이는 여전히 검정색이 아래로 가 있었다. 그들은 곧 하울이 들어올 거라고 생각했다. 그러나 그들은 둘 중에서 누가 더 놀랐는지 말할 수도 없을 만큼 크게 놀라고 말았다. 문짝 뒤에서 아주 조심스럽게 모습을 드러낸 사람은 다름 아닌 앵거리언 선생이었기 때문이다.

앵거리언 선생도 똑같이 놀랐다.

"아, 죄송해요! 젱킨스 씨가 여기 계실 줄 알았는데요."

소피는 딱딱하게 대꾸했다.

"그 녀석은 나갔어."

하울이 앵거리언 선생을 만나러 가지 않았다면 도대체 어디로 간 것일까?

앵거리언 선생은 방금 깜짝 놀라 움켜쥐었던 문짝을 비로소 놓았다. 문이 스르르 열리면서 아무것도 없는 공간이 나타났다. 앵거리언 선생은 애원하는 표정으로 소피를 향해 다가왔다. 소피는 자기도 모르게 어느새 자리에서 일어나 그녀 쪽으로 걸어갔다는 것을 깨달았다. 마치 앵거리언 선생을 못 들어오게 막으려는 듯한 태도였다. 앵거리언 선생이 입을 열었다.

"부탁이에요. 젱킨스 씨한테는 제가 다녀갔다는 말을 하지 말아 주세요. 솔직히 말씀드리자면 제가 그분의 접근을 거부하지 않은 이유는 혹시 제 약혼자의 소식이라도 들을 수 있지 않을까 싶어서였어요. 벤 설리번 말예요. 저는 벤도 젱킨스 씨가 번번이 사라지면서 찾아가는 그곳으로 갔을 거라고 믿거든요. 다만 벤은 돌아오지 않았죠."

"여기에 설리번이라는 사람은 없어."

그렇게 말하면서 소피는 생각했다. '그건 마법사 설리먼이잖아! 저 여자 말은 한 마디도 못 믿겠어!'

그때 앵거리언 선생이 말했다.

"아, 그건 저도 알아요. 하지만 제대로 찾아왔다는 느낌이 들어요. 잠깐 좀 둘러봐도 괜찮을까요? 벤이 어떤 생활을 하고 있는지 조금이라도 알고 싶어요."

그녀는 새까만 머리카락을 귀 뒤로 넘기면서 방 안으로 더 깊숙이 들어오려고 했다. 그러나 소피가 앞을 딱 가로막고 있었다. 그래서 앵거리언 선생은 애원하는 듯한 태도를 보이면서 슬금슬금 작업대 쪽으로 움직일 수밖에 없었다. 그녀는 유리병이나 항아리들을 보고 이렇게 말했다.

"정말 희한하네요!"

그리고 창밖을 내다보면서 다시 말했다.

"정말 희한한 소도시군요!"

"마켓치핑이라는 곳이지."

소피는 앵거리언 선생을 빙 돌아가서 그녀를 다시 문 쪽으로 내몰았다.

앵거리언 선생은 뒷걸음질을 치면서 계단으로 이어지는 열린 문을 가리켰다.

"저 계단을 올라가면 뭐가 있어요?"

"하울의 방이야."

그렇게 딱 잘라 말해 놓고 소피는 계속 앵거리언 선생을 몰아가며 걸음을 옮겼다.

"그럼 저쪽에 있는 저 문은 어디로 통하죠?"

"꽃집이야."

그렇게 대답하면서 소피는 속으로 생각했다. '오지랖도 참 넓구먼!'

이쯤 되면 앵거리언 선생은 뒷걸음질로 의자에 주저앉거나 도로 문밖으로 나가는 수밖에 없었다. 그녀는 자기가 보고 있는 것이 무엇인지 잘 모르겠다는 듯 눈살을 찌푸리며 캘시퍼를 멍하니 바라보았고, 캘시퍼도 아무 말 없이 그녀를 마주 보고 있었다. 그래서 소피는 지금껏 인정 없이 굴어서 미안하던 마음을 조금은 덜 수 있었다. 하울의 집은 캘시퍼를 제대로 알아보는 사람들만 진심으로 환영해 주는 곳이니까.

그런데 앵거리언 선생이 이번에는 의자 뒤로 재빨리 돌아가다가 구석에 놓인 하울의 기타를 발견했다. 그녀는 흠칫 놀라 기타를 집어 들더니 자기 물건처럼 가슴에 안고 돌아섰다. 그리고 감격한 목소리로 조용히 물었다.

"이거 어디서 났어요? 벤도 이런 기타를 갖고 있었어요! 이게 벤의 기타인지도 몰라요!"

"지난겨울에 하울이 샀다고 들었는데."

그렇게 대꾸하고 소피는 다시 앞으로 걸어 나가면서 앵거리언 선생을 구석에서 몰아내어 문밖으로 내쫓으려 했다.

그러자 앵거리언 선생이 떨리는 목소리로 외쳤다.

"벤에게 무슨 일이 생긴 거예요! 기타를 포기할 사람이 아니라고요! 그이는 어디 있죠? 죽었을 리는 없어요. 그이가 죽었다면 내가 마음으로 느꼈을 거예요!"

소피는 마녀가 마법사 설리먼을 잡아갔다는 말을 앵거리언 선생에게 할까 말까 망설였다. 그러면서 해골이 있는 쪽을 바라보았다.

차라리 그 해골을 앵거리언 선생의 면전에 들이대면서 이게 마법사 설리먼의 해골이라고 말해 버리고 싶기도 했다. 그러나 해골은 개수대 속에서 여분의 양치식물과 백합이 담긴 양동이 뒤에 감춰져 있었는데, 소피가 그쪽으로 가면 앵거리언 선생이 다시 방 안으로 밀고 들어올 것이 뻔했다. 더구나 그것은 너무 잔인한 짓이었다.

그때 앵거리언 선생이 기타를 꼭 끌어안으며 목쉰 소리로 물었다.

"제가 이 기타를 가져가도 될까요? 벤을 생각나게 하는 물건이라서요."

소피는 앵거리언 선생의 떨리는 목소리가 못마땅했다.

"그건 안 돼. 그렇게 흥분할 이유가 없잖아. 그게 그 사람 물건이라는 증거도 없고."

소피는 앵거리언 선생에게 바싹 다가서서 기타의 목을 움켜쥐었다. 앵거리언 선생은 걱정이 가득한 휘둥그레진 눈으로 소피를 뚫어지게 바라보았다. 소피는 기타를 잡아당겼다. 앵거리언 선생도 놓지 않고 버텼다. 기타에서 음정도 안 맞고 귀에 거슬리는 소리가 터져 나왔다. 소피는 기타를 홱 잡아당겨 앵거리언 선생의 품속에서 빼앗았다.

"바보처럼 굴지 말라고. 이렇게 남의 성에 갑자기 쳐들어와서 기타를 가져가겠다니 말도 안 돼. 설리번이라는 사람은 여기 없다고 했잖아. 이젠 웨일스로 돌아가. 어서 가라니까."

소피는 기타를 이용하여 앵거리언 선생을 문밖으로 밀어냈다. 앵거리언 선생은 뒷걸음질을 치면서 아무것도 없는 공간으로 들어섰다. 몸의 절반이 사라져 안 보이게 되었다. 그녀가 원망스럽다는 듯이 말했다.

"너무 매정하시네요."

"그래, 맞아!"

그렇게 대꾸하면서 소피는 문을 쾅 닫아 버렸다. 그리고 앵거리언 선생이 다시 들어오지 못하도록 문손잡이를 주황색이 아래로 가도록 돌려놓고 기타를 구석에 탁 내려놓았다. 기타가 좌앙 하고 울었다. 소피는 애꿎은 캘시퍼를 윽박질렀다.

"그 여자가 왔었다는 말은 하울한테 입도 뻥긋하지 마! 틀림없이 하울을 만나러 왔을 거야. 나머지 얘기는 전부 거짓말이고. 마법사 설리먼은 몇 년 전부터 아주 여기서 살았다고. 그 여자의 떨리는 목소리가 너무 지겨워서 도망쳤을 거야!"

그러자 캘시퍼가 낄낄 웃었다.

"손님을 그렇게 잽싸게 내쫓는 사람은 처음 봤어!"

그 말을 듣고 소피는 너무 인정 없었다는 생각과 함께 죄책감까지 느껴야 했다. 다짜고짜 성안으로 뛰어든 것은 소피 자신도 마찬가지였고, 게다가 호기심 때문에 기웃거린 것으로 말하자면 소피가 앵거리언 선생보다 두 배는 더 심했기 때문이다.

"으아!"

소피는 발을 쿵쿵 구르며 화장실로 들어가서 거울에 비친 자신의 쪼글쪼글한 얼굴을 들여다보았다. 그리고 '피부'라고 적혀 있는 꾸러미를 집어 들었다가 도로 툭 내려놓았다. 설령 다시 젊고 싱싱해진다 하더라도 앵거리언 선생의 얼굴과는 비교도 안 될 것 같았다.

"으아! 아으!"

소피는 빠른 걸음으로 되돌아 나와서 개수대 속의 양치식물과 백합들을 움켜쥐었다. 그리고 물을 뚝뚝 떨어뜨리며 꽃집으로 가져가서 마법의 비료를 풀어 놓은 양동이 속에 쑤셔 박았다. 그리고 외쳤다.

"수선화가 되어라! 지금은 6월이지만 그래도 수선화가 되어라! 이 지긋지긋한 놈들아!"

그때 개 인간이 마당문 너머에서 텁수룩한 얼굴을 들이밀었다. 그리고 소피의 기분이 어떤지를 보더니 허둥지둥 얼굴을 감추었다. 잠시 후에는 마이클이 커다란 파이를 들고 즐거워하며 들어왔는데, 소피가 어찌나 무섭게 노려보았던지 마이클은 하울이 마법의 약을 만들어 놓으라고 했던 일을 떠올리고 재빨리 벽장 속으로 도망쳐 버렸다.

소피는 그의 등 뒤에 대고 소리쳤다.

"으아!"

그리고 다시 양동이를 들여다보며 목쉰 소리로 외쳤다.

"수선화가 되어라! 수선화가 되어라!"

이런 식으로 행동하는 것은 어리석은 짓이라는 걸 스스로 알고 있기 때문에 더욱 기분이 나빴다.

18

소피의 감정 표현

저녁이 가까워졌을 때 꽃집 문이 열리더니 하울이 휘파람을 불면서 어슬렁어슬렁 들어왔다. 흰독말풀 사건은 이미 잊어버린 것 같았다. 그가 웨일스에 가지 않았다는 사실을 알게 되었지만 소피의 기분은 조금도 나아지지 않았다. 소피는 정말 무시무시한 눈으로 하울을 노려보았다.

"아이고, 끔찍해라! 너무 무서워서 돌이 돼 버리겠네요! 무슨 일이에요?"

소피는 이렇게 호통을 쳤다.

"지금 입고 있는 게 어떤 옷이야?"

그러자 하울은 자신의 검은 옷을 내려다보았다.

"그게 그렇게 중요해요?"

소피는 다시 고함을 질렀다.

"그래! 선생님을 애도한다느니 하는 헛소리는 집어치워! 원래 어떤 옷이었어?"

하울은 어깨를 으쓱거리더니 이게 어느 옷이었는지 자기도 잘 모르겠다는 듯이 치렁치렁한 옷소매 하나를 들어 올렸다. 그리고 어리둥절한 표정으로 옷소매를 뚫어지게 바라보았다. 그러자 옷의 검정색이 하울의 어깨에서부터 축 늘어진 옷소매의 뾰족한 끝자락을 향해 스르르 흘러내렸다. 그러면서 어깨와 옷소매의 윗부분은 차츰 갈색으로 변했다가 다시 회색으로 바뀌었고, 뾰족한 끝자락은 점점 더 까맣게 색이 진해졌다. 마침내 하울의 검은 옷은 한쪽 옷소매만 파란색과 은색이 되어 있었고 그 끝자락은 타르에 적신 것처럼 아주 새까맸다.

"이 옷이네요." 그렇게 말하면서 하울은 검정색이 다시 어깨 쪽으로 퍼져 올라가게 했다. 소피는 왠지 더욱더 화가 치밀었다. 그래서 분노의 외마디 소리를 내질렀다.

"소피 할머니!"

하울의 목소리는 사정하는 듯하면서도 웃음기가 가득했다.

그때 개 인간이 마당문을 밀어 열고 흐느적흐느적 들어왔다. 그는 하울이 소피와 오랫동안 이야기하는 것을 절대로 그냥 두지 않았다.

하울은 개 인간을 멀뚱멀뚱 바라보았다.

"이번엔 양치기 개까지 들여놓으셨군요."

말을 돌릴 핑계가 생겨 반갑다는 말투였다.

"개 두 마리를 키우려면 먹이 값도 만만치 않을 텐데요."

소피는 심술궂게 쏘아붙였다.

"개는 한 마리뿐이야. 마법에 걸린 거라고."

"그래요?"

하울은 소피에게서 떨어지게 되어 무척이나 기쁘다는 듯 재빠른 동작으로 개에게 다가갔다. 그러나 물론 개 인간에게는 전혀 달갑지 않은 일이었다. 그는 얼른 뒤로 물러났다. 그러나 개가 문가에 이르기 전에 하울이 와락 달려들어 두 손으로 텁수룩한 털을 잔뜩 움켜쥐었다.

"정말 그렇군요!"

하울은 무릎을 꿇고 털 속에 감춰진 양치기 개의 눈을 들여다보았다.

"소피 할머니, 어째서 이런 얘기를 안 해 주셨어요? 이 개는 사람이잖아요! 게다가 상태가 몹시 안 좋다고요!"

하울은 개를 붙잡은 채 한쪽 무릎으로 몸을 휙 돌렸다. 소피는 유리구슬 같은 하울의 눈을 들여다보고 그가 이제 화가 났다는 것을 알게 되었다. 그는 정말 굉장히 화를 내고 있었다.

잘됐군. 소피는 한바탕 싸워 보고 싶었다. 그녀는 녹색 오물을 뿌리고 싶으면 어디 마음대로 해 보라는 듯이 하울을 마주 노려보았다.

"자네가 먼저 알아차릴 수도 있었잖아. 그리고 어차피 그 개도 원하지 않으니까……."

그러나 하울은 너무 화가 나서 소피의 말을 들으려고도 하지 않았다. 갑자기 벌떡 일어나더니 타일 바닥 위에서 개를 질질 끌고 가는 것이었다.

"다른 일에 정신이 팔리지 않았다면 알아차렸겠죠. 이리 와. 캘시퍼 앞으로 가 보자고."

그러나 개는 텁수룩한 네 발에 힘을 주고는 완강하게 버텼다. 하울은 억지로 개를 잡아당기면서 소리쳤다.

"마이클!"

그 목소리에서 무슨 낌새를 느꼈는지 마이클이 허겁지겁 달려왔다.

"너도 이 개가 사람이라는 걸 알고 있었냐?"

마이클과 함께 송아지만 한 개를 끌고 계단을 오르면서 하울이 물었다.

"설마, 그게 정말이에요?"

마이클도 화들짝 놀란 목소리였다.

"그럼 너는 내버려 두고 소피 할머니만 나무라도 되겠구나."

그렇게 말하면서 하울은 개를 끌고 벽장 속을 지나갔다.

"이런 일은 언제나 소피 할머니가 말썽이란 말이야! 그런데 넌 알고 있었지, 캘시퍼?"

둘이서 개를 끌고 벽난로 앞으로 다가가면서 하울이 물었다.

캘시퍼는 굴뚝 벽에 닿을 정도로 멀찌감치 뒤로 물러났다.

"물어보지도 않았잖아."

"내가 꼭 물어봐야 돼? 그래, 진작에 내가 알아차렸어야 했지! 하지만 넌 정말 한심한 놈이야, 캘시퍼! 마녀가 자기 마귀한테 하는 짓에 비하면 넌 정말 지겹도록 편하게 살고 있는 건데, 그 대신에 내가 너한테 바라는 건 내가 알아 둬야 할 일들을 말해 달라는 것뿐이라고. 넌 벌써 두 번이나 나를 실망시켰어! 지금 당장 이 개를 원래 모습으로 돌려놓게 도와줘!"

캘시퍼는 평소와 달리 퍼렇게 질린 빛깔을 띠고 시무룩하게 대답했다.

"알았어."

개 인간은 자꾸 달아나려고 했지만 하울이 개의 가슴팍에 어깨를 들이대고 힘껏 밀어 올렸다. 개는 어쩔 수 없이 뒷다리로 서게 되었다. 하울과 마이클은 개를 꽉 붙잡아 그대로 세워 놓았다. 하울이 헐떡거리며 말했다.

"이 멍청한 녀석은 뭣 때문에 이렇게 뻗대는 거야? 아무래도 이거 또 마녀의 소행 같지 않아?"

캘시퍼가 대답했다.

"맞아. 이 마법도 여러 겹으로 되어 있어."

"어쨌든 개로 만드는 마법이라도 풀어 보자고."

그러자 캘시퍼가 진한 파란색으로 변하여 활활 타올랐다. 소피는 신중하게 벽장 문간에 숨어 지켜보고 있었는데, 어느덧 털북숭이 개의 모습이 차츰 사라지면서 사람의 모습이 나타나는 것이었다. 그리고 도로 개로 바뀌었다가 다시 사람으로 바뀌더니 이내 흐릿해졌다가 다시 또렷해졌다. 이윽고 하울과 마이클은 구겨진 갈색 옷을 입

은 불그스름한 머리를 한 남자의 팔을 하나씩 붙잡고 있었다. 소피
가 그의 얼굴을 알아보지 못한 것도 무리가 아니었다. 불안한 표정
을 제외하면 그의 얼굴에는 뚜렷한 특징이 거의 없었다.

하울이 물었다.

"자, 그쪽은 누구신가, 친구?"

남자는 떨리는 두 손으로 자기 얼굴을 더듬었다.

"난…… 나도 잘 모르겠소."

그러자 캘시퍼가 말했다.

"최근까지는 퍼시벌이라는 이름을 썼어."

남자는 캘시퍼가 그것을 모르길 바랐다는 표정으로 캘시퍼를 바
라보았다.

"내가 그랬소?"

"그럼 당분간은 퍼시벌이라고 부르기로 합시다."

그러면서 하울은 개였던 남자를 돌려 세워 의자에 앉혔다.

"거기 앉아 긴장을 풀고 기억나는 것들을 말해 보시오. 내 느낌으
로는 마녀가 한동안 당신을 데리고 있었던 것 같은데."

퍼시벌은 다시 얼굴을 문질렀다.

"그랬지. 그 여자가 내 머리를 떼어냈소. 내가…… 내가 선반 위에
서 내 몸뚱이를 내려다보던 게 생각나는군."

마이클이 깜짝 놀라 소리쳤다.

"그럼 죽잖아요!"

그러자 하울이 말했다.

"꼭 그렇지도 않아. 넌 아직 그런 마법을 배우지 못했지만, 난 네 몸을 아무 데나 잘라내고 나머지 부분은 멀쩡히 살아 있게 만들 수 있어. 제대로 하기만 하면 말이야."

그러더니 개였던 남자를 보면서 얼굴을 찡그렸다.

"그런데 마녀는 이 친구를 원래대로 다시 맞춰 놓지 않은 것 같군."

그때 캘시퍼가 입을 열었다. 하울을 도와주려고 나름대로 열심히 노력중이라는 것을 보여 주려는 생각이 분명했다.

"이 사람은 아직 불완전해. 게다가 다른 사람의 신체 일부도 함께 붙어 있고."

그러자 퍼시벌은 아까보다 더욱더 괴로운 표정을 지었다.

하울이 말했다.

"괜히 겁주지 마, 캘시퍼. 안 그래도 기분이 엉망일 텐데."

그리고 퍼시벌에게 물었다.

"그런데 마녀가 왜 자네 머리를 떼어 냈는지 알고 있소, 친구?"

"모르겠소. 아무것도 기억나지 않아."

소피는 그 말이 사실이 아니라는 것을 알고 있었다. 그래서 콧방귀를 뀌었다.

바로 그때 마이클이 아주 기막힌 생각을 떠올린 모양이었다. 그는 퍼시벌을 향해 몸을 기울이면서 이렇게 물었다.

"혹시 저스틴이라는 이름을 쓰신 적은 없어요? 아니면 '왕자님'은요?"

소피는 다시 콧방귀를 뀌었다. 퍼시벌이 대답하기도 전에 소피는 그것이 전혀 터무니없는 생각이라는 것을 알고 있었다.

"그런 일은 없었어. 마녀는 나를 개스턴이라고 불렀지만 그것도 내 이름이 아니었지."

그러자 하울이 말했다.

"너무 다그치지 마라, 마이클. 소피 할머니가 또 콧방귀를 뀌시게 만들지 말고. 지금 저 할머니의 기분을 보아하니 다음번엔 성이 다 무너져 버리게 생겼다."

그렇게 농담을 하는 것으로 보아 하울은 이제 화가 풀린 모양이었지만 소피는 오히려 화가 더 치밀었다. 그녀는 발을 쿵쿵 구르며 꽃집으로 갔다. 그리고 공연히 시끄럽게 뚝딱거리면서 꽃집 문을 닫고 물건들을 옮겨 밤을 맞을 준비를 했다. 이윽고 수선화를 살펴보러 갔다. 뭔가 일이 아주 잘못되어 있었다. 꽃들은 축축하고 거무튀튀하게 색이 변했고, 양동이 속의 액체에서는 지금껏 한 번도 맡아 보지 못했던 지독한 악취가 풍겼다.

소피는 버럭 고함을 질렀다.

"아, 이런 빌어먹을!"

그러자 하울이 꽃집 안으로 들어왔다.

"이번엔 또 뭐예요?"

그는 양동이에 코를 들이대고 냄새를 맡아 보았다.

"이건 약효가 아주 뛰어난 제초제인 것 같네요. 저택으로 들어오는 길에 잡초가 많던데, 거기다 써 보면 어떨까요?"

"그러지. 뭐라도 죽여 버리고 싶은 기분이니까!"

소피는 이리저리 쿵쾅거리며 돌아다니다가 마침내 물뿌리개를 찾아냈다. 그리고 물뿌리개와 양동이를 들고 성안으로 들어가서 손잡이를 주황색으로 돌려놓고 문을 벌컥 열었다. 저택으로 들어오는 길이 보였다. 퍼시벌이 불안한 듯이 쳐다보았다. 하울이 마치 아기에게 딸랑이를 주듯이 그에게 기타를 건네 준 모양인데, 지금 퍼시벌은 의자에 앉아서 아주 끔찍한 소리를 내고 있었다.

하울이 말했다.

"할머니와 함께 가 보시오, 퍼시벌. 지금 상태로 봐서는 나무들까지 몽땅 죽여 버리실 것 같으니까."

그러자 퍼시벌은 기타를 내려놓고 조심스럽게 소피의 손에서 양동이를 받아들었다. 소피는 발을 쿵쿵 구르면서 황금빛으로 물든 여름날 저녁의 골짜기 속으로 걸어 나갔다. 지금까지는 모두들 너무 바빠서 이 저택에 대해서는 별로 신경을 쓰지 못하고 있었다.

그런데 이제 보니 저택은 소피가 생각했던 것보다 훨씬 더 웅장했다. 잡초가 잔뜩 우거진 데다 가장자리엔 조각상들이 서 있는 테라스도 있었고, 들어오는 길로 내려가는 계단도 있었다. 소피는 퍼시벌에게 빨리 오라고 재촉한다는 핑계로 고개를 돌려보았다. 저택은 규모가 아주 컸으며, 지붕 위에도 조각상들이 늘어서 있었고, 창문도 아주 많았다. 그러나 돌보지 않아서 너무 황폐했다. 녹색의 곰팡이가 각각의 창에서부터 시작하여 칠이 벗겨져 가는 벽 위로 흘러내리고 있었다. 유리창 중에도 깨진 것이 많았고, 그 옆에는 벽 쪽으로 접어 놓게 되어 있는 덧문들이 있었지만 칠이 벗겨지고 우중충한 데다 한쪽으로 기우뚱하게 매달려 있었다.

"허! 하울도 참, 기왕이면 좀 더 사람 사는 집처럼 만들어 놓을 일 이지. 하지만 하울이 그럴 리가 있나! 웨일스에 가서 빈둥거리느라 고 너무 바쁘니까! 그렇게 멍하니 서 있지 마, 퍼시벌! 제초제를 물 뿌리개에 담아 가지고 따라오라고."

퍼시벌은 소피가 시키는 대로 고분고분 따랐다. 그래서 들볶는 것 도 재미가 없었다. 소피는 하울이 퍼시벌을 자신에게 딸려보낸 것도 아마 그 때문일 거라고 생각했다. 그래서 또 콧방귀를 뀌고 나서 잡 초들에게 화풀이를 하기 시작했다. 수선화들을 죽여 버린 그 액체는 뭔지 몰라도 굉장히 독했다. 길에 있던 잡초들은 액체가 닿자마자 죽어 버렸다. 소피의 마음이 풀릴 때까지는 길 가장자리의 잔디마저 도 같은 운명을 겪어야 했다. 그러나 다가온 저녁이 그녀의 마음을 가라앉혀 주었다. 멀리 언덕 쪽에서 선선한 바람이 불어 왔고, 길 양 쪽에 늘어선 나무들이 장엄하게 부스럭거렸다.

소피는 제초제를 뿌리면서 길의 4분의 1가량을 지나갔다. 그리고 퍼시벌이 물뿌리개를 다시 채우는 사이에 그를 꾸짖었다.

"자넨 기억하는 게 많으면서도 잊어버린 체하고 있어. 마녀가 자 네한테서 정말 원했던 게 뭐지? 그날은 왜 자네를 가게로 데려온 거야?"

"마녀는 하울에 대해 알아내고 싶어 했어요."

"하울? 그렇지만 자넨 하울을 몰랐잖아?"

"맞아요. 그런데 뭔가 내가 아는 게 있었나 봐요. 마녀가 하울에게 걸어 놓은 저주와 관련이 있는 건데, 그게 뭔지는 나도 몰라요. 어쨌든 마녀는 나와 함께 그 가게에 다녀온 뒤에 그걸 알아냈어요. 그 일을 생각하면 지금도 속이 상해요. 저주는 나쁜 거니까 마녀가 알아내지 못하게 하려고 애썼는데, 그러기 위해서 난 레티를 생각했어요. 내 머릿속에 레티가 들어 있었으니까요. 내가 어떻게 레티를 알게 되었는지는 모르겠어요. 내가 어퍼폴딩에 갔을 때 레티는 나를 한 번도 본 적이 없다고 했거든요. 하지만 난 레티에 대해 모든 걸 알고 있었어요. 그래서 마녀가 레티에 대해 말하라고 했을 때도 마켓치핑에서 모자 가게를 한다고 둘러댔죠. 그래서 마녀는 우리를 둘 다 혼내 주려고 그리로 갔던 거예요. 그런데 당신이 거기 있었죠. 마녀는 당신을 레티로 착각했어요. 난 정말 크게 놀랐어요. 레티에게 언니가 있는 줄은 몰랐으니까요."

소피는 물뿌리개를 집어 들고, 잡초들이 마녀였으면 좋겠다고 생각하면서 제초제를 마구 뿌려 댔다.

"그러고 나서 곧바로 마녀가 자네를 개로 바꿔 놓았나?"

"시내를 막 벗어났을 때였어요. 자기가 알고 싶어 하는 걸 내가 말해 주자마자 마차 문을 열면서 이러더군요. '어서 달아나라. 네가 또 필요하면 부를 테니까.' 그래서 난 부랴부랴 도망쳤어요. 무슨 마법이 나를 쫓아온다는 걸 느꼈거든요. 그 마법은 내가 막 어느 농장에 도착했을 때 나를 덮쳤는데, 그곳 사람들은 내가 개로 변하는 걸 보고는 늑대 인간인 줄 알고 죽이려 했어요. 거기서 벗어나려고 사람 하나를 물어 버릴 수밖에 없었죠. 하지만 그 지팡이는 떼어 낼 수가 없었는데, 산울타리 사이로 빠져나가다가 그게 가지에 걸려 버린 거예요."

소피는 퍼시벌의 이야기를 들으면서 또 하나의 굽잇길에 제초제를 뿌리고 있었다.

"그다음엔 페어팩스 부인 댁으로 간 거야?"

"그래요. 난 레티를 찾고 있었어요. 두 분 다 나를 처음 봤으면서도 아주 친절하게 대해 주셨죠. 그런데 마법사 하울이 자주 찾아와 레티를 유혹했어요. 레티는 하울을 원하지 않았고, 그래서 쫓아내려고 나한테 하울을 물어 버리라고 했어요. 그런데 하울이 갑자기 당신에 대해 묻기 시작했고……."

소피는 하마터면 자기 신발에 제초제를 뿌릴 뻔했다. 제초제가 떨어진 자갈길에서 연기가 피어오를 정도였으니 빗나간 것이 천만다행이었다.

"뭐라고?"

"하울은 이렇게 말했어요. '당신을 조금 닮은 소피라는 분을 아는데요.' 그러자 레티는 아무 생각 없이 '우리 언니예요' 하고 말해 버렸죠. 그러고 나서는 몹시 걱정하기 시작했어요. 하울이 자꾸 언니에 대해 캐물었거든요. 레티는 그때 차라리 혀를 깨물고 싶었다고 하더군요. 당신이 찾아왔던 그날 레티가 하울에게 상냥하게 대했던 이유는 하울이 어떻게 당신을 알고 있는지 알아내기 위해서였어요. 하울은 당신이 노인이라고 말했어요. 페어팩스 부인도 당신을 만났다고 했고요. 레티는 울고 또 울었어요. '소피 언니한테 뭔가 끔찍한 일이 생긴 거예요! 그리고 더 심각한 건 언니가 하울의 손길에서 안전하다고 생각할 거라는 점이에요. 소피 언니는 너무 착해서 하울이 얼마나 냉혹한 인간인지 모른다고요!' 그러면서 어찌나 슬퍼하던지, 난 그때 잠깐이나마 다시 사람으로 변해서 내가 당신을 지켜 주겠다고 약속했어요."

소피는 커다란 반원을 그리면서 제초제를 확 뿌렸다. 연기가 모락모락 피어올랐다.

"레티도 참! 그 애는 정말 마음씨가 너무 곱다니까. 그래서 내가 이렇게 사랑하지. 나도 그 애를 몹시 걱정하고 있었어. 하지만 감시견 따위는 필요없다고!"

"필요해요. 어쨌든 전에는 필요했어요. 내가 너무 늦게 도착한 거죠."

소피는 제초제가 담긴 물뿌리개를 든 채로 홱 돌아섰다. 퍼시벌은 걸음아 날 살려라 잔디밭으로 뛰어들어 제일 가까운 나무 뒤로 몸을 숨겨야 했다. 달아나는 그의 등 뒤에서 잔디가 죽어 가면서 기다란 갈색 띠 같은 자국을 남겼다. 소피가 소리쳤다.

"다들 꺼져 버려! 너희 패거리엔 아주 질렸어!"

그녀는 연기가 피어오르는 물뿌리개를 길 한복판에 던져 버리고 잡초들을 헤치며 돌문 쪽으로 성큼성큼 걸어갔다. 그리고 걸으면서 중얼거렸다.

"너무 늦었다고? 웃기지 마! 하울은 냉혹하기만 한 게 아니라 아주 구제불능이야! 게다가…… 난 늙은이란 말이야."

그러나 움직이는 성이 옮겨진 다음부터, 아니 어쩌면 그 이전부터 뭔가 잘못되었다는 것만은 소피도 인정하지 않을 수가 없었다. 그리고 그것은 그녀가 이상하게도 동생들을 만날 엄두를 못 내고 있는 일과도 관련이 있는 듯했다.

"그리고 내가 임금님에게 말씀드린 건 모두 사실이었어!"

그녀는 두 발로 걸어서라도 30킬로미터 넘게 가서 다시는 돌아오지 않을 작정이었다. '다들 두고 보라지! 가엾은 펜트스테먼 선생은 하울이 나쁜 쪽으로 물들지 못하게 막아 주길 바랐지만 그까짓 거 내가 알 게 뭐야! 난 어차피 패배자야. 그게 다 맏딸이기 때문이지. 그리고 어차피 펜트스테먼 선생은 내가 하울의 어머니라고 믿고 있었어. 그렇게 믿었잖아? 아니, 정말 믿었을까?' 그 순간 마음이 불안해졌다. 옷 속에 꿰매어 놓은 마법까지 알아차릴 수 있을 만큼 노련한 눈을 가진 사람이라면 마녀의 마법처럼 강력한 마법은 훨씬 더 쉽게 알아차릴 거라는 사실을 깨달았던 것이다.

"아, 회색과 주홍색의 그 지긋지긋한 옷! 내가 그 옷에 걸려들었다고는 절대로 믿을 수 없어!"

그러나 문제는 파란색과 은색의 옷도 똑같은 효과를 가진 듯하다는 점이었다. 소피는 발을 구르며 몇 걸음 더 나아갔다. 그러다가 마음을 놓으면서 말했다.

"어차피 하울은 나를 좋아하지도 않잖아!"

그렇게 생각하자 편해지더니 이젠 밤새도록 걸어도 괜찮을 것 같았다. 그런데 문득 낯익은 불안감이 그녀를 사로잡았다. 그녀의 귀

1. 마법사 하울의 비밀

가 멀리서 들려오는 탁, 탁, 탁 하는 소리를 잡아 낸 것이었다. 소피는 재빨리 낮게 내려온 태양의 아래쪽을 노려보았다. 멀리 돌문 너머로 구불구불 이어진 길에서 두 팔을 벌리고 껑충껑충 뛰고 있는 것이 있었다.

소피는 치맛자락을 치켜들고 홱 돌아서서, 오던 길을 되짚어 황급히 달려갔다. 그녀가 지나가는 곳마다 흙먼지와 조약돌이 구름처럼 날아올랐다. 길에 떨어진 물뿌리개와 양동이 옆에 퍼시벌이 쓸쓸히 서 있었다. 소피는 얼른 그를 붙잡아 제일 가까운 나무 뒤로 끌고 갔다.

"무슨 일이 있어요?"

소피는 숨을 몰아쉬며 대답했다.

"조용히! 또 그 망할 놈의 허수아비야."

그리고 눈을 감았다.

"우린 여기 없어. 넌 우리를 찾지 못해. 어서 가 버려. 빨리, 빨리, 빨리 가라고!"

"그런데 왜……?"

"입 다물어! 여긴 없어, 여긴 없어, 여긴 없어!"

소피는 필사적으로 중얼거렸다. 그러다가 한쪽 눈을 떠 보았다. 허수아비는 돌문을 들어서기 직전이었는데, 확신이 서지 않는다는 듯이 흔들거리며 제자리에 서 있었다.

"그래, 그거야. 우린 여기 없어. 빨리 가 버려. 두 배나 빠르게, 세 배나 빠르게, 열 배나 빠르게. 가라니까!"

그러자 허수아비는 막대기를 땅에 댄 채로 머뭇거리며 흔들흔들 돌더니 다시 껑충껑충 오던 길을 되돌아가기 시작했다. 처음 몇 번은 아니었지만 그다음부터는 엄청나게 멀리 뛰면서 점점 더 빨라지고 있었다. 소피가 말한 그대로였다. 소피는 거의 숨도 쉬지 못했고, 허수아비가 완전히 사라지기 전에는 퍼시벌의 옷소매도 놓아 주지 않았다.

이윽고 퍼시벌이 물었다.

"저게 어쨌다고 그러세요? 왜 싫어하시는 거죠?"

소피는 덜덜 떨고 있었다. 허수아비가 이 길을 지나가고 있으니 지금은 감히 이곳을 떠날 수가 없었다. 소피는 물뿌리개를 집어 들고 발을 구르며 저택으로 돌아갔다. 그렇게 걷고 있는데 문득 뭔가 펄럭이는 것이 눈에 띄었다. 저택 쪽을 올려다보았다. 그 펄럭임은 테라스의 조각상들 너머에 열려 있는 유리문에서 길고 하얀 커튼이 바람결에 휘날리고 있는 것이었다. 조각상들은 이제 깨끗해져 하얀 돌로 만들었다는 것을 알 수 있었고, 대부분의 창문에는 커튼이 달려 있었고, 유리도 갈아 끼운 모양이었다. 그 옆에는 덧문들이 제대로 접혀 있었고, 새로 하얗게 칠해져 있었다. 벽도 크림색으로 다시 회칠을 해서 녹색 얼룩이나 부풀어 오른 자국 따위는 조금도 찾아볼 수 없었다. 앞문은 검정색 페인트와 황금색 당초 무늬 장식이 어우러진 훌륭한 작품이었고, 그 한복판에는 도금된 사자가 고리 하나를 입에 물고 있어서 그것으로 문을 두드릴 수 있게 되어 있었다.

소피가 말했다.

"허!"

그녀는 우선 열려 있는 유리문으로 들어가 집 안을 살펴보고 싶은 충동을 억지로 참았다. 그것이야말로 하울이 바라는 일이었기 때문이다. 소피는 곧장 앞문으로 걸어가서 황금빛 문고리를 움켜쥐고 문을 쾅 열어 젖혔다. 하울과 마이클이 작업대 앞에서 황급히 어떤 마법을 해제하고 있었다. 그중의 일부는 저택을 변화시키기 위한 것이었겠지만 나머지는 일종의 도청 마법이 분명하다는 것을 소피는 잘 알고 있었다. 소피가 갑자기 들이닥치자 그들은 둘 다 불안한 표정으로 그녀를 돌아보았다. 캘시퍼도 허둥지둥 장작 밑으로 숨어 버렸다.

하울이 말했다.

"내 뒤에 숨어라, 마이클."

소피는 버럭 고함을 질렀다.

"몰래 엿듣기나 하고! 몰래 훔쳐보기나 하고!"

"왜 그래요? 덧문도 검정색과 황금색으로 칠할까요?"

소피는 말까지 더듬었다.

"이 뻔뻔스러운…… 당신이 엿들은 건 그게 아니잖아요! 당신…… 당신…… 언제부터 알고 있었어요? 내가……내가…….."

"마법에 걸렸다는 거요? 글쎄요, 그건…….."

그때 마이클이 불안한 표정으로 하울을 돌아보며 말했다.

"제가 말씀드렸어요. 우리 레티가…….."

소피는 날카롭게 소리쳤다.

"너!"

그러자 하울이 재빨리 말했다.

"다른 레티도 무심코 비밀을 털어놨어요. 그건 소피도 알잖아요. 그리고 페어팩스 부인도 그날 꽤 많은 얘기를 해 주셨고요. 모두들 서로 나한테 온갖 얘기를 해 주려고 안달하는 것 같은 때가 있었죠. 캘시퍼까지 그랬어요. 내가 물어봤을 때 대답해 준 거지만. 그렇지 만 솔직히 말해 봐요. 내가 그렇게 강력한 마법을 보고도 알아차리 지 못할 정도로 내 일에 대해서 잘 모른다고 생각해요? 난 당신이 안 볼 때 몇 번이나 그 마법을 풀어 보려고 해 봤어요. 그런데 어떤 방법도 통하지 않더군요. 펜트스테먼 선생님이라면 뭔가 해 주실 수 있을 것 같아서 당신을 그리로 데려갔지만 선생님도 어쩔 수가 없 었죠. 그래서 난 당신이 그렇게 변장하고 있기를 좋아한다는 결론을 내린 거예요."

소피는 빽 소리쳤다.

"변장이라고요?"

하울은 껄껄 웃었다.

"그게 틀림없어요. 당신 자신이 그렇게 하는 거니까. 당신네 집 안 은 정말 신기해요! 혹시 당신도 진짜 이름은 레티 아닌가요?"

소피로서는 더 이상 참을 수가 없었다. 바로 그때 퍼시벌이 제초제 가 반쯤 든 양동이를 들고 겁먹은 듯 슬금슬금 들어왔다. 소피는 물 뿌리개를 떨어뜨리고 퍼시벌의 양동이를 낚아채서 다짜고짜 하울에 게 던져 버렸다. 하울이 얼른 엎드렸다. 마이클도 양동이를 피했다.

　　　　　　　　　　　　　1. 마법사 하울의 비밀

방바닥에 쏟아진 제초제는 천장까지 닿는 초록색 불길을 일으키며 지글지글 타올랐다. 양동이가 개수대 속으로 땡그렁 떨어졌고, 남아 있던 꽃들이 순식간에 몽땅 죽어 버렸다.

장작 밑에서 캘시퍼가 외쳤다.

"아이쿠! 그거 독하네."

하울은 갈색으로 변해 연기가 피어오르는 꽃들의 시체 속에서 조심스럽게 해골을 집어 들고 한쪽 옷소매로 닦아 주었다.

"당연히 독할 수밖에 없지. 소피는 뭐든지 어중간하게 하는 일이 없거든."

하울이 닦아 놓은 해골은 새것처럼 하얗게 빛났고, 그가 사용한 파란색과 은색의 옷소매는 한 부분의 빛깔이 희미해졌다. 하울은 해골을 작업대 위에 올려놓고 슬픈 눈으로 옷소매를 들여다보았다.

소피는 당장 이 성을 박차고 나가서 다시 길을 따라 떠나고 싶었다. 그러나 허수아비가 있었다. 소피는 아쉽지만 발을 구르며 의자로 걸어가서 털썩 주저앉아 씩씩거리는 쪽을 택했다. '아무하고도 말하지 말아야지!'

그때 하울이 말했다.

"소피, 나도 최선을 다했다고요. 요즘 들어서 몸이 아프고 쑤시던 게 나아졌다는 걸 느끼지 못했어요? 아니면 그런 것도 즐기고 있었나요?"

소피는 대답하지 않았다. 그러자 하울은 그녀를 포기하고 퍼시벌에게로 돌아섰다.

"알고 보니 당신한테도 두뇌가 조금은 남아 있어서 정말 반갑소. 당신 때문에 걱정했는데."

"난 정말 생각나는 게 별로 없소."

그러면서 퍼시벌은 얼간이처럼 보이는 행동을 그만두었다. 그리고 기타를 집어 들고 음정을 맞추는 것이었다. 그는 몇 초 만에 훨씬 더 근사한 소리가 나도록 만들었다.

그러자 하울이 처량하게 말했다.

"내 슬픈 단점이 드러나고 말았군. 난 음악적 재능이 전혀 없는 웨일스 사람으로 태어났거든. 그런데 소피한테 모든 것을 털어놓은 거요? 아니면 혹시 사실은 마녀가 뭘 알아내려고 했는지 알고 있는 게 아니오?"

"마녀는 웨일스에 대해 알고 싶어 했소."

그러자 하울은 자못 심각해졌다.

"내 그럴 줄 알았소. 아, 그것 참."

그는 화장실로 들어가 버렸고, 그때부터 두 시간 동안 나타나지 않았다. 그 사이에 퍼시벌은 느리고 신중하게 여러 곡을 기타로 연주했는데, 마치 연주법을 새로 배우고 있는 것 같았다. 한편 마이클은 제초제를 닦아 내기 위해 연기가 피어오르는 걸레를 쥐고 방바닥을 기어다녔다. 캘시퍼는 고개를 빠끔 내밀고 소피를 훔쳐보다가 다시 장작 밑으로 쏙 들어가 버리곤 했다.

이윽고 하울이 용담꽃 향기 가득한 수증기 구름에 휩싸여 화장실에서 나왔을 때 그의 옷은 반짝이는 검정색이었고 머리는 반짝이는 백발이었다. 그가 마이클에게 말했다.

"오늘은 좀 늦을지도 몰라. 자정만 지나면 하짓날이니까 마녀가 뭔가 수작을 부릴 수도 있어. 그러니까 방어 체계를 모조리 가동하고, 내가 미리 말해 준 것들을 잊지 마."

마이클은 김이 펄펄 나는 걸레 쪼가리를 개수대 속에 집어넣으며 대답했다.

"알았어요."

하울은 퍼시벌에게로 돌아섰다.

"당신이 무슨 일을 당했는지 알 것 같소. 당신을 제대로 맞춰 놓는 건 꽤나 까다로운 일이겠지만 돌아와서 내일쯤 한번 해 보겠소."

그리고 문 쪽으로 걸어가더니 손잡이에 손을 댄 채로 잠시 멈춰 섰다. 그가 몹시 비참한 듯 물었다.

"소피, 나하고 말하지 않을 거예요?"

소피는 마음만 먹으면 하울은 천국에서도 불행한 체할 수 있다는 것을 알고 있었다. 그리고 겨우 두어 시간 전에는 퍼시벌로부터 정보를 얻어 내려고 소피를 이용했다. 소피는 버럭 고함을 질렀다.

"안 해요!"

하울은 한숨을 쉬면서 나가 버렸다. 소피는 고개를 들었다. 문손잡이는 검정색이 아래로 가 있었다. '더 이상은 못 참아! 내일이 하짓날이든 뭐든 관심 없어! 난 떠날 거야.'

성을 떠나지 못하는 이유

하짓날 아침이 밝아왔다. 동이 트는 순간과 거의 동시에 하울이 문을 박차고 들어왔다. 그 소리가 어찌나 요란했는지, 소피는 자신의 좁은 방에서 벌떡 일어나면서 하울의 등 뒤에 마녀가 바싹 따라붙은 모양이라고 생각했다.

그때 하울이 고래고래 소리쳤다.

"모두들 나를 끔찍이도 생각해서 언제나 나만 빼놓고 자기들끼리 논다네!"

소피는 하울이 나름대로 캘시퍼의 국 냄비 노래를 부르고 있다는 것을 깨닫고 다시 드러누웠다. 그 순간 하울이 의자에 걸려 넘어지다가 걸상을 걷어찼고, 걸상은 방 저쪽으로 날아가 버렸다. 그런 다

I. 마법사 하울의 비밀

음에 하울은 위층으로 올라간답시고 벽장에도 들어가 보고 마당으로도 나가 보았다. 좀 어리둥절한 것 같았다. 그러다가 마침내 계단을 찾아내긴 했는데, 첫 번째 계단을 미처 못 보는 바람에 계단 위로 우당탕 엎어지고 말았다. 성 전체가 마구 흔들렸다.

소피가 난간 사이로 고개를 들이밀었다.

"무슨 일이에요?"

그러자 하울은 엄청나게 뻐기면서 대답했다.

"럭비 클럽 동창회에 다녀왔죠. 이래 뵈도 내가 대학 시절엔 럭비 선수로 펄펄 날았다고요. 그건 몰랐죠, 왕눈이 할머니?"

"방금 날아 보려고 그런 거라면 비행술을 까먹은 모양이네요."

"난 원래 신기한 눈을 타고나서, 안 보이는 것들노 볼 수 있었죠. 당신이 말을 시켰을 때는 막 잠자리에 들려는 참이었어요. 난 지나간 세월들이 다 어디 있는지도 알고, 누가 악마의 발을 쪼갰는지도 알아요."

그때 캘시퍼가 졸린 목소리로 말했다.

"잠이나 자라, 이 멍청아. 넌 취했어."

그러자 하울이 말했다.

"누가, 내가? 분명히 말하겠는데, 친구들, 난 덩신이 아두아두 말 땅하다고."

이윽고 그는 일어나서 느릿느릿 위층으로 올라갔다. 벽을 더듬으면서 올라가는 걸 보니 마치 손을 떼면 벽이 도망칠 거라고 생각하는 것 같았다. 아닌 게 아니라 그의 방문은 하울을 피해 도망쳤다.

"그것 참 대단한 거짓말이었어!"

그러면서 방 쪽으로 들어가던 하울은 정면으로 벽에 부딪혔다.

"나의 빛나는 정직하지 않음이 마침내 나를 구원하리라."

그는 벽의 이곳저곳에 몇 번 더 부딪힌 후 간신히 자기 방문을 찾아내고 우당탕 밀고 들어갔다. 소피는 그가 이리저리 넘어지면서 침대가 자꾸 피한다고 투덜거리는 소리를 들을 수 있었다.

"정말 구제불능이라니까!"

그렇게 말하면서 소피는 당장 떠나야겠다고 마음먹었다.

그런데 불행하게도 하울의 시끄러운 소리 때문에 마이클이 깨어났고, 마이클의 방바닥에서 자고 있던 퍼시벌도 함께 깨어났다. 마이클이 아래층으로 내려오더니, 어차피 모두들 잠이 다 깨어 버렸으니 차라리 날이 아직 선선할 때 일찌감치 나가서 하짓날의 화관을 만들 꽃들을 거둬 오는 것이 좋겠다고 말했다. 소피도 마지막으로 한 번 더 꽃이 활짝 핀 그곳에 나가 보는 것이 별로 싫지 않았다. 바깥에는 따뜻한 우윳빛 안개가 끼어 있었고, 그 속에는 온갖 향기와 반쯤 감춰진 빛깔들이 가득했다. 소피는 지팡이로 질퍽질퍽한 땅을 찔러 보면서 터벅터벅 걸었다. 그리고 수천 마리의 새들이 날아다니며 지저귀는 소리를 들으면서 크나큰 아쉬움을 느꼈다. 촉촉이 젖은 나리꽃을 쓰다듬어 보았다. 꽃가루가 많은 길쭉한 수술들이 있고 깔쭉깔쭉하게 생긴 자주색 꽃도 만져 보았다. 뒤를 돌아보니 높고 시꺼먼 성이 안개를 헤치며 나아가고 있었다. 소피는 푸욱 한숨을 쉬었다.

마이클의 떠다니는 양철통 속에 무궁화 한 아름을 꽂아 넣으면서
퍼시벌이 말했다.

"그 사람이 훨씬 더 아름답게 만들어 놨어."

마이클이 물었다.

"누구 말예요?"

"하울. 처음엔 덤불밖에 없었고, 그나마도 아주 작고 메말라 있었지."

"전에도 여기 와 본 기억이 있어요?"

마이클은 흥분을 감추지 못했다. 퍼시벌이 저스틴 왕자일 거라는
생각을 버리지 않은 것이었다. 그러나 퍼시벌은 미심쩍은 듯이 대답
했다.

"마녀와 함께 여기 있었던 것 같아."

그들은 양철통으로 두 차례에 걸쳐 꽃을 실어 날랐다. 두 번째로
성안에 들어갔을 때 소피는 마이클이 문짝 위의 손잡이를 몇 바퀴
돌리는 것을 보았다. 마녀가 못 들어오게 하려는 조치가 분명했다.
그런 다음에는 물론 하짓날의 화관을 만들어야 했다. 그 일은 오랜
시간이 걸렸다. 원래 소피는 그 일을 마이클과 퍼시벌에게 맡겨 둘
생각이었다. 그러나 마이클은 퍼시벌에게 교묘한 질문들을 퍼붓는
데만 정신이 팔려 있었고, 퍼시벌은 일하는 속도가 너무 느렸다. 소
피는 마이클이 그렇게 흥분한 이유를 알고 있었다. 퍼시벌은 남들에
게 마치 머지않아 무슨 일이 벌어질 거라는 느낌을 주고 있었다. 그
래서 소피는 그가 아직도 마녀의 영향력 아래 있는지, 만약 그렇다
면 어느 정도인지 궁금했다. 어쨌든 대부분의 화관은 소피가 만들어

야 했다. 지금까지는 여기 남아서 마녀와 싸우는 하울을 도와주고
싶은 마음이 조금이나마 남아 있었을지도 모르지만, 일하는 사이에
그런 생각은 말끔히 사라지고 말았다. 하울이라면 손만 한 번 흔들
어도 모든 화관을 한꺼번에 만들 수 있을 텐데, 그는 지금 꽃집에서
도 다 들릴 정도로 요란하게 코를 골고 있었기 때문이다.

화관을 만드는 일이 너무 오래 걸리는 바람에 미처 그 일을 끝내
기도 전에 꽃집을 열 시간이 되어 버렸다. 마이클이 꿀 바른 빵을 가
져왔고, 그들은 틈틈이 빵을 먹으면서 엄청나게 몰려드는 첫 손님들
을 상대해야 했다. 축제일이 흔히 그렇듯이 마켓치핑의 이번 하짓날
도 흐리고 쌀쌀한 날씨였지만, 그래도 도시 인구의 절반가량이 멋진
나들이옷으로 차려 입고 축제를 위한 꽃과 화관을 사러 왔다. 거리
에도 어김없이 사람들이 들끓었다. 어찌나 많은 사람들이 꽃집으로
몰려드는지, 소피는 정오가 다 되어서야 겨우 몰래 빠져나와서 계단
을 올라가 벽장 속을 지나갈 수 있었다. 그녀는 살금살금 돌아다니
며 약간의 음식과 낡은 옷들을 챙겨 보따리를 쌌다. 그러면서, 오늘
막대한 돈을 벌어들였으니 지금쯤 마이클이 벽난로 바닥돌 밑에 감
춰 둔 돈이 열 배로 불어났을 거라고 생각했다.

그때 캘시퍼가 물었다.

"나하고 얘기하러 온 거야?"

"조금 있다가."

그렇게 대답하고 소피는 보따리를 등 뒤에 감추면서 방 안을 지나
갔다. 캘시퍼가 자기 계약에 대해 또 한바탕 따지는 소리를 듣고 싶

1. 마법사 하울의 비밀

지 않았기 때문이다.

소피가 의자에 걸린 지팡이를 집어 들려고 손을 내밀었을 때 누군가 문을 두드렸다. 소피는 손을 내민 채로 동작을 멈추고 캘시퍼에게 뭐냐고 묻는 시선을 던졌다.

"저택 문이야. 피와 살로 된 생물이고, 악의는 없어."

다시 문을 두드리는 소리가 들렸다. '내가 떠나려고만 하면 꼭 이런 일이 생긴단 말이야!' 그렇게 생각하면서 소피는 주황색이 아래로 가도록 손잡이를 돌리고 문을 열었다.

조각상들 너머 진입로에 제법 괜찮아 보이는 한 쌍의 말이 끄는 마차 한 대가 서 있었다. 문을 두드린 사람은 몸집이 아주 커다란 하인이었고, 그의 몸집 때문에 마차는 간신히 볼 수 있을 뿐이었다.

하인이 말했다.

"서셰버럴 스미스 부인께서 새로 오신 이웃 분들께 인사하러 오셨습니다."

소피는 생각했다. '이것 참 곤란한데!' 하울이 새로 페인트칠을 하고 커튼을 달아 놓아서 생긴 결과였다. 소피는 이렇게 말문을 열었다.

"우린 집에 없……."

그런데 그때 서셰버럴 스미스 부인이 하인을 옆으로 밀어내고 불쑥 들어섰다.

"마차 옆에서 기다려, 시어볼드."

하인에게 그렇게 말하고 양산을 접으면서 소피 곁을 당당히 지나가는 것이었다.

패니였다. 크림색 비단옷을 입은 그녀는 엄청난 부자처럼 보였다. 장미꽃으로 장식한 크림색 비단 모자를 쓰고 있었는데, 그것은 소피에게도 아주 낯익은 모자였다. 그 모자를 장식하면서 했던 말이 떠올랐다. '너는 부잣집으로 가게 될 거야!' 패니의 차림새를 보아하니 정말 부잣집에 들어간 것이 분명했다.

그때 패니가 집 안을 둘러보면서 말했다.

"아, 이런! 잘못 들어온 모양이네. 여긴 하인들의 방이잖아!"

"저기요……, 그게…… 우린 아직 이사가 덜 끝났는데요, 부인."

그렇게 말하면서 소피는 예전의 그 모자 가게가 바로 벽장 너머에 있다는 사실을 알게 되면 패니가 어떤 느낌을 받을까 생각했다.

그 순간 패니가 돌아서더니 소피를 보고 입을 딱 벌렸다.

"소피! 아, 세상에, 얘야, 이게 도대체 무슨 일이니? 아흔 살 된 사람처럼 보이는구나! 심하게 앓기라도 했니?"

그러더니 놀랍게도 모자와 양산은 물론이고 그 거만한 태도까지 팽개쳐 버리고 소피를 부둥켜안으며 울어 버리는 것이었다.

"아, 난 네가 어떻게 됐는지 몰랐단다! 마사에게도 가 봤고 레티에게도 전갈을 보냈지만 둘 다 모르더구나. 그 바보 같은 계집애들이 서로 바꿔치기를 했는데, 너도 알고 있었니? 그런데 너에 대해서는 아무도 모르더라! 내가 아직도 현상금을 걸어 놓았어. 그런데 여기 있었구나. 나랑 스미스 씨랑 언덕 위에서 호화롭게 살 수 있는데 고작 하녀로 일하고 있다니!"

소피는 자신도 울고 있다는 것을 깨달았다. 그녀는 얼른 보따리를 던져 놓고 패니를 의자로 데려갔다. 그리고 걸상을 당겨 패니 곁에 앉아서 그녀의 손을 잡았다. 그때쯤 두 사람은 우는 동시에 웃어 대고 있었다. 둘 다 서로를 다시 만나게 되어 한없이 기뻤기 때문이다.

패니가 도대체 무슨 일이 있었느냐고 여섯 번이나 물어본 뒤에야 비로소 소피는 이렇게 대답했다.

"얘기하자면 아주 길어요. 거울 속에서 내가 이렇게 변한 걸 보고 너무 놀라 방황하기 시작했는데……."

그때 패니가 비참하게 말했다.

"과로 때문이야. 나 자신을 얼마나 원망했는지 몰라!"

"그렇지도 않아요. 그리고 걱정 마세요. 마법사 하울이 나를 받아 줘서……."

그러자 패니가 소리쳤다.

"마법사 하울? 아주아주 못됐다는 그 인간? 그놈이 너를 이렇게 만들었니? 지금 어디 있어? 내가 좀 만나야겠다!"

패니가 대뜸 양산을 집어 들고 싸우려는 바람에 소피가 억지로 붙잡아 앉혀야 했다. 소피는 패니가 양산으로 하울을 푹푹 찔러 깨웠을 때 하울이 어떤 반응을 보일는지 생각하기조차 싫었다.

"아니에요, 아니에요! 하울은 나한테 아주 친절했어요."

그러면서 소피는 문득 그 말이 사실이라는 것을 깨달았다. 하울은 좀 이상한 방식으로 친절을 베풀었지만, 지금까지 소피가 온갖 일을 저지르며 그를 괴롭혔다는 점을 감안한다면 그는 정말 그녀에게 굉장히 잘해 준 셈이었다.

그러나 패니는 아직도 일어나려고 버둥거리면서 이렇게 말했다.

"그놈은 여자들을 산 채로 뜯어 먹는다던데!"

소피는 패니가 휘두르는 양산을 끌어내렸다.

"사실은 그렇지 않아요. 제발 좀 들어 보세요. 하울은 못된 인간이 아니라고요!" 그 순간 벽난로 쪽에서 치잇 하는 소리가 났다. 캘시퍼가 흥미롭다는 듯이 지켜보고 있었다.

"정말이에요!"

그것은 패니뿐만 아니라 캘시퍼를 향한 말이기도 했다.

"내가 여기서 사는 동안에 하울이 나쁜 마법을 쓰는 건 한 번도 본적이 없어요!"

그 말도 사실이었다.

패니가 비로소 몸부림을 멈추었다.

"그렇다면 네 말을 믿어야겠지. 하지만 하울이 정말 착해졌다면 그건 틀림없이 너 때문일 거야. 넌 옛날부터 그런 재주를 갖고 있었거든. 마사가 성깔을 부릴 때는 나도 어쩔 수가 없었는데 너는 그걸 말릴 수 있었지. 그리고 내가 옛날부터 하는 말이지만, 레티가 두 번 중에서 한 번 정도만 제 고집대로 할 수 있었던 것도 네 덕분이었어! 하지만 얘, 어디 있는지 정도는 나한테 알려 줬어야지!"

소피도 그 말이 옳다는 것을 알았다. 패니가 어떤 사람인지 잘 알면서도 그녀에 대한 마사의 생각을 그대로 받아들인 것이었다. 소피는 부끄러웠다.

패니는 곧 서셰버럴 스미스 씨에 대해 말하고 싶어 안달이었다.

그때부터 잔뜩 흥분해서 기나긴 이야기를 늘어놓기 시작했는데, 소피가 떠나던 바로 그 주에 스미스 씨를 만났고 미처 1주일이 지나기도 전에 결혼했다는 것이었다. 그녀가 이야기하는 동안에 소피는 그녀를 찬찬히 살펴보았다. 노인이 된 소피는 패니를 전혀 다른 눈으로 바라볼 수 있었다. 패니는 여전히 젊고 예뻤다. 그리고 소피처럼 모자 가게는 너무 따분하다고 생각했다. 그런데도 가게를 지켰고, 가게는 물론이고 세 딸에게도 최선을 다했다. 어쨌든 해터 씨가 죽을 때까지는 그랬다. 그러나 그때부터 패니는 갑자기 근심하기 시작했다. 지금의 소피와 똑같은 여자, 즉 이미 늙고, 살아가야 할 이유도 없고, 내세울 것도 하나 없는 여자가 되었다는 생각이 들었기 때문이다.

"더군다나 네가 없어졌으니 가게를 물려줄 사람도 없고, 그러니 가게를 팔지 않을 이유가 없었던 거야."

패니가 그렇게 말하고 있을 때 벽장 속에서 발소리가 들려왔다.

마이클이 들어오면서 말했다.

"꽃집 문은 우리가 닫았어요. 그리고 누가 왔는지 보세요!"

그는 마사의 손을 잡고 있었다.

마사는 한결 날씬해지고 머리도 금발에 가까워져 원래의 자기 모습을 거의 되찾고 있었다. 그녀는 마이클의 손을 놓고 소피에게 달려오면서 소리쳤다.

"소피 언니, 왜 나한테 말하지 않았어?"

그러면서 소피를 얼싸안았다. 그러더니 패니에 대해 이런저런 이야기를 했던 것이 말짱 거짓말인 것처럼 패니도 힘껏 끌어안는 것이었다.

그러나 그것으로 끝난 게 아니었다. 마사의 뒤를 이어 바구니 하나를 마주 든 레티와 페어팩스 부인이 벽장에서 빠져나왔고, 그다음엔 지금까지 소피가 보아 온 것보다 훨씬 더 활기차 보이는 퍼시벌이 나타났다. 페어팩스 부인이 입을 열었다.

"동트자마자 우편 마차를 타고 왔어요. 그리고 우리가 가져온 건…… 어머나! 패니잖아!"

그녀는 바구니를 놓아 버리고 달려와서 패니를 끌어안았다. 레티도 바구니를 놓고 달려와서 소피를 끌어안았다.

모두들 그렇게 돌아가면서 서로 끌어안고 소리치고 환호성을 질러대고 있었다. 소피는 이렇게 시끄러운데도 하울이 깨어나지 않는 게 신기하다고 생각했다. 그러나 그 소란 통에도 하울이 코를 고는 소리가 뚜렷하게 들려왔다. '오늘 저녁엔 꼭 떠나야지.' 소피는 모두를 만난 것이 하도 기뻐서 저녁이 오기 전에는 떠날 생각이 없어진 것이었다.

레티는 퍼시벌에게 아주 다정하게 굴었다. 마이클이 바구니를 작업대로 옮겨 놓고 차게 먹는 닭고기와 포도주와 꿀푸딩 따위를 꺼내는 동안에 레티는 마치 자기가 주인이라는 듯이 퍼시벌의 팔에 매달려 그가 기억하는 것들을 모조리 털어놓게 만들었다. 소피로서는 레티의 그런 태도에 결코 찬성할 수 없었지만 퍼시벌은 별로 싫어하지 않는 것 같았다. 레티가 그토록 사랑스러우니 퍼시벌을 나무랄 일도 아니었다.

그때 레티가 소피에게 말했다.

"퍼시벌이 갑자기 나타나더니 자꾸 사람으로 변했다가 또 다른 개로 변했다가 하면서 나를 안다고 하더라고. 난 퍼시벌을 본 적도 없었지만 그건 상관없었어."

그러면서 마치 퍼시벌이 여전히 개의 모습을 하고 있다는 듯이 그의 어깨를 토닥거렸다. 소피가 물었다.

"하지만 저스틴 왕자는 만나 봤잖아?"

그러자 레티는 대수롭지도 않다는 듯이 이렇게 대답했다.

"아, 그랬지. 그게 있잖아, 초록색 제복을 입고 변장하고 있었지만 틀림없이 왕자였어. 너무너무 고상하고 정중했거든. 수색 마법 때문에 화를 낼 때조차도 그랬다니까. 난 그 마법을 두 번이나 만들어 줘야 했어. 마법을 쓸 때마다 마법사 설리먼이 우리와 마켓치핑 사이의 어딘가에 있다고 나왔는데, 왕자는 절대로 그럴 리가 없다고 우겼거든. 그리고 내가 일하는 동안에도 계속 방해만 하더라고. 빈정거리면서 나를 '상냥한 아가씨'라고 부르고, 이름은 뭐냐, 가족들은 어디 사느냐, 몇 살이냐 하고 꼬치꼬치 캐물으면서 말이야. 너무너무 뻔뻔스럽더라고! 차라리 마법사 하울이 훨씬 낫겠어. 어느 정도였는지 알 만하지?"

그때쯤 사람들은 저마다 닭고기를 뜯고 포도주를 마시며 이리저리 돌아다니고 있었다. 캘시퍼는 수줍음을 타는 것 같았다. 그저 낮게 가라앉아 초록색으로 깜박거릴 뿐이었고, 아무도 그의 존재를 알아차리지 못하는 듯했다. 소피는 캘시퍼를 레티에게 소개해 주고 싶었다. 그래서 그를 살살 달래어 끌어내리려고 해 보았다.

레티가 초록색으로 깜박거리는 불꽃을 내려다보면서 못 믿겠다는 듯이 물었다. "저게 정말 하울의 목숨을 지키고 있는 마귀란 말야?"

소피는 캘시퍼가 진짜라는 말을 해 주려고 고개를 들었다가 문 옆에 수줍은 듯이 서서 머뭇거리고 있는 앵거리언 선생을 발견했다.

"아, 죄송해요. 제가 때를 잘못 고른 모양이죠? 그냥 하웰과 얘기 좀 하고 싶었는데요."

소피는 얼른 일어섰다. 그러나 어떻게 해야 좋을지 알 수가 없었다. 일전에 앵거리언 선생을 그렇게 내쫓았던 일이 부끄러웠다. 소피가 그렇게 행동한 이유는 오직 하울이 앵거리언 선생을 유혹하고 있다는 것을 알았기 때문이었다. 그러나 한편으로 생각해 보면, 그렇다고 소피가 꼭 앵거리언 선생을 좋아해야 하는 것도 아니었다.

그런데 그때 마이클이 나서는 바람에 소피는 뒷전으로 밀려나게 되었다. 마이클은 환한 웃음과 우렁찬 환영 인사로 앵거리언 선생을 맞이했다.

"하울 님은 지금 주무시는 중이에요. 들어와서 포도주 한 잔 드시면서 기다리세요."

"고마워요."

그러나 앵거리언 선생은 그리 행복하지 않은 것이 분명했다. 그녀는 포도주를 사양하고 닭다리 하나를 조금씩 뜯어 먹으면서 초조한 듯 이리저리 돌아다녔다. 방 안에 있는 사람들은 모두 서로를 잘 아는데 그녀 혼자만 외부인이었다. 더구나 페어팩스 부인과 함께 쉴 새 없이 수다를 떨고 있던 패니가 한마디 하는 바람에 상황이 더욱 나빠졌다.

"옷도 참 희한하네!"

도움이 안 되기는 마사도 마찬가지였다. 그녀는 마이클이 깊이 사모하는 표정으로 앵거리언 선생을 맞이하는 것을 보았던 것이다. 그때부터 그녀는 마이클이 자신과 소피 이외에는 어느 누구와도 대화를 나누지 못하게 했다. 그리고 레티는 앵거리언 선생을 깨끗이 무시하고 퍼시벌과 함께 계단에 가서 앉았다.

얼마 안 가서 앵거리언 선생은 더 이상 견딜 수 없다는 결론을 내린 모양이었다. 소피는 그녀가 문 앞에 서서 그 문을 열려고 하는 것을 보았다. 그리고 심한 죄책감을 느끼면서 서둘러 그쪽으로 다가갔다. 어쨌든 앵거리언 선생이 여기까지 찾아왔다는 것은 하울에 대한 애정이 아주 깊어졌다는 뜻이었다.

"아직 가지 말아요. 내가 가서 하울을 깨울 테니까."

그러자 앵거리언 선생은 불안하게 웃었다.

"아뇨, 그러지 마세요. 오늘은 쉬는 날이니까 얼마든지 기다려도 괜찮아요. 그냥 바깥을 좀 구경해 보고 싶었어요. 저 이상한 초록색 불꽃 때문에 방 안이 좀 답답해서요."

소피는 그것이야말로 앵거리언 선생을 정말 내쫓지는 않으면서도 깨끗이 내쫓을 수 있는 완벽한 방법이라고 생각했다. 그래서 정중하게 문을 열어 주었다. 웬일인지…… 아마 하울이 마이클에게 계속

가동하라고 했던 방어 체계와 관련이 있겠지만…… 손잡이는 자주
색이 아래로 가 있었다. 바깥에는 태양이 몽롱하게 이글거렸고 빨간
색과 자주색 꽃이 만발한 둔덕들이 스쳐 지나가고 있었다. 앵거리언
선생은 몹시 거칠고 떨리는 목소리로 외쳤다.

"정말 아름다운 철쭉이네요! 꼭 봐야겠어요!"

그러더니 신이 나서 늪지대의 풀밭으로 재빨리 뛰어내리는 것이
었다. 소피는 그녀를 향해 소리쳤다.

"동남쪽으로는 가지 말아요!"

성이 옆으로 움직이면서 점점 멀어지고 있었다. 앵거리언 선생은
하얀 꽃무더기 속에 그 아름다운 얼굴을 묻었다.

"멀리 가진 않을게요."

그때 패니가 소피의 등 뒤로 다가오면서 말했다.

"맙소사! 내 마차가 어디로 갔지?"

소피는 최선을 다해서 설명해 주었다. 그러나 패니가 너무 걱정하
고 있어서 결국 주황색 얼룩이 아래로 가게 해 놓고 문을 열어 저택
으로 이어지는 길을 보여 주었다. 그곳은 훨씬 더 찌푸린 날씨였고,
패니의 하인과 마부는 마차 지붕에 올라앉아 차가운 소시지를 먹으
며 카드놀이를 하고 있었다. 그제야 패니도 자기 마차가 어디론가
납치된 것이 아니라는 사실을 믿게 되었다. 실은 소피 자신도 잘 몰
랐지만 그녀는 하나의 문이 어떻게 여러 곳으로 열리는지를 나름대
로 설명하려고 노력했다. 그때 갑자기 캘시퍼가 장작 위에서 화르르
피어오르며 고함을 질렀다.

"하울!"

캘시퍼는 굴뚝을 가득 채울 정도로 세차게 파란 불길을 일으켰다.

"하울! 하웰 젱킨스, 마녀가 너희 누님네 가족을 찾아냈어!"

머리 위에서 쿵, 쿵 하고 요란한 소리가 두 번 들렸다. 방문이 콰당 열리더니 하울이 아래층으로 우당탕탕 뛰어 내려왔다. 길을 막고 있던 레티와 퍼시벌이 내동댕이쳐졌다. 패니는 하울을 보고 희미하게 비명을 질렀다. 하울은 머리카락이 건초 더미 같았고 눈 주위는 충혈되어 붉은 테를 두른 듯했다. 그는 검은 옷소매를 휘날리며 방 안을 쏜살같이 지나갔다.

"내 약점을 찌르다니, 못된 것 같으니! 그럴까 봐 걱정했는데! 고마워, 캘시퍼!"

그렇게 외치더니 패니를 옆으로 밀치고 벌컥 문을 열었다.

소피는 하울이 나가고 문이 쾅 닫히는 소리를 들으면서 절뚝절뚝 위층으로 올라갔다. 쓸데없는 호기심이라는 것은 알고 있었지만, 그래도 무슨 일이 벌어지는지 안 볼 수가 없었다. 그녀가 하울의 방 안을 가로지를 때 모두들 그녀를 따라오는 소리가 들렸다.

패니가 소리쳤다.

"정말 지저분한 방이네!"

소피는 창밖을 내다보았다. 깔끔한 정원에 가랑비가 내리고 있었다. 그네에 빗방울이 잔뜩 매달려 있었다. 마녀의 물결치는 듯한 빨강머리도 온통 이슬 같은 빗방울로 뒤덮여 있었다. 빨갛고 긴 옷을 입은 그녀는 늘씬하고 위세 당당한 모습으로 그네에 기대고 서서 이리 오라는 손짓을 했다. 하울의 조카 마리가 젖은 잔디밭을 지나 마녀 쪽으로 주춤주춤 걸어가고 있었다. 가고 싶지 않지만 어쩔 수 없는 모양이었다. 마리 뒤에는 역시 하울의 조카인 닐도 마녀 쪽으로 주춤주춤 걷고 있었는데, 걸음걸이는 마리보다 더욱 느렸고 굉장히 사나운 표정으로 마녀를 노려보고 있었다. 그리고 두 아이의 뒤쪽에는 하울의 누나 메건이 있었다. 소피는 메건의 두 팔이 마구 손짓을 해 대고 메건의 입이 열렸다 닫혔다 하는 것을 볼 수 있었다. 마녀에게 한바탕 욕설을 퍼붓는 것이 분명했지만 그녀도 마녀 쪽으로 끌려가고 있었다.

그때 하울이 잔디밭으로 뛰쳐나왔다. 그는 옷 모양을 바꾸지도 않고 있었다. 마법을 쓰려고도 하지 않았다. 그냥 마녀를 향해 곧장 돌진해 갈 뿐이었다. 마녀가 마리를 붙잡으려고 팔을 뻗었지만 마리는 아직도 너무 멀리 있었다. 하울이 먼저 마리 곁에 도달하여 그녀를 뒤로 팽개치더니 계속 돌진해 갔다. 그러자 마녀가 도망쳤다. 그녀는 불꽃 같은 색깔의 긴 옷자락을 휘날리면서 마치 개에게 쫓기는 고양이처럼 잔디밭을 가로지르고 깔끔한 울타리를 뛰어넘어 달아났고, 하울은 고양이를 쫓는 개처럼 바싹 뒤따랐는데 그 거리는 겨우 30센티미터 남짓했고 점점 가까워지고 있었다. 마녀는 붉은 잔상만 남겨 놓고 울타리 너머로 사라졌다. 곧이어 하울도 치렁치렁한 옷소매의 검은 잔상만 남겨 놓고 마녀를 뒤쫓았다. 울타리 때문에 둘 다 보이지 않았다.

마사가 말했다.

"하울이 마녀를 잡았으면 좋겠어. 저 여자애가 울고 있잖아."

밑에서는 메건이 한 팔로 마리를 끌어안고 두 아이를 집 안으로 데려가고 있었다. 하울과 마녀가 어떻게 되었는지는 전혀 알 길이 없었다. 이윽고 레티와 퍼시벌과 마사와 마이클은 다시 아래층으로 내려갔다. 그러나 패니와 페어팩스 부인은 하울 방의 꼬락서니에 대한 혐오감 때문에 움직일 줄을 몰랐다.

페어팩스 부인이 말했다.

"저 거미들 좀 봐!"

패니도 말했다.

"이 커튼의 먼지는 또 어떻고! 애너벨, 방금 지나온 그 통로에 빗자루가 몇 개 있던데."

"가서 가져오자. 그 드레스에 핀을 꽂아 올려 줄게, 패니. 그리고 청소 좀 하자. 이런 방은 도저히 가만둘 수가 없어!"

'아, 불쌍한 하울! 저 거미들을 정말 사랑하는데!'

그렇게 생각한 소피는 페어팩스 부인과 패니를 말릴 방법을 궁리하며 계단 위에서 머뭇거렸다.

그때 아래층에서 마이클이 불렀다.

"소피! 우린 저택을 둘러보러 가요. 같이 갈래요?"

두 귀부인의 청소 작업을 말리는 데는 그게 안성맞춤일 것 같았다. 소피는 패니를 부르면서 아래층으로 서둘러 내려갔다. 벌써 레티와 퍼시벌이 문을 열고 있었다. 소피가 패니에게 그 문에 대해 설명할 때 레티는 듣지 않고 있었다. 그리고 퍼시벌도 그 문을 이해하지 못하는 것이 분명했다. 소피는 그들이 자주색이 아래로 가게 해 놓고 문을 여는 것을 보았다. 소피가 잘못을 바로잡으려고 달려갔지 만 그들은 이미 문을 열어 버렸다.

꽃들이 가득한 문 앞에 허수아비가 불쑥 나타났다.

"빨리 닫아!"

소피가 소리쳤다. 그녀는 일이 어떻게 되었는지를 깨달았다. 간밤에 허수아비에게 열 배나 빨리 가 버리라고 말한 것이 오히려 허수아비를 도와준 셈이었다. 허수아비는 부리나케 성문 쪽으로 달려가서 그리로 들어오려는 것이었다. 그러나 그쪽에는 앵거리언 선생도 있었다. 소피는 그녀가 기절해서 덤불 속에 쓰러져 있는 게 아닐까 생각했다. 소피는 힘없이 말했다.

"아냐, 그러지 마."

어차피 그녀의 말을 듣는 사람은 아무도 없었다. 레티는 얼굴빛이 패니의 드레스 같은 색깔로 변한 채 마사를 힘껏 붙잡고 있었다. 퍼시벌은 멍하니 서 있었고, 마이클은 해골을 붙잡으려고 했다. 해골이 이빨을 격렬하게 마주치다가 작업대 위에서 떨어지려는 찰나였고, 포도주병도 함께 떨어질 상황이었기 때문이다. 그리고 해골은 기타에도 이상한 영향을 주는 듯했다. 기타에서 징징 울리는 소리가 길게 터져 나왔다.

'해치지잉 않는다앙! 해치지잉 않는다앙!'

캘시퍼가 다시 굴뚝을 향해 솟구치면서 소피에게 말했다.

"저게 말하고 있는 거야. 아무도 해칠 뜻은 없다는 거지. 내가 보기엔 진심인 것 같아. 네가 들어오라고 허락하기만 기다리잖아."

아닌 게 아니라 허수아비는 제자리에 가만히 서 있었다. 지난번처럼 무턱대고 들어오려고 하지 않는 것이었다. 그리고 캘시퍼도 허수아비를 믿는 것이 분명했다. 그는 성의 움직임마저 멈춰 놓고 있었다. 소피는 순무로 만든 얼굴과 너덜거리는 누더기를 바라보았다. 이제 보니 별로 무섭지도 않았다. 한때는 그 허수아비를 보면서 동료 의식을 느낀 적도 있었다. 어쩌면 자기가 사실은 성을 떠나기가 싫었고, 그래서 허수아비를 좋은 핑계로 내세워 그것 때문에 못 떠난다고 그냥 주저앉았는지도 모른다는 생각이 들었다. 그러나 이젠 소용없는 일이었다. 소피는 어차피 떠날 수밖에 없었다. 하울은 앵거리언 선생을 더 좋아하니까.

"어서 들어와."

소피는 조금 목이 쉰 소리로 그렇게 말했다.

"아하아앙!"

기타가 말했다. 허수아비는 옆으로 힘차게 뛰어올라 방 안으로 들어섰다. 그리고 하나뿐인 다리 때문인지 이리저리 흔들렸다. 마치 무엇인가를 찾고 있는 것 같았다. 허수아비가 들어오면서 꽃향기도 함께 들어왔지만 허수아비가 지니고 있는 흙먼지와 썩은 순무 냄새를 감추지는 못했다.

마이클이 누르고 있던 해골이 다시 이빨을 따닥따닥 마주쳤다. 허수아비가 반가운 듯이 휙 돌아서더니 그쪽으로 푹 쓰러졌다. 마이클은 해골을 구하려고 하다가 황급히 피했다. 허수아비가 작업대 위로 쓰러지는 순간, 강력한 마법에서 발생하는 엄청난 충격과 함께 해골이 허수아비의 순무 머릿속으로 녹아들었기 때문이다. 해골은 순무 속에 들어가서 그것을 부풀리는 것 같았다. 순무에는 이제 다소 우락부락한 얼굴 모습이 뚜렷하게 나타났다. 문제는 그 얼굴이 허수아비의 등 쪽을 향하고 있다는 사실이었다. 허수아비는 뻣뻣하게 버둥거리다가 껑충 뛰어 불안정하나마 똑바로 섰다. 그리고 재빨리 몸을 회전시켜 우락부락한 순무 얼굴과 몸의 앞쪽이 같은 방향을 바라보게 했다. 그러더니 쫙 벌렸던 두 팔을 천천히 내리는 것이었다.

허수아비가 다소 불분명한 발음으로 말했다.

"나 이제 말할 수 있다."

계단 위에서 패니가 말했다.

"난 기절할 것 같아."

그러자 패니의 등 뒤에서 페어팩스 부인이 말했다.

"쓸데없는 소리. 저건 마법사의 골렘(유대 전설에 등장하는, 생명을 불어넣은 인형—옮긴이)일 뿐이야. 명령받은 일을 해야 하는 녀석이지. 사람을 해치진 않아."

그러나 레티도 정말 기절할 것 같은 얼굴이었다. 그런데 정작 기절해 버린 사람은 한 명뿐이었는데 그는 다름 아닌 퍼시벌이었다. 그는 거의 소리도 없이 방바닥에 풀썩 쓰러져 마치 잠든 사람처럼 웅크리고 누워 있었다. 레티는 자기도 겁에 질렸으면서도 얼른 퍼시벌 쪽으로 달려갔지만, 허수아비가 다시 껑충 뛰어 가로막는 바람에 뒤로 물러날 수밖에 없었다.

I. 마법사 하울의 비밀

허수아비가 불분명한 발음으로 말했다.

"이것도 내가 찾아야 하는 조각들 중의 하나다."

그리고 막대기 위에서 빙글 돌아 소피를 바라보았다.

"나 당신에게 감사해야 한다. 내 해골 너무 멀리 있어서 찾아가는 도중에 힘이 빠졌다. 당신 와서 말로 생명을 불어넣지 않았다면 영원히 그 산울타리 속에 처박혀 있었을 거다."

그러더니 이번엔 페어팩스 부인과 레티를 차례로 돌아보았다.

"두 사람에게도 감사한다."

소피가 물었다.

"누가 너를 보냈지? 명령받은 일이 뭐야?"

그러자 허수아비는 잘 모르겠다는 듯이 이리저리 흔들거렸다.

"이건 전부가 아니다. 아직도 없는 조각들 있다."

모두들 허수아비의 다음 말을 기다렸다. 대개는 너무 놀라서 입을 열지도 못하고 있었다. 한편 허수아비는 생각에 잠긴 듯 이쪽저쪽으로 몸을 돌렸다.

소피가 물었다.

"그럼 퍼시벌은 무엇의 일부지?"

그러자 캘시퍼가 말했다.

"정신을 가다듬게 내버려 둬. 지금까지는 아무도 저 녀석한테 설명을 요구하지……."

그는 갑자기 말을 끊고 움츠러들어 초록색 불꽃만 간신히 보이게 되었다. 마이클과 소피는 놀란 시선을 주고받았다.

그때 어디선가 새로운 목소리가 들려왔다. 마치 상자 속에서 말하고 있는 듯 증폭되고 답답한 소리였지만 틀림없이 마녀의 음성이었다.

"마이클 피셔, 네 선생 하울한테 내가 던진 미끼에 걸려들었다고 말해 줘라. 난 지금 황야에 있는 내 요새에 릴리 앵거리언이라는 여자를 데리고 있다. 하울이 직접 찾아와야만 그 여자를 풀어 준다고 전해라. 알아들었냐, 마이클 피셔?"

그 순간 허수아비가 홱 돌아서서 열린 문 쪽으로 껑충 뛰었다. 마이클이 소리쳤다.

"아, 안 돼! 빨리 잡아요! 마녀가 이리 들어오려고 저놈을 보냈을 거예요!"

I. 마법사 하울의 비밀

새로운 계약

대부분의 사람들이 허수아비를 쫓아갔다. 그러나 소피는 반대쪽으로 뛰었다. 지팡이를 집어 들고 벽장을 지나 꽃집으로 달려갔다.

"이건 내 잘못이야! 난 일을 망치는 데 천재적이라고! 앵거리언 선생을 집 안에 잡아 둬야 했어. 그 불쌍한 여자한테 정중하게 말하기만 했으면 되는 건데! 하울은 온갖 일을 용서해 줬지만 이번 일만은 쉽게 용서하지 않을 거야!"

꽃집에 들어간 소피는 진열창에 놓인 마법 장화들을 끄집어내고 그 속에 담긴 물과 무궁화와 장미들을 바닥에 쏟아 버렸다. 그리고 꽃집 문을 열고 젖은 장화들을 질질 끌면서 혼잡한 거리로 나섰다.

"미안해요."

소피는 자기 쪽으로 걸어오는 각양각색의 신발과 치렁치렁한 옷소매들을 향해 사과부터 했다. 해를 찾으려고 고개를 들었지만 잔뜩 찌푸린 잿빛 하늘이라서 쉬운 일이 아니었다.

"어디 보자. 동남쪽이라. 저쪽이네. 미안합니다, 미안해요."

그렇게 중얼거리면서 소피는 축제일의 행락객들 속에 작은 공간을 마련했다. 그리고 올바른 방향으로 장화들을 내려놓았다. 그리고 장화를 신고 걷기 시작했다.

휙휙, 휙휙, 휙휙, 휙휙, 휙휙, 휙휙, 휙휙. 그렇게 빨랐다. 한 짝이 아니라 두 짝을 다 신고 있으니 눈앞이 더욱 흐릿하고 숨이 막혔다. 소피는 기나긴 두 걸음과 두 걸음의 사이사이에 얼핏얼핏 주변 풍경을 볼 수 있었다. 골짜기 끝의 나무들 사이로 반짝거리는 저택과 그 앞에 서 있는 패니의 마차도 보았고, 언덕 비탈의 고사리 숲도 보았고, 푸른 골짜기로 쏜살같이 흘러드는 작은 강, 그 강이 훨씬 더 넓은 골짜기에서 유유히 흘러가는 모습, 그 골짜기가 너무 넓어져 마치 끝이 없는 듯 아련해지고 아주 멀리 킹스베리인 듯한 도시의 탑들이 우뚝우뚝 서 있는 모습, 평야가 다시 좁아지면서 산맥 쪽으로 뻗어 가는 모습 그리고 지팡이를 짚었는데도 비틀거릴 정도로 가파른 산길도 보았고, 그렇게 비틀거리는 바람에 그녀는 나무들의 우듬지가 까마득히 내려다보이고 푸르스름한 안개가 낀 높은 낭떠러지 앞에 서게 되었다. 한 걸음 더 내딛지 않으면 밑으로 떨어져 버릴 상황이었다.

소피는 누렇고 푹신푹신한 모래밭에 내려섰다. 지팡이를 푹 꽂고 주변을 찬찬히 둘러보았다. 오른쪽 어깨 너머로 멀리 그녀가 방금 지나온 산맥이 하얀 수증기 같은 안개 속에 거의 가려져 있었다. 그 안개의 아래쪽은 짙푸른 띠처럼 보였다. 소피는 고개를 끄덕였다. 너무 멀어서 움직이는 성은 안 보이지만 그녀는 그 안개가 있는 곳이 바로 꽃들이 활짝 핀 곳일 거라고 믿었다. 그래서 다시 조심스럽게 한 걸음을 내디뎠다. 휙. 무시무시하게 더웠다. 사방으로 펼쳐진 황토색 모래밭이 열기 속에 가물거리고 있었다. 여기저기 바위들이 어지럽게 널려 있었다. 그곳에 자라는 것이라고는 드문드문 흩어져 있는 잿빛의 꼴사나운 덤불뿐이었다. 산맥은 멀리 수평선 위로 올라오는 구름처럼 보였다.

소피의 주름살마다 땀이 줄줄 흘렀다.

"여기가 황야라면 이런 데서 살아야 하는 마녀가 불쌍해지네."

그녀는 다시 한 걸음 내디뎠다. 이번에 일어난 바람도 그녀의 몸을 식혀 주지는 못했다. 바위와 덤불들은 그대로였지만 모래밭은 잿빛에 가까웠고 산맥은 하늘 밑으로 사라진 듯했다. 소피는 눈을 가늘게 뜨고 앞쪽에 가물거리는 잿빛 반사광 너머를 자세히 살펴보았다. 뭔가 바위보다 좀 더 높은 물체가 보이는 듯했다. 그래서 한 걸음 더 내디뎠다.

이번엔 아예 가마솥에 들어온 것 같았다. 그러나 몇백 미터 거리에 바위가 흩어져 있는 땅보다 약간 솟아오른 언덕이 있었고, 그 위에는 특이하게 생긴 돌무더기가 서 있었다. 비비 꼬인 작은 탑들로 환상적인 형태를 이루고 있었는데, 제일 높은 탑은 약간 비스듬해서 마치 노인의 울퉁불퉁한 손가락처럼 보였다. 소피는 장화를 벗었다. 그렇게 무거운 것을 들고 다니기엔 너무 더워서 그녀는 지팡이만 가지고 그 돌무더기를 살펴보기 위해 터벅터벅 걸어갔다.

그것은 황야의 누르스름한 잿빛 모래로 만들어진 것 같았다. 처음에는 이상한 종류의 개미들이 만든 개미집이 아닐까 싶었다. 그러나 더 가까이 가 보니 마치 모래알로 만든 수천 개의 누런 화분 같은 것들을 점점 가늘어지게 쌓아올려 만든 것이었다. 소피는 빙그레 웃었다. 하울의 움직이는 성도 굴뚝 속의 모습을 많이 닮았다는 생각을 자주 했었다. 이 건물은 연기를 뽑아내기 위해 실제로 굴뚝 꼭대기에 얹는 흙으로 만든 관들을 모아 놓은 것이었다. 틀림없이 불꽃 마귀의 작품이었다.

소피가 헉헉거리며 언덕을 올라갈 때였다. 갑자기 이곳이 마녀의 요새라는 것을 조금도 의심할 수 없는 일이 생겼다. 건물 아래쪽의 컴컴한 공간에서 주황색의 작은 사람 두 명이 빠져나와 그녀를 기다리며 서 있었다. 소피는 마녀의 두 시동을 알아볼 수 있었다. 그녀는 덥고 숨이 차긴 했지만 그들과 싸울 뜻이 없다는 것을 알려 주려고 애써 상냥하게 말을 걸었다.

"안녕."

그러나 그들은 시무룩한 표정으로 쳐다볼 뿐이었다. 그중의 한 명이 절을 하더니 다짜고짜 손을 들어 구부러진 관 기둥들 사이로 지나가는 컴컴하고 일그러진 무지개 모양의 길을 가리켰다. 소피는 고개를 으쓱거리고 그를 따라 안으로 들어갔다. 다른 시동이 그녀의 뒤를 따랐다. 물론 그 출입구는 그녀가 지나가자마자 사라져 버렸다. 소피는 다시 어깨를 으쓱거렸다. 그 문제는 나중에 나갈 때 해결하는 수밖에 없었다.

소피는 레이스 숄을 다시 여미고 질질 끌리는 치맛자락을 잡아당기며 앞으로 나아갔다. 손잡이를 검정색으로 돌려놓고 성문을 빠져나갈 때와 비슷했다. 순간적으로 아무것도 안 보이더니 음침한 빛이 나타났다. 그 빛은 사방에서 깜박거리며 타고 있는 푸르스름한 노란색 불꽃에서 나오는 것이었지만 화력이 너무 약해서 열기도 전혀 느껴지지 않았고 빛도 매우 어두웠다. 소피가 그쪽을 볼 때마다 그 불꽃들은 그녀가 바라보는 곳이 아니라 한쪽으로 벗어난 곳에 있었다. 그러나 마법은 원래 그런 것이었다. 소피는 다시 어깨를 으쓱거리고, 건물의 다른 부분들처럼 토관으로 만든 앙상한 기둥들 사이로 시동을 따라 이리저리 걸어갔다.

마침내 시동들은 그녀를 일종의 중앙 동굴 같은 곳으로 안내했다. 어쩌면 기둥들 사이의 공간에 불과한 듯싶기도 했다. 그때쯤 소피는 혼란에 빠져 있었다. 이 요새는 정말 거대한 것 같았다. 그러나 그녀는 하울의 성처럼 이곳도 그렇게 보일 뿐이라고 생각했다. 마녀가 기다리고 있었다. 이번에도 소피가 어떻게 알아차렸는지 설명하기는 어려웠지만 결코 다른 사람일 리가 없었다. 지금의 마녀는 꽹장히 큰 키에 깡마른 몸매였고, 머리는 금발이었는데 밧줄처럼 하나로 땋아 앙상한 한쪽 어깨에 늘어뜨리고 있었다. 옷은 하얀 드레스였다. 소피가 지팡이를 휘두르며 다가가자 마녀는 뒤로 물러났다.

"쓸데없이 위협하지 마!"

가늘고 지친 목소리였다.

"앵거리언 선생을 돌려주면 안 그러지. 그 여자만 데리고 나갈 테니까."

마녀는 더 멀리 물러나면서 두 손으로 손짓을 했다. 시동들이 흐물흐물 녹아내려 끈적끈적한 주황색 덩어리로 변하더니 공중으로 떠올라 소피를 향해 날아왔다. 소피는 지팡이를 휘두르며 소리쳤다.

"우웩! 저리 가!"

주황색 덩어리들은 소피의 지팡이를 싫어하는 것 같았다. 재빨리 지팡이를 피하더니 이리저리 날아다니다가 순식간에 소피의 등 뒤로 사라졌다. 소피가 그 덩어리들을 이겨냈다고 생각하는 순간, 그것들 때문에 자신의 몸이 흙으로 만든 관 기둥에 달라붙어 버렸다는 사실을 깨달았다. 몸을 움직이려고 해 보았지만 발목 사이에서 주황색의 끈적끈적한 물질이 길게 늘어났고 머리카락도 잡아당겨져 몹시 아팠다.

"차라리 녹색 오물이 낫겠다! 아까 그게 진짜 아이들은 아니었으면 좋겠군."

그러자 마녀가 대답했다.

"정령일 뿐이야."

"나를 풀어 줘."

"안 돼."

마녀는 휙 돌아서 버렸다. 소피에 대해서는 완전히 흥미를 잃은 듯했다. 소피는 늘 그렇듯이 이번에도 일을 엉망으로 만들어 버린 게 아닐까 생각했다. 끈적끈적한 물질은 시간이 갈수록 굳어지면서 탄력도 강해지는 것 같았다. 움직이려고 해 봤더니 곧바로 휙 당겨지면서 다시 관 기둥에 철썩 붙어 버리는 것이었다. 소피는 이렇게 물었다.

"앵거리언 선생은 어디 있어?"

"너는 못 찾아. 우린 하울이 올 때까지 기다리는 거야."

"하울은 오지 않아. 똑똑한 사람이거든. 그리고 어차피 네 저주도 전부 이뤄지진 않았어."

그러자 마녀는 어렴풋이 웃으면서 말했다.

"이뤄질 거야. 네가 우리 속임수에 넘어가서 이리로 왔으니까. 이번만은 하울도 정직해질 수밖에 없을 거라고."

마녀가 이번에는 음침한 불꽃들을 향해 다시 손짓을 하자 두 개의 기둥 사이에서 일종의 왕좌 같은 것이 드르르 굴러 나와 마녀 앞에 멈추었다. 그 위에는 초록색 제복을 입고 반짝거리는 긴 장화를 신은 남자가 앉아 있었다. 처음에 소피는 머리를 옆으로 기울이고 잠을 자고 있어서 안 보이는 줄 알았다. 그런데 마녀가 다시 손짓을 했다. 남자가 똑바로 일어나 앉았다. 그러나 그의 몸에는 머리가 붙어 있지 않았다. 소피는 지금 보고 있는 것이 저스틴 왕자의 몸뚱이라는 사실을 깨달았다.

"내가 엄마였다면 기절했을 거야. 당장 머리를 도로 붙여 놔! 저러고 있으니까 너무 끔찍하잖아!"

그러자 마녀가 대꾸했다.

"머리는 둘 다 벌써 몇 달 전에 처분해 버렸어. 마법사 설리먼의 해골은 그 녀석의 기타와 함께 팔아치웠지. 저스틴 왕자의 머리는 쓸모없는 나머지 조각들과 함께 어딘가에서 돌아다니고 있어. 저 몸은 저스틴 왕자와 마법사 설리먼을 완벽하게 섞어 놓은 거라고. 이제 하울의 머리만 있으면 완벽한 인간이 만들어져. 우리가 하울의 머리를 갖게 되면 잉거리엔 새로운 국왕이 탄생하고, 난 왕비가 되어 나라를 다스리는 거지."

"너 미쳤구나! 사람들을 가지고 조각그림 맞추기를 하다니! 그리고 내 생각에 하울의 머리는 네가 원하는 일들을 아무것도 해 주지 않을 거야. 어떻게든 뺀질뺀질 빠져나갈 거라고."

그러자 마녀는 교활하고 비밀스러운 웃음을 지었다.

"하울은 우리가 시키는 대로 하게 될 거야. 우리가 녀석의 불꽃 마귀를 지배할 테니까."

소피는 자신이 몹시 두려워하고 있다는 사실을 깨달았다. 이젠 자기가 정말 일을 엉망으로 만들어 버린 것이 확실했다. 소피는 지팡이를 휘두르며 다시 물었다.

"앵거리언 선생은 어디 있냐니까?"

마녀도 소피가 지팡이를 휘두르는 것을 좋아하지 않았다. 마녀는 뒤로 물러났다.

"난 정말 피곤해. 너희들이 자꾸 내 계획을 망쳐 놨거든. 처음엔

I. 마법사 하울의 비밀

마법사 설리먼이 황야 근처에도 오지 않으려고 했지. 그래서 국왕이 명령을 내려 설리먼을 이리로 보내게 하려고 발레리아 공주를 위협해야 했어. 그다음엔 그 녀석이 오긴 했는데 대뜸 나무를 키우기 시작한 거야. 그다음엔 저스틴 왕자가 설리먼을 찾아온다는 걸 국왕이 몇 달 동안이나 말리더니, 결국 왕자가 설리먼을 찾아 나서긴 했는데 무슨 까닭인지 그 멍청한 녀석이 북쪽으로 올라가 버렸고, 그래서 내가 온갖 솜씨를 발휘해서 이리로 데려와야 했단 말이야. 하울은 더 큰 골칫거리였어. 벌써 한 번 도망쳤지. 녀석을 유인하려면 저주를 이용해야 했는데, 저주를 걸려고 녀석에 대한 정보를 모으고 있는 사이에 이번엔 네가 나타나더니 설리먼의 머리 중에서 남은 부분을 주물럭거려 또 말썽을 일으키더라고. 그런데 이세 너를 이리로 데려왔더니 넌 지팡이를 휘두르면서 이러쿵저러쿵 따지고 있잖아. 난 이 순간을 위해서 정말 열심히 노력했어. 그러니까 따지지 말란 말이야."

마녀는 돌아서서 어둠 속으로 어슬렁어슬렁 가 버렸다.

소피는 희미한 불꽃들 사이로 걸어가는 하얗고 늘씬한 뒷모습을 지켜보았다. '저 여자도 나이는 못 속이는 모양이군! 아주 돌아 버렸어! 내가 어떻게든 빠져나가서 앵거리언 선생을 구해 줘야 해!' 그때 마녀처럼 주황색 물질도 지팡이를 피하던 일이 떠올랐다. 소피는 팔을 뻗어 어깨 너머로 지팡이를 들이밀고 그 끈적끈적한 물질과 흙으로 된 관 기둥이 만나는 곳에서 이리저리 흔들었다.

"거기서 떨어져! 나를 놓으란 말이야!"

머리카락이 당겨져 아프긴 했지만 길게 늘어난 주황색 조각들이 이리저리 날아가기 시작했다. 소피는 지팡이를 더 힘껏 흔들었다.

이윽고 머리와 어깨가 풀려났을 때 쿠웅 하고 둔탁한 소리가 들려왔다. 희미한 불꽃들이 펄럭였고 소피의 등 뒤에 있는 기둥도 흔들렸다. 그러더니 마치 천 개의 찻잔이 한꺼번에 아래층으로 떨어진 듯한 굉음과 함께 요새 벽의 한 부분이 터져나갔다. 길고 울퉁불퉁한 구멍을 통해 눈부신 빛이 쏟아져 들어오더니 곧 누군가 뛰어들었다. 소피는 하울이기를 기대하면서 반갑게 고개를 돌렸다. 그러나 윤곽선만 보이는 그 검은 형상은 다리가 하나뿐이었다. 또 허수아비였다.

그 순간 마녀가 분노에 찬 괴성을 지르더니 앙상한 두 팔을 내밀고 금발의 머리채를 휘날리며 그쪽으로 달려갔다. 허수아비도 마녀를 향해 뛰어올랐다. 또다시 격렬한 폭음이 터져 나왔고, 그들은 마법의 구름에 휩싸였다. 하울과 마녀가 싸울 때 포트헤이븐 상공에 떠 있던 구름과 같은 것이었다. 구름은 이쪽저쪽 마구 부딪히면서 먼지 자욱한 허공을 날카로운 고함 소리와 폭음으로 가득 채웠다. 소피의 머리카락이 곱슬곱슬해졌다. 구름이 겨우 몇 미터 거리에서 흙으로 된 관 기둥들 사이를 이리저리 누비고 있었다. 그리고 벽이 무너진 부분도 아주 가까웠다. 소피가 짐작했던 대로 이 요새도 사실은 별로 크지 않았다. 구름이 그 눈부시게 새하얀 틈새 앞을 지나갈 때마다 속이 들여다보였는데, 소피는 그 한복판에서 싸우고 있는 두 개의 깡마른 형상을 볼 수 있었다. 그녀는 눈을 크게 뜨고 지켜보

I. 마법사 하울의 비밀

면서 등 뒤의 지팡이를 계속 흔들었다.

이윽고 몸이 다 풀리고 다리만 남았을 때 구름이 다시 비명을 지르며 빛 앞을 지나갔다. 소피는 구름 뒤쪽의 틈새로 또 한 사람이 뛰어드는 것을 보았다. 하울이었다. 소피는 팔짱을 끼고 서서 싸움을 지켜보는 하울의 윤곽선을 뚜렷하게 볼 수 있었다. 한순간은 그가 마녀와 허수아비의 싸움을 그냥 내버려 둘 것처럼 보였다. 그러나 하울이 두 팔을 들어 올리자 긴 옷소매가 펄럭거렸다. 그는 비명과 폭음보다도 큰 소리로 낯설고 긴 낱말 하나를 외쳤고, 곧이어 긴 천둥소리가 터져 나왔다. 허수아비와 마녀는 둘 다 깜짝 놀랐다. 요란한 소리가 흙으로 된 관 기둥들 사이에서 쩌렁쩌렁 메아리 쳤고, 메아리 하나가 들릴 때마다 마법의 구름도 조금씩 걷혀갔다. 결국 성장히 엷고 허연 안개만 남았을 때 머리를 땋은 키 큰 형상이 비틀거리기 시작했다. 마녀는 마치 차곡차곡 접혀 가듯이 점점 더 앙상해지고 새하얘졌다. 마침내 안개마저 깨끗이 사라져 버리자 마녀는 덜거덕하는 작은 소리와 함께 무너지고 말았다. 수백만 번의 가냘픈 메아리들이 점점 스러져 갈 때 하울과 허수아비는 한 무더기의 뼈를 사이에 두고 생각에 잠긴 듯 서로 마주 보고 있었다.

'좋았어!' 그렇게 생각할 때 소피는 두 다리도 마저 풀렸다. 그녀는 왕좌에 앉아 있는 머리 없는 몸뚱이를 향해 다가갔다. 그 모습이 자꾸 그녀의 신경을 건드리고 있었다.

그때 하울이 허수아비에게 말했다.

"아니야, 친구."

허수아비는 곧장 뼈무더기 속으로 뛰어들어 하나뿐인 다리로 뼈들을 이리저리 헤집어 대고 있었다.

"아니라니까. 마녀의 심장은 여기 없소. 아마 그 여자의 불꽃 마귀가 가져갔을걸. 내 생각엔 벌써 오래전부터 그 마귀가 마녀를 지배했을 거요. 정말 슬픈 일이지."

소피가 숄을 벗어 저스틴 왕자의 머리 없는 몸뚱이를 덮어 주고 있을 때 하울이 말했다.

"내 생각엔 당신이 찾는 나머지 조각들은 이쪽에 있는 것 같소."

그는 왕좌 쪽으로 걸어왔고, 허수아비도 하울 옆에서 껑충껑충 따라왔다. 하울이 소피에게 말했다.

"당신답군요! 난 죽을힘을 다해서 쫓아왔는데 당신은 느긋하게 정돈이나 하고 있잖아요!"

소피는 하울을 쳐다보았다. 무너진 벽의 틈새로 들어오는 강렬한 햇빛이 하울의 모습을 환하게 비춰 주었다. 그녀가 걱정했던 것처럼 그는 면도도 하지 않고 머리도 빗지 않은 상태였다. 눈 주위는 여전히 충혈되어 있었고 검은 옷소매는 여러 군데가 찢겨져 있었다. '아, 저런! 정말 앵거리언 선생을 깊이 사랑하나 봐.'

"난 앵거리언 선생을 찾으러 왔어요."

그러자 하울은 지겹다는 듯이 대꾸했다.

"가족들이 찾아오게 해 놓으면 당신도 한동안은 얌전히 있을 거라고 생각했는데! 내가 바보……."

그때 허수아비가 껑충 뛰어 소피 앞에 서더니 불분명한 발음으로 말했다.

"나 마법사 설리먼이 보냈다. 마녀가 설리먼을 잡아갈 때 나도 황야에서 새를 쫓으며 설리먼의 덤불들을 지켜 주고 있었다. 설리먼은 남은 마법을 나한테 총동원해서 자기를 구하러 오라고 명령했다. 그런데 그때는 벌써 마녀가 설리먼을 조각조각 잘라 버렸고 그 조각들은 여러 곳에 흩어져 있었다. 정말 어려운 임무였다. 당신이 나한테 말을 걸어 다시 살려 내지 않았다면 나 결국 실패했을 거다."

허수아비는 아까 둘 다 황급히 뛰쳐나오기 전에 소피가 던졌던 질문들에 대해 대답하고 있었다.

"그럼 저스틴 왕자가 주문한 수색 마법은 계속 너를 가리키고 있었구나. 그건 왜 그랬지?"

"나 아니면 설리먼의 해골을 가리켰을 거다. 설리먼의 가장 중요한 조각들이 바로 우리 둘이니까."

"그렇다면 퍼시벌은 마법사 설리먼과 저스틴 왕자를 합쳐 만들어진 거야?"

그게 정말이라면 레티가 좋아할 것 같지 않았다.

허수아비는 우락부락한 순무 얼굴을 끄덕거렸다.

"그 양쪽 조각들이 모두 나에게 마녀와 그 불꽃 마귀가 더 이상 함께 있지 않고 그렇게 혼자 있는 마녀는 내가 물리칠 수 있을 거라고 말해 주었다. 나를 전보다 열 배나 빨리 움직일 수 있게 해 줘서 정말 고맙다."

그때 하울이 허수아비에게 좀 비켜 달라고 손짓했다.

"저 몸뚱이를 성으로 가져와라. 거기서 너희들을 다시 정리해 줄 테니까. 소피와 나는 그 불꽃 마귀가 내 방어 체계를 뚫고 들어오기 전에 돌아가야 돼."

그는 소피의 앙상한 손목을 붙잡았다.

"갑시다. 그 마법 장화는 어디 있죠?"

소피는 주춤거렸다.

"하지만 앵거리언 선생이……!"

그러자 하울은 소피를 잡아당기며 말했다.

"아직도 모르겠어요? 앵거리언 선생이 바로 그 불꽃 마귀라고요. 그게 성안으로 들어오면 캘시퍼도 끝이고 나도 끝이라고요!"

소피는 두 손으로 입을 가렸다.

"역시 내가 일을 엉망으로 만들었군요! 그 여자는 벌써 두 번이나 들어왔었는데. 하지만 그 여자…… 그 마귀는 도로 나갔어요."

그러자 하울이 신음 소리를 냈다.

"아, 저런! 마귀가 뭘 만지지는 않았어요?"

"기타를 만졌어요."

"그럼 아직 그 속에 있겠군. 갑시다!"

그는 소피를 무너진 벽 쪽으로 끌고 갔다. 그리고 등 뒤의 허수아비에게 소리쳤다.

"조심해서 따라와라!"

그러더니 울퉁불퉁한 틈새로 빠져나가 뜨거운 햇빛 속으로 나서면서 소피에게 말했다.

"바람을 일으켜야겠어요! 장화를 찾을 시간이 없거든요. 그냥 달려요. 계속 달리지 않으면 내가 당신을 이동시킬 수가 없어요."

소피는 지팡이에 의지하여 걷다가 이윽고 절뚝거리면서도 그럭저럭 달리기 시작했다. 그녀는 돌을 밟고 비틀거리면서도 계속 달렸고, 하울도 나란히 달리면서 그녀를 잡아당겼다. 바람이 일어나기 시작했다. 처음엔 약하게 불더니 곧 모래가 섞인 뜨거운 바람이 무섭게 휘몰아쳤고, 흙으로 만든 관 요새에 부딪혀 핑핑 소리를 내는 그 폭풍에 휘말려 사방에서 잿빛 모래가 날아올랐다. 이때쯤 그들은 뛰는 것이 아니라 마치 천천히 겅중겅중 달리는 듯한 동작으로 미끄러지듯 나아가고 있었다. 돌이 널린 땅이 쏜살같이 발밑으로 지나갔다. 사방에서 휘몰아치는 흙먼지와 모래가 까마득히 솟아올라 뒤쪽으로 멀리 이어졌다. 굉장히 시끄러웠고 조금도 편하지 않았지만 어쨌든 황야는 빠르게 지나가고 있었다.

소피가 소리쳤다.

"캘시퍼가 잘못한 게 아니에요! 내가 말하지 말라고 했어요."

하울도 고함을 질렀다.

"캘시퍼는 어차피 말하지 않았을 거예요! 그 녀석이 같은 불꽃 마귀를 배신할 리가 없다는 건 나도 알고 있었어요. 캘시퍼는 처음부터 내 가장 큰 약점이었어요."

"그건 웨일스인 줄 알았는데요!"

"아뇨! 거긴 일부러 남겨 뒀어요! 마녀가 거기서 무슨 일을 벌이면 내가 몹시 화가 나서 그 여자를 막게 될 테니까요. 난 그 여자한테

틈을 하나 보여 줘야 했던 거예요. 저스틴 왕자에게 다가갈 방법이라고는 마녀가 나한테 걸어 놓은 저주를 이용해서 오히려 마녀에게 접근하는 것뿐이었으니까."

"그럼 당신도 왕자를 구하려고 했군요! 그런데 왜 도망치는 시늉을 했어요? 마녀를 속이려고?"

"그럴 리가 있나요! 난 겁쟁이예요. 내가 이렇게 겁나는 일을 해내려면 그 일을 안 하겠다고 자기 최면을 거는 수밖에 없다고요!"

'아, 이런!' 소피는 소용돌이치는 모래 구름을 둘러보며 생각했다. '하울이 정직해졌어! 그리고 이건 바람이야. 저주의 마지막 부분이 이루어졌어!'

뜨거운 모래가 소피를 거세게 후려갈겼고 하울이 움켜쥔 손목도 점점 아파 왔다. 하울이 버럭 고함을 질렀다.

"계속 달려요! 이런 속도로 가면 다친다고요!"

소피는 숨을 몰아쉬고 억지로 다리를 다시 움직였다. 이제 산맥이 뚜렷하게 보였고 그 밑에 그어진 녹색의 선은 꽃이 만발한 덤불이었다. 아직도 누런 모래가 휘몰아치고 있었지만 산맥은 점점 커졌고 녹색의 선도 빠르게 다가와 이윽고 산울타리 정도의 높이가 되었다. 그때 하울이 소리쳤다.

"난 약점투성이예요! 예전엔 설리먼이 살아 있을 거라고 믿고 있었죠. 그러다가 설리먼에게서 남은 부분은 퍼시벌뿐이라는 걸 알게 되자 너무 무서워서 술을 마시고 취해 버릴 수밖에 없었어요. 그런데 당신이 마녀의 계략에 빠진 거예요!"

"난 맏딸이라고요! 패배자란 말예요!"

"헛소리! 당신은 도무지 생각할 줄 모르는군요!"

하울은 속도를 늦추고 있었다. 사방에서 흙먼지가 짙은 구름처럼 피어올랐다. 소피가 덤불들이 아주 가까이 있다는 것을 알아차린 것은 모래알 섞인 바람이 잎사귀를 때리면서 와사삭 타닥타닥 하는 소리가 났기 때문이었다. 두 사람은 덤불을 뚫고 지나갔다. 그들은 아직도 굉장히 빠른 속도로 움직이고 있었으므로 하울은 곧 방향을 바꾸어 소피를 끌고 호수 위를 길게 스치며 지나가야 했다. 치익치익 하는 물소리와 연꽃 잎사귀에 우수수 떨어지는 모래알 소리를 뚫고 하울이 다시 소리쳤다.

"그리고 너무 착해서 탈이에요! 난 당신이 질투심 때문에 그 마귀를 집 근처에 얼씬도 못 하게 할 줄 알았다고요."

두 사람은 천천히 달리면서 물안개가 피어오르는 호수 기슭을 통과했다. 그들이 지나갈 때마다 푸른 오솔길의 양옆에 서 있는 덤불들이 휘청 휘어졌다 일어나면서 수많은 새들과 꽃잎들이 날아올라 소용돌이쳤다. 오솔길을 따라서 그들 쪽으로 성이 빠르게 다가오고 있었다. 하울은 속도를 더 늦추면서 문을 박차고 소피와 함께 쏜살같이 안으로 뛰어들었다.

"마이클!"

하울이 소리치자 마이클은 풀죽은 목소리로 말했다.

"허수아비는 제가 들여놓지 않았어요!"

모든 것이 정상으로 보였다. 소피는 자기가 집을 비운 시간이 얼마나 짧았는지를 깨닫고 놀랐다. 누군가 소피의 침대를 계단 밑에서 끌어냈고 그 위에는 퍼시벌이 누워 있었는데 여전히 의식이 없었다. 레티와 마사와 마이클은 침대 주변에 모여 있었다. 머리 위에서는 페어팩스 부인과 패니의 목소리가 들려왔는데, 쓱싹쓱싹 쓸고 탁탁 두드리는 무시무시한 소음으로 미루어 하울의 거미들이 한창 고생 중이라는 것을 짐작할 수 있었다.

하울은 소피를 놓아 주고 다짜고짜 기타 쪽으로 몸을 날렸다. 그러나 그의 손이 닿기도 전에 기타는 길고 선율도 곱게 쾅앙 하는 소리를 내면서 터졌다. 기타 줄들이 채찍처럼 핑핑 날았다. 나뭇조각들이 하울에게 소나기처럼 쏟아졌다. 그는 너덜너덜한 옷소매로 얼굴을 가리며 물러서야 했다.

그리고 어느새 앵거리언 선생이 벽난로 옆에 서서 빙그레 웃고 있었다. 하울의 말이 옳았다. 그녀는 지금까지 기타 속에 숨어서 때를 기다린 것이 분명했다. 하울이 그녀에게 말했다.

"네 마녀는 죽었어."

그러나 앵거리언 선생은 태평했다.

"그것 참 안됐구나! 하지만 이젠 내가 훨씬 더 나은 인간을 새로 만들 수 있어. 저주가 실현됐으니까. 이젠 네 심장을 손에 쥘 수 있다고."

그러면서 그녀는 삼발이 안으로 손을 넣어 캘시퍼를 끄집어냈다. 캘시퍼는 겁에 질린 표정으로 그녀의 움켜쥔 주먹 위에서 흔들거렸다. 앵거리언 선생이 경고하듯이 말했다.

"아무도 움직이지 마라."

아무도 손끝 하나 까딱하지 못했다. 그중에서도 하울이 가장 굳어 있었다. 캘시퍼가 힘없이 말했다.

"도와줘!"

그러자 앵거리언 선생이 말했다.

"아무도 너를 도와줄 수 없어. 오히려 너야말로 내가 새로운 인간을 지배할 수 있도록 도와줘야 해. 어디 보여 주지. 난 그냥 손에 힘만 주면 되거든."

그녀는 캘시퍼를 쥐고 있는 주먹을 관절이 누르스름하게 변하도록 힘껏 움켜쥐었다.

하울과 캘시퍼가 둘 다 비명을 질렀다. 캘시퍼는 몹시 괴로워하면서 이리저리 몸부림쳤다. 하울은 얼굴이 퍼렇게 변하더니 나무가 넘어가듯이 방바닥에 쿵 쓰러져 퍼시벌처럼 의식을 잃고 말았다. 소피가 보기에는 숨도 쉬지 않는 것 같았다.

앵거리언 선생도 깜짝 놀랐다. 그녀는 휘둥그런 눈으로 하울을 보며 말했다.

"저건 속임수야."

그러자 캘시퍼가 나선형으로 몸을 비비 꼬면서 악을 썼다.

"속임수가 아니야! 하울의 심장은 정말 아주 약하단 말야! 빨리 놔!"

소피는 천천히, 그리고 살그머니 지팡이를 들어올렸다. 이번에는 행동을 하기 전에 먼저 잠시 생각부터 했다. 그리고 중얼거렸다.

"지팡이야, 앵거리언 선생을 때려라. 딴 사람은 다치게 하지 말고."

그러면서 지팡이를 휘둘러 앵거리언 선생의 움켜쥔 주먹을 있는 힘껏 후려갈겼다.

앵거리언 선생은 마치 젖은 장작이 타듯이 치잇 하는 비명을 지르며 캘시퍼를 떨어뜨렸다. 가엾은 캘시퍼는 맥없이 방바닥에 나 뒹굴었고, 돌바닥 위에서 옆으로 불길을 뿜어내며 쉰 목소리로 공포의 절규를 토해 냈다. 앵거리언 선생이 캘시퍼를 짓밟으려고 발을 들었다. 소피는 어쩔 수 없이 지팡이를 놓아 버리고 캘시퍼를 구하기 위해 몸을 던졌다. 그런데 놀랍게도 지팡이는 스스로 다시 앵거리언 선생을 때렸고, 한 번 더, 다시 한번 더 때렸다. '저건 당연한 일이야!' 하고 소피는 생각했다. 그녀는 이미 말로써 지팡이에게 생명을 불어넣었다. 펜트스테먼 선생도 그렇게 말한 적이 있었다.

앵거리언 선생이 치잇치잇 소리를 내면서 비틀거렸다. 캘시퍼를 감싸 쥐고 일어나던 소피는 지팡이가 앵거리언 선생을 마구 후려갈기면서 그녀의 열기 때문에 연기를 뿜어내고 있는 것을 보았다. 그녀와는 대조적으로 캘시퍼는 별로 뜨겁지 않았다. 그는 충격 때문에 흐릿한 파란색으로 변해 있었다. 소피는 검은 덩어리 같은 하울의 심장이 손가락 사이에서 아주 희미하게 뛰고 있는 것을 느낄 수 있었다. 그녀가 쥐고 있는 것은 하울의 심장이 분명했다. 그는 계약에 따라 캘시퍼를 살려 놓기 위해 자신의 심장을 그에게 준 것이었다. 물론 캘시퍼가 불쌍해서 그랬겠지만 그게 얼마나 어리석은 짓인가!

그때 패니와 페어팩스 부인이 빗자루를 든 채로 계단 쪽에서 허둥지둥 들어왔다. 그들을 본 앵거리언 선생은 자기가 결국 실패했다는 사실을 알아차렸다. 그래서 그녀는 문 쪽으로 도망쳤고, 소피의 지팡이는 공중에서 졸졸 따라가면서 계속 그녀를 두들겨 팼다.

소피가 소리쳤다.

"저 여자를 막아요! 내보내면 안 돼요! 문들을 전부 지켜요!"

모두들 재빨리 그녀의 지시에 따랐다. 페어팩스 부인은 빗자루를 치켜들고 벽장 속에 자리를 잡았다. 패니는 계단 위에 올라섰다. 레티는 벌떡 일어나서 마당으로 나가는 문을 지켰고, 마사는 화장실 옆에 섰다. 마이클은 성문 쪽으로 달려갔다. 그런데 그때 퍼시벌이 침대 위에서 벌떡 일어나더니 역시 그 문 쪽으로 달려가는 것이었다. 얼굴은 하얗게 질렸고 눈도 감고 있었지만 달리기는 오히려 마이클보다 빨랐다. 결국 퍼시벌이 먼저 도착해서 문을 열어 버렸다.

캘시퍼가 힘을 못 쓰니 성도 움직임을 멈추고 있었다. 앵거리언 선생이 바깥의 안개 속에 가만히 서 있는 덤불들을 보더니 엄청나게 빠른 속도로 문을 향해 내달았다. 그러나 미처 문 앞에 이르기도 전에 허수아비가 그녀를 가로막았다. 여전히 소피의 숄을 두르고 있는 저스틴 왕자의 몸뚱이를 양쪽 어깨에 걸쳐 메고 불쑥 나타난 것이었다. 허수아비는 문 앞에서 막대기 팔을 벌려 출구를 차단했다. 앵거리언 선생은 허수아비를 피해 물러섰다.

이제 그녀를 때리는 지팡이에는 불이 붙어 있었다. 끝부분의 쇠붙이도 새빨갛게 달아올랐다. 소피는 지팡이가 오래 견딜 수 없다는 것을 깨달았다. 다행히 앵거리언 선생은 지팡이가 너무 지긋지긋해진 모양이었다. 대뜸 마이클을 붙잡아 방패막이로 삼았다. 지팡이는 마이클을 다치게 하지 말라는 명령을 받은 터였다. 그래서 훨훨 타면서 공중에 그대로 떠 있었다. 마사가 얼른 달려가 마이클을 빼앗으려고 했다. 지팡이는 마사도 피해야 했다. 소피는 이번에도 실수를 저지른 것이었다.

머뭇거릴 시간이 없었다.

"캘시퍼, 네 계약을 깨뜨릴 수밖에 없겠어. 그럼 네가 죽게 되니?"

소피가 그렇게 묻자 캘시퍼는 목쉰 소리로 이렇게 대답했다.

"다른 사람이 한다면 그렇겠지. 그래서 너한테 부탁한 거야. 네가 말로 생명을 불어넣을 수 있다는 걸 알았으니까. 허수아비랑 해골한테 한 일을 보라고."

"그럼 앞으로 천 년만 더 살아라!"

그렇게 말하면서 소피는 정신을 집중하여 간절히 기원했다. 혹시 말만으로는 부족할지도 몰라서였다. 그 생각 때문에 걱정도 많이 했었다. 소피는 캘시퍼를 감싸 쥐고 마치 말라죽은 봉오리를 꽃대에서 떼어 내듯이 조심스럽게 검은 덩어리에서 떼어 냈다. 캘시퍼는 후르르 날아올라 새파란 눈물방울처럼 소피의 어깨 근처에 떠 있었다.

"몸이 너무 가벼워!"

캘시퍼는 그렇게 소리치더니 비로소 자신에게 어떤 변화가 생겼는지를 깨달았다.

"나는 자유다!"

그렇게 외치면서 휘리릭 굴뚝 속으로 날아들더니 쏜살같이 위로 솟구쳐 사라져 버리는 것이었다.

"나는 자유다!"

캘시퍼가 모자 가게의 흙으로 된 굴뚝으로 빠져나가면서 다시 외치는 소리가 희미하게 들려왔다.

소피는 다 죽어 가는 검은 덩어리를 들고 하울에게로 돌아섰다. 마음은 급했지만 확신이 서지 않았다. 이번 일은 꼭 제대로 해야 하는데 어떻게 해야 하는지 알 수가 없었다.

"어쨌든 해 봐야지."

소피는 하울 곁에 무릎을 꿇고 그의 가슴에서 왼쪽으로 약간 치우친 곳, 그러니까 그녀 자신의 심장이 말썽을 부릴 때마다 느껴지던 그 자리에 검은 덩어리를 올려놓고 지그시 누르면서 말했다.

"들어가라. 그 속에 들어가서 움직여!"

그러면서 누르고 또 눌렀다. 심장이 들어가기 시작했고, 들어갈수록 점점 더 힘차게 뛰기 시작했다. 소피는 문 앞에서 벌어지는 드잡이질과 타오르는 불길을 무시하려고 애쓰면서 일정한 힘으로 꾸욱 눌렀다. 머리카락이 자꾸 방해했다. 불그스름한 금발이 얼굴을 가렸지만 그것도 무시하려고 노력했다. 그러면서 계속 눌렀다.

심장이 쑥 들어갔다. 심장이 안 보이게 되자마자 하울이 뒤척였다. 그리고 요란한 신음 소리를 내더니 몸을 굴려 엎드렸다.

"죽을 맛이군! 술 때문에 골치가 쑤시네!"

소피는 이렇게 말했다.

"아뇨, 방바닥에 머리를 부딪혀서 그래요."

하울은 두 손과 무릎을 짚고 허둥지둥 몸을 일으켰다.

"이럴 때가 아니야! 바보 같은 소피를 구해야 돼."

소피는 그의 어깨를 흔들었다.

"난 여기 있잖아요! 그런데 앵거리언 선생도 있다고요! 일어나서 저 여자 좀 어떻게 해 봐요! 빨리!"

지팡이는 이제 완전히 불길에 휩싸였다. 마사의 머리카락도 지글 지글 타고 있었다. 그리고 앵거리언 선생은 허수아비도 불에 탄다는 생각을 떠올렸다. 그녀는 공중에 떠 있는 지팡이를 교묘하게 문 쪽 으로 몰아가고 있었다. 소피는 생각했다. '난 이번에도 생각이 부족 했어!'

하울은 한눈에 모든 상황을 파악했다. 그는 황급히 일어섰다. 그 리고 한 손을 내밀면서 어떤 문장 하나를 말했지만 그 속의 낱말들 은 곧바로 터져 나온 천둥소리에 묻혀 들리지 않았다. 천장에서 횟 가루가 우수수 쏟아졌다. 모든 것이 와르르 흔들렸다. 그러나 지팡 이는 사라졌고 하울은 작고 딱딱한 검은 물체 하나를 손에 쥐고 물 러섰다. 숯덩어리처럼 보이기도 했지만 생김새는 소피가 방금 하울 의 가슴속에 밀어 넣었던 그것과 똑같았다. 앵거리언 선생이 물 맞 은 불처럼 징징거리며 애원하듯 두 팔을 내밀었다.

하울이 말했다.

"미안하지만 안 되겠어. 너는 살 만큼 살았잖아. 게다가 이걸 보니 넌 새로운 심장도 얻으려 하고 있었군. 내 심장을 **빼앗고** 캘시퍼는 죽게 내버려둘 생각이었지?"

그는 검은 물체를 두 손바닥 사이에 끼우고 양손을 합쳤다. 마녀

의 늙은 심장은 산산이 부서져 검은 모래가 되었다가 검댕이 되었다
가 결국 아무것도 남지 않았다. 심장이 부서지면서 앵거리언 선생도
점점 희미해졌다. 하울이 텅 빈 손을 펼쳤을 때는 문간에 서 있던 앵
거리언 선생의 모습도 온데간데없었다.

달라진 것은 그뿐만이 아니었다. 앵거리언 선생이 사라지는 순간,
허수아비도 어디론가 사라지고 없었다. 대신 두 명의 키 큰 남자가
문간에 서서 마주 보며 웃고 있었다. 한 사람은 얼굴이 우락부락하
고 머리가 불그스름했다. 다른 사람은 초록색 제복을 입었는데, 얼
굴은 약간 흐리멍덩해 보였고 어깨에는 레이스숄을 두르고 있었다.
그런데 바로 그때 하울이 소피를 향해 돌아서면서 말했다.

"회색은 정말 당신한테 어울리지 않아요. 처음 봤을 때부터 그렇
게 생각했죠."

소피도 말했다.

"캘시퍼는 떠났어요. 내가 계약을 깨뜨릴 수밖에 없었거든요."

하울은 조금 슬퍼하는 표정이었지만 이렇게 대답했다.

"우린 당신이 그렇게 해 주길 바라고 있었어요. 마녀와 앵거리언
선생처럼 되는 것은 둘 다 원하지 않았거든요. 당신 머리는 적갈색
이라고 해야 되나요?"

"불그스름한 금발이죠."

하울은 이제 심장을 되찾았지만 소피가 보기에는 별로 달라진 것
이 없는 듯했다. 다만 눈동자의 빛깔이 약간 짙어졌고, 그래서 이젠
유리구슬이 아니라 좀 더 사람의 눈처럼 보이게 되었다. 소피는 이

렇게 덧붙였다.

"어떤 사람들은 안 그렇지만 내 머리는 본래의 색깔이라고요."

"난 사람들이 왜 그렇게 본래의 것들을 중요하게 생각하는지 모르 겠던데요."

그 말을 들은 소피는 하울이 정말 거의 달라지지 않았다는 것을 알 게 되었다. 그때 소피가 다른 일에도 신경 쓸 겨를이 있었다면 저스틴 왕자와 마법사 설리먼이 악수를 나누면서 기쁜 얼굴로 서로의 등을 두드려 주는 장면을 볼 수 있었을 것이다. 저스틴 왕자가 말했다.

"난 형님한테 돌아가는 게 좋겠소."

그는 가장 그럴듯해 보이는 패니에게 다가가더니 깊이 고개를 숙 여 정중하게 절했다.

"이 댁의 안주인이십니까?"

패니는 빗자루를 등 뒤로 감추면서 이렇게 대답했다.

"저기…… 제가 아닌데요. 이 집 안주인은 소피예요."

그러자 페어팩스 부인도 환한 웃음을 지으며 맞장구를 쳤다.

"어쨌든 곧 그렇게 될 거예요."

그때 하울이 소피에게 말했다.

"난 지금까지 당신이 혹시 오월제 날에 만났던 그 사랑스러운 아 가씨가 아닐까 생각했어요. 그날은 왜 그렇게 무서워했죠?"

그 순간 마법사 설리먼이 레티에게 다가갔다. 이제 원래의 자신으 로 돌아온 마법사 설리먼은 적어도 레티에게 뒤지지 않을 만큼 고집 이 센 것이 분명했다. 설리먼이 우락부락한 얼굴로 레티를 내려다보자 레티는 꽤나 긴장하는 것 같았다.

"알고 보니 당신에 대한 기억은 내가 아니라 왕자의 기억이었던 것 같소."

레티는 용감하게 대답했다.

"그건 괜찮아요. 실수였는걸요."

그러자 마법사 설리먼은 이렇게 변명했다.

"실수가 아니었소! 내 제자가 되어 줄 수는 없겠소?"

그 말을 듣고 레티는 얼굴이 빨개지면서 대답할 말을 찾지 못했다. 소피가 생각하기에 그것은 레티 자신의 문제였다. 소피에게는 소피 자신의 문제가 있었다. 하울이 말했다.

"내 생각엔 우리가 이제부터 영원히 함께 행복하게 살아야 할 것 같은데요."

소피는 그 말이 진심이라는 것을 알았다. 그리고 하울과 함께 영원히 행복하게 산다는 것은 책에 나오는 어떤 이야기보다도 훨씬 더 힘들고 복잡한 삶이 되리라는 것도 알고 있었지만, 그래도 기꺼이 해 보기로 마음먹었다. 그때 하울이 이렇게 덧붙였다.

"아주 무시무시한 경험이 될 거예요."

소피는 이렇게 대답했다.

"그리고 당신은 나를 이용하겠죠."

그러자 하울이 말했다.

"그럼 당신은 나를 혼내 주려고 내 옷을 모조리 조각내겠죠."

그들이 그러는 동안 저스틴 왕자와 마법사 설리먼과 페어팩스 부인이 일제히 하울에게 말을 붙였고, 패니와 마사와 레티가 소피의 옷소매를 툭툭 잡아당겼고, 마이클이 하울의 옷자락을 질질 끌었다.

페어팩스 부인이 말했다.

"단어들을 그렇게 멋지게 사용하는 사람은 내 평생 처음 봤어요. 내가 그런 마귀를 만났다면 정말 어쩔 줄 몰랐을 거예요. 내가 자주 하는 말이지만……."

레티는 이렇게 말했다.

"소피 언니, 나한테 조언 좀 해 줘."

마법사 설리먼은 이렇게 말했다.

"마법사 하울, 당신을 자꾸 물어뜯으려고 했던 일을 사과하겠소. 보통 때였다면 같은 동포를 물어뜯는다는 생각은 꿈에도 안 했을 거요."

패니는 이렇게 말했다.

"소피야, 내 생각엔 이 신사분이 왕자님인 것 같구나."

저스틴 왕자는 이렇게 말했다.

"마법사 하울, 마녀한테서 나를 구해 준 일에 대해 감사드리고 싶소."

마사는 이렇게 말했다.

"소피 언니, 언니한테서 마법이 풀렸다고! 내 말 들었어?"

그러나 소피와 하울은 서로 손을 맞잡고 도저히 멈출 수 없다는 듯 멍하니 웃을 뿐이었다.

하울이 말했다.

"지금은 나 좀 귀찮게 하지들 말아요. 그건 돈 때문에 한 일이라고요."

그러자 소피가 말했다.

"거짓말!"

그때 마이클이 버럭 고함을 질렀다.

"캘시퍼가 돌아왔다니까요!"

그 말은 하울과 소피의 주의를 끄는 데 성공했다. 그들은 벽난로 삼발이 쪽을 바라보았다. 아닌 게 아니라 정말 장작들 사이에서 너울거리는 낯익은 파란 얼굴이 눈에 띄었다. 하울이 말했다.

"꼭 돌아올 필요는 없었는데."

그러자 캘시퍼가 대답했다.

"마음대로 나가고 들어올 수만 있다면 나도 여기가 싫지는 않아. 게다가 지금 마켓치핑엔 비가 내리고 있다고."

옮긴이 **김진준**

1964년 출생해 연세대학교 사회학과 및 영문과를 거쳐 미국 마이애미 대학교 대학원에서 영문학을 전공했다. 번역서로는 《총, 균, 쇠》, 《홀로 천천히 자유롭게》, 《악마의 시》, 《유혹하는 글쓰기》 등이 있다.

하울의 움직이는 성 ❶ 마법사 하울의 비밀

초 판 1쇄 발행 2004년 7월 20일
개정판 1쇄 발행 2025년 2월 21일

지은이 | 다이애나 윈 존스
옮긴이 | 김진준
발행인 | 김은경

펴낸곳 | 문학수첩
주소 | 경기도 파주시 회동길 503-1(문발동 633-4) 출판문화단지
전화 | 031-955-9088(대표번호) 031-955-9530(편집부)
팩스 | 031-955-9066
등록 | 2001년 3월 29일 제03-01282호

블로그 | blog.naver.com/moonhak91
홈페이지 | www.moonhak.co.kr
이메일 | moonhak@moonhak.co.kr

ISBN 979-11-93790-84-7 04840
ISBN 979-11-93790-83-0 (세트)